JANE SHEMILT

# A FILHA

VOCÊ REALMENTE CONHECE A SUA FAMÍLIA?

JANE SHEMILT

# A FILHA

VOCÊ REALMENTE CONHECE A SUA FAMÍLIA?

Tradução
*Carolina Raquel Caires Coelho*

HarperCollins Brasil

Título original: Daughter


CIP-BRASIL. CATALOGAÇÃO NA PUBLICAÇÃO
SINDICATO NACIONAL DOS EDITORES
DE LIVROS, RJ

S332f

Shemilt, Jane

A filha : você realmente conhece a sua família? / Jane Shemilt ; tradução Carolina Raquel Caires Coelho. - 1. ed. - Rio de Janeiro : Nova Fronteira, 2015.

Tradução de: Daughter

ISBN 978.85.220.3127-6

1. Ficção inglesa. I. Coelho, Carolina Raquel Caires. II. Título.

CDD: 823
CDU: 821.111-3

Rua Nova Jerusalém, 345 – Bonsucesso – 21042-235
Rio de Janeiro – RJ – Brasil
Tel.: (21) 3882-8200
Fax: (21) 3882-8212/8313

# PARTE UM

# 1

*Dorset, 2010*
*Um ano depois*

Os dias se tornam curtos. Maçãs bicadas por corvos se espalham pela grama. Hoje, enquanto carrego lenha da pilha disposta debaixo do toldo, piso numa bolinha macia que estoura e escorre sob meus pés.

Novembro.

Sinto frio o tempo todo, mas ela pode estar sentindo mais ainda. Por que eu deveria estar confortável? Como poderia?

À noite, o cachorro está tremendo. A sala escurece. Acendo o fogo e as chamas me atraem; os arrependimentos começam a arder, queimando e sibilando em minha cabeça.

Se. Se eu tivesse ouvido. Se eu tivesse observado. Se eu pudesse começar de novo, exatamente um ano atrás.

O caderno com capa de couro que Michael me deu está em cima da mesa, e no bolso do roupão há um toco de lápis vermelho mordido; ele me disse que ajudaria a desenhar o passado. As imagens já estão em minha cabeça: um bisturi equilibrado entre dedos trêmulos, uma bailarina de plástico girando sem parar, um monte de anotações cuidadosamente empilhadas num criado-mudo, no escuro.

Escrevo o nome da minha filha na primeira página em branco e abaixo faço o contorno de dois sapatos pretos de salto alto virados de lado, longas faixas trançadas.

Naomi.

## *Bristol, 2009*
## *Um dia antes*

Ela dançava ao som da música em seu iPod, não me viu logo de cara. O cachecol laranja estava enrolado no pescoço, livros da escola espalhados por toda parte. Fechei a porta dos fundos em silêncio ao entrar e deslizei minha bolsa para o chão. Estava pesada. Dentro, havia minhas anotações, meu estetoscópio, seringas, vidros e caixas. Tinha sido um longo dia: duas cirurgias, consultas em domicílio e papelada. Recostada na porta da cozinha, observei minha filha, mas pensava em outra garota, Jade, deitada na cama com hematomas nos braços.

Era como pimenta no olho. Esguicham molho de pimenta no olho do elefante para distraí-lo, enquanto cuidam de sua pata ferida. Theo me contou isso certa vez. Na época, não acreditei que pudesse dar certo, mas deveria ter tomado aquilo como um aviso. Ignorar o que realmente importa é mais fácil do que se pensa.

Enquanto observava Naomi, imaginei pintar a curva de seu rosto sorridente. Eu o contornaria com um tom mais claro para evidenciar a luz sobre sua pele. A cada passo, a franja loura saltava suavemente da testa. Quando subia, era possível ver o brilho das gotas de suor rentes aos cabelos. Ela havia arregaçado as mangas do moletom da escola; a pulseira subia e descia pela pele suave de seu braço, quase escorregando. Fiquei feliz ao vê-la com o objeto; pensei que ela tivesse perdido, anos atrás.

— Mãe! Não vi você aí. O que acha? — Ela tirou os fones de ouvido e olhou para mim.

— Gostaria de conseguir dançar assim...

Dei um passo à frente e beijei seu rosto aveludado, sentindo seu cheiro de sabonete de limão e suor.

Ela virou a cabeça e se abaixou para pegar os livros numa guinada rápida, graciosa. Sua voz estava impaciente.

— Não, estou falando de meus sapatos. Veja.

Deviam ser novos. Pretos, com saltos muito altos, faixas de couro prendendo os pés e subindo por suas pernas esguias; não pareciam adequados para ela. Normalmente, usava sapatos coloridos ou tênis.

— Os saltos são muito altos. — Até eu notei a crítica em minha voz e tentei rir. — Não são os que você...

— Não são mesmo. — Sua voz era de triunfo. — Totalmente diferentes.

— Devem ter custado uma grana. Você gastou sua mesada com eles?

— São bem confortáveis. Do tamanho exato. — Era como se ela não conseguisse acreditar na sorte que tivera.

— Não pode usá-los para sair, querida. Parecem apertados demais em você.

— Admita que ficou com inveja. Você os quer. — Ela deu um meio sorriso que eu nunca tinha visto.

— Naomi...

— Bom, você não pode usá-los. Estou apaixonada por eles. Eu os amo quase tanto quanto amo o Bertie. — Enquanto falava, abaixou-se para acariciar a cabeça do cachorro. Virou-se nesse momento e, bocejando muito, subiu a escada devagar. Os sapatos batiam em cada degrau com um som metálico forte, como se fossem pequenas marteladas.

Ela havia escapado. Minha pergunta continuou sem resposta no ar quente da cozinha.

Eu me servi de uma taça do vinho de Ted. Naomi não costumava responder nem me deixava falando sozinha. Coloquei a maleta de médico e as anotações no canto da saleta e, bebericando o vinho, comecei a andar pela cozinha, ajeitando os panos de prato. Naomi costumava me contar tudo. Enquanto pendurava seu casaco, o álcool começou a clarear minha mente; fazia parte do acordo, e eu o havia analisado muito tempo antes. Era simples. Eu trabalhava com o que amava e ganhava um bom dinheiro, mas ficava menos tempo em casa do que as outras mães. O lado positivo era que, assim, as crianças tinham espaço. Estavam crescendo de modo independente, algo que sempre quisemos.

Tirei do armário as batatas cobertas por uma fina camada de terra e as lavei na pia. Mas, pensando bem, havia meses ela não queria mais conversar direito. Ted falava para eu não me preocupar. Ela é adolescente, está crescendo, ele diria. A água fria gelou minhas mãos e fechei a torneira. Crescendo ou se afastando? Preocupada ou retraída? As perguntas giravam em minha mente enquanto eu caçava o descascador de batatas na gaveta. No consultório, no verão passado, vira uma adolescente ansiosa que havia cortado, meticulosamente, a pele delicada dos pulsos, formando várias linhas vermelhas. Balancei a cabeça para afastar a imagem. Naomi não estava deprimida. Lá estava aquele sorriso novo para depor contra a impaciência. Seu envolvimento na peça contra os silêncios em casa. Se parecia preocupada, era por estar mais velha agora, mais pensativa. A atuação lhe dera maturidade. No último verão, ela trabalhara no laboratório com Ted e se interessara por medicina. Ao começar a descascar as batatas, pensei que sua confiança recém-adquirida pudesse ser a chave para o sucesso nos processos seletivos. Talvez eu devesse comemorar. O papel de protagonista na peça do colégio também aumentaria suas chances de conseguir uma vaga na escola de medicina. Os entrevistadores gostavam de alunos com interesses diversos, com alternativas para aliviar o estresse de se tornarem médicos. A pintura funcionava assim para mim: dissolvia o estresse da prática clínica. Com a torneira aberta, a água marrom formou um pequeno redemoinho na pia e desapareceu. Eu já tinha quase terminado o quadro de Naomi e conseguia sentir a atração dele agora — sempre que eu pintava, entrava em outro mundo; as preocupações desapareciam. Meu cavalete ficava no andar de cima, no sótão, e eu gostaria de poder escapar com mais frequência. Joguei as cascas de batata no lixo e peguei as linguiças na geladeira. Linguiças com purê sempre foram o prato preferido de Theo, desde pequeno. Eu poderia falar com Naomi amanhã.

Mais tarde, Ted telefonou para dizer que estava preso no hospital. Os gêmeos chegaram em casa com uma fome de leão. Ed ergueu a mão num cumprimento silencioso enquanto levava um prato com uma pilha de torradas para o quarto. Ouvi quando fechou a porta e o imaginei ligando o rádio, caindo na cama com a torrada na mão, de olhos fechados. Eu me lembrava da época em que tinha dezessete anos: torcia para que ninguém batesse à porta ou, pior ainda, que entrasse para conversar. Theo, com as sardas destacadas no rosto pálido, gritava os triunfos do dia ao mastigar biscoitos, um atrás do outro, esvaziando a lata. Naomi voltou a atravessar a cozinha, com os cabelos molhados caídos no pescoço. Enfiei alguns sanduíches em sua mochila antes de ela sair e fiquei parada à porta durante alguns minutos, ouvindo seus passos enquanto ela atravessava a rua lentamente, desaparecendo aos poucos. O teatro da escola ficava a uma rua dali, mas ela sempre estava atrasada. Tinha parado de correr para todos os lados; a peça estava minando sua energia.

"Apesar de ter apenas quinze anos, a Maria de Naomi Malcolm é madura para sua idade", "Naomi mistura inocência e sensualidade numa performance incrível como Maria; nasce uma estrela". Estar cansada e desgastada era algo bom para aquelas críticas no site da escola. Mais duas apresentações depois daquela: na quinta, depois na sexta. Logo tudo voltaria ao normal.

## *Dorset, 2010*
## *Um ano depois*

Sei que hoje é sexta-feira porque a moça do peixe bateu à minha porta. Eu me encolho debaixo da escada quando a van para do lado de fora, a figura branca borrada através do vidro velho da porta. A mulher toca a campainha e espera, uma figura encurvada, esperançosa, balançando a cabeça e olhando pelas janelas. Se ela me vir, terei de abrir a porta, formular frases, sorrir. Nada disso é possível hoje. Uma pequena aranha passa por minha mão. Abaixando mais a cabeça, respiro a poeira do carpete e, depois de um tempo, a van desce a rua. É um dia para ficar sozinha. Eu me abaixo e espero as horas passarem. As sextas-feiras ainda machucam.

Depois de um tempo, levanto-me e pego o caderno que deixei na lareira na noite passada. Viro a página com o desenho dos sapatos dela e, na seguinte, desenho os círculos sobrepostos de um anel de prata.

## *Bristol, 2009*
## *A noite do desaparecimento*

Ajoelhei-me no chão da cozinha e abri a maleta para conferir os remédios numa lista e ver do que eu precisava. Era mais fácil fazer isso longe do consultório; havia menos interrupções se eu soubesse escolher o momento certo. Eu mexia nos bolsos de couro e não notei quando ela entrou silenciosamente na cozinha. Passou por mim, e a bolsa que carregava bateu em meu ombro. Olhei para cima, mantendo um dedo na lista; estava ficando sem paracetamol e petidina. Naomi olhou de relance para mim, os olhos azuis distraídos, pensativos. Mesmo por baixo da maquiagem pesada que ela já tinha aplicado para a peça, era possível ver linhas escuras sob seus olhos. Parecia exausta. Aquele não era o momento para fazer as perguntas que eu queria.

— Já está quase acabando, querida. Hoje é a penúltima apresentação — falei animada.

Roupas escapavam da sacola; os saltos dos sapatos tinham feito furinhos no plástico.

— O papai e eu iremos amanhã. — Eu me sentei em cima dos calcanhares e olhei para cima, observando seu rosto. O delineador preto fazia Naomi aparentar muito mais do que seus quinze anos. — Estou ansiosa para ver se mudou desde a primeira noite.

Ela olhou para mim sem expressão e lançou um novo sorriso. Apenas um dos lados de seus lábios se levantou; parecia rir para si mesma.

— Que horas você volta? — Desisti e me levantei com relutância; eu nunca conseguia terminar nada. — Hoje é quinta-feira. Seu pai costuma buscá-la às quintas.

— Há séculos falei para ele não se incomodar. Vir andando com os amigos é mais fácil. — Ela parecia entediada. — O jantar deve acabar perto de meia-noite. Shan pode me dar uma carona.

— Meia-noite? — Mas ela já estava cansada. Apesar de tentar me controlar, aumentei o tom de voz. — Você tem a peça de novo amanhã, a festa logo depois. É só um jantar. Dez e meia.

— Não é tempo suficiente. Por que sempre tenho que ser diferente de todo mundo? — Ela começou a tamborilar os dedos na mesa; o anelzinho que algum garoto da escola lhe dera brilhava sob a luz.

— Então, às onze.

Ela olhou para mim fixamente.

— Não sou um bebê. — A raiva em sua voz me surpreendeu.

Não podíamos discutir a noite toda. Ela estaria no palco em breve e precisava se acalmar. Eu tinha que terminar de contar os remédios antes de fazer o jantar.

— Onze e meia. Nem um segundo a mais.

Ela deu de ombros e se virou, inclinando-se sobre Bertie, onde ele estava deitado, todo esticado, dormindo perto do fogão. Ela o beijou, puxando as orelhas macias dele com delicadeza; ele não se mexeu, mas bateu o rabo no chão.

Toquei o braço dela.

— Ele está velho, querida. Precisa dormir.

Ela afastou o braço de minha mão, com o rosto tenso.

— Relaxe, está tudo bem. Você é um sucesso, lembra? — Eu a abracei depressa, mas ela virou o rosto. — Só mais um dia.

Seu celular tocou e ela deu um passo para trás, com a mão apoiada na pia da cozinha ao atender. Seus dedos eram compridos. Tinha sardas pequeninas, que iam até a segunda falange, num tom dourado claro, como grãozinhos de açúcar demerara. As unhas eram roídas, como as de uma criança; não combinavam com o anel bonito. Segurei sua mão entre as minhas e a beijei depressa. Ela conversava com Nikita; acho que nem percebeu. Ainda era bem jovem, e os nós dos dedos pareciam pequenos caroços sob meus lábios. A ligação terminou e ela se virou para sair, acenando rapidamente da porta, disfarçando a irritação.

— Tchau, mãe.

Mais tarde, adormeci sem querer. Coloquei a água na chaleira para a bolsa de água quente dela às onze da noite e me deitei no sofá para esperar; devo ter cochilado quase imediatamente. Quando acordei, meu pescoço doía e senti um gosto forte na boca. Levantei-me e, puxando o moletom, fui esquentar a água de novo.

A chaleira estava fria. Olhei para o relógio: duas da madrugada e eu não tinha ouvido Naomi chegar. Senti um embrulho no estômago. Ela nunca se atrasara tanto assim. O que tinha acontecido? O sangue pulsou dolorosamente em meus ouvidos por um segundo até eu me acalmar. Claro, ela havia entrado pela porta da frente e ido direto para a cama. Adormecida perto da cozinha no andar de baixo, eu não teria ouvido a porta se fechar. Ela deve ter deixado os sapatos na varanda, em silêncio, e subido a escada na ponta dos pés, discretamente, culpada, passado por nosso quarto e subido para o dela, no segundo andar. Espreguicei-me enquanto esperava a água ferver; ela ainda receberia a bolsa de água quente. Eu a enrolaria em algum pano e a deixaria ao seu lado; mesmo adormecida, ela sentiria o calor.

Subi lentamente e passei pelo quarto dos meninos. Ed roncou de repente quando passei, e me sobressaltei. Mais um andar até o quarto de Naomi. A porta estava entreaberta e entrei em silêncio. Estava muito escuro e abafado, com cheiro de xampu de morango e mais alguma coisa, algo amargo com um toque cítrico. Tateei devagar até a cômoda e peguei uma camiseta, com a qual enrolei a bolsa de água quente. Com cuidado, andei até a cama, pisando em roupas espalhadas pelo chão. Tentei pegar o cobertor para cobri-la, mas estava liso e plano.

A cama estava vazia.

Acendi a luz. Meias saindo das gavetas abertas, toalhas e sapatos no chão. Uma tanga estava em cima de um sutiã vermelho de renda sobre o criado-mudo, um sutiã meia-taça preto na cadeira. Não reconheci nenhuma daquelas peças. Será que as amigas dela também tinham se trocado ali? Naomi costumava ser muito organizada. Um frasco de base estava tombado na penteadeira; um batom repousava na pequena poça bege. O moletom cinza da escola fora largado no chão, com a camiseta branca ainda dentro dele.

A colcha da cama estava levemente marcada onde ela havia se sentado, mas o travesseiro estava liso.

O medo me invadiu. Apoiei uma das mãos na parede, e sua frieza pareceu subir pelo braço até meu peito. Nesse momento, ouvi a porta da frente se fechar lá embaixo.

Graças a Deus. Obrigada, Deus.

Coloquei a bolsa de água quente debaixo do cobertor, num ponto no qual ela acomodasse os pés. Naqueles sapatos finos, seus pés deveriam estar frios. Desci correndo, sem me importar com o barulho. Eu não daria bronca. Não hoje. Meus passos ficaram mais lentos quando desci o último lance da escada e vi Ted. Ted, não Naomi. Ele estava de pé, olhando para mim. Usava seu casaco, e a maleta estava a seus pés.

— Ela não voltou. — Eu estava sem fôlego; foi difícil dizer as palavras. — Pensei que fosse ela chegando.

— O quê? — Parecia exausto. Os ombros estavam encolhidos; as olheiras, profundas.

— Naomi ainda não veio para casa. — Aproximei-me dele. Senti um cheiro leve de queimado; devia ser da diatermia emitindo calor, cauterizando veias. Ele vinha direto da sala de operação.

Seus olhos, do mesmo tom azul-claro de Naomi, estavam confusos.

— A peça dela terminou às nove e meia, não? — Uma expressão de pânico tomou seu rosto. — Jesus, é quinta-feira.

Ele havia se esquecido de que ela cancelara a carona de quinta-feira, mas nunca sabia o que acontecia na vida dos filhos. Não perguntava. Senti a raiva aumentando aos poucos.

— Ela volta a pé com os amigos agora. Ela disse a você.

— Claro que disse. Eu tinha esquecido. Bom. — Parecia aliviado.

— Mas hoje foi diferente. — Como ele podia estar tão relaxado enquanto meu coração batia acelerado de ansiedade? — Ela saiu para jantar com o grupo.

— Não estou conseguindo acompanhar. — Ele deu de ombros. — Ela saiu com os amigos. Talvez tenham se divertido tanto que resolveram ficar até mais tarde.

— Ted, são mais de duas da madrugada... — Meu rosto estava tomado de pânico e fúria. Ele tinha que achar isso diferente, errado.

— Tão tarde? Nossa, desculpe. A operação não terminava. Pensei que você já estaria dormindo. — Ele ergueu as mãos num pedido de desculpas.

— Onde ela está agora? — Olhei para ele, falando mais alto. — Ela nunca faz isso, ela me avisa mesmo quando vai demorar cinco minutos. — Ao falar isso, notei que havia muito Naomi não me dava mais tanta satisfação assim. — Tem um estuprador em Bristol, disseram no noticiário...

— Acalme-se, Jen. Com quem ela está, exatamente? — Ted olhou para mim e percebi a relutância. Ele não queria que isso estivesse acontecendo. Queria ir para a cama.

— Com os amigos da peça. Nikita, todo mundo. Era só um jantar, não uma festa.

— Talvez eles tenham ido a uma boate depois.

— Ela não entraria. — O rosto de Naomi ainda era arredondado, de quinze anos, às vezes mais jovem quando estava cansada. — Não tem idade.

— Eles fazem essas coisas. — A voz de Ted estava lenta devido ao cansaço. Encostou o corpo alto na parede do corredor. — Eles têm identidades falsas. Você se lembra de quando o Theo...

— A Naomi, não. — Então, eu me lembrei dos sapatos, do sorriso. Seria possível? Uma boate?

— Vamos esperar um pouco mais. — A voz de Ted estava calma. — Sabe, é meio normal, ainda está cedo para quem está se divertindo. Vamos esperar até duas e meia.

— E depois?

— Ela provavelmente voltará. — Ele se afastou da parede e, passando a mão no rosto, começou a caminhar em direção à escada no fim do corredor que levava à cozinha. — Se ela não voltar, vamos ligar para a Shan. Você já ligou para a Naomi, obviamente.

Eu não tinha ligado. Só Deus sabe por quê. Nem havia conferido as mensagens de texto. Procurei meu celular, mas não estava no bolso.

— Onde está meu maldito telefone?

Passei por Ted e desci a escada correndo. Devia ter caído, pois estava escondido embaixo de uma almofada amassada no sofá. Peguei-o. Nenhuma mensagem. Liguei para ela.

"Oi, aqui é a Naomi. Desculpe, estou ocupada fazendo algo superimportante agora. Mas se deixar seu número, retorno a ligação. Prometo. Tchau."

Balancei a cabeça, sem conseguir falar.

— Preciso beber alguma coisa. — Ted caminhou lentamente até o armário das bebidas. Serviu duas doses de uísque e ofereceu uma a mim. Senti o álcool queimar a garganta e descer para o estômago.

Duas e quinze. Quinze minutos antes de ligarmos para Shan.

Não queria esperar. Queria sair da casa. Queria descer a rua até o teatro da escola, abrir as portas e gritar o nome dela. Se não estivesse ali, eu correria pela rua principal, passaria pela universidade, entraria em todos os bares, empurrando seguranças, e gritaria em meio aos grupos de pessoas dançando...

— Tem algo para comer?

— O quê?

— Jenny, passei a noite operando. Perdi o jantar no refeitório. Tem algo para comer?

Abri a geladeira e olhei. Não consegui reconhecer nada. Quadrados e oblongos. Minhas mãos encontraram queijo e manteiga. Os pedaços gelados de manteiga cobriram o pão. Ted silenciosamente o pegou de mim. Fez um sanduíche perfeito e cortou as bordas.

Enquanto ele comia, encontrei o número de telefone de Nikita num bilhete cor-de-rosa preso no quadro de cortiça. Ela também não atendeu. O telefone estava na bolsa. Ela a deixara embaixo da mesa para dançar na boate. Todo mundo queria ir para casa, todos os amigos estavam encostados na parede, bocejando, mas Naomi e Nikita dançavam juntas, divertindo-se. Ninguém conseguiria ouvir o telefone de Nikita tocando na bolsa embaixo da mesa. Shan também deveria estar acordada, esperando. Fazia só um ano que havia se separado de Neil; seria mais difícil para ela, sozinha.

Duas e meia.

Telefonei para Shan e, enquanto esperava, lembrei que, uma semana antes, ela me disse que Nikita ainda lhe contava tudo; lembrei ainda a pontada de inveja que senti. Naomi não fazia mais isso. Fiquei feliz por Nikita ainda confiar na mãe. Shan saberia exatamente onde poderíamos encontrá-las.

Uma voz sonolenta atendeu. Ela deveria ter cochilado, como eu.

— Oi, Shan. — Tentei fazer minha voz soar normal. — Sinto muito por acordá-la. Você tem ideia de onde elas estão? Vamos buscá-las, mas o problema é que... — Parei e tentei rir. — Naomi se esqueceu de me dizer aonde elas iriam.

— Só um minuto. — Eu consegui imaginar Shan se sentando, passando a mão pelos cabelos, olhando para o relógio sobre o criado-mudo. — Pode repetir tudo?

Respirei fundo e tentei falar devagar.

— A Naomi não voltou ainda. Elas devem ter ido a algum lugar depois do jantar. A Nikita disse onde seria?

— O jantar é amanhã, Jen.

— Não, amanhã é a festa.

— Os dois serão amanhã. A Nikita está aqui. Exausta, está dormindo desde que a busquei, há horas.

Repeti como uma tola.

— Há horas?

— Eu a busquei logo depois da peça. — Ela fez uma pausa e disse calmamente: — Não houve jantar hoje.

— Mas a Naomi disse... — Minha boca estava seca. — Ela levou os sapatos novos. Ela disse...

Eu parecia uma criança que quer algo que não pode ter. Ela havia levado os sapatos e a sacola de roupas. Como não foram jantar? Shan deveria estar enganada; talvez Nikita não tivesse sido convidada. Fez-se uma pausa mais longa.

— Vou ver com a Nikita — disse ela. — Ligo para você em um minuto.

Fiquei do lado de fora de um portão que havia acabado de se fechar com um clique discreto. Atrás dele, havia um lugar onde as crianças dormiam em segurança, os corpos sob os cobertores; um lugar onde ninguém telefonava para os amigos às duas e meia da madrugada.

As cadeiras da cozinha estavam frias e duras. O rosto de Ted, pálido. Ele estalava os dedos sem parar. Eu queria fazer com que ele parasse, mas não abria a boca com medo de começar a gritar. Peguei o telefone depressa quando ele tocou e, a princípio, não disse nada.

— Não foram comer, Jenny. — A voz de Shan estava levemente ofegante. — Todo mundo foi para casa. Sinto muito.

Um leve zunido começou em minha cabeça, tomando o silêncio que veio depois do que ela disse. Senti vertigem, como se estivesse caindo para a frente ou o mundo se inclinasse para trás. E me segurei com força na borda da mesa.

— Posso falar com a Nikita?

Pelo breve espaço que sucedeu minha pergunta, eu conseguia mensurar quanto eu havia avançado depois do portão fechado na minha cara. Shan pareceu hesitante.

— Ela voltou a dormir.

Dormir? Isso era importante? Nikita estava lá, segura. Não fazíamos ideia de onde nossa filha se encontrava. Uma onda de raiva se sobrepunha ao medo.

— Se a Nikita souber qualquer coisa, qualquer coisa mesmo, que não sabemos e Naomi estiver em perigo... — Minha garganta se contraiu. Ted tirou o telefone da minha mão.

— Oi, Shania. — Houve uma pausa. — Entendo que isso seja difícil para a Nikita... — Sua voz estava calma, mas tinha um tom de autoridade. Era exatamente como ele falava com os médicos mais jovens de sua equipe quando lhe telefonavam para pedir conselhos sobre um problema numa neurocirurgia. — Se a Naomi não voltar logo para casa, teremos de chamar a polícia. Quanto mais informações vocês nos derem... — Mais uma pausa. — Obrigado. Sim. Vejo você em alguns minutos, então.

Os meninos dormiam no quarto. Parei no espaço quente entre eles. Theo havia se enterrado embaixo do edredom; seus cabelos, aparecendo em mechas arrepiadas, estavam duros sob meus lábios. A franja escura de Ed estava úmida; mesmo dormindo, suas sobrancelhas se arqueavam como as asas de um melro-preto. Quando me endireitei, vi meu reflexo no espelho do quarto. Meu rosto, iluminado pela luz do poste da rua, que entrava pela janela, parecia o de alguém muito mais velho. Meus cabelos estavam escuros e sem forma. Usei a escova de Ed para penteá-los.

Quando passamos pelo teatro da escola, Ted parou o carro e saímos.

*Não sei por quê. Ainda não sei por que tivemos de conferir. Achávamos mesmo que você estaria ali, deitada e dormindo no palco? Que poderíamos acordá-la e que você sorriria e se espreguiçaria, sonolenta e tensa, com uma explicação, dizendo que demorou muito para se trocar? Que a abraçaríamos e a levaríamos para casa?*

As portas de vidro estavam trancadas. Balançaram levemente quando puxei a maçaneta. Havia uma luz fraca acesa na saleta e as garrafas no bar brilhavam em fileiras organizadas. Havia um papel com a programação no chão, vermelho e amarelo, do lado de dentro da porta; eu conseguia identificar letras vermelhas formando as palavras "Oeste" e "História" em diferentes linhas e parte de uma imagem de uma menina com uma saia azul rodada.

Ted dirigia com cuidado, apesar de eu saber que ele estava cansado. Apertara o botão no painel que fazia o encosto de meu assento esquentar. Fiquei suada, e a náusea parecia aumentar naquele estofado de couro. Olhei para ele. Era bom em parecer sério, não desesperado. Quando Naomi teve problemas durante o parto, a calma dele me impedira de entrar em pânico. Ele havia organizado a anestesia peridural para a cesárea e estava do meu lado quando ergueram o corpo pequeno e ensanguentado dela. Eu não pensaria nisso agora. Olhei pela janela depressa. As ruas brilhavam vazias. Uma chuva fina havia começado a embaçar as janelas. O que ela estava vestindo? Não conseguia me lembrar. O casaco? E o cachecol? Olhei para as ruas laterais como se o tecido laranja pudesse estar ali, enrolado nos galhos molhados e escuros.

Na casa de Shania, Ted bateu com firmeza. A noite estava silenciosa e calma ao nosso redor, mas, se alguém estivesse passando num carro, teria visto um casal como qualquer outro. Usávamos casacos quentes, sapatos limpos e esperávamos em silêncio com a cabeça baixa na chuva. Provavelmente parecíamos normais.

O rosto de Shania estava preparado. Ela parecia calma e séria quando nos abraçou. O interior de sua casa estava aquecido, e a lareira a gás encontrava-se acesa na bem-organizada sala de estar. Nikita estava encolhida no sofá, segurando uma almofada contra o peito com força, as pernas compridas dentro de uma calça de pijama com estampa de coelhinhos, encolhidas embaixo do corpo. Sorri para ela, mas meus lábios pareceram duros e trêmulos nos cantos. Shan se sentou ao lado dela no sofá, nós nos sentamos em frente a elas e Ted segurou minha mão.

— Ted e Jenny querem fazer uma pergunta sobre a Naomi, querida. — Shania abraçou Nikita, que olhava para baixo enquanto enrolava uma mecha grossa de cabelo preto nos dedos.

Levantei-me e sentei ao lado dela, mas ela se afastou um pouco de mim. Tentei falar com calma.

— Onde ela está, Nik?

— Não sei. — Ela se abaixou e empurrou a cabeça contra a almofada; sua voz estava abafada. — Não sei, não sei, não sei.

Shania olhou para mim por cima da cabeça de Nikita.

— Vou começar, então — disse Shan. — Vou contar a Jenny o que você me disse.

Nikita assentiu. Sua mãe continuou:

— Naomi me contou que Nikita encontraria alguém, um rapaz, depois da peça.

— Um rapaz? — A voz de Ted interrompeu minha respiração. — Que rapaz? — A palavra em seus lábios parecia perigosa. Não um garoto. Alguém mais velho. Meu coração começou a bater tão alto que temi que Nikita pudesse ouvi-lo e se recusasse a nos contar mais alguma coisa.

— Ela disse.... — Nikita começou com hesitação. — Ela disse que tinha conhecido alguém. Que ele era gostoso.

Descruzei as pernas e me virei para encará-la direito.

— Gostoso? Naomi disse isso?

— Não tem problema, não é? Foi você quem perguntou. — Nikita franziu o cenho e seus olhos se encheram de lágrimas.

— Claro — disse a ela.

Mas não estava tudo bem. Eu nunca ouvira Naomi usar aquela palavra. Tínhamos conversado sobre sexo, mas, buscando pistas em minha memória, não conseguia me lembrar de quando isso acontecera. Relacionamentos, sexo e contracepção: Naomi não parecia interessada. Estava? O que eu tinha perdido?

— Ele estava... Ela fez... — Eu estava perdida numa floresta de possibilidades. — Ele era da escola?

Nikita balançou a cabeça, negando. Então, Ted falou. Com calma, casualmente, como se não fosse importante.

— Esse cara. Ela o viu outras vezes?

Os ombros de Nikita desceram um pouco e ela parou de enrolar os cabelos. A calma de Ted surtia efeito, mas senti uma pontada de raiva por ver que ele conseguia lidar com aquilo com tanta facilidade. Eu mal conseguia falar sem tremer a voz.

— Sim, acho que ele chegou a ir ao teatro algumas vezes. — Ela olhou para baixo. — Ficava no fundo.

— No fundo? — De novo, casualmente.

— Sim, onde as pessoas esperavam. Talvez. — Ela olhou para a frente e vi a relutância em seus olhos escuros. — Não vi direito.

— Como ele era? — perguntei depressa.

— Não sei. — Nikita não olhava para mim. Fez uma pausa. — Talvez tivesse cabelos escuros.

Ela se aproximou de Shan no sofá e fechou os olhos. Não achava que ela nos contaria mais nada, mas Ted fez outra pergunta.

— E hoje? O que ela lhe disse sobre hoje à noite?

Silêncio. Nikita estava totalmente imóvel. Então, Shan se levantou.

— Ela está cansada. — Sua voz era firme. — Precisa voltar a dormir.

— Conte, Nikita, por favor. — Toquei seu braço com delicadeza e cuidado. — Por favor, conte o que ela disse.

Ela olhou para mim nesse momento, os olhos castanhos arregalados, surpresos. A mãe de sua melhor amiga era uma figura ocupada a distância: alegre, indo de um lado a outro. No controle da própria vida e na da família. Ela não implorava.

— Ela disse... — Nikita parou um momento. — Disse "me deseje sorte".

# 2

*Dorset, 2010*
*Um ano depois*

O outono se aprofunda em inverno. De manhã, o silêncio pressiona friamente meu rosto.

Presto atenção, apesar de não ter certeza do que estou ouvindo. Eu já deveria ter me acostumado com a ausência dos sons que tinha como certos: os passos silenciosos de pés descalços, a chaleira distante, o burburinho de vozes no rádio e o tilintar de porcelana das xícaras de café na beira da banheira. Os sons que uma pessoa emite são baixos, cuidadosos, cadenciados. Tornam-se silêncio. Abro a janela e a brisa suave do mar entra no quarto como algo vivo.

Toco a porta do quarto dela quando passo. Ela escolhera este quarto quando pequena. Nunca foi seu de fato, porque até os últimos meses a casa tinha sido apenas de veraneio, mas todos víamos aquele cômodo como dela. Na infância, gostava de fingir que a pequena janela redonda embaixo do sapê era uma escotilha e que sua cama era um barco. A polícia levou o colchão e toda a roupa de cama. A madeira da porta está fria e úmida sob meus dedos. Ted lavou o sangue do chão; não entrei desde que cheguei.

O reflexo oscilante da moldura da janela se quebra em volta de minhas mãos quando me deito na banheira. Quando a campainha toca, saio depressa, com a toalha enrolada no corpo, depois visto o roupão. No topo da escada, meus passos congelam. Consigo ver um homem de uniforme pelo vidro da porta da frente. Meu coração acelera tanto que me sinto zonza e me seguro ao corrimão. Esse poderia ser o momento em que eles vêm me dizer que encontraram algo na lama de um campo: o salto de um sapato talvez macio e podre, o brilho de uma pulseira prateada, o branco de um dente. Não há nada que possam me dizer que eu ainda não tenha imaginado, mas paro como se tivesse levado um tiro. Então, vejo uma parte vermelha em sua jaqueta, uma bolsa grande. Alguém com uma entrega especial. Quando abro a porta, ele me entrega o pedido: pequenos pincéis da casa de artigos de arte em Bristol. No capacho, já há um cartão-postal de uma montanha galesa da ampla coleção de Ted. É seu jeito de manter contato. Nenhuma mensagem, como sempre. Eu me sento à mesa da cozinha e o coração desacelera. O caderno de rascunhos está à minha frente. Eu o puxo na minha direção e abro na página seguinte. Quando a polícia chega à porta e vejo o branco e preto do uniforme, as jaquetas e os distintivos, a ausência dela se torna oficial. Ainda estava escuro, mas já perto de amanhecer, talvez quatro ou cinco da manhã.

O lápis está áspero em meus dedos; consigo sentir as lascas onde ele foi mordido ao desenhar um pequeno capuz sombreando entre as dobras com linhas curtas e cinzas.

## *Bristol, 2009*
## *A noite do desaparecimento*

O policial na porta tinha uns 55 anos e olhos verdejantes. Qualquer expressão natural que pudesse ter estava encoberta por uma calma profissional, mas seus olhos, observando rapidamente meu rosto, traíam sua intranquilidade. Atrás dele, havia uma mulher pequena, de cabelos castanhos, com uma meia-calça xadrez francesa, batom vermelho imaculado. Eu via a raiva contida em seu rosto. Talvez tivesse sido acordada especialmente para o nosso caso, vestido o uniforme asseado e feito a maquiagem pesada.

— Dra. Malcolm? — A voz do homem estava cuidadosamente neutra.

Em casa, eu não era chamada de doutora; eu era a mãe das crianças, a esposa do meu marido. Mas, se esse policial me visse como uma profissional, assim como ele, talvez se empenhasse mais.

— Sim. — Dei um passo e deixei os dois entrarem.

— Sou o policial Steve Wareham, e esta é a policial Sue Dunning.

Ele tirou o chapéu e seus finos cabelos grisalhos caíram sobre a testa. Apertou minha mão e falou calmamente. Sentia muito por nós, mas não o tipo de sentimento que me dava medo. Eu temia que ele dissesse sentir muito pela nossa perda. A mulher era mais enérgica: assentiu, mas levou as mãos às costas como se não quisesse me tocar; eu era o tipo de mulher cuja filha não volta para casa.

Eu os levei à cozinha. Havíamos acabado de voltar da casa de Shan e precisei olhar o relógio. Já haviam se passado mais de quatro horas do horário combinado para que Naomi voltasse e eu queria lhes contar imediatamente a respeito do homem cuja sombra parecia surgir nas paredes da cozinha. Por dentro, eu gritava para eles se apressarem. Saiam agora. Pode ser que os encontrem. Ele a está levando por uma rua grande na chuva, está entrando numa casa, está trancando a porta, está se virando para olhar para ela, que está chorando. Não, claro que não, ela nunca chora. Depressa.

Ted começou a contar do princípio, que era o que eles queriam. O relato todo levou uma hora. Pediram o laptop, a certidão de nascimento e o passaporte. Tentaram ligar para o celular de novo, mas não caiu na caixa postal nem chamou. Sem bateria. O telefone de Naomi frequentemente ficava desligado, não significava nada. Quando Steve Wareham me disse que eles poderiam rastrear a localização do telefone caso estivesse ligado, controlei uma onda de impotência, raiva e medo.

Entreguei-lhes a foto escolar dela do último semestre. Olhei para ela durante alguns segundos. Fora tirada apenas alguns meses antes, mas parecia muito mais jovem. Era como se eu olhasse para outra pessoa com um sorriso largo, os cabelos brilhantes presos num rabo de cavalo, o rosto iluminado. Pensei na base derramada ao redor do batom. Ela não se parecia com aquela criança da foto antes da peça. Tinha passatempos? Talvez. Eu não sabia. Passava o dia todo no trabalho, não poderia saber de tudo. A policial ergueu uma sobrancelha brevemente. Qual escola, qual médico, qual dentista? (Dentista? Para quê? Registros dentais? O curto espasmo de dor no rosto de Ted mostrava que ele também pensara a mesma coisa.) Amigos de escola? Nomes? Namorados? Não tinha namorado, não. Alguém que esperava nos fundos do teatro. Ele tinha cabelos escuros e ela o considerava gostoso. Ele estava com ela. Poderia estar ferindo-a nesse momento; poderia estar apertando seu pescoço. Talvez ele a tivesse forçado a se abaixar, arrancado suas roupas, comprimido o corpo dela sob o dele, tapando sua boca com a mão. Enfiei os dedos na minha boca e os mordi para segurar um grito.

Eles anotaram tudo.

A policial Sue Dunning me entregou uma ficha a ser preenchida. Disse que ainda era cedo demais para chamar de desaparecimento; não havia evidência disso. Minhas mãos tremiam ao escrever lentamente. Eles continuaram falando comigo, fazendo perguntas. Altura? Cerca de 1,60m. Peso? Cinquenta e seis quilos. Sim, era magra. Não, não anoréxica, só uma pessoa muito ativa; comia muito.

*Está com fome? Não jantou, não é? Não me importei com isso porque pensei que você fosse sair para comer. Você deveria ter me falado, eu poderia ter preparado alguma coisa.*

O que ela vestia quando a vi pela última vez? Estava descendo a escada com sua bolsa e acho que vestia uma capa de chuva. Ou seria o casaco da escola? Talvez fosse a blusa cinza com capuz. Deixe-me pensar. Vou olhar no guarda-roupa dela e dizer.

*Espero que tenha sido uma capa de chuva; está chovendo; você vai se molhar.*

Ela trocaria por um vestido para o... para depois... e sapatos novos. Eram pretos com faixas, saltos altos. Diferentes. Você acha que eles podem ter sido um presente? Um truque, um suborno. Ela estava usando uma pulseira. Isso poderia ser importante. A sacola que carregava tinha furinhos. De qual loja? Tesco? Waitrose?

*Não tente correr com esses sapatos, vai acabar lesionando os tornozelos. Tire-os.*

Havia problemas em casa? Ela já tinha desaparecido antes? Já havia tentado se machucar? As perguntas não paravam. Eu me sentia exausta. Eles não tinham entendido nada. Ela estava na peça. Estava cansada, claro, às vezes ficava irritada. Mas por dentro estava bem. E durante todo o tempo, eu ouvia seus passos; ela poderia chegar a qualquer momento, com uma desculpa pronta, surpresa com a comoção. E tudo isso desapareceria como um pesadelo.

Steve Wareham ainda estava falando.

— Antes de prosseguirmos, precisaremos fazer uma busca.

Fiquei olhando para ele. Ele não acreditava em nada do que havíamos dito?

— O quê? — A voz de Ted estava incrédula. — Agora?

— O senhor ficaria surpreso. — Ele não pretendia soar autoritário. — Vocês não acreditariam no número de crianças desaparecidas que encontramos dentro de casa; crianças escondidas no armário. Para assustar.

Eles olharam no andar de cima. Ted os levou. Olharam no loft, nos armários e nos guarda-roupas. Eram metódicos e silenciosos, deixaram os meninos dormirem, não os acordaram. Olharam na casinha do jardim e na lixeira. Esperei na cozinha, a mão no telefone. Quando terminaram, pareciam cansados.

— Alguém da polícia voltará mais tarde. — Sue Dunning estava levemente envergonhada. — Vocês terão que ser interrogados. Procedimento de praxe.

Ela não precisava se envergonhar. Eles estavam sendo meticulosos; significava que a encontrariam.

Ted perguntou o que aconteceria em seguida e ela recitou uma lista: preencher o relatório, entrar em contato com a escola e o grupo de teatro, visitar Nikita para colher depoimento de testemunha, olhar no Facebook, analisar seu laptop e os telefones dos amigos para ver as mensagens de texto, entrevistar os professores, ir a boates, bares, restaurantes, garagens, estações de trem, portos marítimos, aeroportos. Interpol. E, se ela não voltar em vinte e quatro horas, envolver a imprensa.

Aeroportos? Imprensa? Ted me abraçou.

— Mais uma coisa: vamos precisar da escova de dentes dela — disse Steve Wareham, baixinho. — Por garantia.

A escova de dentes cor-de-rosa parecia estranhamente infantil na caneca de plástico amarelo no banheiro dela. Sue Dunning a colocou dentro de um pequeno plástico, e a escova se tornou o DNA de uma pessoa desaparecida. Por garantia.

— Obrigado por sua cooperação. — Steve Wareham se levantou tenso, com a mão na lombar. As linhas de expressão de seu rosto se intensificaram. Fiquei pensando como seria enfrentar pais como nós e, por um breve momento, senti pena dele.

— Vamos informar o pessoal do turno do dia, que começa às sete da manhã. Haverá uma reunião com o gerente sênior do Departamento de Investigação Criminal, ainda que não saibamos se há um crime no momento. — Ele respirou fundo e continuou: — Agora, seria de grande ajuda se vocês procurassem pistas aqui na casa, para o caso de haver algo que não tenham visto. Repassem tudo o que aconteceu nos últimos dias e nas últimas semanas. Qualquer coisa que tenha parecido diferente em sua filha. Anotem e nos contem. Levaremos o laptop, por ora.

Ele sorriu enquanto o pegava, e seu rosto ficou mais gentil.

— Michael Kopje entrará em contato. Ele é o responsável da vara da família nesta região. Chegará aqui em poucas horas.

Poucas horas. Que tal nos próximos cinco minutos?

Eles têm uma foto. Isso vai ajudar.

Mas ela não mostra como os cabelos dela brilham a ponto de parecerem folhas de ouro.

Ela tem uma pintinha logo embaixo da sobrancelha esquerda.

Ela tem um cheiro suave de limão.

Ela rói a unha.

Ela nunca chora.

Encontrem-na.

# PARTE DOIS

# 3

*Dorset, 2010*
*Um ano depois*

O leve burburinho matinal que toma a rua havia silenciado. A manhã se torna uma tarde comum e, sem avisar, o pesar me cerca. Ele vai passar se eu ficar quietinha. Nas visitas em domicílio, ainda na porta eu conseguia perceber a gravidade dos casos dependendo da imobilidade dos pacientes. Apendicite, rompimento da aorta abdominal, meningite — os músculos se enrijecem para encobrir o desastre que se desdobra. No verão, eu permanecia deitada, sem me mexer, conforme as horas passavam, observando a poeira dançar em colunas iluminadas e a luz do sol entrar pela janela. Eu queria morrer, mas sabia, naquela época, como agora, que um dia eu poderia olhar para a frente e ela estaria ali, na porta. E, claro, eu nunca abandonaria os meninos — além disso, o cachorro dela dorme na minha cozinha.

Nesse momento, Bertie boceja, sai de seu cesto e balança o rabo. Seus olhos opacos me observam enquanto atravesso a cozinha. Seu pescoço está quente sob meus dedos quando prendo a coleira; o pelo espesso endureceu com o tempo. Enfio o caderno e o lápis num bolso. A porta de trás da cozinha se abre para o jardim, que leva para os campos.

***

Minha mãe me deu a casa de veraneio antes de morrer. Tive muita sorte, pois ganhei um lugar para me esconder.

Sorte. Boa sorte, hoje é meu dia de sorte, deseje-me sorte. Uma palavra trivial para descrever o peso daquelas mudanças do destino que se abrem ou se fecham para você, como grandes portas batendo ao vento. Naomi nunca pensou que precisaria de sorte. Achava que nascera sortuda. Eu também achava que todos tínhamos sorte. Um ano antes, apenas, eu achava que tínhamos tudo.

É difícil saber exatamente quando começou a mudar. Volto, passo e repasso pontos diferentes no tempo, para descobrir em que instante eu poderia ter alterado o destino. Poderia escolher quase qualquer momento da vida e lhe dar um formato diferente. Se eu não tivesse decidido ser médica, se Ted não tivesse pegado os livros de minhas mãos na biblioteca anos atrás, se eu não estivesse ocupada no consultório naquela tarde, se eu tivesse tido mais tempo. O tempo estava acabando, mas eu não sabia disso na época.

Subo a ladeira, esperando Bertie. No topo, o vento sopra gotículas contra meus lábios, como chuva. Elas entram em minha boca, salgadas, mais como lágrimas do que como chuva.

Lembro os últimos dias de Naomi conosco. A tarde em que vi Jade, a pimenta em meus olhos.

Sentada num banco, com o mar e o céu se estendendo à minha frente, pego o caderno do bolso e começo a desenhar uma girafa de brinquedo, incluindo manchas no pelo e a borda de uma orelha meio esfarrapada. Bertie se acomoda para esperar, a cabeça em meus pés, resmungando baixo de vez em quando.

No dia 2 de novembro, um ano atrás, eu não tinha como saber que tínhamos apenas mais dezessete dias.

## *Bristol, 2009*
## *Dezessete dias antes*

Chovera o dia inteiro. Os pacientes entravam, vindos da rua estreita, com roupas e cabelos molhados, deixando entrar o vento e o barulho da rua principal em nosso pequeno consultório, perto do píer, localizado entre uma loja de móveis de pinheiro e um estacionamento cheio de lixo, no qual a grama crescia alta e fina em meio ao asfalto rachado. As ruas próximas eram tomadas por pequenas casas em estilo vitoriano;

quando eu saía para trabalhar, atravessando as vias estreitas com o carro, olhava para a água escura do píer entre os armazéns antigos.

Nosso consultório era popular, ou talvez apenas conveniente. A pequena sala de espera estava sempre lotada de pacientes, mas os poucos minutos que reservávamos a cada um nunca pareciam suficientes. Nos sete minutos a que tinham direito, era quase impossível dar às pessoas o que elas queriam. Ao mesmo tempo, eu achava que elas sabiam que estávamos do lado delas — pelo menos foi o que pensei até aquela tarde. Eu me lembro de muita coisa, em especial do cheiro.

No fim da tarde, meu consultório cheirava mal. Suor, sangue e álcool vencido. A pele ganhava um tom esverdeado sob a luz inclemente do teto. As cortinas estavam fechadas para evitar a rua e, ali dentro, era como se o mundo não existisse. Fazia calor. Havia brinquedos espalhados no chão. A pia no canto estava cheia de metais sujos de sangue, cobertos com toalhas azuis de papel.

Eu estava cansada. O exame da sra. Barlett fora complicado — tinha sido difícil ver o pólipo cervical devido ao sangramento —, e ela precisaria ser indicada a um especialista no dia seguinte. Olhei para a lista na tela e, ao limpar a pia e lavar as mãos, pensava no próximo paciente. Um residente temporário. Yoska Jones. Polonês? Bocejei olhando para o espelhinho acima da pia; meus cabelos tinham escapado da presilha e, desgrenhados, emolduravam meu rosto. Meu rímel tinha borrado de novo. Semicerrei os olhos ao ver meu reflexo, torcendo para que o problema do homem fosse simples e eu pudesse compensar o atraso. Chamei-o. Vinte e poucos anos. Maçãs do rosto altas, pele bronzeada. Levou um segundo para ver que ele não estava doente. Eu poderia resolver isso depressa.

— Em que posso ajudar?

— A dor nas costas é coisa de família. — Sotaque galês. A mão, forte e desgastada pela influência do tempo, estava perto da minha na mesa. Apoiei as mãos no colo.

— O que você acha que causou isso?

— Carrego muito minha irmãzinha no colo. — Um tom defensivo evidenciou-se em sua voz. — Ela gosta de se sentar em meus ombros, mas está ficando pesada.

— Carregar crianças não é bom. — Mas é tentador. Eu costumava carregar Naomi para todos os lados, muito depois de ela conseguir andar sozinha. Gostava de sentir o peso dela, seu rosto contra o meu. — É melhor deixar que ela ande sozinha.

Vi um brilho de raiva nos olhos dele, mas, em sete minutos, o conselho era mais importante do que a solidariedade, e examinei suas costas. Os músculos longos da espinha, dos dois lados, eram lisos e densos como duas serpentes, mas, depois que ele se deitou de costas, fez uma careta quando ergui suas pernas. Ciático. Seus reflexos e a sensibilidade estavam normais. Quando falei quais exercícios ele precisava fazer e prescrevi um analgésico, ele sorriu e apertou minha mão. Surtira efeito: a hostilidade dele desaparecera por completo. Ele saiu com um folheto de recomendações, a receita e chutou um brinquedo, sem querer. O brinquedo girou na sala e bateu na parede. Eu o apanhei quando a porta se fechou. Era o patinho de plástico de bico laranja desbotado que já tinha sido mastigado com tanta frequência que estava puído e com a asa arrancada, deixando uma beirada áspera. Ouviu-se um baque abafado quando bateu no fundo da lata de metal. Chamei o paciente seguinte.

Eu sabia que Jade tinha dez anos, apesar de parecer bem mais jovem. Ficou imóvel enquanto a mãe tirava seu casaco, a blusa da escola e a saia. Havia hematomas no rosto, nos braços e nas pernas. Ela parecia ótima, com exceção dos hematomas, mas o lindo rosto era inexpressivo. Observou-me com atenção ao pegar uma girafa de veludo puído. Eu a vira pelo menos quatro vezes naquele ano; já tinha sido cansaço, dor abdominal não definida, falta de apetite e, agora, tosse. Nada havia chamado minha atenção antes, apesar de eu ter percebido as roupas sujas e os cabelos ensebados que desciam em mechas prateadas. Eu havia apenas aconselhado e tentado acalmar a mãe ansiosa. Dessa vez, era diferente. Os hematomas eram recentes. Sorri para Jade, mas a sala parecia escurecer ao redor dela.

A mãe, vestindo pele falsa, falava depressa e alto, sem deixar espaço entre as palavras. Os espaços dariam pistas, mas suas palavras vinham numa sequência apressada.

— Ainda está nos mantendo acordados com essa maldita tosse.

Os olhos verdes e sérios da mulher se focaram nos meus.

— Tem mais uma coisa.

O rosto coberto por uma maquiagem pesada se aproximou e pontinhos secos de rímel endurecido tremiam quando ela piscava. Segurou os ombros da filha com força.

— Ela vem para casa cheia de hematomas. Diz que tropeça muito. Achamos que são as outras crianças. Perturbando-a.

— Por que estão fazendo isso?

— Não sei.

Estiquei os dedos de Jade e coloquei o disco de aço de meu estetoscópio na pequena palma da mão, para não a chocar com o frio em seu peito.

— Posso ouvir sua barriga?

A cabecinha fez um pequeno movimento, para cima e para baixo.

Coloquei o estetoscópio por cima de sua camiseta para ganhar sua confiança; seus cabelos caíram sobre minha mão e vi algo preto subir por uma mecha em direção a seu couro cabeludo. Quando ela relaxou, levantei sua blusa para ouvir seu peito e vi que a pequena e ossuda caixa torácica tinha hematomas; havia mais nas costas. Ouvi a voz da mãe dela mais alta e mais rápida me observando, mas parei de ouvir as palavras. Mantive o rosto sob controle ao tocar as protuberâncias de uma costela. Ouvi pequenos barulhos de estalo em seu peito. Examinei o corpo todo. Quando vi hematomas na parte interna das coxas, ouvi marteladas de preocupação em minha mente.

Digitei uma receita de antibióticos enquanto a mãe de Jade vestia as roupas na filha. Se eu também falasse sobre os piolhos, talvez ela nunca voltasse.

— Isso vai melhorar o peito; precisa de uma colher cheia três vezes por dia. Precisarei examiná-la de novo. Pode trazê-la mais uma vez daqui a dois dias?

Ela assentiu, olhando para a receita em sua mão, e se virou para sair, puxando Jade depressa.

Fui ver Lynn, nossa enfermeira. Ela estava em sua sala, murmurando e enchendo as bandejas com frascos e seringas. Quando contei a ela sobre Jade, seus olhos castanhos encolheram de preocupação.

— Jade nunca veio tomar vacinas. Ela se consultou com a enfermeira substituta no verão passado por causa de uma queda feia, com escoriações nos braços. — Suas mãos bem-cuidadas sobrevoavam o teclado. — O pai esteve aqui há algumas semanas também, com pontos na mão. Tinha enchido a cara naquela tarde. — Ela olhou para mim com preocupação. — Tive a impressão de que ele perderia as estribeiras a qualquer momento.

Eu já tinha visto homens bêbados com feridas abertas na cabeça nas noites de sábado no pronto-socorro durante a residência. Lembro-me das ameaças obscenas, dos golpes sem mira ao fazer suturas com os dedos trêmulos. Então, o pai de Jade era desse tipo.

— O que você acha da mãe, Lynn?

— Não sei dizer. — Ela se inclinou em direção à tela. — Não vem se consultar com frequência. Está escrito aqui que ela se consultou com Frank por depressão ano passado e receitaram citalopram, mas ela não voltou para a consulta de retorno.

Enquanto ela falava, as peças do quebra-cabeça começaram a se encaixar.

— Obrigada, Lynn. Tem alguma possibilidade de você, digamos, entrar em contato com a mãe para falar sobre as vacinas...

— E usar isso como uma oportunidade de visitá-los? Mas é claro!

Telefonei para a assistente social, deixei um recado. Encontrar a enfermeira da escola demorou mais. Ela não estava trabalhando naquele dia, mas a escola me deu o número de seu celular de trabalho. Ela atendeu na segunda tentativa.

— Jade Price? Sim, eu a conheço. Uma criaturinha calada. Não é uma criança feliz.

— Por quê?

— Ela se sente deixada de lado. As outras crianças a tratam como uma leprosa.

A voz rouca queria fofocar. Deixei que aquilo durasse pouco.

— Ela se envolve em brigas? A mãe disse que...

— Como eu disse, as crianças não chegam perto dela, porque ela é calada demais. Os piolhos não ajudam. O pai a busca na escola às vezes, bêbado como um gambá, muito irritado.

Mais uma peça do quebra-cabeça. O pediatra da comunidade não estava; eu tentaria de novo mais tarde. Por ser sócio, Frank precisaria saber, mas teria que esperar até o dia seguinte. Eu estava atrasada. Os pacientes estariam esperando com lábios contraídos, checando o relógio. O peso da preocupação havia desaparecido, deixando apenas um toque de pânico. Quando meu celular vibrou no bolso, peguei-o e olhei de relance para a tela. Ed. Eu teria que lembrar às crianças que não deveriam ligar para mim aqui; eu nunca tinha tempo para falar com eles. Chamei o próximo paciente.

Nigel Arkwright, um corretor de seguros de quarenta anos, empurrou o relatório médico da seguradora sobre a mesa para mim.

— Aqui, está claro como fiquei com pressão alta. — Ele deu um sorriso forçado.

Enquanto eu pegava o envelope grosso e branco, ele tamborilou os dedos fartos na mesa; pareciam salsichas brilhantes e cor-de-rosa, do tipo barato com a pele fina que se abre com um toque da faca. A pressão sanguínea estava alta, mas não de modo perigoso. Ele pegou o folheto de estilo de vida e os formulários do exame de sangue e saiu para marcar um retorno, resmungando para si mesmo.

O ar em meu consultório parecia viciado. Fiquei contente quando Jo, nossa recepcionista, surgiu com uma xícara de chá entre os pacientes. Ela usava os cabelos claros amontoados no alto da cabeça, mas àquela hora do dia pequenas mechas se soltavam. Ela pousou a xícara de porcelana branca num espaço sobre a mesa entre as anotações. Ao tomar os primeiros goles, olhei para as fotografias emolduradas na parede. Havia muito tempo não mudava nenhuma delas. Havia uma de Naomi aos cinco anos, com um sorriso tão largo que seus olhos tinham desaparecido, segurando Bertie com força, quando ainda era um filhote. Os meninos estavam inclinados para a frente, meio escondidos, sorrindo para ela. Havia outra de uma festa de ano-novo do ano anterior. Ted abraçava todos nós; deve ter dito algo engraçado, porque todos ríamos, menos Naomi, que olhava com tanta atenção para a câmera que parecia carrancuda. Recuperei o foco e chamei o paciente seguinte.

A tarde escura virou noite. Um paciente atrás do outro num ritmo constante, e por um momento pensei que estivesse vencendo. Então, Jo espiou dentro do consultório, com os olhos arregalados de preocupação: o pequeno Tom havia acabado de chegar com um ataque de asma. Sua mãe, uma bela adolescente com *dreadlocks*, estava calada, amedrontada. Tom suava, a pele funda entre as costelas, puxando o ar em silêncio. Entrei em modo automático, e em pouco tempo ele estava respirando Ventolin com oxigênio por uma máscara infantil, cansado demais para resistir. A cabeça começou a ficar mole e ele dormiu profundamente. A ambulância chegou logo depois, a fim de levar os dois ao hospital para que ele fosse estabilizado durante a noite.

A sala ficou em silêncio depois que eles saíram. Meu estetoscópio encontrava-se em cima de envelopes abertos cheios de anotações. Formulários de exame de sangue estavam empilhados e havia um abaixador de língua no chão. A superfície bege do chá estava circundada por uma nata leitosa. Fiz todo o procedimento de fim de expediente, organizei as anotações e registrei cartas no gravador para os assistentes sociais e de pediatria.

Nenhuma consulta em domicílio. Jo foi para casa, e sua despedida ecoava na sala de espera vazia. Rabisquei uma lista de coisas a fazer pela manhã e a prendi na tela escura do computador.

A rua estava vazia. Luzes cor de laranja iluminavam as poças oleosas. A loja de móveis de pinheiro estava fechada; barulhos e risadas abafadas vinham do pub. Meu velho Peugeot encontrava-se sozinho no estacionamento; de costas para o espaço escuro atrás de mim, procurei as chaves, e meus lábios tremeram de medo por um momento. Dentro do veículo, minha outra vida apareceu instantaneamente com o cheiro de cachorro, lama e roupas de banho molhadas. Fez com que eu me lembrasse da completude de nossas vidas. O que tínhamos foi conquistado com dificuldade, mas na maior parte do tempo eu sabia que éramos sortudos. Havia folhas de lição de casa de matemática espalhadas no chão e um par de tênis enfiado embaixo do assento da frente. Encontrei uma bala num saco de celofane amassado enfiado no bolso lateral. Era açucarada e picante. Engatei a primeira e parti.

# 4

*Dorset, 2010*
*Um ano depois*

Nos campos próximos à casa, o cheiro forte de terra misturada com mato traz a lembrança de crianças brincando até tarde num jardim escurecido. Ou seria cheiro de funerais? O rosto de Naomi flutua no espaço cinza à minha frente — um rosto escuro como se estivesse numa caixa. Depressa, pense no mar, cujo som está nos seguindo. Mas o vaivém do mar se torna uma batida do coração. Com seis semanas, ela era apenas um coração. Eu havia conseguido uma ultrassonografia logo no começo, mas o músculo transparente e pulsante na tela me deixara tensa. Como não se exauria? Mais tarde, examinando uma tosse de criança, minha orelha pressionada contra sua pele perfeita, ouvi aquela batida rápida de passarinho. Seria possível que ela tivesse percebido no fim, se tivesse havido um fim, que seu coração estava desacelerando? Há sangue suficiente num cérebro agonizante para registrar que o coração parou? Meus pés se prendem na raiz alta de uma árvore e minha cabeça bate com força no tronco duro. Eu havia me esquecido do choque da dor física. Pimenta no olho do elefante.

Eu costumava manter um estoque de bandagens no armário. As prateleiras empoeiradas estão cheias de lençóis velhos, mas, no fundo, meus dedos envolvem a bolsinha de tecido. Certa vez, ela caiu da parede do jardim e cortou o couro cabeludo. Quando escovei seus cabelos sedosos aos cinco anos, vi a minúscula cicatriz na cabeça.

Ela havia levado um golpe na cabeça? Os ferimentos no couro cabeludo podem ser fatais. Pensei que já tivesse passado por essa tortura, mas em dias ruins os pensamentos aparecem junto com lembranças, afiando-os como facas.

Limpo o corte depressa, seco e junto as pontas com pontos falsos. Ao mesmo tempo, Bertie encosta o focinho em minha perna, gemendo baixinho. Eu me esqueci de alimentá-lo; o ritual tranquilizador de abrir a lata, pegar a comida de cachorro com a colher, colocar em sua tigela e misturar com biscoitos restaura a normalidade da noite. Era assim naquela época.

## *Bristol, 2009*
## *Dezessete dias antes*

A pilha de roupas passadas estava quente sob minha mão, e as cabeças grandes e cor de laranja de um ramo de crisântemos brilhava no escuro do lado de fora das janelas. Um cheiro apimentado de carne vinha da cozinha, da caçarola que eu havia deixado cozinhando o dia todo. Bertie encostou a cabeça em minha perna e o dia começou a ficar mais tranquilo. Alimentei-o e o levei para fora. Enquanto ele chafurdava nas folhas marrons e bebia água das poças, as luzes brilhavam das janelas das casas pelas quais passávamos. Vi a borda brilhante de uma estante numa delas; noutra, uma mesa posta com copos reluzentes. Era difícil imaginar que essas casas perfeitas tinham armários como aquele que tínhamos em casa, cheio de despertadores, chaves antigas, peças de computador e xícaras de asas quebradas. Quando passei pela última casa, alguém fechou as altas janelas de madeira.

O Downs no fim de nossa rua levava a uma extensão de grama além da Ponte Pênsil de Clifton. As vigas-mestras de aço tinham desaparecido no escuro, e as faixas frágeis e pouco iluminadas pareciam flutuar. Uma lembrança reluzia como o rio logo abaixo; o mar radiante em Corfu brilhava com a luz do sol no verão passado. Nadando, consegui ver a escuridão abaixo de mim se aprofundando, e o terror tomou meu corpo. Se eu me esquecesse de fazer os movimentos automáticos que me mantinham boiando, afundaria, sem ser vista, impotente na escuridão, sem nada em que me apoiar. Eu havia virado de costas e nadava até as rochas. Sentada na superfície cinza e áspera, cercada pelo canto das cigarras e pelo cheiro de tomilho, o calor amenizara o medo. Puxando Bertie atrás de mim, comecei a correr para casa, os pés ecoando na calçada; não era possível esquecer movimentos automáticos, essa era a questão. O corpo lembrava.

Os gêmeos tocavam violão, espalhados no banco perto da janela. Ed acenou brevemente, com os ombros curvados, os dedos compridos dedilhando as cordas. Ele havia crescido e emagrecido, de modo que os ossos de seu rosto se destacavam sob a pele e a face estava mais côncava. Quando olhei para ele, absorvendo as mudanças que ainda me surpreendiam, ele desviou o olhar e lembrei que ele havia tentado me ligar.

— Desculpe não ter atendido, querido. Queria ter retornado, mas tive uma emergência. Você poderia deixar uma mensagem na recepção da próxima vez, ou esperar até eu chegar em casa?

Ed deu de ombros. Fazia um tempo que eu já não sabia o que ele estava pensando nem conseguia me lembrar de nossa última conversa. Naomi andava mais calada também. Parei enquanto tirava o casaco. Era isso que acontecia quando os filhos cresciam? Um processo tão gradual que, no futuro, eu não saberia indicar o momento exato em que havia me tornado apenas uma observadora, olhando a distância. Olhei para Theo. Com a cabeça jogada para trás e os olhos fechados, dedilhava e cantava em voz alta, com a gravata meio frouxa, os livros de arte espalhados pelo chão em meio a migalhas de torradas. Ele olhou para a frente de repente e sorriu, com a boca larga se abrindo no rosto sardento. Senti vontade de abraçá-lo. Theo pelo menos ainda era o Theo, brincalhão, descomplicado e feliz. Ed estava olhando; sorri para os dois. Eles sempre foram diferentes, apesar de terem recebido o mesmo amor e a mesma atenção. Talvez isso fosse prova de que o caráter é predeterminado. Gostava dessa explicação, eximia-me de culpa.

Quatro colheres de manteiga e quatro colheres de açúcar, farinha, gemas amarelas brilhantes. Fatias de maçã por baixo, massa despejada por cima, forno. Outro tipo de movimento automático, com cor e cheiro.

A porta de trás foi aberta com força.

— Oi, cachorrinho. — Naomi, usando um casaco preto com uma faixa na cintura, se abaixou em direção a Bertie. — Sentiu minha falta?

Seus cabelos claros caíram em frente ao nariz como um tecido brilhante, e ele espirrou fazendo barulho. Ela olhou para cima, mas seu sorriso desapareceu quando me viu perto do fogão, e não retribuiu o meu. Sua voz estava ríspida.

— Sei o que vai dizer, mas não se dê ao trabalho. Faço a lição de casa na coxia. Não posso perder os ensaios. Vou me trocar.

— Eu não pretendia falar nada sobre a lição de casa. — Estava magoada. — Mas se tiver muita...

Ela se virou em silêncio e subiu as escadas arrastando os pés. Ouvi um barulho de porta se fechando, distante. Ela costumava subir a escada correndo. Estava cansada. Fatiei as castanhas; ainda eram as preferidas dela, misturadas com manteiga com algumas amêndoas assadas por cima. Cansada e irritada. Os ensaios da peça estavam coincidindo com as provas. Os meninos pegaram os livros e subiram, conversando. Theo provocava Ed, baixinho, alguma coisa relacionada a garotas, para que eu não ouvisse.

Paz. A sensação de segurança por ter os filhos em casa e as portas fechadas à noite. Escorri as batatas e as amassei para formar um purê, fiz sanduíches para Naomi e preparei uma garrafa térmica de chocolate quente. Havia separado um pouco do jantar para ela. Por um momento, a imagem de Jade Price apareceu em minha mente na cozinha aquecida; ela me parecera muito magra naquela tarde. Fiquei pensando se havia alguém para lhe dar o jantar.

A campainha dos fundos tocou: os amigos de Naomi vinham buscá-la para o ensaio. Ela atravessou a cozinha e desapareceu em meio a um burburinho de vozes jovens.

No andar de cima, a porta da frente se abriu. Ouvi o som de chaves de carro sendo colocadas na mesa, passos rápidos descendo os degraus até a cozinha.

— Você está cheirando a hospital — murmurei, encostando a face no rosto frio e áspero de Ted. O cheiro forte de desinfetante estava sempre impregnado nele quando chegava em casa, assim como o de lavanda, do sabonete do banheiro do hospital. Eu queria ficar perto, mas ele se afastou e sorriu, olhando por cima de meu ombro.

— Ei, isso está com uma cara boa.

Ele se abaixou para pegar uma garrafa de vinho da prateleira. Serviu dois copos e estendeu um deles.

— Como foi seu dia? — perguntou.

Ele parecia animado, por isso não contei sobre a criança cheia de hematomas, a irritação de Naomi, nem que eu havia me lembrado de como era estar no mar, em perigo.

— Bom — falei. — E o seu?

— Fantástico. A criança está muito melhor. Muito interesse internacional, a imprensa tem telefonado o dia todo.

Ele começou a andar, sem conseguir ficar parado, passando os dedos pelos cabelos, arrepiando os fios louros. Enquanto eu o observava, a garrafa térmica na mesa chamou minha atenção, pois havia sido esquecida com o pacote de sanduíches.

— Ela parou de gritar. Não teve mais alucinações. — Ele olhou para mim, olhos azuis brilhando. — Uma operação para curar sintomas psicóticos... é inovador.

Na hora do jantar, o rosto cheio de sardas de Theo e a face mais morena de Ed se mexiam enquanto eles mastigavam, olhando para Ted. Ele nos contava sobre os momentos tensos de tentativas delicadas para destruir células prejudicadas no cérebro. A criança demonstrava sintomas clássicos de psicose com ilusões paranoicas. Na ala, ela havia jogado água fervente nas outras crianças e mordido as enfermeiras. Naquele dia, depois da operação, desenhava flores.

O telefone tocou; era o *Daily Mail* querendo saber sobre essa milagrosa nova cura. Ted foi para o andar de cima para poder conversar.

Theo fingiu abrir a cabeça de Ed com a ponta do garfo.

— Vou curar você, de uma vez por todas.

Antes que Ed pudesse escapar, Theo o empurrou da cadeira e pulou em cima dele no chão, gritando:

— As vozes em minha mente dizem que devo matar você.

— Se subirem agora para fazer a lição de casa, deixo vocês escaparem de lavar a louça. — Esse tipo de frase costumava funcionar. — Theo, já mostrou ao papai seu projeto de arte?

— Qual?

— "O lugar do homem na natureza". Ele vai vê-lo na exposição.

— Não posso, ele vai me matar.

— Querido, supere isso.

Quando eles subiram, a cozinha ficou silenciosa. Comecei a juntar os pratos sujos. Ed havia deixado a maior parte da comida. Comera muitas torradas mais cedo. Eu ainda estava lá quando Naomi entrou devagar pela porta, uma hora mais tarde do que pensei que ela chegaria.

— Como foi? — perguntei, olhando para as olheiras dela.

— Bem. — Ela esboçou um sorriso. Esperei alguma história sobre alguém ter feito uma piada; talvez o diretor estivesse contente com seu talento para cantar ou com o modo como recitou as falas. Observei enquanto ela tirava o casaco, enchia um copo de leite e se recostava no fogão para beber.

Ela parecia estar num lugar muito distante; olhava de lado para mim, não me encarando direito.

Quando ela caminhou para a escada, não consegui evitar.

— E então, o que aconteceu?

— Coisas. Estou cansada.

Antes, ela me seguiria pela casa, falando sem parar, perguntando várias coisas, tirando dúvidas, fazendo piadas. Eu diria que precisava de um tempo para responder aos e-mails, mas ela teria me seguido até minha mesa, sentado no braço do sofá e falado sem parar. Agora, isso parecia um passado muito distante.

Quando passou por mim, senti um leve cheiro pungente. Tabaco.

— Naomi?

Ela se virou sem paciência.

— Você não andou fumando, andou?

Seus olhos azuis pareciam mais claros do que o normal. Ela balançou a cabeça.

— Izzy estava fumando no vestiário depois do ensaio. Estava chateada porque a sra. Mears não parava de corrigir suas falas, então... — Naomi deu de ombros. — Onde está o papai?

Olhei para ela por um momento. Não acreditei, mas saberia se estivesse fumando com frequência: suas roupas cheirariam a cigarro. Ela começaria a tossir. Um cigarro não era nada de mais. Deixei passar.

— O grande neurocirurgião está em seu escritório, atendendo a imprensa mundial — respondi.

Ela começou a subir.

— Não está com fome, querida? Você se esqueceu...

Mas ela já tinha desaparecido nas sombras do alto da escada.

# 5

*Dorset, 2010*
*Um ano depois*

Eu me esqueci da última vez em que toquei alguém ou fui tocada. Beijei a mão de Naomi na cozinha há um ano. O calor do abraço rápido de Theo no último Natal desapareceu há muito tempo. Vejo Ed todos os meses, mas ele evita qualquer contato comigo. Ted e eu dividíamos uma cama até eu partir, mas ficávamos separados, de costas um para o outro. Nas casas de repouso que visitava, os moradores se sentavam reunidos no canto de uma sala, mãos velhas segurando as minhas, ansiosas por contato; agora, mudei de lugar. Não tocar se tornou um ato escrupuloso. Tomo o cuidado de evitar o toque acidental de dedos numa loja quando o atendente entrega meu troco. Quando alguém se aproxima de minha porta, afasto-me. Então, ao ver a senhora deitada nos degraus em frente a sua casa quando subo a rua, certa tarde, fico surpresa com a rapidez com que a toco. Sua pele está pálida, mas a pulsação está forte e regular, e minha mão em seu peito sobe e desce. Embaixo de suas pálpebras, as pupilas são do mesmo tamanho. Ela parece tão calma que eu hesito, pensando em como posso acordá-la sem assustá-la. Conheço esse sobressalto na volta à realidade, ainda que às vezes gostasse dele.

*Bristol, 2009*
***Dezesseis dias antes***

Acordei com um sobressalto. Em meus sonhos, eu estava num espaço cheio de vozes ríspidas e de uma queda incessante de água. Ouvi batidas se aproximando. Jade chorava em algum lugar. O alívio da manhã tomou conta de mim aos poucos. O choro se tornou o chamado das gaivotas, soprado para o continente pelo vento. Havia um corvo do lado de fora, cantarolando e pulando pelos galhos vazios do limoeiro; pontinhas dos galhos secos resvalavam na janela. Em algum lugar na casa acima de onde eu me encontrava, Naomi devia estar tomando seu banho da manhã. A água estaria caindo ao redor de seu corpo numa coluna brilhante.

Enrosquei meus pés nos de Ted e observei seu sono ficar mais leve. Suas faces estavam mais flácidas que antes, e a luz reluzia fios grisalhos entre os louros onde seus cabelos desciam pelo pescoço. Aproximei-me, moldando meu corpo ao dele. Nossos corpos ficavam aquecidos e seguros juntos. O sonho assustador passou.

Havíamos plantado dois limoeiros juntos, dezoito anos antes, quando soubemos que eu estava grávida de gêmeos. Fizemos uma competição para ver qual dos dois crescia mais depressa, mas, no fim, eles tinham se retorcido num só tronco, enorme. Até os galhos estavam entrelaçados. No verão, a luz da manhã de nosso quarto era verde, mas, nessa época do ano, os galhos preenchiam o espaço com linhas pretas cruzadas.

Ted emitiu um som de despertar. Ele sempre acordava feliz. Pousou a mão quente em meu ombro e a desceu lentamente pelo meu braço e pelas costas, puxando-me para mais perto. Nossos rostos se tocaram, ele encostou a boca em minha face.

O rádio ligou sozinho, programado para tocar às sete. Terça-feira, três de novembro, a voz me disse. Eu tinha que me levantar. Precisava falar com o pediatra e eu estava de plantão. O arrependimento e a culpa me envolveram como um casaco familiar.

— Desculpe. — Afastei o edredom. — Desculpe, desculpe.

— Vou colocar a chaleira no fogo. — Os passos dele desceram a escada lentamente; sua voz soou alta, mas distante.

A água quente ao redor de meu corpo na banheira foi aliviadora. Tanto faz, pensei, enquanto observava o rosto calmo de Ted escovando os dentes. Beberiquei o café puro que ele trouxera para mim. Não importa.

Conversamos sobre o dia que teríamos: minha visita a Jade Price, a clínica de Ted e a palestra que ele daria depois do trabalho para os alunos. Ele andava de um lado a outro enquanto se secava depois do banho, pensando, falando. De repente, avistou os pôsteres do projeto de arte de Theo posicionados fora do quarto dele, prontos para serem emoldurados na escola. Parou abruptamente e, abaixando-se, começou a folhear. Então, Theo não os havia mostrado a ele na noite anterior; estava guardando segredo. Tratava-se de uma série de fotos de Naomi na mata, no outono, no Brecon Beacon, feitas em domingos diferentes de outubro. Sempre que as árvores perdiam mais folhas, Naomi tirava mais peças de roupa. Primeiro, apenas as luvas, depois os sapatos, o casaco e o cardigã. Ted assobiou admirado com o modo como Theo havia capturado as formas e cores do outono, e o rosto pálido de Naomi brilhando contra as árvores. Foi ficando mais calado enquanto avançava na sequência. No fim, Naomi estava nua, escondida entre os galhos. Seus olhos se destacavam, desafiando quem a observava. Percebi o pavor de Ted em seu silêncio.

— Querido... — Fiquei atrás dele, enrolada numa toalha, meus pés empoçando o piso de madeira. — Sei o que está pensando...

— Você não sabe o que estou pensando — disse ele, baixinho.

— É uma metáfora. Se nos abrirmos para o mundo natural, se nos livrarmos de nossas camadas complexas, ele nos protegerá. Sei que o Theo...

— Pare de dizer que você conhece todo mundo. Não conhece. — Seu tom de voz aumentou. — Não tem nada a ver com a natureza. Ele a está explorando, fazendo uma série de fotos obscenas para chamar a atenção. Ela ainda é muito nova para perceber isso, mas certamente você percebe.

— Ted, isso é arte.

— Não acredito que você usa essa desculpa clichê para acobertar a pornografia.

— Não é pornografia. — Meu tom de voz tinha aumentado também. — Ela estava de calcinha, pelo amor de Deus; ficou de casaco até conseguir se esconder. Nikita estava junto. Naomi jogava as peças de roupa para ela enquanto se despia. — Parei para respirar. Como ele podia pensar que Theo a exploraria? Ele e Naomi sempre tinham sido os mais próximos dos três, mesmo quando eram pequenos.

— Você está desviando do assunto de novo — disse ele de modo breve.

Evitei a briga. Não tinha tempo.

— Conversamos sobre isso à noite, com Theo.

— Não tenho mais nada a dizer. — Ele deu de ombros.

O tempo havia acabado. As discussões costumavam não ser finalizadas e pareciam desaparecer, fogueiras negligenciadas que se apagavam, deixando só um monte de cinzas para trás. Ted, vestido, estava mais firme, determinado, caminhando mais depressa. Ele me deu um beijo que não acertou os lábios, olhando para outro lugar. Saiu e fechou a porta.

Naomi apareceu enquanto eu pegava minhas bolsas. Ainda parecia cansada, apesar da noite de sono, e caminhou pela cozinha lentamente encontrando pastas, cachecol e botas. Parecia distraída pensando no dia que teria e não olhou para mim quando sugeri que ela tomasse o café da manhã.

— Não estou com fome — disse ela brevemente, ajeitando o cachecol enquanto se olhava no pequeno espelho na parede perto do telefone.

— Coma alguma coisa, querida. Torrada? Um ovo?

Ela enrugou o nariz com nojo sem responder e se abaixou em direção ao cachorro.

— Amo você, Bertie.

Beijou o ar acima da cabeça dele e foi embora; bateu a porta. Voltou para pegar o celular e saiu de novo.

Os meninos apareceram, sonolentos e silenciosos. Ed estava desalinhado, com os cabelos meio penteados e a gravata sem nó. Serviu-se de cereal e comeu devagar, lendo a lateral da embalagem, concentrado. Theo recostara-se na porta da geladeira, comendo o resto do bolo de maçã, olhos fechados. Então, saíram, batendo os ombros quando tentaram sair pela porta juntos, os dois carregando a pasta de Theo, com os ombros curvados.

Estava na hora de eu sair. Eu os segui, mas voltei quando cheguei à porta, puxada para trás pela desordem. Marcas de dente na borda amanteigada da torrada, uma poça de algo açucarado, embalagens descartadas, jarros abertos. Eu queria ficar, trancar a bagunça dentro dos armários e restaurar a ordem nas superfícies.

***

Minha mãe, numa versão mais jovem, parecia observar das sombras por trás dos casacos pendurados no corredor, tão perto que eu conseguia sentir sua respiração em meu pescoço, o queixo em meu ombro. Dizia-me para ficar, organizar as coisas e cuidar de tudo como ela teria feito. Rapidamente, afastei as fileiras de sapatos até encontrar os vermelhos novos de salto. Eu os calcei, tornando-me a profissional, a médica, e bati a porta ao sair.

Do lado de fora, encontrei Anya sendo deixada de carro pelo marido. Embaixo do casaco, estava o avental estampado que ela usava para limpar nossa casa. Sempre trabalhava com calma, as mãos delicadas honrando cada tarefa. Por mais que eu tentasse, acabava empurrando as coisas com raiva, passando de uma tarefa não concluída para outra. Ela e o marido vieram da Polônia. Sempre que eu o via, ele franzia o cenho para mim. Queria dizer a ele que Anya tornava a minha vida possível, mas isso o teria deixado mais bravo, como se minha vida fosse mais valiosa que a dela. Seu olhar hostil passou pelo meu casaco quente, pela bolsa de couro, pela casa grande atrás de mim.

Enquanto abria o carro, acenei para a sra. Moore do outro lado da rua; ela estava colocando pequenos pacotes no cesto de reciclagem. Ted havia deixado nosso lixo na calçada na noite anterior: as garrafas enxaguadas de vinho, as caixas exóticas de papelão da comida pronta que comprávamos, cópias do *Telegraph* dobradas ao meio. A sra. Moore se endireitou com a mão na região lombar. Olhou na minha direção, e seus lábios rachados se entreabriram. Consegui ver a sombra de seu filho Harold remexendo-se à janela. Ele tinha cerca de trinta anos, era portador da síndrome de Down. O marido dela partira anos antes. Eu me perguntava, como fazia sempre que a via, o que a motivava dia após dia. Ela ainda olhava para mim quando liguei o carro e apertei o botão do rádio e, de repente, pensei que poderia ser de outro jeito. Talvez eu não precisasse me sentir culpada por parecer ter tanto a mais do que a sra. Moore; ela me via entrar e sair correndo, sabia que Ted vinha tarde para casa todos os dias. Talvez até sentisse pena de mim.

A manhã passou depressa. Três mulheres, uma depois da outra, prejudicadas pela bagunça da biologia comum: menstruação, gravidez, menopausa. Enquanto eu as ouvia e examinava, sentia vontade de dizer que aquela era a vida normal, não a doença. Em outras culturas, havia celebrações; talvez eu fosse a celebrante aqui, oferecendo reconhecimento nesses ritos de passagem. Mas o último paciente, o sr. Potter, estava muito doente. Aos noventa anos, ele havia polido os sapatos, descido a ladeira e esperado sua vez para me dizer que sentia uma dor muito forte no peito, do lado esquerdo. Olhei para seu rosto suado, para o sorriso que ele tentava esboçar nos lábios trêmulos. Não havia muito tempo.

— Desculpe, doutora, eu não sabia; pensei que fosse indigestão. Não queria perturbar a senhora. — Ele falava com dificuldade, puxando o ar. — Quem vai cuidar do meu gato?

Ele usou o telefone para falar com seus vizinhos ao mesmo tempo que eu organizava sua internação para tratamento coronariano. Estava mudando de mundos. Atrás dele, havia seu pequeno e limpo apartamento, as fotos de casamento desbotadas no mantel de tijolos, a chama da fogueira a gás com a cadeira vazia na frente da dele e a presença ingênua de um gatinho. À frente dele, havia um lugar de luzes fortes, tubos e monitores que apitavam; os funcionários da recepção estariam longe demais ou perto demais; respirando no rosto dele ou conversando com ele como se ele fosse uma criança surda. Senti vontade de pedir a ele para usar suas medalhas de guerra.

Frank estava sentado a uma mesa antiga de tampo de couro, dando telefonemas; ergueu as sobrancelhas, sorriu e meneou a cabeça, indicando uma cadeira. Havia duas canecas de café na mesa à frente dele, e o cheiro delas enchia a sala. Eu me sentei.

Ele colocou o telefone no gancho e sussurrou, envolvendo com as mãos imensas uma das canecas. Seus óculos estavam tortos; nenhuma parte da mesa podia ser vista debaixo do monte de instrumentos, canetas e formulários.

Houvera uma discussão burocrática, aparentemente, o que significava que as estimativas estavam mudando de novo. Enquanto Frank resmungava a respeito de políticas médicas, o café me esquentava e eu relaxei. Começamos a falar sobre a manhã.

— Indiquei Jade Price ao pediatra da comunidade. Possível abuso. Não disse nada à mãe dela, por isso vou à casa deles mais tarde.

Frank ouviu a história com o olhar atento.

— Conheço os Price. Tome cuidado, Jenny, e olhe de todos os ângulos. Não acho que eles abusam dela.

— Não há muitos ângulos — falei, lembrando-me dos hematomas e da inércia de Jade. — O perfil da família se encaixa. O pai dela é alcoólatra. A mãe está deprimida.

— Por que ir até lá? Você poderia só telefonar.

— Vai ser difícil dizer a ela que suspeito da família. Poderei escolher melhor o momento certo se estiver cara a cara. — Parei quando outro pensamento me ocorreu. — Também pode ser que haja mais pistas pela casa.

— Quer que eu vá com você?

— O quê? Por quê?

— Eles podem enrolá-la ou ameaçá-la. Você parece um pouco... preocupada. Quero dizer, de modo geral. Tem alguma coisa perturbando você.

Frank nao era médico de família havia trinta anos à toa.

— Ah, sabe como é. Coisa de família.

— Ted está bem?

— Sim, está. Uma estrela em ascensão, na verdade. — Lembrei-me do brilho em seus olhos na noite anterior, da animação que emanara.

— As crianças? Minha afilhada preferida?

— Naomi mudou. Acho que está mais calada. Não sei bem o que pode ser. — Quando disse isso, a preocupação fez minha cabeça latejar. O que eu estava deixando passar?

— Está aprontando alguma, espero. — Ele sorriu. — Meninas de quinze anos passam a vida aprontando alguma.

— Ela costuma me contar. — Mas não ultimamente, não nas várias últimas semanas. Meses, até.

— Conhecendo Naomi, sei que ela se abrirá quando for o momento. O que o Ted acha disso?

— Não disse nada. Bem, não falei sobre isso com ele. Tem muita coisa acontecendo. — Sorrio. — Nunca temos tempo. Um de nós dorme.

— Só Deus sabe como vocês conseguem fazer tudo isso. Só tenho uma, e a Cathy fica em casa o dia todo.

Não gostava quando as pessoas diziam isso. Como se eu pudesse estar mentindo. Não havia mágica. Não era nem difícil. Eu só precisava levar adiante, e eu sabia exatamente como fazer isso. Às vezes, tinha a impressão de estar escapando de uma vida para outra e voltando para a primeira. Eu não sabia exatamente do que fugia a cada vez, mas parecia dar certo; eu dizia a meus amigos que isso me dava uma desculpa para o caso de algo sair errado. Com o tempo, percebi que, se isso significava que eu precisava deixar as crianças se virarem, elas quase sempre conseguiam. Eu só podia culpar a mim mesma por Naomi estar se tornando independente. Esperaria até que ela baixasse a guarda e estivesse pronta para conversar. Eu havia ignorado o cigarro e, assim que ela me contasse qual era o problema, eu ajudaria.

Se alguém me perguntasse, eu diria que ela estava feliz como sempre, que Ted e eu estávamos bem. Diria que todos nós estávamos perfeitamente felizes.

A casa dos Price ficava numa rua perto do píer, a dois quilômetros do consultório. A área perto do rio tinha sido reconstruída; os antigos galpões agora eram escritórios de vidro e tijolos e uma academia. Mas a arquitetura glamorosa não chegava onde os Price viviam, algumas ruas mais para trás. Estacionei o carro e caminhei, procurando o número 14. Uma ou duas janelas tinham papelão cobrindo o vidro quebrado. Num jardim na frente de uma das casas, havia uma televisão jogada na lama. Nenhuma das portas tinha números. Parei perto de um grupo de garotos ao redor de uma moto, e o veículo esguio não combinava com a rua. Os meninos eram magros, eretos contra o vento forte. Um deles bebia de uma lata, virando-a para cima, sem cuidado, de modo que o fluido escorria em seu rosto. Uma folha amarelada de jornal soprou contra minhas pernas. Eu a puxei e soltei, observando quando ela encontrou o poste de iluminação. Eu me aproximei do grupo.

— Oi. Estou procurando o número 14.

O garoto mais alto olhou para cima.

— Jeff Price? Para quê?

Um menino menor dá um passo à frente, mudando o peso do corpo de uma perna à outra, um baseado entre os dentes, braços brancos expostos e dobrados. Ele meneou a cabeça em silêncio para uma casa de porta amarela.

— Obrigada pela ajuda. — Sorrio depressa para todos eles.

— Fresca, não? — disse alguém quando eu me virei e um deles jogou a lata na rua.

Havia garrafas na frente da porta amarela; algumas tombadas. Bati os pés em um monte delas ao dar um passo, e elas se espalharam pelo caminho. Ouvi risos atrás de mim.

A porta estava entreaberta, e o cheiro de urina e cerveja chegava ao lado de fora. A campainha não funcionava. Bati; ninguém atendeu. Empurrei mais a porta, entrei no corredor escuro e estreito, chamei:

— Olá? Sra. Price? É a médica de ontem.

— Quem é?

Um homem enorme apareceu na escuridão do corredor estreito. Seu roupão manchado estava desamarrado, revelando um tapete de pelos grisalhos no peito e cuecas largas. Quando ele atravessou o corredor rapidamente na minha direção, segurei a bolsa com mais força.

— A médica. Sou... a médica.

— É mesmo? E está atrás de quê?

— Sua esposa levou Jade ao meu consultório ontem.

A mudança foi repentina e completa. Ele abriu um largo sorriso e arregalou os olhos.

— Que bom, querida. Estou morrendo de preocupação por ela. Entre, esta é minha mãe.

Eu contaria em breve. Assim que cumprimentasse a mãe dele, avisaria que estava preocupada com a possibilidade de a filha dele estar sofrendo abusos, ainda que não usasse essa palavra. Eu diria a ele que eu a havia indicado a outro médico, por segurança. Ele fez um gesto para que eu passasse pelo corredor e por uma porta estreita no fim dele.

— Diga oi à médica, mãe. Ela veio por causa de nossa pequena Jade.

O cheiro de amônia fez meus olhos lacrimejarem. Uma senhora idosa estava perto do fogo onde uma madeira fina brilhava. Uma mulher velha e tagarela, com olhos fundos nas dobras secas da pele e unhas finas segurando a cadeira. Seus braços eram torcidos e a boca mantinha um ritmo constante de mastigação. Embaixo de onde ela ficava, o tapete parecia escuro e molhado.

— Ela não consegue se controlar. Vou fazer uma xícara de chá. Fique à vontade, querida.

Procurei um lugar para me sentar, mas toda superfície estava tomada; embalagens descartadas, bolas de guardanapos amassados com sujeiras verde-escuras nas dobras. Brinquedos de plástico espalhados pelo chão e enfiados embaixo da televisão. Havia o desenho infantil de uma casa colado na parede. O calor e o cheiro eram intensos. Fui até o corredor e prestei atenção. Ouvi a chaleira apitando, o som de talheres e de algo batendo, e palavrões ditos pelo sr. Price. Olhei para a escada estreita que serpenteava em direção à escuridão. Prestava atenção para ouvir barulhos de criança, mas não tive tempo de escutar mais nada.

— Está me procurando, querida? — O sr. Price apareceu com duas canecas fumegantes. Ele me acompanhou de volta à sala de estar, e sua barriga rígida me empurrava para a frente. — Aqui está, mãe.

Colocou uma caneca para mim em cima de uma pilha de jornais, soprou fazendo barulho dentro de outra, inclinou a cabeça da mãe e serviu chá na colher dentro de sua boca; gotas marrons escorreram por seu queixo e molharam a camisola de náilon cor-de-rosa. Ao lado de sua cadeira, havia uma foto de família; de onde eu estava, conseguia ver a forma de uma criança em meio aos pais, um de cada lado.

— Sobre Jade...

— Sim?

— Estou preocupada com... os hematomas.

— Tracey me contou. Essa tosse. Ela fica quente, às vezes. E começa a suar. E parou de comer, está emagrecendo. Todos aqueles hematomas.

— Queria saber como ela ganhou essas marcas. — Observei-o com atenção ao dizer isso.

— É só aquilo. Não fazemos ideia. Nenhuma.

— Em parte, esse é o motivo pelo qual quero que ela vá ao hospital para fazer um *check-up*... por causa dos hematomas.

— Hospital. Porra. Você acha que é sério, então? — Ele franziu o cenho, parecia verdadeiramente preocupado, e percebi o que Frank queria dizer. Esse homem sabia me enrolar.

— Tudo o que não entendemos é importante. — Mantive a voz baixa. — Quero que ela seja examinada por um pediatra.

— É mesmo? E quem seria?

— Um médico especialista em crianças. Alguém que possa analisar os problemas que acontecem quando elas têm lesões que não compreendemos. Como a Jade. Para ser sincera, estamos com receio de ela estar sofrendo agressões.

— Aqueles pequenos malditos na escola.

Eu tentei, tentei bastante. Se eu forçasse um confronto, ele poderia levá-la e desaparecer.

— Vocês podem marcar uma consulta, ou eles ligarão caso surja uma vaga no hospital nos próximos dois dias.

— Obrigado, doutora. — Seu rosto se abriu num sorriso que me pareceu convincente. — Direi a minha esposa.

Eu me levantei, ignorando o chá. A mãe dele se remexeu sem fazer barulho na cadeira.

— Tudo bem, ela está indo embora. — O sr. Price se inclinou em direção à mãe, gritando em seu ouvido. — Diga tchau para a doutora.

Os olhos de papagaio se viraram para mim. Ela sabia. Não havia como viver numa casa com uma criança que estava sendo agredida e não saber. Ela provavelmente sabia exatamente por que eu estava ali.

O grupo de garotos continuava ali. Um deles segurava um saco perto do rosto, o outro estava encostado no poste, remexendo-se, olhos fechados. Dois encontravam-se agachados, com a cabeça baixa, mexendo as mãos. Não me viram passar. A rua estreita estava mais escura; a faixa de céu parecia verde-acinzentada e havia começado a garoar. Olhei meu relógio enquanto me apressava: 16h. Theo estaria no estúdio de arte, organizando as fotos para a exposição. Ed estaria no treino de remo, com os olhos sérios, músculos se flexionando. Eles tinham idade próxima a desses garotos da rua. Mas não me senti sortuda. Senti medo.

Estava frio dentro do carro, por isso liguei o aquecedor e o rádio. As notícias da região estavam sendo lidas. Ataques de estupradores na região de Bristol. Inundação. Fábrica de chocolate fechada.

De repente, senti vontade de falar com Ted; queria ouvir sua voz. Desliguei o rádio, peguei meu celular e digitei seu número. Sua voz na mensagem gravada me informava que ele não estava disponível, que eu deveria deixar um recado após o sinal. Essa mensagem era diferente da última que ele havia gravado em casa, com um som suave de música ao fundo, panelas batendo e vozes das crianças. Na mensagem atual, ouvia-se apenas sua voz, clara e confiante. Ele parecia muito seguro e muito distante.

# 6

*Dorset, 2010*
*Um ano depois*

Envolvo o pulso fino da senhora com meus dedos. Absorvi a imagem dela sem perceber, como uma árvore à beira da estrada pela qual sempre passo. Até agora, ela não era nada além de uma forma encolhida dentro de um casaco enorme. Eu sabia que ela era velha pelo andar duro e pausado. Às vezes, à noite, eu olhava pela janela e via um ponto de luz vindo da janela do quarto dela. Agora, ela estava deitada num ângulo esquisito: o pescoço apoiado no batente da porta, os braços estendidos pelo corpo, as mãos unidas.

— Olá. Está me ouvindo?

Nenhuma resposta.

— Está com alguma dor?

Nada.

— Vou erguê-la, aguente firme.

Passo um braço por baixo dos ombros dela e o outro por baixo das pernas, na altura dos joelhos. De perto, sua pele branca tem muitas rugas; há manchas marrons em seu rosto. Os lábios finos estão pálidos, e os cabelos brancos, tão grudados à cabeça que os ossos de sua testa se destacam. Ela parece um gato adormecido e não pesa mais do que uma menininha. Ao empurrar a porta dela com os ombros, volto a fazer o que costumava fazer todos os dias, quando cuidar de pessoas era algo rotineiro em minha vida.

## *Bristol, 2009*
## *De quinze a dez dias antes*

Os dias passaram depressa. Dias comuns.

Foram comuns? Assim pareciam na época. Na minha lembrança, eles continuam sendo só isto: dias azul-acinzentados de rotina e pequenos dramas. Comuns, apesar de terem sido os últimos dias de minha vida em família; comuns, apesar de eu ter descoberto que quase todo mundo estava mentindo.

Trabalhei no consultório, na clínica de pré-natal e fiz as cirurgias de todo dia.

Em casa, Ted e eu conversamos, discutimos, fizemos amor quando não estávamos exaustos demais. Ed passou dois dias em casa por estar muito gripado, e eu o deixei tranquilo, dormindo naquelas manhãs, com paracetamol ao lado da cama. Theo recebeu elogios por sua série de fotos na mata, e os ensaios de Naomi se tornaram mais frequentes e mais demorados. Ted passava mais tempo no trabalho. Seu artigo foi aceito pela revista *Lancet*. Comemoramos tarde da noite com uma garrafa de vinho.

Se os dias pareciam comuns, um depois do outro, pelo menos, a vida estava seguindo tranquila. O truque era simplesmente equilibrar tudo. Família. Casamento. Carreira. Pintura. Quando a balança pendia mais para um lado e o trabalho passava a ocupar mais tempo, ninguém reclamava. Às vezes, era como se eu estivesse ensaiando para a vida real, portanto não importava quando dava errado. Um dia, eu conseguiria organizar tudo. Seria a mãe, a esposa, a médica, a artista perfeita. Era apenas questão de prática. Se cometesse erros, poderia simplesmente tentar de novo. No trabalho, havia sempre a sensação de recomeço. Toda manhã, a pia era limpa, um novo papel azul era estendido sobre o sofá, os brinquedos eram escondidos dentro da caixa.

Jade foi internada na quinta-feira, 5 de novembro. Em sua carta, a secretária do pediatra havia mencionado o sr. Price. Ele arremessara cadeiras na sala de espera e quebrara uma janela. A polícia foi chamada e ele foi preso. Eu havia passado o peso adiante. Tentei tirar tudo de minha mente, mas não conseguia me esquecer do rosto dele quando contei que pretendia examinar Jade. O homem parecera muito contente, mas concluí que se devia ao fato de ele saber que se descontrolara e por estar aliviado, já que alguém o ajudaria a parar.

Na segunda-feira seguinte, cheguei cedo ao consultório para ter um momento de tranquilidade antes de os pacientes chegarem. Chequei os resultados enquanto bebia minha primeira caneca de café, e os resultados dos exames da função hepática da sra. Blacking ainda estavam na tela quando o telefone tocou.

— Dra. Malcolm?

— Sim?

Prendi o telefone embaixo do queixo enquanto rolava a tela. Havia pontos vermelhos ao lado de todas as enzimas de fígado. Minha intuição estava certa. O cabelo ralo, as palmas das mãos vermelhas e as veias como teia de aranha no rosto a entregaram; o esquecimento não era só devido à menopausa. Ela não havia me contado sobre a garrafa de xerez dentro do armário, aquela que ela provavelmente comprava com leite todos os dias na Tesco. Enviei um e-mail a Jo para pedir que marcasse uma consulta para a sra. Blacking.

— ... do Hospital Infantil.

— Desculpe, não entendi...

— Dr. Chrisholm. Consultor de pediatria do Hospital Infantil. Você encaminhou Jade Price.

Pousei a caneca na mesa e segurei o telefone direito.

— Sim, mandei. Obrigada por...

— Gostaria de conversar sobre o caso com você, dra. Malcolm.

Fiquei feliz por ele estar levando aquilo a sério, mas eu não tinha tempo naquele momento.

— Talvez eu possa retornar a ligação hoje, mais tarde? Minha cirurgia começa em três minutos.

— Preferiria conversar pessoalmente. Estou livre à uma da tarde; cancelei uma reunião.

Eu disse a mim mesma que precisava dele; tinha que ser educada.

— Uma da tarde, hoje? Tenho que ver se posso.

— Por favor. Seria muito útil. Meu consultório fica no quinto andar do Hospital Infantil.

— Vou perguntar ao Frank, o dr. Draycott, meu sócio. Talvez ele possa...

— Ótimo. Até mais tarde.

Eu conseguia imaginar esse consultor com clareza. Tinha cabelos grisalhos, perfeitamente penteados. Estaria segurando os raios X com a mão grande e sardenta, olhando através dos óculos de aro prateado, assentindo para as antigas fraturas espiraladas, o mapa da agressão infantil. Ele não pensaria no meu dia, nos telefonemas e nas visitas a apartamentos em ruas estreitas onde estacionar era impossível. Não saberia a respeito das indicações, das receitas a assinar, da sensação de atraso e do esforço para encaixar tudo antes do fim do dia. Ele queria falar comigo sobre Jade, e como eu podia ajudar, sabia que precisaria ir.

Exatamente à uma da tarde, bati na porta na qual estava escrito "Dr. Chisholm" com letras douradas numa moldura pequena e preta. Ele se levantou quando entrei. Era magro e negro, com olhos castanhos intensos que observavam os meus tão de perto que viu o brilho de surpresa.

— Tudo bem. Todo mundo se engana. Infelizmente, perdi meu sotaque de Gana em Oxford. — Seu aperto de mão foi forte e breve. — Obrigado por vir. Sente-se, por favor.

Eu me sentei numa cadeira de plástico cinza e ele se sentou à mesa. Parecia uma entrevista, de certo modo. Falei depressa:

— Obrigada por ter me chamado para encontrá-lo. É uma situação difícil...

— A Jade está doente, dra. Malcolm.

— Sim. O pai dela não disse nada, mas acho que está acontecendo há algum tempo. Para começar, ela parece muito deprimida.

— Muito doente. — Ele olhou para mim sem expressão.

— Os assistentes sociais...

— Ela tem leucemia. — A voz dele estava tranquila, mas mais alta do que a minha.

— Leucemia? — Fiquei confusa, ou talvez ele estivesse confuso. Devia estar falando sobre outra criança.

A voz dele continuava.

— ... então, temos certeza de que ninguém abusou dela. Não tem tomado banho, talvez, e isso explicaria os piolhos e tal. Negligência de pais despreparados, mas imagino que ela seja amada. Não, ela tem leucemia linfoblástica aguda.

Jesus.

— Exames de sangue mostram linfócitos atípicos, células afetadas. Sem capacidade de coagulação. Ela está perigosamente anêmica.

Como eu havia deixado isso passar? Tudo era repentina e assustadoramente óbvio. Ela estava passiva pela exaustão, não porque estivesse deprimida, mas porque estava anêmica. A infecção no peito era secundária devido aos glóbulos brancos não atuantes. Os hematomas se deviam à má coagulação. Ela havia voltado quatro vezes e eu não havia ouvido, não havia acreditado em sua mãe. Uma grande sensação de culpa tomava conta de mim.

O dr. Chisholm pareceu ler meus pensamentos e os excedeu.

— Estamos administrando antibióticos intravenosos. A ressonância magnética está marcada para amanhã, e depois começamos a quimioterapia.

— Os pais dela sabem?

— Ainda não. Por isso quis falar com você. É uma situação delicada. No consultório, eu disse a eles que precisamos examiná-la para averiguar a possibilidade de lesão não acidental. Eles perguntaram se era o que você achava.

— Fui à casa deles para informá-los. — Mas eu tinha cometido um erro. Sabia disso agora, eu os havia julgado em parte pela casa onde moravam, pela rua onde a casa estava localizada. — Tentei dizer ao pai dela.

— As pessoas escolhem ouvir o que querem. — Seus olhos brilharam antes que ele os desviasse. — Não tenho dúvida de que você fez o seu melhor, dra. Malcolm, mas receio que eles não fizessem nem ideia. O sr. Price se sentiu acusado; ficou bravo.

Bravo, não: estava para morrer. A suspeita recaiu sobre ele por minha causa. Eu conseguia ver o homem enorme como um touro jogando a cadeira pela janela num rompante de ira.

— Os resultados chegaram hoje cedo. A partir daqui, assumimos. Sabia que seria uma surpresa, por isso quis contar pessoalmente. Também gostaria de saber se você quer informar aos pais dela. Seria melhor, a longo prazo, que você discutisse o diagnóstico com eles nesse momento. Para criar confiança.

Discutir? O que podia ser dito? Que eu havia cometido um erro horroroso por não ter acreditado no que eles disseram? Que eu os havia estereotipado da pior maneira possível?

Os olhos dele se fixaram nos meus. Não sabia se ele estava sendo solidário ou desdenhoso.

— Qual é o prognóstico?

— Entre 20 e 75 por cento de chance de sobrevivência. Temos que esperar os resultados dos exames. Jade tem um número estranhamente alto de glóbulos brancos anormais na corrente sanguínea, o que piora o prognóstico, como você sabe. — Ele ainda me observava com atenção. — Então, sendo o primeiro contato da família, o que quer fazer?

Eu queria fugir da culpa que podia me afogar. Eu havia encaminhado Jade no fim pelos motivos errados, e tarde demais, com meses de atraso.

— Falarei com os pais dela, claro. — Pensei por um momento e acrescentei: — Gostaria de ver a Jade; assim, pelo menos, posso dizer a eles como ela está.

— Siga-me.

Ele se levantou depressa da mesa, passou pela porta e entrou no corredor. Quase tive que correr para acompanhar. Ela parecia bem, eu diria isso a seus pais mais tarde. Parecia melhor. Não demoraria muito, eu contaria a eles. Que bom que ela está no hospital agora. Ela estava rindo... não, talvez não rindo. Estava sorrindo. Eu disse... Depois, ela disse... E riu...

A princípio, não entendi direito por que tínhamos parado na segunda cama. Havia um garotinho nela. Muito magro, olhos fechados e cabelos claros e arrepiados. Parecia ter uns seis anos. Havia um soro em seu braço, que aparecia por cima do lençol. Vi a girafa suja em contraste com os lençóis brancos de linho. Alguns dos hematomas estavam verdes agora, mas havia novas marcas vermelhas e roxas também.

— Cortamos o cabelo dela para facilitar a eliminação dos piolhos — disse ele bem baixinho. — Mas também ajudará para que ela se adapte à perda de cabelos. Tivemos a permissão dela e também a dos pais, e, como eu disse, eles não sabem o diagnóstico.

Fiquei tentando imaginar em quanto tempo ela ficaria totalmente careca com a quimioterapia.

O dr. Chisholm falava baixinho; era como se tivesse lido minha mente.

— Ainda não sabemos qual combinação de remédios usaremos. Vai depender dos resultados do exame.

— Jade? — sussurrei. — Oi, é a doutora.

O dr. Chisholm olhou para mim. Seus olhos diziam: doutora? A doutora?

— Jade já conheceu muitos médicos. — Ele parecia desdenhoso. — Ela está dormindo.

Eu o ignorei.

Jade? Falarei com seu pai e com sua mãe agora. Direi a eles... quero dizer, darei a eles... — O quê? O que eu diria a eles? Havia alguma coisa para dar a eles?

As pálpebras tremeram e ela abriu os olhos.

Talvez tenha sido por já ter ouvido minha voz antes, ou porque ela me ouviu dizer mãe e pai, mas por um segundo, menos de um segundo, ela olhou para mim e sorriu.

Só quando virei o carro no concreto oleoso do chão do estacionamento subterrâneo do hospital eu me dei conta. Claro, ela não tinha como saber que era minha culpa ou que ela poderia ter recebido ajuda muito antes se eu tivesse escutado.

# 7

*Dorset, 2010*
*Um ano depois*

Imediatamente, estou numa cozinha quente, organizada e colorida. Vejo uma toalha de linho com estampa de laranjas, uma mesa vermelho-escura, gavetas amarelas com puxadores brancos, um fogão azul-claro e um sofá vermelho perto da parede. Uma fogueira arde, a tela de uma televisão brilha no canto, vários gatos bordados podem ser vistos numa manta que cobre a poltrona. Bertie entrou conosco; antes que eu conseguisse impedi-lo, ele come a comida do gato que está numa tigela e depois se senta perto da fogueira, suspirando. Coloco a senhora no sofá, tiro seus sapatos e me sento ao lado dela. Com a mão em seu pulso, observo a sala rapidamente. Há fotos em todas as superfícies; um homem idoso usando um chapéu, cavando num jardim, uma jovem de cabelos escuros com um bebê, um menino na beira do mar, segurando a mão de outra criança. Família em todos os cantos. Sou levada de volta a nossa cozinha em casa, tão tomada por nossa vida em família que eu costumava pensar que, se encostasse a orelha na parede, ouviria as vozes das crianças dentro dela. Quando tudo começou a dar errado, ir para a casa era a única coisa em que eu pensava.

*Bristol, 2009*
*Dez dias antes*

Dirigi para longe do hospital o mais depressa que consegui, passando por um aluno de autoescola e por um cruzamento antes de o sinal mudar de cor. Enquanto acelerava descendo a Park Road, pequenos grupos de palavras escorregavam e se retorciam em minha mente.

Pensei que os hematomas... Não foi tempo suficiente... Sei que você me disse... Sinto muito.

Eu raramente voltava tão cedo. A porta da frente tinha sido deixada aberta, e os tênis de Ed estavam jogados do lado de dentro. Ele devia ter voltado correndo para pegar algo de que se esquecera. Eu os apanhei. Ele não precisava tirar os sapatos porque havíamos retirado o carpete anos antes. Também não tínhamos cortinas. As salas estavam vazias; o sol que passava pelo vidro claro e perfeito das janelas iluminava os pisos de madeira em linhas nada familiares; normalmente já estava escuro quando eu chegava em casa. Havia um piano ali, paredes de livros e uma mesa grande para que Ted pudesse espalhar seus artigos com tranquilidade.

Agora, meus passos ecoavam ao passar pelos cômodos. Apesar da perfeição, da ordem, nós mal os usávamos. Ted sempre trabalhava em seu escritório; as crianças viviam nos quartos ou na cozinha. Desci a escada de madeira até a cozinha, no andar de baixo, e o calor me recebeu. Segurava os tênis com força contra o peito, perto demais, porque mais tarde vi que eles tinham deixado uma mancha de lama em minha camisa.

Ed estava à frente do computador na sala de estar que dava para a cozinha. Quando me aproximei para vê-lo, uma tela desceu no canto e outra subiu, cheia de números. Fiquei tão feliz por vê-lo que me senti levemente zonza. Eu me sentei perto dele no braço do sofá. Senti vontade de beijar seu rosto, que sempre tinha cheiro de torrada quente, e passar a mão nos cabelos escuros e rebeldes. Ele desviou o olhar quando me aproximei. Eu tinha de aprender novas regras o tempo todo.

— Oi, querido — falei para suas costas. — Chegou cedo em casa.

— Trabalho de matemática. — Ele não olhou para mim.

— Ed, só estou dizendo...

— As aulas foram canceladas. Está tendo uma palestra sobre aquele estuprador.

— É mesmo?

Ele manteve os olhos na tela.

— Mas eu não fui. É para as meninas. Estão falando que elas não devem voltar sozinhas para casa, que não devem falar com desconhecidos. Um tédio.

— O que eles disseram sobre o estuprador? Por que hoje? — Mais uma coisa com a qual me preocupar. — Ele anda pelo outro lado de Bristol, não?

— Meu Deus, quantas perguntas. — Ele cerrou o punho sobre a mesa. — Uma professora acha que viram um cara qualquer andando pelo alojamento das meninas. — Ele olhou para mim depressa, olhos fugidios, escondendo algo. — Preciso fazer este trabalho. Já passei do prazo.

— Quer chocolate quente?

— Sim, quero.

Preparei depressa; enquanto o colocava na frente dele, deixei a mão sobre seu ombro por um segundo. De perto, fiquei surpresa ao sentir seu cheiro desagradável. Hesitei e ele olhou para mim, franzindo a testa.

— Pensei que estivesse trabalhando normalmente — disse ele.

— Estou. Normalmente.

— Está fugindo de algo? — Ele ergueu as sobrancelhas escuras.

Eu me sobressaltei.

— Claro que não. E você?

— Já falei, é só uma palestra para as meninas. Quando acabar, volto à rotina.

— Certo. Que bom.

Senti vontade de dizer a ele naquele momento que é muito fácil sair dos trilhos; um erro, e você se perde.

Fiquei sentada perto dele por alguns minutos absorvendo sua aura, o corpo alto encolhido na cadeira, pés grandes com meias amassadas, a nuca lisa. Ele se virou para olhar para mim de novo. Observando, nada familiarizado por me ver parada.

Comecei a explicar.

— As coisas no trabalho estão um pouco... Estou um pouco presa em uma coisa.

— É mesmo? — Ombros encolhidos, olhos desconfiados.

— Mas está tudo bem. Estou resolvendo.

Os ombros largos relaxaram.

— É que... preciso terminar...

— Tudo bem. — Peguei os tênis de novo. — Estes são seus, querido. Precisam ser lavados. E, Ed, não se esqueça de colocar as roupas para lavar de vez em quando também...

Ele pegou os tênis e resmungou baixo. Voltou a olhar para a tela. Dei um tapinha em seu ombro e me afastei.

Na cozinha, preparei uma xícara de chá e olhei para o jardim em meio ao vapor. Os troncos se fundiam na escuridão. Liguei para Ted e, dessa vez, ele atendeu. E ouviu.

— Deus. Que coisa difícil para você — disse quando parei. — Sinto muito, Jen.

— Não sinta muito por mim, mas por Jade.

— Já fiz a mesma coisa. Pior. Você se lembra do que aconteceu com a espinha daquela jovem? Paralisada. Terrível.

— Sim, claro, foi terrível — concordei. Aquele erro quase o levou a um processo; a culpa de Ted cresceu a ponto de virar depressão. Por um instante, eu me senti envergonhada. Não tinha pensado, naquela época, em dar a ele o conforto de que eu precisava agora. — Mas todo mundo conhece os riscos da neurocirurgia — falei depois de uma pausa. — Eles assinam termos de permissão. Você explica as coisas. Os Price não perceberam que havia um risco em confiar em mim, e eu nem pensei em leucemia. Não consegui ouvir nada do que eles diziam... — Parei, lembrando-me de como havia ignorado o que eles tinham me contado, permitindo que meus pensamentos girassem em outra direção.

— Estou ocupado, Jenny — disse ele, depressa. — Não posso falar agora. Tento chegar cedo em casa. Levo um vinho.

Depois do trabalho, naquela noite, liguei para os Price. Ninguém atendeu. Frank e eu tínhamos combinado de visitá-los na manhã seguinte, mas decidi ir naquele momento, de qualquer modo. A rua estava vazia. As janelas do número catorze estavam escuras. Bati, esperei, bati de novo. Imaginei a mãe do sr. Price ali dentro, ouvindo, remexendo-se no assento no escuro. Depois de um tempo, fui para casa.

Naquela noite, os meninos estavam numa palestra sobre carreiras, e Naomi, no ensaio para a peça. Éramos só Ted e eu. Dividimos a garrafa de vinho e passamos muito tempo conversando depois do jantar. Ted segurou minha mão e o calor subiu pelo meu pulso.

— O que devo dizer a eles, Ted?

— Diga a verdade. Você foi pela evidência mais forte; é o que sempre fazemos.

— Ela disse que não sabia sobre os hematomas. Ele também. Mas não acreditei neles. Os dois falaram sobre a tosse. Essa era a evidência, mas eu já tinha decidido.

— Não somos advogados, Jenny. Nem sempre temos tempo de analisar tudo, não na primeira consulta.

— Não era a primeira consulta; mas nos comportamos como advogados. Fazemos julgamentos o tempo todo.

— Julgamentos?

— Os Price tinham culpa de ser pobres. De não serem capazes de me dizer claramente, ou pelo menos num idioma que eu entendesse ou acreditasse. Culpados por terem uma filha cheia de hematomas. Agora, estão sendo punidos.

— É preciso seguir a intuição, de vez em quando.

Ele se inclinou para a frente e me deu um beijo intenso. Tentei me virar, mas seus lábios me mantiveram ali, sua língua pressionando com delicadeza.

Ele também não estava ouvindo. Seguir o instinto não bastava. Afastei a cabeça. Devido a meus preconceitos, eu não havia encaminhado Jade a um pediatra antes. Quando finalmente o fiz, foi na base do diagnóstico errado. A intuição me fez fracassar por completo.

Os gêmeos e Naomi voltaram. Os meninos comeram depressa e subiram para fazer a lição. Naomi deu de ombros quando fiz perguntas a respeito do estuprador; as meninas andavam em grupos, segundo ela, e eram protegidas em todos os lugares. Ela se recostou na mesa, comendo colheradas do resto de gratinado grudado nas bordas do prato à nossa frente. Respondia às nossas perguntas enquanto mastigava. Os ensaios estavam indo muito bem. Os professores já falavam em escolas de teatro. A expressão dela era contida, misteriosa. As possibilidades começavam a surgir. Observei que ela protegia seus pensamentos e decidi não pressionar com mais perguntas. Eu estava cansada demais para prestar atenção a suas respostas. Depois de um tempo, ela subiu.

Ted e eu ficamos em silêncio, lavando a louça e jogando os restos fora. Enchi a máquina de lavar pela última vez. Subimos a escada, lado a lado, nossas mãos se tocando. Minhas pernas se moviam lentamente, pesadas de cansaço. No meio da escada, Ted me abraçou e me puxou contra seu corpo. Quando cheguei lá em cima, minha respiração estava ofegante. As crianças tinham ido dormir, motivo pelo qual conversávamos aos sussurros.

Eu me forcei a me despir, tomar banho e vestir uma camisola nova, confortada por sua maciez e pela renda. Ted parou ao meu lado na frente do espelho. Dizem que nos casamos com alguém que se parece conosco, mas nunca vi semelhanças. Ted era alto, grande e tinha olhos azuis. Eu batia em seus ombros, e no espelho, vi o rosto de minha avó irlandesa, como nas fotos de nosso álbum de família: cabelos encaracolados escuros, olhos claros, sardas. Ted olhou para mim pelo espelho e pressionou minha nuca com a mão. Seus dedos pareciam quentes, espalhados embaixo de meus cabelos.

Na cama, viramo-nos um para o outro sem nada dizer. Eu estava pronta para os lábios dele naquele momento e deixei o beijo se aprofundar. Sua boca tinha gosto de vinho. Eu conhecia o cheiro dele, seus músculos, seus ombros, a barriga lisa com pelos na base, o peso de seu corpo. Eu o conhecia de cor. Mas, naquela noite, foi diferente. Naquela noite, foi mais intenso e rápido. Ted me pressionava com força, subiu a camisola até meu pescoço e logo me penetrou e começou a se movimentar. Eu acompanhei, como se o estresse do dia e a exaustão tivessem nos levado a um lugar diferente de onde costumávamos ficar, dando espaço para que fôssemos mais fundo. Sem preliminares. Sem delicadeza. Foram mordidas, pulsos presos, bocas abertas e olhos arregalados, pressionando-se e empurrando um contra o outro como animais. E então, repentina e surpreendentemente, o prazer.

Depois, a separação e permanecemos deitados com os membros estendidos, entrelaçados. Não nos mexemos. Não falamos. Ted se inclinou sobre mim, lambendo as lágrimas de meu rosto, aquelas cuja presença eu não havia notado. Ele dormiu quase imediatamente depois, respirando fundo com o rosto no travesseiro. Eu permaneci acordada por um tempo, deixando a mão na depressão de suas costas.

O sono, quando chegou, foi como um cobertor sendo jogado sobre mim. Completo. Sem sonhos.

# 8

*Dorset, 2010*
*Um ano depois*

Ela provavelmente desmaiou, mas pode ter sido qualquer coisa: um ataque cardíaco, um coma diabético, um derrame. Talvez tenha tido um acesso ou uma crise abdominal, apesar de o rosto estar simétrico, e o abdome, normal. Poderia haver pistas: remédios na mesa ou um kit de exame de sangue em algum lugar, mas a casa não tem o ar de uma doença crônica. Ela se remexe, os lábios se movem, e seus olhos se abrem, confusos em vez de assustados. Ela olha diretamente para mim enquanto explico como a encontrei, e percebo que seus olhos têm os círculos leitosos de colesterol ao redor das íris. Seguro sua mão enquanto ela se acalma para falar. As articulações inchadas e a pele frágil são familiares; estão como as mãos de minha mãe eram. Sinto uma pontada de culpa por estar com uma desconhecida agora, mas nunca tinha tempo para a minha mãe um ano antes de sua morte.

*Bristol, 2009*
*Nove dias antes*

Estava guardando anotações em minha bolsa quando o telefone tocou.

— Oi, querida.

Fui pega de surpresa. Droga.

— Não posso demorar, mãe.

— Está trabalhando hoje?

— Sim, você sabe que trabalho todos os dias, menos nas sextas.

— É só aquela sensação de tontura de novo. Bobagem, não é? Ontem à noite eu me senti muito mal, então pensei...

— Mal? Como assim, mãe?

— Mal. Não sei explicar, Jennifer. — Aquele tom era acusador, como se eu tivesse 12 anos. — Vamos falar sobre outra coisa. — Ela falou mais alto. — Como está o Jack?

— Jack?

— Seu marido, querida.

— Mãe, o Jack é o ex-marido da Kate.

— Claro, como sou tola. Qual é o nome de seu marido, querida?

Consigo vê-la com clareza, como se estivéssemos na mesma sala. Ela deve estar olhando ao redor, no quarto vazio; suspira e toca as pérolas, olha para a televisão com sua capa de poeira e a pilha organizada de revistas. No ar, um cheiro de naftalina e desinfetante. A memória dela está sumindo, não posso perder a paciência.

— Ted. Olha, mamãe...

— Não sei o que fazer com a casa. A Kate não a quer.

Não vamos falar sobre a casa agora.

— Vou visitar você e falaremos sobre ela.

— Amanhã?

— Na sexta, meu dia de folga.

— Que ótimo, querida. É só que me sinto mal.

***

Frank aguardava no estacionamento da clínica. Entrei em seu carro e fui cercada pelo som de cordas de um concerto de violinos. Ele estava sério.

— Vamos resolver isso. — E saiu com o carro do estacionamento.

— Sinto muito por você ter que fazer isso, Frank. — Os pacientes dele tinham sido cancelados na primeira parte da manhã; não tivemos tempo de analisar os resultados adequadamente.

— Já cometi erros. Estou preocupado com você.

— Quais erros você já cometeu? — Olhei para ele; seus olhos estavam focados na estrada.

— Não percebi aquele caso de hipertireoidismo, e o cara passou muito mal.

— Ele ficou bem depois do tratamento — disse a ele.

— E a fratura de tornozelo que eu pensei se tratar de uma torção? — Olhou depressa para mim.

— Você vai ter que se esforçar mais.

— Não estou mencionando os piores. Veja a revista *Medical Protection Society*. Você vai se sentir melhor.

Eu via essa revista com frequência, em meio às outras que ficavam em nosso quarto. Era uma leitura difícil. Criança com pirexia sem tratamento, depois a ida noturna ao hospital, meningite; o funcionamento alterado do intestino que era um sintoma de câncer, não intestino irritável; a dor de cabeça que era um tumor cerebral, não estresse. Eu lia tudo com o coração na mão.

— Faz com que eu me sinta muito pior.

Jeff Price abriu a porta e deu um passo para o lado, com o rosto sério.

Amontoamo-nos desajeitadamente no corredor estreito. O rosto dele estava tão perto do meu que eu conseguia sentir o calor de sua pele. Ele virou a cabeça na direção da cozinha.

— Venham por aqui. Não quero que minha mãe ouça isso. — Ele liderou o caminho até a cozinha, onde ficou com os braços cruzados, esperando.

— Cometi um erro — falei. Meu rosto estava quente. Tive a repentina sensação de que poderia começar a chorar.

— Que ótimo. — Estava claro que o sr. Price não me perdoaria. A veia que descia por um lado da testa começou a latejar visivelmente. — Minha filha é levada ao hospital com suspeita de agressão, sou preso e advertido antes de ser solto, e você está me dizendo que cometeu um erro?

Eu havia aprendido a assumir os erros na escola de medicina, mas agora eu não sabia mais se era o conselho certo. Parecia que eu estava tornando tudo pior.

— Sr. Price — disse Frank com calma. — A dra. Malcolm trouxe informações importantes.

— Pedi que um médico do hospital a examinasse por causa dos hematomas. — Tentei manter a voz firme. — Não sabíamos...

— Eu disse que não sabia o motivo dos hematomas. Eu disse, quando você veio espiar aqui antes, quando pensei que estivesse tentando ajudar.

— Desculpe. — A palavra soou minúscula na cozinha.

— E daí? Isso não vai mudar só porque você decidiu se sentir culpada de repente. Ela ainda está lá, não está? Cortaram os cabelos dela e tudo. Tudo isso por causa de malditos piolhos. Quando poderei pegá-la?

— Ainda não pode. Eu soube ontem, quando fui ao hospital... — Fiz uma pausa; isso teria que ser dito delicadamente, pouco a pouco, mas era tarde demais. — Não são boas notícias, sr. Price.

— Do que está falando? Espere, espere. — Ele gritou: — Trace, Tracey, desça aqui, sim? — Ele olhou para nós sem expressão e, pegando um cigarro de um maço amassado na mesa, acendeu um e tragou profundamente.

Percebi que Frank observava de perto e controlei a vontade de me esconder atrás dele.

A sra. Price entrou na sala vestindo uma camisola. Estava fumando e havia chorado; o rímel escorrera por seu rosto em linhas escuras.

— Olá, sra. Price.

Ela olhou para mim sem expressão.

— Sinto muito, mas tenho notícias difíceis para vocês dois.

— Difíceis para quem, doutora? — A voz do sr. Price ficou mais alta. — Diga logo, pelo amor de Deus.

A esposa pousou a mão no braço dele. Suas unhas estavam diferentes hoje, roídas.

— Temo que ela tenha uma doença no sangue. — Parei, olhando no rosto deles, ambos com semblantes vazios de descrença, de repente. — Chama-se leucemia.

— Isso é câncer, não? — O tom de voz do sr. Price diminuiu.

— Sim, é; um tipo de câncer, que podemos tratar. — Eu assentia enquanto falava, tentando projetar uma confiança que eu não sentia.

— Minha nossa — sussurrou ele.

A sra. Price se sentou, jogando o corpo na cadeira, os olhos fixos em mim.

— Como sabem? Pode estar errado, não? Hospitais erram o tempo todo. — A voz dela era desafiadora.

— Pelos exames de sangue. Foram feitos duas vezes. Receio que não haja dúvida.

Eles permaneceram em silêncio por um minuto. Vi a cabeça do sr. Price afundar entre os ombros.

— E agora? — A sra. Price retorcia as mãos, com os olhos fixos nos meus.

— Ela precisa permanecer no hospital, por enquanto.

— E depois? — perguntou o marido.

— Receberá alguns remédios fortes, que têm mostrado resultados.

— Não — ele falou devagar. — Quero dizer, ela vai morrer?

Eu já deveria conseguir responder a perguntas assim, mas nunca havia resposta, pelo menos nenhuma fácil.

— É um diagnóstico sério. Muitas crianças sobrevivem e seguem vidas normais. Posso mostrar as estatísticas...

— Vamos ao hospital. — A sra. Price se levantou. — Agora. Não consigo mais ouvir o que ela está dizendo, não com minha filha prestes a morrer.

— Ela tem boas chances. Ainda não sabemos...

— Se ela morrer, será sua culpa. — Ela virou a cabeça ao dizer isso, como se não conseguisse mais olhar para mim.

— A dra. Malcolm cuidou para que Jade fosse internada — Frank falou com cuidado. — Ela sabia que os hematomas eram graves. Os exames foram feitos imediatamente. Não teriam sido realizados sem a intervenção dela.

Acho que os Price não ouviram o que ele disse.

O sr. Price olhou para mim.

— Minha esposa levou Jade ao consultório quatro vezes. Quatro vezes. Você poderia ter feito algo e não se deu ao trabalho. Vai me pagar por isso.

Mas, depois, não conseguia me lembrar se ele falara aquilo ou se pensei que ele tivesse falado. De qualquer modo, seus olhos me disseram exatamente o que ele estava pensando. Ele olhou para mim com ódio.

# 9

*Dorset, 2010*
*Um ano depois*

A senhora olha fixamente para mim, com os olhos confusos, e franze o cenho ao olhar ao redor.

— Eu estava arrancando ervas daninhas do degrau...

Afasto minha mão da dela. Tenho tomado cuidado para evitar me envolver com outras vidas, mas está começando a parecer tarde demais. Ainda não posso deixá-la.

— Acho que a senhora desmaiou. — Ela olha para mim e continuo: — Moro do outro lado da rua, já vi a senhora...

Ela assente e sorri. Já me viu, claro; deve ter notado que eu me mantenho afastada dos outros no bairro. Provavelmente sabe sobre Naomi também.

— Sou Mary — diz.

— Sou Jenny. Posso telefonar para alguém? — Olho para as fotos. — Sua família?

— Ficarei bem em dois minutos. — Olha com desagrado para a cozinha. — Está bagunçada.

Para mim, está vibrante, com vida.

— Sinto muito por ter causado esse transtorno — diz ela. — Eu ofereceria uma xícara de chá...

Sua voz é hesitante.

— Eu faço.

A chaleira de metal está em cima do fogão. Na geladeira, há uma tigela de alface coberta com filme plástico, alguns ovos marrons num prato esmaltado e uma jarra de porcelana com leite exibindo uma vaca amarela pintada na frente. Na prateleira perto do açúcar, há uma pilha de caixas de papelão: furosemida e perindopril. O remédio para baixar a pressão alta pode tê-la baixado demais, a ponto de ela desmaiar. Encontro um pequeno pote de chá marrom na estante acima dos comprimidos e duas canecas de porcelana.

Puxando um banquinho perto do sofá para as canecas, pego uma almofada da cadeira e a coloco sob o pescoço dela. Sua pele está fria.

— Quer um cobertor?

Ela beberica o chá e a cor volta a seu rosto pálido. Ela meneia a cabeça em direção a uma porta.

— Por ali, se não se incomodar, querida.

Enquanto vou ao quarto dela, invado seu território ainda mais. Ela o mantém reservado; mais sortuda do que minha mãe, que teve de abrir mão do dela. A demência tomou conta depois de Naomi desaparecer, e ela morreu sem saber quem eu era, apesar de, na época em que me deu a casa, estar tudo bem. Naquela época, tudo ainda estava certo.

### *Bristol, 2009*
### *Seis dias antes*

Estava escuro no início da manhã, quando entrei no condomínio de minha mãe. Pequenos globos de luz se espalhavam por caminhos idênticos que se estendiam como dedos até as portas de entrada. Uma vida inteira marcando e protegendo seu território havia sido reduzida a uma passagem e uma porta iguais às de todas as outras pessoas.

Sua fragilidade me surpreendia todas as vezes. A pele manchada de suas mãos se esticava sobre veias azuis profundas, pálpebras enrugadas sobre os olhos claros. Caminhando lentamente com seu andador, ela liderou o caminho até a pequena sala de estar vazia. Enquanto eu massageava seus pés nodosos, ela logo começou a falar sobre a casa em Dorset. Ela queria que eu ficasse com ela. Pensei nas primeiras férias em família com nossos filhos lá, as roupas de banho cheias de sal penduradas para secar nos muros de pedra do jardim, o som das gaivotas, as paredes do quarto, os caracóis que meu pai havia colocado nas paredes de fora. Era tentador, mas hesitei.

— Por favor, Jenny, fique com ela. Agora. A Kate não quer. Uma preocupação a menos para mim. Já falei com meu advogado.

Porém, mais uma preocupação para mim. Havia muito, as crianças não queriam mais saber da casa. Eles gostavam de praticar *windsurf* em Lefkada e dos pequenos cafés em Corfu. Ted amava pescar no País de Gales com os amigos.

Quando cheguei em casa, Naomi estava saindo.

— Preciso ir, mãe. — Seu rosto estava corado; ela passou por mim correndo. O vestido por baixo do casaco aberto era vermelho, com um decote e botões de madrepérola brilhantes. Parecia delicado, não o reconheci.

— O que você está vestindo? Não está meio decotado? E a comida?

— Nikita me emprestou. Estou experimentando para a peça. — Ela se virou e olhou para mim de modo acusador. — A geladeira está vazia. Vou comer alguma coisa no ensaio. — Abriu a porta e saiu.

— Deve ter alguma coisa no congelador — digo depressa. — Vou esquentar.

— Por que você foi à casa da vovó, mãe? — perguntou Theo. Ele estava sentado à mesa folheando seu portfólio e não ergueu os olhos.

— Um minuto. Naomi, quando...

A porta se fechou.

— Dá um tempo para ela, mãe — disse Theo com a voz entediada. — Ensaio com o figurino hoje, peça daqui a dois dias. Ela está enrolada.

Coloquei a maleta no chão e acendi o fogo da chaleira.

— Enrolada?

— Sim. — Ele parecia pensativo. — Fica irritada, depois começa a cantar e fica mal humorada de novo. São os nervos.

Claro que ele tinha razão. Preparei um chá para nós dois, procurando dentro do congelador, por baixo de pães, espalhando pacotes de ervilha, encontrei uns filés de linguado que tinha comprado meses antes e meio saco de batatas.

— E aí, mãe... — Theo insistiu. — A vovó está bem?

Coloquei os filés num prato e levei ao micro-ondas para descongelar.

— Ela quer nos dar a casa.

— Que legal! — Seu rosto foi tomado pela alegria; afastou a cadeira da mesa e se levantou. — Vou contar ao Ed.

— Ele voltou?

— Está dormindo. Vou chamá-lo.

Na última vez em que fomos à casa, pouco mais de um ano antes, eles tinham descansado ali a maior parte do tempo. Foram a Bridport para ver um filme. Não consegui me lembrar se eles tinham ido pelo menos até o jardim; certamente não foram até a praia.

Ed foi até a cozinha, com as roupas amassadas, esfregando os olhos. Theo sorria ao lado dele.

— Pensei que vocês não gostassem mais da casa — falei, confusa.

— Se ela for nossa, podemos organizar festas lá. — A voz de Ed parecia diferente, mais feliz. — Seria legal. Festas de primeira...

— Ed, é para a família, não para festas.

— Aposto que a vovó não se importaria.

— Mas eu, sim. — Eles estavam indo longe demais. — Seria uma bagunça.

— Não faça isso. — Ed franziu o cenho.

— O quê?

— Fingir que vai dar algo e tirar logo depois. Vou subir. Já comi. — Ele saiu da cozinha.

Theo deu de ombros.

— Sim, comemos pizza. Tenho dever de casa.

— É normal que eles queiram levar alguns amigos — comentou Ted muito depois, enquanto jantávamos. — Deixe os dois irem. Ninguém morreria se eles pegassem a casa emprestada.

Naquele momento, Naomi entrou devagar, com olheiras de cansaço. Quando passou por mim para ficar ao lado de Ted, senti cheiro de álcool.

— Querida, você andou bebendo? — perguntei, surpresa. Ela nunca apreciara o gosto de bebidas alcoólicas quando experimentava um pouco no Natal e nas festas em família.

Ela estava recostada na mesa, pegando fritas do prato de Ted, e olhou para mim por um momento.

— Removedor de maquiagem. Cheira a álcool, não? — disse ela, com a boca cheia.

Seu rosto estava mais redondo que o normal. Graças a Deus ela não estava fazendo dieta como suas amigas, mas não gostei de pensar que poderia estar bebendo, menos ainda que poderia estar mentindo. Estava me deixando de fora de novo. Não acreditei na história do removedor de maquiagem. Um copo de álcool não importava, mas uma mentira, sim. Olhei para ela, que havia vestido o uniforme de novo, o rosto estava claro e brilhava; parecia uma estudante outra vez. Segredos de garotas costumavam ser inofensivos. Eu tivera muitos; nem conseguia me lembrar deles agora.

— O que aconteceu com aquele vestido que a Nikita emprestou a você? — Sorri para ela. Naomi precisava saber que podia me contar seus segredos se quisesse. Eu estava do seu lado.

— A sra. Mears achou que não seria adequado para Maria. — Ela deu de ombros. — Então, devolvi. O que está acontecendo em relação à casa?

Expliquei e ela logo se animou.

— Era exatamente o que queríamos. Incrível.

— Quem queria?

— Temos o fim de semana de folga antes da estreia da peça. Poderíamos ir à casa na praia. Só um dia. Amanhã. Por favor, mãe.

— Nós?

— O pessoal da peça, James e todo mundo. — Ela fez uma pausa; esperava a minha reação. — E Nikita, claro.

— Como vocês iriam?

— James dirige. Se ele pegasse o carro do pai emprestado, daria para ir todo mundo.

— James?

— Ele é repetente, um ano acima do meu. Faz o papel de Chino.

— James — repeti. Vagamente me lembrava do ruivo que havia ajudado quando Naomi teve dificuldade com matemática, um ano antes. — Não foi ele quem ajudou você com a escola há um tempo?

— Ele também ajudou a Nikita. — Ela franziu o cenho e começou a roer as unhas.

Aquele era o momento. Sua guarda estava baixa e ela poderia estar pronta para me contar o que andava pensando.

— Você está bem, querida? Alguma preocupação com a qual eu possa ajudar? — Pegue leve.

Seu olhar parecia tenso.

— Seria ótimo se desse um tempo. Por favor, mãe. — Parecia prestes a chorar.

Ela andava fazendo coisas demais. Eu sabia. Emocionalmente, estava um pouco deprimida. Claro que poderia pegar a casa emprestada. Assim, ficaria mais animada. Eles não estragariam nada em um dia.

# 10

*Dorset, 2010*
*Um ano depois*

As cores do quarto de Mary são quentes: paredes terracota, círculos cor-de-rosa no carpete e uma manta azul-clara cuidadosamente dobrada aos pés da cama. Eu a pego e seguro contra meu rosto. Um gato malhado está dormindo na manta numa pequena parte onde o sol bate. Seu corpo delicado e manchado infla e murcha sem parar. Pela janela, consigo ver suas áreas com plantações de legumes e galinhas marrons ciscando a terra num pequeno galinheiro. Já é fim da tarde. Uma nuvem cinza se estende pelo céu e a parte que esconde o sol apresenta um contorno num tom de laranja brilhante. A manta é macia. Permaneço ali por um momento. A paz nesse quarto é tão palpável que sinto vontade de me deitar na cama ao lado do gato e fechar os olhos. Há muito tempo, tanto que não consigo me lembrar, não sinto uma paz desse modo. Talvez ano passado, num sábado em Bristol. Provavelmente na última vez em que Ted e eu estávamos felizes e juntos.

*Bristol, 2009*
*Cinco dias antes*

O sábado pareceu um feriado. Ted estava em casa. Liguei para o hospital de manhã. Jade estava estável depois da primeira sessão de quimioterapia. Eu disse que faria uma visita depois do fim de semana. Não sabia o que faria ou diria, mas era um começo. Ted e eu fomos à City Art Gallery, depois almoçamos num pub, lendo jornais lado a lado. Havia muito tempo não fazíamos algo assim; mesmo as coisas mais simples eram transformadas pelo trabalho de Ted. Com frequência, mais ainda agora, ele passava os sábados no hospital. Mas pareceu interessado nas imagens da galeria e, apesar de o pessoal do hospital ter ligado para ele algumas vezes e de estarmos no meio de uma multidão, era como se tivéssemos fugido.

A casa estava silenciosa quando chegamos. Senti vontade de desenhar, peguei emprestados um lápis 3B e algumas folhas de Theo. Comecei a fazer um desenho de Ted, enquanto ele lia uma matéria que estava escrevendo para o *British Journal of Neurosurgery*. O dedo indicador estava encostado na sobrancelha direita e a alisava enquanto lia. Desenhei isso também. O lápis corria pelo papel branco, e a fricção deixava um caminho cinza. Ele olhava para mim de vez em quando e sorria. Uma profunda sensação de paz nos envolveu. Pensei que as coisas poderiam ser assim um dia, quando parássemos de trabalhar e as crianças tivessem suas próprias vidas.

Quando a porta se abriu sem ruído, pensei que fosse o vento e me levantei sem pressa para fechá-la, sem querer estragar o momento. Fiquei surpresa ao ver Naomi na sala, parada. Vi um olhar novo em seu rosto. Estava intensamente preocupada, olhava para baixo e seus lábios se mexiam. Não soube dizer se ela sorria; por um momento, pensei que estivesse contando ou talvez tentando se lembrar de algo.

— Naomi! Você me assustou, querida. Chegou cedo.

— James teve que devolver o carro.

Ela não olhou para mim, mas tirou o casaco e o pendurou.

— Como foi?

— Ótimo.

— Como estavam as coisas?

— A casa, normal.

Parecia cansada.

— E o jardim?

— O jardim?

— Estava tomado pelas ervas daninhas?

Detestei pensar em como o jardim devia estar feio. Quando era pequena, Naomi adorava cavar, plantar e descobrir o que havia acontecido durante o tempo em que estivera longe, entre um feriado e outro. Havia anos não cuidávamos direito dele.

— Não notei. — Ela deu de ombros.

Senti uma pontada de desânimo.

— O cheiro da cozinha estava normal?

— Cheiro? Como deveria estar? — Ela estava apática.

Quando era pequena, Naomi corria na frente de todos e inspirava forte. Dizia que até os armários tinham o cheiro da casa: um cheiro de sal e mato misturado com cera.

— E no andar de cima?

Ela olhou por cima de mim, pois Ted havia se aproximado.

— Oi, linda. Está com fome? — Ele olhou para ela, sorrindo carinhosamente.

Ela balançou a cabeça.

— Vou encontrar a Nikita, vou...

— Ela não foi com vocês? — Eu me senti confusa.

— Foi, sim — disse ela depressa. — Mas não conseguimos conversar muito...

Ela começou a roer as unhas.

Ted a abraçou.

— Você se divertiu e seus amigos gostaram, certo?

Ela assentiu e se afastou depressa.

— Preciso tomar um banho.

Sua voz estava embargada. Ela estava cansada, tão cansada a ponto de estar chorosa, e eu me aproximei dela. Ela se virou de repente e, quando se abaixou para acariciar Bertie, que se enrolava em suas pernas, a luz refletiu em algo prateado em seu dedo indicador da mão direita. Tentei de novo.

— Anel novo?

— James me deu. É um anel de amizade — respondeu ela, depressa.

— Bonito. Então quer dizer...? — Levei a mão ao anel.

Ela puxou a mão.

— Ele deu um a cada menina da peça; ele os encontrou numa caixa com as fantasias.

— Ah, sim. Ele os roubou?

Eu pretendia dizer aquilo como uma piada, mas ela revirou os olhos, sem paciência. Antes que pudesse responder, a porta se abriu. Os meninos quase caíram para dentro. Estavam sem fôlego, com o rosto vermelho e suado. Usavam short, e os tênis, que tiraram na porta, estavam cheios de lama.

— Meu Deus, vocês estão imundos. — Ted pareceu achar graça.

Theo parecia triunfante. A franja estava grudada na testa; havia gotas de suor em seu rosto e uma mancha de lama em seu queixo.

— Eu ganhei.

Ed estava pálido. Inclinou-se para a frente, respirando com dificuldade.

— Você roubou — disse ele.

Naomi correu para a escada.

— Vou tomar um banho antes que vocês usem toda a água quente.

— Qual é o problema dela? — perguntou Theo. — Ela parece bem limpa.

— Comparada com você. — Ted olhou para as pernas de Ed, com manchas escorridas de lama seca.

— Ei, nada mau. — Theo se inclinava sobre a mesa onde eu havia deixado o desenho de Ted.

— Saia. Você está espalhando gotas de suor com lama. — Eu o empurrei.

Ted abraçou Ed, sem se importar com a lama.

— As enfermeiras da ala cirúrgica me perguntaram ontem quando você vai voltar para ganhar mais experiência de trabalho. Acho que elas gostaram de você. Por que será...

Ed desviou o olhar.

— Obrigado, mas já cumpri as horas necessárias para a escola.

Os meninos subiram devagar, sem conversar.

— O que aconteceu com o Ed? Ele está sempre mal-humorado e perde logo a paciência — disse Ted.

— Meu Deus, Ted. — Pensei que, se ele voltasse para casa mais cedo à noite, de vez em quando, poderia entender como a vida dos meninos era ocupada. — Projetos. Dever de casa. Remo. Ele está exausto.

— Naomi também pareceu bem arredia. — Ele meneou a cabeça em direção à escada que ela havia acabado de subir.

— Também está cansada. — Ted sempre me dizia que eu era muito neurótica em relação a Naomi. — Meio emotiva, talvez. A peça está exigindo demais dela. Além disso, ela está crescendo; portanto, naturalmente, está mais... — Procurei a palavra que envolveria as mudanças que eu havia notado — preocupada. — Peguei o desenho que não tinha terminado, sorrindo para mostrar que eu não estava aflita. — Hormônios bagunçando tudo. Provas à vista. Mas, por dentro, ela continua a mesma de sempre.

Ted riu.

— Que bom, porque por um momento achei que ela estivesse se irritando com tantas perguntas.

Olhei para ele.

— Como assim, "tantas perguntas"? Estou querendo saber o que ela tem feito. De que outro modo posso descobrir?

Ted me abraçou.

— Admita. Você é controladora, querida. — Ele me beijou e continuou. — Talvez, se você estivesse mais presente...

— Não seja mandão. Ela odiaria se eu fosse mais presente. — Eu me afastei e olhei para ele, a voz alta na cozinha silenciosa. — Como pode me criticar? Desde quando você é presente o suficiente para saber como vai todo mundo? Vou subir para terminar o quadro de Naomi. Não deixe ninguém me perturbar.

Enquanto eu subia o último lance da escada, ouvi Ed gritando algo. Ted podia lidar com aquilo. Como ousara sugerir que eu deveria estar mais presente, logo ele, que nunca estava em casa? Meu coração batia furioso. No sótão, a tela não finalizada de Naomi estava no meio da sala de paredes brancas. Quando olhei para ela, meu coração se acalmou e a irritação da última hora começou a desaparecer. Seus olhos azuis pareciam brilhar vivos. Peguei o pincel e comecei a retocá-los.

## *Bristol, 2009*
## *Três dias antes*

Na segunda-feira, a agitação do dia se estendeu até a noite. Tínhamos ingressos para ver *Amor, sublime amor* naquela noite, a primeira apresentação, e de novo na sexta, a última noite. A casa estava limpa e organizada quando voltei do trabalho. Anya havia arrumado a mesa para o jantar antes de sair e colocou guardanapos ao lado de cada prato com uma florzinha. Shan e Nikita jantariam conosco, assim como minha irmã. Comecei a preparar uma refeição para deixar no forno, e o ato de cortar e mexer me acalmou depois do dia agitado de trabalho. Observei as cebolas brancas ganhando um tom marrom, a pasta firme de curry derretendo no calor, tornando-se cor de laranja. As cores misturadas fizeram com que eu me lembrasse da pintura, de combinar pigmentos numa paleta, e pensei que gostaria de ter tempo de subir para continuar o quadro de Naomi.

Kate chegou cedo, usando um vestido simples de *tweed* com botinhas de cano curto. Organizou as taças de champanhe numa bandeja. As mãos de minha irmã ao redor das taças de haste comprida pareciam macias, unhas pintadas de vermelho e perfeitamente ovais. Seu cabelo estilo chanel com mechas tinha movimento e brilho.

— Como está a vida? — perguntei com cuidado; ela se divorciara havia apenas alguns meses.

— Você se refere à vida desde a partida de Jack? É incrível. — Kate lançou um olhar para mim. — Eu me levanto quando quero. Não tenho que lidar com meias nojentas. Não tenho que cozinhar mais. O melhor de tudo: não passo as noites acordada, pensando em quem ele pode estar comendo.

— Kate...

— Não sinta pena de mim. O divórcio é ótimo. Experimente qualquer dia desses. Você parece exausta. — Ela abriu um sorriso malicioso. — Seu marido ainda chega altas horas da madrugada?

Olhei para ela por um segundo.

— Eu teria problemas se não confiasse totalmente no Ted. Ele sempre trabalhou nos horários mais absurdos. Quando está de plantão, durmo. — Não falei sobre a discussão que tivéramos recentemente, afinal não era sua culpa o fato de ele não passar muito tempo em casa.

— Então, por que está tão cansada? É a Naomi? — insistiu. Balancei a cabeça para negar, mas ela continuou. — Você não se lembra do que aprontávamos na idade dela? A mamãe não fazia ideia.

— Era diferente. Éramos diferentes. A mamãe também nunca notou nada. — Eu já estava irritada. — Naomi se esforça demais; não tem tempo de aprontar nada.

Kate ergueu uma sobrancelha.

— Ah, a filha perfeita. E os meninos?

Servi um pouco de vinho branco numa taça, que entreguei a ela.

— Não são as crianças. Estou tentando terminar o quadro de Naomi.

— Você nunca para? — Kate bebericou o vinho. — Parece que está numa esteira e teme o que poderia acontecer se parasse.

O curry borbulhou no fogão e o experimentei, acrescentando um pouco mais de coco. Não respondi, e Kate deu de ombros. Ela sempre tentava me provocar, mas dessa vez deixei passar. Havia pedras opalescentes em suas orelhas e a maquiagem estava perfeita. Eu havia tirado a roupa de trabalho e vestido uma saia escura com uma camisa preta; meus cabelos despenteados tinham sido rapidamente presos com uma presilha e encontrei um pouco de sombra, que passei com o dedo. Eu sempre cortava as unhas com a tesoura de cozinha antes de sair para o trabalho. Ela não acreditaria se eu dissesse que continuava porque queria. Queria tudo, apesar do cansaço e dos atalhos.

Quando saímos para ir ao teatro, vi Harold Moore observando da janela do outro lado da rua. Fiquei tentando imaginar se a mãe alguma vez o levara para ver peças. Eu nunca o vira na rua; talvez ela não quisesse que as pessoas ficassem olhando. Acenei para ele, que se mexeu, saindo de vista.

Kate se virou para mim enquanto esperávamos Ted na saleta.

— Não me julgue. Cada um tem o que escolhe — disse ela. — Você escolheu muito mais do que eu. Só que, às vezes, parece demais.

Mais tarde, no teatro, sentamos na mesma fileira: Shan, Ted, eu, Kate, Ed e Theo. Notei como a luz vinda do palco iluminava o perfil de todos. O momento parecia perfeito. Eu me senti reconfortada. Não havia escolhido coisas demais; as coisas tinham dado certo, só isso. E me senti sortuda de novo.

Quando as cortinas subiram, meu coração começou a bater com tanta força que pensei que todo mundo ouviria. Não estava preparada para sentir tanto medo por Naomi. Mas, quando ela apareceu no palco, o medo foi embora. Mal consegui reconhecê-la. Sua Maria não era uma menina inocente: ela era um jovem sedutora. Havia algo cruel e também sensual nas cenas dela com Tony, quando ela exercia seu poder. A plateia ficou encantada. Ela fazia tudo de modo muito natural. Havia se esforçado muito para ser aquela pessoa; os ensaios tinham sido incansáveis; noite após noite voltava tarde para casa, com olheiras. Mas conseguiu: ela era Maria. Sua própria versão inspirada de Maria. Não à toa estava exausta.

No intervalo, fomos todos cercados.

"Como ela consegue?"

"Que estrela."

"Linda voz."

Os meninos se esquivaram dos parabéns com timidez. Ed bebia vinho depressa; Theo parecia embasbacado. Ted sorria orgulhoso. Na segunda metade, a Maria de Naomi estava tomada pela ira e pela determinação. Nada de choro, nada de andar como vítima, com a cabeça baixa. Para mim, ela parecia pronta para se vingar.

Todos aplaudiram quando ela entrou na cozinha lotada mais tarde, e ela me deixou abraçá-la. Quando encostei o rosto no dela, um odor inegavelmente forte exalou de sua pele quente. Álcool. Ela andara bebendo de novo.

Eu me afastei e olhei para ela, mas seus olhos já percorriam a cozinha e não se fixaram nos meus. Naquele momento, Theo se aproximou e a abraçou, levantando-a do chão. Os lábios dela tremeram, mas Nikita a envolveu com uma echarpe comprida, sedosa e laranja e sussurrou algo que a fez rir. Kate me diria que na adolescência bebíamos muito. Era normal que os adolescentes experimentassem, eu disse a mim mesma. Mas uma voz sussurrou em minha mente que havia algo além do cansaço, da distância, dos silêncios e do cheiro de tabaco. Enquanto eu observava Naomi abraçando Nikita, decidi que conversaria com ela direito, em breve, num momento em que ela estivesse menos cansada. Por ora, aquela era sua noite. Eu tinha que relaxar.

Na hora do jantar, dei a volta pela mesa, servindo pão-folha a todo mundo. Naomi estava sentada numa ponta, perto de Nikita, e as duas conversavam, cabeças se tocando. Loira e morena. Parei por um momento, feliz por vê-las juntas.

— Quando?

Foi o tom de surpresa na voz de Nikita que chamou minha atenção.

— Quinta. Ei, o que você quer? — Naomi se virou e olhou para mim de modo acusador. — Você não pode ouvir nossa conversa.

— Aqui está seu pão, querida. — Eu deixaria passar. Tinha que deixar, hoje. — Aqui está o seu, Nik. Só ouvi algo a respeito de quinta-feira.

A expressão de Naomi ficou calma.

— Vamos sair depois da peça na quinta-feira, para comemorar.

— Quinta? Mas sexta é a última noite.

— Exatamente. Vai ter uma festa na sexta, mas alguns de nós queríamos nos reunir para conversar; pensamos em comer alguma coisa na véspera. — Ela olhou para mim de modo questionador.

— Por mim, tudo bem, querida. Só não exagere.

Depois disso, ela se ocupou com as apresentações e ficou pouco em casa. No fim, não tive tempo de conversar com ela, como havia prometido a mim mesma. Três dias depois, ela entrou na cozinha com a sacola de plástico e o sorriso diferente. E desapareceu.

# 11

*Dorset, 2010*
*Um ano depois*

A mão de Mary, uma pequena garra, segura a ponta da manta enquanto a ajeito sobre ela no sofá. Faço uma pausa. Seu rosto está corado, ela parece envergonhada.

Digo rapidamente:

— Não se preocupe. Eu trabalhava como clínica geral, estou acostumada com pessoas desmaiando. Vi os comprimidos para pressão. Talvez... a senhora devesse fazer um *check-up*.

— Aqueles malditos comprimidos. Dão mais trabalho do que resolvem o problema. Você tem sido muito gentil, minha querida.

Mais uma pequena pausa. Percebo que as perguntas começam a se acumular, mas não digo nada.

— É um prazer. — Bertie me acompanha até a porta. Eu me viro por um momento. — Ele comeu toda a comida do gato, me desculpe.

— Aquele gato está ficando muito gordo. — Seus olhos claros brilham. — Volte logo. Farei o chá da próxima vez.

Eu me despeço e fecho a porta com cuidado. Sem querer, fiz uma amiga. Percebo que, durante a última hora, o medo que tem me assombrado há um ano se afastou um pouco.

*Bristol, 2009*
*A noite do desaparecimento*

Quando a polícia foi embora, ouvimos o carro deles se afastando, o som dos pneus no asfalto molhado tornando-se menos acentuado. Do lado de fora, a luz clara afastava a escuridão do jardim, e quando abri a janela meu cotovelo derrubou uma pilha de livros no peitoril. Peguei um caderno vermelho de exercícios e li "Naomi Malcolm. Química", escrito com cuidado em cursiva. Corações vermelhos tinham sido desenhados a caneta em todos os lados; muitos tinham sido pintados com tanta força que estavam meio borrados. Deixei a mão pousada no papel macio por um tempo.

Ted subiu para dormir por uma hora.

Fiquei na cozinha sozinha e ele veio. O medo forte, repentino e devastador. Abaixei a cabeça para respirar, como se eu lutasse contra o vento forte. Minhas mãos tremiam, meu rosto doía, o couro cabeludo formigava de modo doloroso. Ondas de medo percorriam meu corpo, do fundo da garganta ao esterno; quando apoiei a mão no peito, ele parecia latejar. Minhas pernas estavam fracas. Era difícil caminhar.

Quando a bile subiu pela garganta e pelo nariz, pensei de repente que aquele podia ser o momento em que ela estava morrendo, e por isso eu tinha a sensação de estar morrendo.

Senti ânsia várias vezes e precisei de toda a minha força para secar com papel-toalha as lágrimas e o vômito que escorria por meu queixo. Depois disso, fechei a tampa do vaso sanitário e, agachada ao lado dele, apoiei a cabeça nos braços. No canto, onde o piso se encontrava com a parede, vi uma mancha triangular seca de urina e um fragmento de papel amarelo de uma embalagem de absorvente.

Fui para a cozinha. A luz entrava. Eram sete e meia. Os meninos levantariam para ir à escola em breve. Aquele papel amarelo podia estar ali há semanas, mas meus pensamentos começaram a girar: o que acontece com os ciclos normais quando o corpo morre? O sangue continuaria escorrendo por um tempo, esfriando conforme a temperatura corporal caísse. Olhei para o relógio de novo. Oito horas já tinham se passado desde que ela deveria ter voltado para casa. Ela não estava morta. Não. Estava num café de beira de estrada, levando uma xícara de chocolate quente aos lábios, ou na areia molhada de uma praia, jogando *frisbee*. Uma parte de sua pele apareceria entre a calça e a blusa sempre que ela esticasse os braços. Ela havia decidido não telefonar, mas eu não estava brava. Nunca ficaria brava de novo. Entenderia tudo.

Prometi. Prometi a Deus que iria à igreja todo santo dia pelo resto da vida se ela estivesse bem.

Subi a escada lentamente, era assim que eu me sentiria quando estivesse velha. Cada movimento era difícil e lento. Ted estava dormindo na cama. Tirara os sapatos e a jaqueta estava em cima de uma cadeira. A boca estava aberta e ele roncava baixinho. O barulho baixo, que normalmente não me deixava dormir, agora era reconfortante. Parecia tão inocente. Eu me deitei ao lado dele. Não encostei nele, mas fiquei próxima o bastante para sentir seu calor. Fragmentos malucos de palavras tomaram minha mente. Meus olhos estavam vermelhos.

Lá fora, os passarinhos começaram a cantar.

# 12

*Dorset, 2010*
*Um ano depois*

O vento ficou mais forte enquanto estive com Mary; uma tempestade se aproxima. Em meio aos telhados, os penhascos a distância se destacam como esmeralda contra um céu que escureceu até atingir um tom cinza brilhante. Eu me distraio, pensando em como posso alcançar essa intensidade com as tintas. Enquanto observo, a luz se apaga e o céu se torna opaco, e um raio corta o cinza. Quando chego à minha porta, ouço um trovão. Bertie resmunga. A chuva começa, encharcando-nos num instante enquanto me esforço para encaixar a chave na fechadura com as mãos escorregadias. Percebo que a chuva deixou minha pele com um aspecto bronzeado e nada familiar. Lá dentro ouço um baque; no andar de cima, uma janela se abriu e está batendo na parede do lado de fora. O som das ondas quebrando passa pela janela. Quando me levanto para fechá-la, o vento açoita meus cabelos e sopra a chuva gelada em meu rosto, de modo que fica difícil respirar. A força da tempestade é assustadora, mas emocionante; um tipo de medo diferente do temor frio que tem esperado por mim todas as manhãs há um ano.

*Bristol, 2009*
*Um dia depois*

Acordo, e o terror imediatamente me envolve com força. Ao lado de nosso quarto, consigo ouvir Theo levantando da cama, caminhando para o banho, abrindo o chuveiro, cantando. Seus olhos deviam estar quase fechados. O barulho da água acordou Ed no quarto ao lado, e ouço os bocejos barulhentos que se tornaram murmúrios e suspiros. Olhei para o relógio: 8h30. Gostaria de poder prolongar esse período em que eles não sabem.

No andar de baixo, as luzes ficaram acesas. O cheiro do café me deixou enjoada de novo. Coloco cereal e as tigelas na mesa. Leite, suco, colheres. Os meninos desceram. Esperei, procurando o tom certo.

— Naomi não está aqui.

Achei que minha voz estava normal, mas os meninos pararam na hora. Theo, recostado na mesa, bebendo suco de laranja diretamente da caixa, afastou a embalagem da boca. Ed, servindo cereal, levantou o pacote, deixando alguns caírem. Eles esperaram.

— Ela... não voltou para casa ontem. Não estava fazendo o que disse que faria...

— E daí? — perguntaram juntos.

Ed deu de ombros.

— Por que esse drama?

Recebi aquela reação com gratidão. Então era isso o que parecia? Um drama? Uma fresta de esperança surgiu.

— Ela nos disse que sairia para comer com o elenco, mas nós achamos que ela se encontrou com outra pessoa... ainda não sabemos quem.

— E daí? — perguntou Ed, de novo.

Theo estava inexpressivo.

— Como você sabe?

— Perguntamos a Nikita.

— Você fez Nikita contar os segredos de Naomi? — Ed parecia abismado.

— Ed, esperamos até duas e meia da madrugada...

— Meu Deus! Vocês falaram com a Nikita no meio da noite? — O tom de Ed era de fúria.

Ele abriu a gaveta dos talheres com tanta força que facas e garfos caíram no chão.

— Porra. — Ele se abaixou para apanhá-los, jogando-os na mesa ruidosamente.

— Pode ser que a polícia vá à escola de vocês hoje para fazer perguntas — disse aos dois. — Pode ser até que falem com vocês.

— A polícia também? Ela provavelmente está dormindo com uma amiga. — Ele olhou para mim com raiva. — Às vezes, não consigo acreditar nas coisas que você faz.

— Ela disse alguma coisa para algum de vocês?

Ed balançou a cabeça brevemente e saiu, sem esperar Theo. Fiquei abalada com a raiva dele. Não compreendia de onde vinha, mas havia me oferecido algo. Estávamos apenas fazendo drama.

— Ela também não me disse nada. — As sobrancelhas claras de Theo estavam franzidas, formando um V, com a pele macia em vincos paralelos estreitos sobre elas. — Mas ela não tem conversado comigo tanto quanto antes — disse lentamente, como se percebesse isso pela primeira vez. — Acho que ela não tem passado muito tempo aqui, por causa da peça... — Ele parou de falar, incerto, e olhou para mim, com a voz fina de preocupação. — Cadê o papai? Ele sabe?

— O que você acha, Theo? Claro que ele sabe. — Eu o abracei. — Passamos a maior parte da noite acordados. Ele ainda está dormindo.

— O que vai acontecer? — Ele parecia perdido.

— Querido, vamos encontrá-la. A polícia está ajudando. — Tentei falar como se acreditasse no que estava dizendo, como se minha cabeça não estivesse cheia de perguntas que surgiam aos berros.

— A polícia. Meu Deus. Certo. — Ele se remexeu. — Vou perguntar para as pessoas. Espero que ela telefone ou envie uma mensagem.

— Sim. Obrigada, querido.

Ele se inclinou, e a barba fina de seu queixo raspou em meu rosto antes de ele sair.

Não sei por quanto tempo fiquei sentada à mesa. A cozinha começou a girar, minhas pálpebras começaram a se fechar. Minha cabeça devia estar indo em direção à mesa, porque, quando o telefone tocou, o barulho fez com que eu me endireitasse.

— Detetive John Harrison.

— Sim?

— Do Departamento de Investigação Criminal. Então, sra. Malcolm... Desculpe, dra. Malcolm.

— Sim?

— Nenhuma notícia por enquanto. Checamos todos os hospitais. Naomi não foi internada, o que, claro, é algo bom. Ligamos para a escola e vou até lá em breve para conversar com alguns dos professores e algumas das alunas. — A voz dele transparecia seriedade.

A fresta de esperança se fechou de novo. Ele sabia que não estávamos fazendo drama.

— É melhor contarmos para eles.

— Não é preciso. Já fizemos isso. Uma pessoa da equipe procurará a senhora de novo perto do meio-dia. Precisaremos fazer perguntas a seus filhos o mais rápido possível.

— Theo e Ed?

Então eles são suspeitos? Por que diabos a polícia não percorreu as estradas à procura de um homem e de uma menina assustada dentro de um carro? Um cara, era o que ela dissera a Nikita. Isso não nos dizia nada. Ele podia ser alto e forte, com ombros largos e grandes o bastante para dominá-la. Poderia ser o contrário, mais jovem, menor, de aparência comum, talvez com um rosto gentil, para que ela gostasse dele. Será que havia ido com ele por vontade própria, depois de combinar tudo em segredo? Havia esperança nessa ideia, mas eu sabia que era falsa; ela não teria saído de casa sem nos contar. Não depois de uma vida inteira de alertas a respeito de desconhecidos em carros.

— Bem... dra... sra... — Talvez eu não fosse uma colega profissional, no fim das contas, talvez eu fosse apenas uma mãe com uma filha desaparecida; ele estava confuso.

— Jenny.

— Certo, Jenny. Apenas procedimento de rotina. Compensa no final.

— Procedimento de rotina para um desaparecimento de rotina?

Em algum lugar, ela podia estar sussurrando meu nome.

— Não quis dizer isso, Jenny. Você ficaria surpresa se soubesse quantos jovens desaparecem por um tempo, depois reaparecem, sãos e salvos. Enquanto isso, não deixamos pedra sobre pedra. Seguimos as regras em todos os casos.

Deve haver listas de clichês no caderno dele; fiquei imaginando se estavam em ordem alfabética. Talvez ele tivesse entradas separadas para cada ocasião... desaparecimento, sequestro, estupro, assassinato.

— O problema, detetive... — Parei e respirei lentamente, como nos ensinam no pré-natal, para lidar com as contrações. Respire e conte. Solte o ar lentamente. — O problema é que não sei como esperar.

A voz dele mudou e se tornou mais real.

— Aguente, Jenny, aguente firme.

Meus olhos arderam.

Subi a escada. Ted estava exatamente na mesma posição; as dobras de sua camisa não tinham mudado. Enchi a banheira de água quente e permaneci lá dentro por alguns minutos. Com a toalha ao redor do corpo, telefone na mão, ainda molhada, me arrastei para baixo do cobertor. A escuridão veio instantaneamente, como se eu tivesse sido golpeada.

Quando a campainha tocou, eu caí da cama, vesti a calça jeans e o moletom de Ted e já estava lá embaixo quando tocou de novo.

O homem à porta está parado. Houve um momento de reconhecimento, sem simpatia. Ele era atarracado, cabelos grisalhos num rosto desgastado pelo tempo, linhas de expressão marcadas no canto dos olhos verdes. Boca triste. Seu nariz já devia ter sido quebrado. Seu rosto não era exatamente simétrico; talvez o olho esquerdo fosse maior do que o direito ou tivesse um formato levemente diferente. Ele olhou com atenção para meu rosto descuidado, cabelos despenteados, blusa grande, jeans velhos, pés descalços, e viu outra vítima, pensei.

— Michael Kopje. Da vara da família.

Seu sotaque sul-africano me pareceu imediatamente familiar e me levou de volta, num flash, ao ano sabático que passei num centro de missionários na África do Sul e aos fazendeiros durões em picapes velhas, lidando com a seca e com a doença do gado.

Seu aperto de mão foi breve e firme.

— Da África do Sul? — Falei isso? Apesar de tudo?

As linhas de expressão ao redor de seus olhos se aprofundaram, e por um instante, ele sorriu, mas logo voltou a ficar sério. Ele não me perguntou como eu sabia, ainda bem. Eu não queria falar sobre a África, se ele conhecia a minha África ou se eu conhecia a dele.

— Sou a Jenny. Entre.

Eu o levei até a cozinha, liguei o fogo da chaleira e subi para acordar Ted. Ele se levantou na mesma hora e desceu comigo. Vi quando ele olhou para o relógio. Meio-dia.

— Faz mais de doze horas desde que nossa filha deveria ter voltado. O único apoio de que precisamos é informação — disse Ted. Ele se sentou de frente para Michael Kopje, olhando para ele do outro lado da mesa.

— É por isso que estou aqui.

— O que pode nos dizer?

— Tive a chance de falar com a professora de teatro mais cedo, a sra. Mears, e com todo o elenco da peça. Uma menina chamada... — ele rapidamente retirou um caderno do bolso da jaqueta — Nikita nos deu algumas informações sobre Naomi.

Não gostei do jeito como ele disse o nome dela, com calma, como se a conhecesse. Eu me sentei ao lado de Ted e peguei sua mão. Senti uma onda repentina de raiva. Nunca teríamos conhecido esse Michael Kopje se Naomi estivesse aqui, mas pelo destino maldoso, um estranho estava dizendo o nome dela. Olhei dentro de seus olhos acinzentados e ele olhou para baixo; naquele segundo, vi que ele sabia como eu me sentia e um pouco da enorme fúria começou a diminuir. Fez uma breve pausa e começou a falar de novo, baixinho.

— As meninas foram se trocar depois da peça, mas não estavam sozinhas no prédio. A sra. Mears disse que um rapaz mais velho esperava na recepção, então ela as deixou, também sabendo que o zelador iria mais tarde trancar a porta.

— Que rapaz?

Ele hesitou um momento.

— Edward. Seu filho.

— Ed?

— Ele disse à sra. Mears que levaria Naomi para casa.

Sentei-me, abismada. Então Ed esteve lá e não nos contou. Nem Nikita.

— Por favor, continue, sr. Kopje. — Ted estava sentado, tenso, com a mandíbula travada.

— Pode me chamar de Michael. Nikita nos disse que Naomi encontraria um homem. Ela queria esperar com ela, mas Naomi disse que não era preciso; Ed estava ali. Quando a mãe de Nikita pegou a filha, o teatro aparentemente estava vazio. A que horas Ed chegou em casa ontem à noite?

— Não sei. Eu dormi.

Os olhos de Michael pareceram se arregalar ao ouvir isso. Eu passava uma imagem de mãe relapsa, cujos filhos podiam andar por aí a qualquer hora da noite, sem supervisão? Eu não queria ter dormido. É que, às vezes, eu estava tão cansada que o sono tomava conta de mim assim que eu me sentava. Era tolice explicar isso. De que adiantaria?

— Parece que Ed saiu quase imediatamente depois de Nikita — disse Michael.

— Ele deveria ter ficado, inferno — sussurrou Ted.

Digitei o número de Ed em meu telefone, mas a ligação caiu direto na caixa postal.

Michael continuou, como se não tivesse ouvido Ted.

— Nikita me disse que ela não sabe quase nada a respeito desse homem. Naomi falou sobre ele pela primeira vez cerca de duas semanas atrás. Nikita achou que ele estivesse no fundo do teatro durante uma apresentação, mas não o viu de perto.

— Alguém se lembraria de um desconhecido, não é? — Eu me remexi na cadeira, inclinando o corpo para a frente. — Se perguntar aos professores...

— Eu estava quase chegando a essa parte. A sra. Mears nos disse que certa vez que viu um homem num assento no fundo do teatro durante um ensaio. Ela acha que viu Naomi se levantar da cadeira ao lado dele. Parece que ela disse a Naomi que amigos e pais não podiam ir aos ensaios. Naomi disse a ela que não o havia convidado, mas que ele tinha aparecido mesmo assim.

Quando Michael fez uma pausa, fiquei me perguntando se o homem estivera na apresentação que vimos. Busquei, em minha mente, um desconhecido na sala em algum momento durante o intervalo. Houvera alguém perto de uma coluna, um homem alto meio escondido ou com a cabeça virada no bar, alguém olhando de soslaio em direção ao nosso grupo? Talvez. Mas eu podia estar imaginando coisas.

— A sra. Mears notou a presença dele?

— Estava escuro no fundo do teatro. Ele estava sentado. Ela pensou que ele podia ser um pai. — Olhou para nós dois. — Naomi disse algo a vocês a respeito de um novo relacionamento? Ou aconteceu alguma coisa que vocês consideraram incomum?

Ted disse não ao mesmo tempo que falei que sim. Michael se virou para mim.

— Ela não disse nada, mas havia algo diferente — afirmei lentamente.

— Diferente como?

— Mais calada. Só percebi isso depois de um dos ensaios. Ela voltou tarde e parecia muito distante.

— Distante? — Ele esperou, caneta sobrevoando uma página de seu caderno.

Olhei para o fogão perto do qual Bertie agora dormia. Ela estava bem ali quando olhou para mim de canto de olho.

— Ela costumava conversar muito comigo — contei. — Sobre tudo. Naquela noite, percebi que ela havia parado de fazer isso. Pensei que fosse cansaço por causa dos ensaios da peça e das tarefas da escola, mas...

Parei por um momento, lembrando-me da hostilidade dela durante o dever de casa, do silêncio que se seguiu.

— Pensando melhor agora, foi como se ela quisesse se fechar de propósito.

Fez-se uma pausa. Eu ouvia o leve rabiscar da caneta de Michael, e Ted olhou para nós depressa, a voz adentrando minhas lembranças.

— A casa na praia — disse ele.

# 13

*Dorset, 2010*
*Um ano depois*

Trancando a janela para que ela não abra de novo, tiro as roupas molhadas e as deixo empilhadas no chão, visto meu pijama, meias grossas e uma blusa de moletom velha. No andar de baixo, a casa está fria e vazia em comparação à casa aquecida de Mary. Ando de um lado a outro; meu corpo parece terrivelmente vivo. O que escapou ou o que deixei entrar? Há algo em algum lugar de minha mente que permite a entrada de cores brilhantes onde eu havia separado um espaço calmo e negro. Uma imagem está se formando e exige ser capturada. Atrás da mesa está o velho portfólio de quadros. Pego-o depressa para encontrar uma tela limpa e espalho os tubos de tinta na mesa. Quero pintar a cor e o som da tempestade.

Alguns dos outros quadros escaparam; um cai no chão. Antes que Bertie possa passar por cima dele, eu o pego. É o retrato de Naomi que não terminei. Ela sorri; há um olhar de triunfo em seus olhos que eu não havia notado antes. Dizem que o caçula consegue coisas que os mais velhos não conseguem. Eu dissera a Ed que ele não poderia fazer festas na casa de praia, mas dei essa permissão a Naomi. Ela dava o seu jeito quase sempre: essa foi sua ruína.

*Bristol, 2009*
*Um dia depois*

— Ela foi à casa de praia na semana passada — disse Ted. Ele olhou para Michael, que tinha parado de escrever e olhava para ele sem entender.

— A casa de praia?

— Desculpe — disse Ted depressa. — Os pais de Jenny iam se aposentar e mudar para uma casa de veraneio, em Dorset, que compraram depois do casamento, mas o pai dela morreu. Recentemente, a mãe de Jenny lhe deu a casa de presente. — Ele suspirou, impaciente. — Bem, deixamos Naomi ir até lá no fim de semana passado, antes de a peça começar. Ela disse que precisava de um tempo; queria ir com algumas pessoas do elenco para relaxar. Naquele momento, pareceu bastante razoável.

Eu me lembrei de como ela havia permanecido parada, em silêncio, depois que entrou.

— Ela estava muito... preocupada quando voltou. Não nos contou muito a respeito daquele dia.

Ted e eu nos entreolhamos.

— Com quem ela foi? — perguntou Michael.

— Amigos da escola. Da peça — disse Ted. — Pelo menos, foi o que disse a nós. Um garoto que ela conhecia havia muito tempo. Outros membros do elenco. Nikita.

— Eles passaram para buscá-la? — Michael escrevia de novo.

— Não, ela foi encontrá-los — contei a ele, sentindo-me enjoada. Tinha sido verdade?

Ted e eu nos levantamos ao mesmo tempo.

— Precisarei do endereço. — Michael olhou para nós dois. — E de uma chave.

— Não precisa — respondeu Ted. — Vou agora.

Michael enfiou o caderno dentro da jaqueta e ficou de pé. Tirou o celular do bolso e ligou para alguém. Ouvimos quando ele solicitou um motorista e dois policiais para acompanhar Ted até a casa.

— Posso ir sozinho. Até prefiro — disse Ted abruptamente. — Se ela estiver lá, pode ser que esteja assustada se um monte de policiais aparecerem.

Michael parou de falar ao telefone. Ele disse baixinho:

— Se ela estiver lá, e alguém estiver com ela, você pode assustar essa pessoa.

Olhamos para ele sem nada dizer; possibilidades não previstas pareciam surgir na atmosfera da cozinha. Assustar essa pessoa? E o que ela faria?

Enquanto Michael se afastava, falando ao telefone, eu me virei para Ted.

— Vou com você — disse a ele.

— Você não dormiu direito. — Ele observou meu rosto.

— São só algumas horas, pelo amor de Deus. Posso dormir no caminho.

— Fique — disse ele. — Para o caso...

Para o caso de eu ouvir passos de alguém correndo em direção à porta de trás? A voz dela dizendo a Bertie que estava em casa e que ele podia parar de ficar triste? Essas coisas familiares já tinham entrado para a categoria de luxos impossíveis.

Quando a campainha tocou, Ted e Michael subiram para abrir a porta da frente ao policial que levaria Ted a Dorset. Ouvi vozes, a porta bateu e Michael desceu de novo para a cozinha.

Coloquei a chaleira no fogo e olhei no relógio: 13h30.

Catorze horas. Seria mais tarde quando eles chegassem à casa de praia. Fiquei imaginando se fariam o caminho ao qual estávamos acostumados, na M5 até Taunton, e depois até Chard, Axminster e Bridport. Os últimos cinco quilômetros a Burton Bradstock, com o mar entre os montes à direita. As crianças costumavam ficar impacientes nesse ponto, querendo esticar as pernas.

— Sinto muito, Jenny — disse Michael enquanto caminhava em direção à mesa.

— Como vocês vão encontrá-la? — Minha voz aumentou sem controle. — E o estuprador? Cada segundo...

— Não foi o estuprador — interrompeu Michael. — Ele foi pego há dez dias; está preso. Estamos fazendo tudo o que podemos no momento. Colhemos impressões digitais do vestiário, do teatro, dos assentos e das coxias. Os amigos dela estão sendo interrogados. — Ele olhou para mim com cuidado, conferindo se eu estava entendendo. — Estamos fazendo perguntas aos moradores e na escola, para saber se eles viram carros na região naquele horário e conferindo as câmeras de segurança em todas as estradas que saem de Bristol. — Eu o observei enquanto ele continuava falando; seus olhos cinza estavam sérios. — Também estamos divulgando um retrato falado com a descrição da sra. Mears que será transmitido no noticiário das seis da tarde. Estamos levando isso muito a sério.

Melhorava, mas piorava. Eu estava escorregando para um ponto onde nunca estivera, com as mãos esticadas, tentando me segurar.

Ele ficou ao lado da chaleira, encontrou a jarra, o leite, e encheu duas xícaras de café. Ele me entregou uma delas e se sentou de novo, olhando para mim do outro lado da mesa, que ainda estava cheia de embalagens de cereal e caixas de suco, tigelas sujas e canecas de chá frio.

— Estamos fazendo algumas suposições — disse ele. — Temos que analisar as outras possibilidades, por mais improváveis que sejam.

— Outras possibilidades?

— Há várias. Primeiro, há as boas possibilidades.

Olhei para ele depressa.

— Como assim, "boas"?

— Ela está com uma amiga, está dormindo ou simplesmente está dando um tempo.

— Naomi nunca faria isso; além disso, tinha mais uma apresentação pela frente.

— Talvez a pressão...?

— Não. — Balancei a cabeça, negando. Gostaria de poder acreditar nisso, mas, por mais que ela tenha mudado, independentemente do que tivéssemos deixado de perceber, eu sabia que ela não deixaria a peça desse jeito, de uma hora para outra.

— Há outras opções. Ela encontrou o homem desconhecido por um tempo, ou talvez não tenha se encontrado com ele. — Ele estava me dizendo que ela podia ter sido sequestrada do teatro por alguém totalmente diferente, ou a caminho de casa, talvez, aleatoriamente, por algum desconhecido agressivo.

Olhei para ele em silêncio. O que seria pior? Alguém que tivesse se passado por amigo dela, planejando lhe fazer mal, ou um desconhecido escondido nas sombras fora do teatro, ou ainda mais longe, na rua? Eu me levantei, mas minhas pernas estavam fracas demais e me sentei de novo.

— Mais alguma coisa incomum passa por sua mente? Algo que pode não ter notado ou com o que não se acostumou? Inimigos?

Ele me entregou um caderno e um lápis. Segurar o lápis me deixou mais firme.

Olhei para ele; ele sabia como ajudar, mas o rosto sério, com lábios tristes, me dizia que não gostava dessa parte do seu trabalho.

— Você está acostumado com isso — falei. — Sabe o que fazer.

Parecia uma acusação. Percebi que ele pensava na resposta que daria.

— Sim. Mas cada vez é diferente. Como seu trabalho. Você tem que examinar muitas pessoas com o mesmo tipo de doença, mas nunca é a mesma coisa, não existe uma rotina estabelecida. — Ele estava certo, claro. Assenti, e ele abriu o caderno. — Quem são os vizinhos do lado?

— Casais jovens, em sua maioria, sempre indo e vindo. Não os conhecemos bem.

— Na frente?

— A sra. Moore e o filho. Ele tem síndrome de Down.

Michael anotou isso também.

— Mais alguém?

Inimigos, ele dissera. Pensei no marido de Anya com a cara fechada para mim quando a deixou na nossa casa. Os olhos do sr. Price na última vez em que eu o vira. Os amigos eram mais fáceis. Nikita. Naomi tinha muitos outros amigos na escola, mas o único outro em quem eu conseguia pensar no momento era o garoto que a havia ajudado com as aulas de matemática, James. Aquele com quem ela dissera ter ido à casa de praia, aquele que lhe dera um anel.

Comecei a escrever minha lista lentamente; demorei muito para reunir meus pensamentos. Quando o telefone tocou, eu me assustei, o coração bateu forte, mas Michael foi rápido e atendeu.

— Sem comentários — disse ele depois de uma pequena pausa. Então repetiu: — Sem comentários.

Quando desligou, virou-se para mim.

— A imprensa vai se meter. — Ele também já havia lidado com isso. — Vou preparar um comunicado para vocês por enquanto, pedindo que eles respeitem sua privacidade.

Olhei para ele fixamente. Eu só me preocupava com Naomi, em vê-la, ouvi-la, tocá-la, abraçá-la. A privacidade parecia totalmente irrelevante.

Terminei a lista e a entreguei a ele, e ele se levantou para sair. Não queria que ele se fosse; a situação parecia menos desesperadora com ele ali. Ele disse que voltaria em duas ou três horas.

Quando ele saiu, fiquei parada por muito tempo, com pensamentos incoerentes percorrendo minha mente. Por fim, me levantei com o corpo tenso, olhando para o relógio. Dezesseis horas agora desde a hora em que Naomi deveria ter voltado, vinte e duas desde que havia saído de casa. De repente, lembrei-me de sua voz dizendo "tchau", mas, estranhamente, eu não conseguia lembrar se eu havia respondido.

# 14

*Dorset, 2010*
*Um ano depois*

Coloco verde no papel e misturo com carmim para obter um verde-acinzentado, mas a tonalidade fica fria demais, precisa brilhar, mais intensa, mais densa. Ponho outra nuance de verde e acrescento ocre. O roxo e o marrom escuro do mar sobem até a beira do céu como se fossem engoli-lo. Faço uma espuma branca pela crista de uma onda, mas quero as formas ondeantes da água. Conforme a pintura toma forma, sinto a corda que está me oferecendo. Imagino que haja sal e que minhas mãos se molham. Paro de vez em quando para colocar lenha na lareira, beber vinho, fazer um sanduíche, e vou andando enquanto como.

Algum tempo depois da meia-noite, livro-me da imagem. O fogo brilha baixo e a sala parece quente e segura, apesar de a tempestade estar forte do lado de fora. Ano passado, nossas vidas foram destruídas numa tempestade forte e impiedosa. Eu havia me mantido firme porque pensei que a encontraríamos e por causa dos meninos. Theo e Ed me mantiveram de pé.

*Bristol, 2009*
*Um dia depois*

Theo voltou da escola no fim da tarde. Ele comprara peixe e fritas numa sacola de papel transparente de gordura; o cheiro do vinagre me deixou enjoada de novo. Quando o telefone tocou, usei a náusea como desculpa e subi, para que Theo não ouvisse a conversa.

A voz de Ted estava alta.

— A casa de praia está vazia. Não tem ninguém aqui. Ninguém esteve aqui nas últimas 24 horas.

Ela não havia sido levada para lá. Esperei.

— Ela *esteve* aqui. Semana passada, como ela disse. Mas...

— Sim?

— Ela... Eles...

— O quê? — Minha cabeça formigava de impaciência.

— A cama foi usada. Há uma mancha no colchão.

— Foi usada? Mas ela não passou a noite. — As palavras dele foram assimiladas por mim. — Como assim, mancha? — perguntei com a voz trêmula. — Que tipo de mancha?

— Sangue.

— Jesus. — Não consegui falar por um segundo.

— Eles dizem que essa mancha já tem dias. E também tem outra no chão. — Ele falava baixo agora, talvez alguém estivesse perto, ouvindo o que ele dizia. — Dá para ver o tempo que a mancha tem pela cor... é o que disse o oficial. Ele é do departamento forense. E o vinho das taças secou. Sem dúvida, ficou ali durante um dia e uma noite.

— Vinho? Que vinho?

Não entendi o que ele estava dizendo.

— Há uma garrafa perto da cama, duas taças.

Taças de vinho perto da cama? Naomi nunca consumia bebidas alcoólicas. Ela cheirava a álcool depois do ensaio, e no jantar depois da primeira apresentação, mas pensei que fosse provavelmente porque todo mundo havia bebido. Pensei que ela detestasse álcool.

— Devem ter sido os amigos com quem ela saiu; alguns dos alunos que ela conhece são muito mais... adultos... — Enquanto eu dizia isso, pensei nas meninas grávidas aos 12 anos que eu atendia no consultório. Mas Naomi não era assim. Ela nunca tivera um namorado. Eu dissera isso à polícia. Não era possível que ela tivesse ido para a cama com alguém.

— Ela não foi com amigos. — A voz de Ted soou ríspida. — Foi outra mentira. Só havia dois pares de pegadas. Foram só ela e o maldito. Você achou que ela estava preocupada quando chegou em casa naquele dia? Não era à toa... estava traumatizada. — Ele puxou o ar. — Ele a embebedou primeiro...

Apesar de me retrair com aquelas palavras, tentei pensar além delas.

— Se isso é verdade, está tudo bem — disse. — Beber juntos é um bom sinal.

— O quê? Foi bom ela estar bêbada quando ele a estuprou?

Eu me retraí ainda mais com a incredulidade dele.

— Não. — Ela havia ficado calada demais na cozinha. — Nós a vimos quando ela voltou da casa de praia. Eu teria sabido se algo ruim tivesse acontecido. Ela estava muito calma — falei mais depressa, sentindo-me mais segura. — Pense um pouco. Quando bebemos vinho com alguém na cama, quer dizer que estamos relaxados e conversando. Curtindo...

Ted me interrompeu.

— Uma equipe da região chegou há cerca de uma hora. Eles estão recolhendo amostras... impressões digitais, fotos, DNA.

Fiquei pensando nas taças de vinho. Ele teria servido vinho numa taça para ela e a abraçado; ela teria bebericado, sorrindo para ele, fingindo gostar.

— O vinho quer dizer que ele gostava dela — falei com cuidado. — O sangue é porque foi... a primeira vez dela. Então, se ela estiver com a mesma pessoa agora, ele não vai machucá-la. Não se eles... fizeram amor. — As palavras soaram ridiculamente inapropriadas. Mas amor era melhor do que estupro, melhor do que assassinato.

— Acorde. É claro que deve ter sido a mesma pessoa, mas isso não torna a situação menos perigosa. É parte de um plano. Aquilo foi só o começo. — A voz dele ficou embargada.

Fez-se um silêncio e, logo após, ele me disse que levariam outra equipe até lá. Interrogariam as pessoas de casa em casa. Tudo demoraria mais do que ele havia pensado. Nesse momento, arrependi-me por não conhecermos mais pessoas na vizinhança, mas nunca havíamos passado tempo suficiente ali para fazer amizades; sempre estávamos envolvidos com a família, aproveitando ao máximo o tempo de Ted conosco. Agora, eu me arrependia por não ter procurado amizades. Se tivesse feito isso, teria agora a quem perguntar para saber se tinham visto algo diferente, se tinham visto desconhecidos andando pelo bairro.

Voltei para a cozinha. Quando o telefone começou a tocar, peguei o fone, mas assim que ouvi a voz clara de uma jornalista se apresentando, desliguei. Ele tocou de novo logo depois e ignorei. Ed entrou. Ficou parado quando me viu e, por um momento, pareceu assustado. Eu o abracei. Seus olhos estavam vermelhos. Estivera chorando? Ele permaneceu parado, com os músculos tensos.

— Está tudo bem, Ed. Vai ficar tudo bem.

— Não tem nada bem.

Ele deu de ombros e se afastou. Quando ele se sentou no sofá, eu me sentei ao lado dele, que levantou e se sentou na poltrona. Ouvi Theo abrir a porta da geladeira.

— Independentemente do que aconteceu, estou do seu lado — disse baixinho.

— O que quer dizer?

— Michael Kopje, da polícia, veio falar conosco. Parece que você disse à sra. Mears...

— Porra.

— Não precisa me contar agora.

— É mesmo?

— Pode ser que eles perguntem a você. É claro que quero saber sobre Naomi...

— Viu? Você nunca é sincera no que diz. Nunca.

Esperei, observando a raiva arder em seu rosto.

Ele olhou para baixo.

— Eu disse à sra. Mears que eu levaria Nik e Naomi para casa. Enquanto estava no banheiro, Shan chegou e levou a Nik.

— Sim, eu sei.

— Depois disso, enquanto a Naomi se trocava, ela gritou pela porta que eu deveria ir. Disse que um amigo a levaria para casa. E me fez ir embora.

Eu me ajoelhei na frente dele, segurei seus braços.

— Não é sua culpa, Ed... Nem de ninguém: nem minha nem do papai. A Naomi sempre faz as pessoas agirem como ela quer. — Ao falar isso, percebi que era verdade e me senti esperançosa. Significava que ela poderia ter convencido quem a levava a deixá-la. Ed virou o rosto.

Theo se recostou na parede.

— A sra. Mears pediu demissão — disse ele.

Eu me levantei e me virei para ele.

— Por quê?

Atrás de mim, Ed se levantou e saiu.

— Um membro da equipe deve estar no teatro com os alunos o tempo todo. Ela deve se sentir péssima... — A voz de Theo era reticente.

Eu me senti mal de novo. Então, a sra. Mears sabia que, se tivesse agido de modo diferente, Naomi ainda poderia estar aqui, mas a culpa que essa professora sentia não se comparava ao terror que Naomi podia estar vivendo. O sofrimento que enfrentávamos. A ira tomou conta de mim por dentro, mas eu sabia que não ajudaria, porque eu teria que sentir raiva de Ed também, e a raiva inútil cresceria e bloquearia tudo. Eu tinha que ficar calma.

— Ninguém está me dizendo nada. — Theo parecia confuso. — Ninguém quer conversar comigo. É esquisito.

Tentei explicar:

— As pessoas acham que deveriam dizer algo, mas não sabem como, por isso se sentem estranhas. Não quer dizer que não se importam. Talvez você tenha que dar o primeiro passo.

— Tentei, mas dois caras simplesmente se afastaram. Parece que tenho uma doença que eles estão com medo de pegar.

Abracei-o depressa; era melhor abraçar do que falar. Eu não tinha as palavras para melhorar a situação e ainda não podia lhe dizer o que haviam encontrado na casa de praia. Como o preocupar com algo que não fazia sentido? Às seis, assistimos ao noticiário. Apesar de ver e ouvir, só entendi partes. "Naomi Malcolm... vista pela última vez depois da apresentação de uma peça de teatro, ontem à noite... A polícia procura um homem de cabelos pretos de vinte e poucos ou trinta anos para interrogá-lo..." E a foto dela: uma da escola que eu não havia visto. Ela parecia ainda mais jovem. O sorriso era amplo, não aquele novo meio sorriso. Os olhos estavam abertos e confiantes. Não estariam confiantes agora. Desliguei a televisão. Para o mundo, ela era a filha de outra pessoa.

Quase não havia comida no armário, mas ninguém estava com fome. Fiz um sanduíche para Ed, que comeu em silêncio. Depois que os meninos subiram, fiquei andando pela cozinha, dando voltas até sentir que estava prestes a dormir, como uma linha de pesca prestes a se romper.

— Ajude-me, ajude-me... — sussurrei muitas vezes, abrindo e fechando as mãos, suando, encharcada de desespero.

Eu ainda estava na cozinha quando Ted voltou, muito mais tarde. Foi direto para o armário das bebidas e encontrou uma garrafa velha de uísque no fundo. Bebeu depressa, virando-a rapidamente.

— Eles pegaram as coisas de que precisam; vão analisá-las. Ele deve ser um idiota. Deixou impressões digitais pela casa toda. Dava para vê-las na garrafa de vinho. — Ele bebeu de novo, repousou o copo e olhou para mim pela primeira vez. Seus olhos estavam estreitos. — Vamos pegá-lo. Ele pode ter ido a qualquer lugar com ela, mas vamos conseguir pegá-lo agora.

— Mas e o sangue?

— Não havia muito. São manchas, na maior parte.

Não era muito sangue. Ela não tinha sido ferida. Eu saberia. Há uma semana, seu silêncio tinha sido intenso. Ela estava guardando um segredo, não um ferimento. Em que estivera pensando? Seus lábios se moviam — será que ela dizia o nome dele?

Ted estava bravo.

— Andei pensando em quem faria isso. Alguém sem poder, mostrando ao mundo que poderia ter o que quisesse, sexo com uma garota no território dos pais dela. Naomi pode ter se sentido lisonjeada, sem perceber que durante todo o tempo ele está dizendo a si mesmo: isso é fácil. A primeira parte do plano.

— Acalme-se. — Segurei sua mão; estava tremendo, como a minha. — Que plano?

— Eles não dizem ser preparação? Ele obviamente havia preparado tudo. — Ele sussurrava agora, a respiração ofegante. — Dormir com ela na casa de praia foi a primeira parte. Ele deve ter feito isso para ter poder sobre ela, para que ela saísse com ele depois da festa sem suspeitar de nada.

Ted devia ter pensado nisso durante todo o longo trajeto de volta; agora, suas palavras se enroscavam como se ele não conseguisse mais contê-las.

— Quando ela percebesse ter sido um erro, já seria tarde demais. Ele a teria levado para muito longe. Ela pode estar presa em algum lugar. Ele está livre para machucá-la como quiser. Estuprá-la. Matá-la.

Pelo menos, Ted falou mais baixo quando disse as últimas palavras. Caminhei até o pé da escada e prestei atenção aos sons. Silêncio. Os meninos dormiam. Pensei em como a casa de praia estava vazia. Talvez as cortinas tivessem sido fechadas de modo que a bagunça no quarto fosse revelada subitamente quando Ted as havia aberto; podia haver moscas voando na janela ou mortas no fundo de uma taça. A viagem de volta devia ter sido interminável; teria sido difícil esperar na fila ao lado da ponte pênsil sobre o Avon. Os olhos dele pareciam sofridos; eu o abracei.

— Talvez tenha sido diferente — sussurrei. — Talvez não tenha sido assim. E se ele a ama? Se ele amá-la, não vai feri-la.

Ted não respondeu, e as palavras esperançosas desapareceram no silêncio tão completamente quanto se eu nunca as tivesse dito.

# 15

*Dorset, 2010*
*Um ano depois*

O vento volta a soprar mais tarde. Acordo de repente quando a janela bate, segurando-a como faço com um sonho. Uma batida forte. O som de água. Estou sonhando a lembrança de outro sonho quando há um baque, assustando a noite. Balançando tudo, com a possibilidade de rachar. Ouço, paralisada. Algo se quebrou lá fora. Apesar do barulho e do meu medo, eu flutuo na superfície do sono, consciente de que minhas mãos estão abertas e se movendo no lençol, procurando.

Há uma diferença na manhã: a ausência de som, a luz incomumente brilhante. Olho pela janela e o jardim desapareceu. A luz forte do sol, incomum para a época do ano, ilumina a destruição. Há pedaços de casca de árvores e pedaços de tronco por todos os lados. A macieira se foi, arrancada e espalhada pela tempestade. Lascas grandes de madeira caíram nas paredes do jardim e nos arbustos de cassis. O portão foi destruído.

Há um velho serrote na garagem. Untado e ainda afiado, imaculado como meu pai mantinha todas as suas coisas, está pendurado num prego ao lado do machado. Um melro está bicando a grama à base da árvore, cujas raízes retorcidas agora apontam na direção do céu. Bertie cheira as lascas de madeira, levanta a pata perto da parede e se ajeita perto do portão quebrado. Serrando as partes maiores do tronco, tiro o casaco e a blusa de moletom. Minha mão escorrega com o suor enquanto levo o serrote de um lado a outro. O cheiro fresco de madeira molhada me lembra o das fogueiras antes de serem acesas e de me esconder nos arbustos quando era criança, antes de dormir. Os galhos escuros e curvos acionam outra lembrança que não consigo acessar direito. Trabalho a manhã toda, com a luz mudando. A meus pés, há um passarinho saltitante, olhando e bicando. Ao meio-dia, bebo água e continuo até meus dedos não conseguirem mais segurar a ferramenta e a pele das palmas estar sangrando.

Tiro as botas cheias de lama do lado de fora e entro na casa. Os cômodos parecem lavados de ar fresco depois da tempestade. Uma mancha amarela pode ser vista pelo vidro da porta da frente. Há um ramalhete de crisântemos amarelos no degrau, com quatro ovos num pote plástico de sorvete. Mary deve tê-los deixado. Quando coloco as flores dentro de uma garrafa de leite, minhas mãos estão tão cansadas que tremem. Seguro um dos ovos; seu formato é delicado. Não consigo me lembrar da última vez em que comi um ovo. Um ano atrás? Ele tem manchinhas, há uma pena minúscula e macia grudada a sua casca, uma leve pincelada de lama. Eu o fervo depressa e como, depois fervo outro e mais um. Não tenho manteiga ou suporte para ovo; descasco-os e os coloco em fatias de pão, nas quais passo uma pasta que encontrei no fundo do armário, endurecida por estar aberta há bastante tempo. Raspo os restos de cascas de ovos e de migalhas de pão para dentro do cesto, com uma imagem repentina do rosto cheio de sardinhas de Naomi com dois anos.

Mary está melhor, caso contrário não teria deixado presentes aqui. Saio depressa, antes que mude de ideia. A porta da casa dela está aberta e ouço vozes vindas de dentro. Eu me afasto, mas Mary me ouviu.

— Não saia correndo — diz ela.

Há ramalhetes de flores coloridas com embalagens de celofane na mesa, caixas de bolo. Os moradores da região souberam que ela não estava bem. Mary encontra-se sentada à mesa usando um avental; o rosto está rosa-amarronzado, diferente da palidez de ontem. Um homem magro como um passarinho está no meio da sala, comendo bolo e derrubando migalhas. Um menino de cabelos escuros fuma um cigarro à mesa, digitando depressa com os dois polegares. Ele é apresentado como o neto de Mary, Dan. Ele acena para mim e olha para a frente com os olhos semicerrados por causa da fumaça. O homem-passarinho dá um passo à frente, estendendo a mão com entusiasmo.

— Derek Woolley. Vizinho. Advogado aposentado e mestre em tocar campainha. — Ele ri para si mesmo.

— Jenny.

Seu aperto de mão é fraco; os olhos dele, que estavam fixos nos meus, se movimentam depressa de um lado a outro como se quisesse pegar segredos fugidios. Sei que as perguntas dele serão indiscretas. Estou cansada da feiura da curiosidade.

— Jenny, há quanto tempo está aqui? Claro, já vi você e sua família antes, passando o fim de semana...

Não me lembro desse homem daquela época. Desde que cheguei aqui, sempre virei a cabeça quando alguém passa por mim na rua.

— Há alguns meses — digo a ele, olhando para a porta. — Quando posso escapar?

— Foi Jenny quem me ajudou ontem, Derek. Ela me pegou do chão — fala Mary depressa, quando o silêncio aparece.

— Ah, então você é a nossa boa samaritana. Sempre quis perguntar...

— É o sino. Eles já começaram. Você vai precisar correr. — Mary abre a porta. — Talvez você possa dizer a eles que irei na segunda. Estarei melhor até lá.

Derek Woolley dá de ombros, termina sua bebida e pega outro pedaço de bolo ao sair, acenando brevemente para mim.

— Sente-se, querida — diz Mary para mim, fechando a porta.

Dan, que faz faculdade em Bridport, veio ajudar no jardim. Mary me pergunta se também quero ajuda; ela ouviu a árvore cair ontem à noite. Quando me levanto para ir, Dan, ainda digitando, segura a porta aberta para mim. Algo em seu rosto, imaturo e inquieto, me faz lembrar de Ed.

Em minha casa, o jogo de luz e sombra está diferente; ao olhar para fora de novo, percebo as curvas dos galhos formando um padrão. Vejo que, por um segundo, o rosto de Naomi escorrega entre eles. Claro, é disso que os galhos curvados e caídos me lembram. Naomi entre os galhos, o corpo nu. As fotos de Theo.

## *Bristol, 2009*
## *Dois dias depois*

Michael Kopje e dois colegas estão na cozinha na manhã de sábado do dia 21 de novembro. Ted estava sentado, ainda cansado da viagem à casa de praia no dia anterior. A pele estava pálida e os olhos, vermelhos. Nenhum de nós havia dormido mais de uma hora. Eu havia feito o café da manhã, lavado a louça, penteado os cabelos. Minha mente estava vazia, o que era bom; precisava de uma tela vazia na qual escrever um plano, sem a contaminação pelo medo. Havia um procedimento para emergências médicas, letras simples de lembrar. Não perca tempo com a emoção, aprendemos enquanto estudávamos. Só siga o procedimento: A para vias aéreas, B para respiração, C para circulação. Pense, não sinta. Peguei xícaras e fiz chá. Pense numa lista.

Michael nos observou com atenção. Falou lentamente; deve ter pensado que não entenderíamos. Eles estavam seguindo todas as pistas na casa e reunindo informações com os vizinhos. A senhora da casa em frente disse pensar ter visto um carro estacionado na frente da casa por um tempo, mas não tinha certeza; ninguém até então havia visto Naomi ou qualquer pessoa. Amostras de DNA dos lençóis e das toalhas, e evidências de câmeras do circuito interno, tinham sido coletadas. Michael estava ali naquele dia porque eles precisavam ver o quarto de Naomi e todos os quartos da casa de novo. Queria falar com Theo e Ed separadamente, na delegacia, na presença de um psicólogo. Essa parte era rotina. Ele apresentou dois colegas, Ian, um homem grande na faixa dos 35 anos, e Pete, um jovem jamaicano. Eles ajudariam na busca, que poderia durar o dia todo.

Ted disse que tinha que ir ao hospital. Fez-se um breve silêncio depois de suas palavras. Elas me pareceram normais, ele as dizia com frequência, mas Michael assentiu com respeito. Pete parecia impressionado.

Eu o segui até lá fora, fechando a porta ao sair.

— Você tem que ir agora?

Ele olhou para mim, mas sua mente já estava no hospital. Percebi que essa seria sua maneira de lidar com a situação.

— Claro que tenho — respondeu ele. — É meu plantão.

— Meu Deus, Ted. Passe para outro. — Segurei a maçaneta com mais força.

Ele não hesitou.

— Se eu for agora, só demoro uma hora. Não quero abusar demais dos meus colegas nesse estágio.

Compreendi o que ele quis dizer. Mas eu sempre compreendia. Não resolvia nada.

Acordei Theo e Ed e expliquei o que estava acontecendo. Ed voltou a dormir; Theo acordou depressa e se sentou, e a preocupação tomou seu rosto.

Levei Michael ao quarto de Naomi. Eu o deixara intocado como ele havia pedido, mas não teria arrumado nada, de qualquer modo. Não suportaria mudar nada do que ela havia deixado. Agora, analisando a situação pelo ponto de vista de Michael, quis esconder o monte de roupas íntimas que não reconhecia e guardar a maquiagem espalhada. Senti os olhos dele observando tudo, o batom vermelho aberto, caído de lado na pequena poça de base, os sutiãs de renda, a tanga, a cama desarrumada. Mas aquela não era a Naomi de verdade. Naomi estava ali, senti vontade de dizer, no violoncelo encostado na parede, nas fotos de Natal e na cortiça das molduras que ela fazia com conchas, nas pulseiras de amizade dentro de um prato. Nas folhas secas de outono atrás do espelho. Ela ama o outono, eu queria dizer a ele. Ela coleciona folhas, como uma criança. Ela é só uma criança. Esse sutiã deve ser de uma amiga, a tanga também. Não podem ser dela. Eu nunca os vi antes.

Mas eu também não tinha visto os sapatos antes, aqueles de salto alto com tiras. Havia aquele cheiro de álcool e cigarros, o modo como se afastava quando eu falava com ela. O que eu tinha perdido? Quais pistas eu precisava entender antes que fosse tarde demais?

Michael analisava os livros dela olhando para mim. Assenti. Pegou todos os livros e chacoalhou as páginas. Na penúltima estante, a terceira, pegou um caderno fino que eu não tinha notado. A capa brilhante era estampada com flores. Dentro, enquanto ele virava as páginas, pude ver sua letra arredondada. Parecia ser um diário. Senti vontade de pegá-lo de volta. Os pensamentos de Naomi, se era o que havia ali, não pertenciam a Michael. Eram dela, e eu deveria cuidar deles para ela. Estendi a mão.

— Preciso ver isto — disse ele baixinho.

— Eu também.

— Sinto muito, mas...

— Por favor, posso ficar com ele? — Minha mão estava esticada, os dedos tremiam.

— Sei como se sente... — disse ele.

— Não, não sabe — continuei. — Você nunca perdeu um filho. — Olhei para ele. Talvez não tivesse filhos; parecia um homem sem filhos.

— Tem razão. — Ele parecia compadecido. — É claro, não sei exatamente o que você está sentindo. Mas pode haver pistas essenciais aqui.

Talvez as coisas de Naomi não fossem mais dela; talvez fosse certo deixar que desconhecidos vasculhassem seus segredos se isso ajudasse a encontrá-la. Em sua ausência, ela abrira mão de seu direito à privacidade. Pense. Não sinta. ABC.

— Olhe primeiro, por favor. — Ele entregou o caderninho a mim. — Mas terei que levá-lo depois. É evidência. Sinto muito.

Ele achava que eu alteraria as coisas ou que arrancaria páginas? Eu teria feito isso?

Eu me sentei na cama para ler as palavras de Naomi. Folheei as páginas. Sua caligrafia era menor e mais apertada do que eu me lembrava. Passei os olhos pelas linhas. A primeira página tinha data de quase dois anos antes. Janeiro de 2008. Alguma coisa a respeito de presentes de Natal. Abri em outra página. Agosto de 2009. Três meses atrás. Vi as palavras papai e hospital. Eu virei para a última página para ver um nome, um lugar, qualquer coisa que desse continuidade. As últimas palavras:

*Casa de praia amanhã. J. 10 semanas.*

Ela devia ter escrito isso há uma semana. J? Dez semanas para quê?

Voltei uma página. Corações feitos a lápis espalhados por cima de três letras. XYZ. O X e o Z tinham sido escritos de preto, e a letra do meio era vermelho, com um coraçãozinho tocando a parte de cima. Não havia nomes em lugar nenhum. Nem datas.

*Hóquei primeiro. Matar ciências, levar cigarros.*

Naomi matando a aula de ciências? Ela adorava ciências. Fumando? Deixei o diário de lado por um tempo, zonza. Essas anotações podiam ter sido feitas por um desconhecido. Olhei depressa ao redor do quarto e parei no espelho pequeno. Ela se olhara no espelho havia dois dias. Quem ela estava se tornando enquanto passava maquiagem?

Mais para trás:

*Theo ganhou elogio. Graças a mim.*

As fotos que ele fez dela na árvore. Essa parte fazia sentido.

*XYZ. Depois da aula. Contar a N.*

Aquelas letras de novo. Depois da aula... a peça? Palavras ou cenas para memorizar para a peça, talvez? N de Nikita? Nikita andava tão calada, tão estranha quando a vimos ontem à noite. O que mais ela sabia?

Michael olhava dentro do armário agora, afastando as roupas e pegando os sapatos, virando-os. Foi até a cômoda, abriu as gavetas uma a uma e passou a mão por baixo das roupas. Eu tinha que ser rápida. Voltei as páginas do diário e só vi uma lista de datas e horários que começavam em agosto, nas férias escolares. As mesmas iniciais. E uma nova, *Q*.

*XYZ. Q quase terminando.*

Se foi em agosto, não podia ser a peça. Ela havia feito um curso nas férias, seria isso?

Michael se sentou ao meu lado na cama.

— Não consigo encontrar nada compreensível, mas N pode ser de Nikita — disse a ele. — A única coisa que está clara é que ela estava fumando e matando aula de ciências. — Michael olhou para mim e desviou o olhar. Sentia pena de mim, mas não queria demonstrar. Apontei a página. — Há grupos de letras que ficam reaparecendo, XYZ. Algum tipo de código? As letras no fim do alfabeto podiam ter um significado especial. Q quase terminado. Algum trabalho da escola?

Michael olhou para as letras com atenção.

— Iniciais de um amigo ou de um lugar?

Balancei a cabeça, negando. Não sabia. Ele pegou o caderno com delicadeza e o colocou dentro de uma pasta de plástico.

— Vou tirar cópia disto e devolvo a você. Enquanto isso, veja se consegue pensar em alguma coisa.

Naquele momento, bateram à porta. Ian entrou. Parecia animado.

— Tem uma coisa que vocês têm que ver — disse sem fôlego. Descemos a escada com ele. Ian havia encontrado as fotos do corpo nu de Naomi escondida entre os galhos. Michael olhou para elas, franzindo um pouco a testa.

Naquele momento, Theo saiu do banho. Seu rosto, molhado e desarmado de sono, ficou mais intenso, incrédulo, quando percebeu que suas fotos o haviam enfiado no pesadelo. Ele explicou o tema do projeto e como Naomi quisera participar. Ian, com os olhos semicerrados, pediu que Theo repetisse o que ele havia acabado de dizer. Percebi que ele não acreditou..

— Pode perguntar a Nikita — falei depressa, aproximando-me de Theo. — Ela estava lá; ela pode dizer.

Michael foi telefonar para Shan. Combinou de todos nós nos encontrarmos na delegacia. Disse que era um lugar útil para tirar algumas dúvidas do caminho. Eu só senti a impaciência de que isso atrasaria as buscas.

Na minha mente, havia uma imagem de um carro com Naomi dentro. Seu rosto estava pressionado contra a janela, passando por mim. Eu poderia tê-lo parado naquele momento, mas ele foi adiante e foi tarde demais. Não, se eu corresse, ainda poderia pará-lo, mas aquele momento passou também. Ficou tarde demais infinitamente. Tarde demais, tarde demais, tarde demais... A sensação desesperada se repetiu enquanto eu dirigia para a delegacia, e o carro imaginário, que levava Naomi embora, afastou-se até se tornar uma manchinha e desaparecer.

Na delegacia, Shan e eu nos sentamos lado a lado fora das salas onde nossos filhos estavam sendo interrogados separadamente na presença obrigatória de um psicólogo voluntário.

Shan olhou para a frente na direção da porta fechada e disse baixinho:

— Sei que está atravessando o inferno, Jenny, mas não arraste a Nikita junto. Ela já contou a você tudo o que sabe.

— Não estou arrastando a Nikita junto. — Eu estava surpresa, sem ar, irada. — É investigação da polícia.

Shan não respondeu.

— Naomi tinha um diário. — Minha voz tremia. — A inicial de Nikita está lá; Naomi pode ter contado algo secreto e Nikita pode estar com medo de nos contar para o caso de...

— Que segredos? — A voz de Shan estava mais ríspida agora. — Naomi não tem aparecido muito ultimamente. Elas não têm *segredos*. Não são criancinhas.

— Você não tem como ter certeza.

— Conheço minha filha, Jen. Deixe-a em paz. Ela já está abalada.

Conheço minha filha. As palavras pareceram ecoar no corredor estreito batendo nas paredes altas, com o chão verde e brilhante e marcas escuras de pegadas. No fim dele, vi uma policial numa mesa, com expressão calma e séria. Ela provavelmente dizia a si mesma que tinha que ser profissional, o que, em seu mundo, significava ser durona.

Depois de muito tempo, uma das portas se abriu. Nikita saiu acompanhada por Michael. Parecia chateada e foi diretamente até Shan, que a abraçou. Nikita encostou a cabeça no ombro da mãe, e eu desviei o olhar. Michael abriu as portas adjacentes e os meninos saíram. Theo se agachou com as mãos entre os joelhos; Ed se recostou na parede, olhos fechados. Parecia exausto.

— Obrigado. — Michael olhou para todos nós. — Grande ajuda. Desculpem-me por ter arrastado vocês para cá. Ninguém aqui está encrencado. Compreendi as fotos agora e peço desculpas por ter tido que fazer todas aquelas perguntas. — Ele olhou para mim. — Desculpe.

Levei os meninos para casa. Estavam calados. Não havia nada a dizer.

# 16

*Dorset, 2010*
*Um ano depois*

O clima incomum para novembro se manteve depois da tempestade: quente com cheiro de fogueiras, e a névoa subindo por galhos iluminados pelo sol com algumas folhas penduradas. Há telhas quebradas na estrada, uma moldura de janela apoiada em cacos reluzentes de vidro. O dono da loja se abaixa de um jeito esquisito sobre a barriga, com as pernas curtas bem abertas, para pegar caixotes de leite espalhados e um cesto de metal virado. Mechas de cabelo ruivo caem para a frente; ele os prende com cuidado com dedos grossos, enquanto fala abertamente sobre a destruição que a tempestade causou na vila.

E, então, ele diz:

— Mary me disse que o jovem Dan vai cortar o que restou de sua macieira hoje. Aceito o que você não precisar. Dinheiro.

Entro na loja e me viro em direção às prateleiras, sentindo-me sufocada. É o que acontece quando você sai de seu espaço particular? As pessoas começam a se aproximar. Eu deveria saber. Coloco maçãs no cesto, café e um frasco pequeno de pasta Marmite. Minhas mãos estão duras depois de usar a serra ontem e quase derrubo o pote de café. Dan vai se deparar com meu silêncio. Preciso preparar algo para ele comer. Biscoitos, grãos. Não basta. Há hambúrgueres congelados no freezer. Pego leite, suco, cerveja. Um saco pequeno de cebolas está no canto de uma caixa empoeirada de papelão. Eu o pego também. Consigo lidar com essa situação; ele é só um garoto. Lembro que vou precisar pagar a ele e peço dinheiro no caixa, virando a cabeça para que o homem curioso não me observe.

Ouço o gemido de uma serra quando me aproximo da casa. Por cima da parede baixa, consigo ver meu jardim, onde as costas e os braços finos de Dan estão sobrecarregados com a máquina que segura, e já há uma pilha de lenha ao redor de seus pés. Bertie se livra da guia e corre para ele assim que eu abro o portão do jardim. Congelo, pensando que Dan pode derrubar a máquina no susto ou se virar e se machucar, mas não precisava me preocupar. Ele se endireita, desliga a máquina e se abaixa para fazer um agrado em Bertie.

Levanta o lenço que havia amarrado no nariz e na boca para evitar o pó da madeira. De perto, seu rosto está corado e suado. Mechas molhadas de cabelo preto grudam em sua testa, os olhos estão incertos; o sorriso, torto. Mais uma vez, lembro que Ed tinha essa mesma timidez antes de se tornar apático. Dan abaixa a cabeça e desvia o olhar; tenho olhado para ele, procurando Ed. Ele gesticula na direção de onde colocou a copa de lado, perto da parede. Os galhos maiores, ainda presos, mantêm a forma de garras.

— Posso pegar isto? — pergunta ele.

Fotos de Naomi escondida entre os galhos, feitas por Theo.

Minha expressão deve ter mudado, pois Dan se cala.

— É que faço esculturas de madeira. Uso formas que já existem. Gosto delas. São como mãos.

Mãos feitas de madeira. Faço com que sejam mãos gentis, segurando-a com cuidado.

— Claro, Dan. Desculpe. Fique à vontade. — Eu me recomponho e sorrio para ele.

As fotos de Theo são esquecidas e dou a volta para entrar pela porta da frente, para o caso de as correspondências terem chegado. Há três cartões no tapete. Meu coração se anima.

Um deles é uma foto em sépia das docas de Bristol como costumavam ser. A caligrafia cuidadosa de Anya atrás. É o terceiro cartão que ela envia para mim:

*Está tudo bem.*
*Anya.*

Ela ficou, como prometeu, mesmo depois de eu ter ido embora, e por um segundo, eu a vejo pegando as meias espalhadas de Ted, lavando a comida que secou nos pratos dele que estão na pia desde a noite passada, tirando a poeira delicadamente das fotos ao lado de nossa cama. Costumo enviar um cartão da praia para ela em resposta, ainda que não tenha nada para lhe dizer além de que sinto sua falta.

Há outro cartão de Ted, uma imagem de um rio, dessa vez. Como sempre, ele não escreveu nada. Pode ser que nem esteja em Bristol; ele provavelmente vai a mais conferências agora que não tem nada que o prenda em casa.

Uma faixa azul grossa e um spray branco. Hockney. É de Theo, e, por um segundo, acho que minhas lembranças criaram isto:

*Na Califórnia por 1 tempo, fazendo "Splash!"! Minhas fotos na SF City Gallery! Viagem paga como prêmio anual (série madeira/natureza). Natal em casa. (Com Sam?)*

*bjo Theo*

Natal com Theo. Os últimos quatro meses em Nova York devem ter passado muito rápido para ele, cheios de novas experiências que a bolsa de estudos lhe proporcionou. Mas desejo vê-lo; as sobrancelhas claras, o corpo alto, as sardas espalhadas. Sua risada. O modo com que ele, de repente, por um breve momento, encosta a cabeça em meu ombro como fazia quando era pequeno; sua mania de entrar tarde na cozinha, recostando no batente, comendo cereal, querendo conversar. Seus abraços fortes e ocasionais.

Ainda não sei muito sobre Sam, além do fato de ele ser estudante de arquitetura. Theo enviou uma foto, certa vez, abraçando esse homem — rosto comprido e calculado, óculos de aros grossos, sorrindo. Algo que eu não tinha percebido. Ou tinha? Ed nunca o perturbara por causa de garotas; era sempre o contrário. Eu acreditava que a arte fosse seu maior foco e por isso ele nunca tivera uma namorada. Nunca fui além disso. Eu não tinha percebido o que havia por trás, sem querer me envolver em complicações. Também havia me cegado para os segredos de Naomi, apesar de os dela terem levado ao desastre, não ao amor. Abaixo a mão que segura o cartão ao pensar nisso. Pela janela, vejo Dan caminhando perto da árvore, e daqui parece fácil, os galhos caem com facilidade, o serrar baixo abafado pelo vidro. Fecho os olhos e à minha mente vem a imagem da árvore caindo no escuro, mudando a paisagem do jardim para sempre.

Pode ser que Ted não seja muito receptivo a Sam. Quero recebê-lo bem. Theo encontrou alguém para amar; ele tem muito amor para dar. Ao mesmo tempo, estou assustada. Território desconhecido. Como Ed vai se sentir? Como eu vou me sentir? Coloco água na chaleira, organizo as compras. Sei que me importo com o fato de que ele nunca terá filhos. Temo que o mundo seja difícil para ele. O homem da loja sussurraria para seus clientes se soubesse; no mundo minúsculo do vilarejo, pode ser que sintam curiosidade e fofoquem.

Preparo uma xícara de chá e a levo ao jardim com um pacote de biscoitos; quando os deixo no degrau para Dan, ele olha e faz sinal de positivo com o polegar. O jardim está quente e, depois de pegar meu caderno de desenhos, tento fazer as linhas dos galhos, suas curvas brilhando ao ar de novembro, como braços escuros nadando, cortando o espaço em vez da água. O sol brilha forte no papel, destacando grãos nas linhas de carvão. Enquanto isso, o melro sobrevoa os troncos de árvores, bicando a terra, pousando nos galhos caídos. Caminhando ao redor dos galhos, procurando por outros ângulos, percebo a presença de Dan logo atrás de mim. Deitada, com a umidade tomando minha blusa, tenho a perspectiva que ando procurando. Linhas curvas para cima e mais acima de onde restou, unindo-se nas pontas, formando um globo. Completa.

Quando os sinos da igreja da torre do relógio badalam duas vezes, entro para preparar os hambúrgueres; enquanto eles fritam, o cheiro forte e desconhecido faz minha boca salivar. Tenho vivido de maçãs, torradas e café desde quando consigo me lembrar. Sentindo vontade de comer carne, cozinho tudo, acrescento rapidamente uma cebola em rodelas, amontoo tudo entre as fatias de pão e levo para fora com duas latas de cerveja. Nós nos sentamos juntos, no degrau de pedra dos fundos, ao sol. Dan devora um atrás do outro. Como mais lentamente, aproveitando o gosto, a luz quente em meu rosto. O momento é bom.

— Obrigado. — O sorriso de Dan tem dentes separados.

Balanço a cabeça.

— Eu é que agradeço. Você já fez bastante coisa aqui.

— É bom, faz com que eu saia.

— Saia de onde? — Olhando de canto de olho para ele, percebo que ele não se importa com perguntas feitas assim.

— Da escola, de casa. Outras coisas.

— Você gosta de fazer coisas?

— Sim.

— Com madeira?

Ele assente.

— Gosto de encontrar formas nas peças, de montá-las como num quebra-cabeça.

O olhar sonolento e incerto desapareceu. Ele está olhando para os galhos, mexendo as mãos, a voz mais alta do que antes.

— Você tem sorte de saber o que quer fazer — digo a ele.

— É mesmo?

— Muitas pessoas não sabem.

Ele olha para mim.

— Meu pai não quer que eu faça coisas de artes para viver. Chama isso de desperdício de tempo. Quer que eu entre para a polícia, como ele.

— Você vai fazer isso?

— Não sei. Acho que sim.

Os olhos dele estão tomados pelo conflito.

Eu me levanto e pego os pratos.

— Escolher não é fácil.

— Pode crer. — Ele se levanta, volta a colocar o pano sobre o rosto.

Saio de novo para terminar o desenho com carvão, mas já está mais frio, a claridade se foi, os galhos estão estranhos. Tudo mudou naquele breve período. Dan começa a reunir a lenha numa pilha encostada na parede. Bertie o acompanha de um lado a outro e se recosta nas pernas dele quando ele para. Talvez Dan faça com que ele se lembre dos meninos; eles saíram totalmente de seu mundo.

Dan faz uma pausa para beber chá, agachando-se. Bertie pula nele, que se desequilibra para trás, surpreendendo-se e rindo. Mais tarde, levamos mais lenha juntos e a colocamos embaixo da proteção da garagem. Dan diz que voltará para parti-la.

Quando levanta a bolsa, percebe o portão amassado. Pega os pedaços de madeira com cuidado e os dispõe com calma, como ossos. Ele olha para o muro incompleto.

— Posso fazer um novo. Usando essas partes e outras novas. Se esperar.

— Poderia fazer isso?

Pego todo o dinheiro que havia tirado mais cedo e o coloco na mão dele. Cem libras. Eu havia me sentido inquieta quando o peguei. Normalmente, mal gastava nada. É bom segurar o dinheiro, é glamoroso, irreal, tantas notas de papel. Nós dois olhamos para ele.

— Não quero tudo isso.

— Bem, para poder pedir para você voltar.

— Tudo bem.

Eu o observo descer a rua em direção à casa de Mary, inclinando-se para a frente com o esforço de puxar o carrinho de mão que enchemos com lenha para ela. Ele está naquele momento em que o futuro não tem forma. Um dia, chegará a ele e, com tédio ou pânico, talvez porque algo puxe sua manga, distraindo-o, ele tomará a decisão.

Naquela noite, não pinto nem desenho nada em meu caderno. Penso na escolha de Dan, que o levará a tudo que espera no futuro. As escolhas que tomei levaram a Ted, a Naomi e até aqui. Como eu saberia? Em meu ano sabático, lecionando na África, uma criança havia passado por mim enquanto ia para a sala de aula. Estava mancando. Quando me mostrou o pé, vi uma úlcera embaixo, grande como uma tangerina, cheia de pedras e terra. Na parte de baixo, vi fios cor-de-rosa de músculo. Depois disso, pareceu óbvio. Sabia o que queria. Naquele momento, tive certeza absoluta.

Quando somos jovens, pensamos que sabemos tudo. Quando olho para o retrato de Naomi, vejo determinação, vejo certeza. Às vezes, principalmente tarde da noite, penso no momento terrível em que aquela certeza deve tê-la deixado e ela percebeu que havia cometido um erro.

# 17

*Dorset, 2010*
*Um ano depois*

— Olá, querido.

— Oi, mãe.

A voz de Ed está fraca; eu me esforço para ouvir como ele está em meio aos barulhos inconstantes da linha. Às vezes, eu me pergunto se há mais alguém ouvindo.

— Como você está?

— Bem.

Ele perdeu o celular há uma semana e eu o imagino num corredor, recostado na parede ao lado do telefone. A tinta branca estaria manchada com marquinhas pretas onde impressões digitais ficaram marcadas na tinta. Ele deve estar olhando pelo vidro da janela. As pessoas passam e olham — ele é alto e bonito, as pessoas sempre olharam —, mas seu rosto está tão sério quanto a voz. A mão pálida que segura o telefone está mais magra do que estava um ano atrás, quando era forte e bronzeada devido à prática de remo. Percebi, em minha última visita, que as unhas dele estavam sujas.

— Desculpe, querido, sei que estou ligando antes do combinado, mas não consegui esperar. Tenho pensado no Natal.

— Já?

Uma palavra simples. Mal era uma pergunta. Continuo depressa, minha voz irritantemente animada, mesmo para mim.

— Bem, já estamos em dezembro. Sei que não fizemos nada no Natal do ano passado, mas pensei...

Que estava na hora de vocês virem para casa. Você está longe há muito tempo e sinto sua falta.

— ...que vocês podem querer comida caseira.

— Pode ser que eles precisem de ajuda, estão com poucos funcionários.

Isso podia ser verdade, não sei. Ele se ofereceu para trabalhar no fim do programa, ajudando na cozinha em troca de uma cama. A sra. Chibanda disse que retribuir fazia parte do processo. Fiquei feliz quando ela me informou que ele poderia permanecer na unidade. O que ele teria feito aqui, comigo?

— O papai vem. Ele vai a Joanesburgo para uma reunião em breve, mas voltará para o dia de Natal. Eu o convidei para almoçar conosco. — Paro e me lembro das poucas palavras de Ted ao telefone na semana passada. — Ele mandou abraços para vocês.

Silêncio. Ele provavelmente não acredita em mim. Nunca pergunta sobre Ted nem sobre a separação. Sei que ele vê Ted de vez em quando, mas não comenta nada.

— O que tem acontecido em sua vida, querido? — Olho pela janela enquanto espero uma resposta.

O céu está cinza-claro; atrás da igreja há uma massa de nuvens mais escuras. Algumas gaivotas sobem brancas, viram-se e mergulham. O jardim foi despojado de madeira; Dan pegou todos os galhos. Há um caminho de terra batida onde a árvore ficava. Cepos marrons de algum legume esquecido e de arbustos sem folhas estão na horta da qual meu pai costumava cuidar. O novo portão está montado, com as duas cores de madeira, as barras antigas e as novas misturadas. Um pardal se equilibra na barra de cima e, quando um corvo voa baixo para tomar seu lugar, ele voa para o muro.

As palavras de Ed são apressadas quando ele me conta que corre com Jake agora. Eu me lembro do garoto que nos deixou no centro e de seu doce sorriso.

— Jake ainda está aí?

— Pensei ter contado. Dividimos um quarto. A irmã dele traz bolos e coisas assim.

— Que bom, Ed.

— Ela toca sanfona e mora num barco.

Amigos. Uma moça. Não vou perguntar nada, mas meu coração se anima.

— Posso levar alguma coisa semana que vem?

— Canetas, talvez um caderno. — Ele para e, em seguida, continua, devagar. — Tenho escrito um tipo de... diário. O dr. Hagan sugeriu isso meses atrás. Tenho lido um pouco para Jake e Soph.

— Tome cuidado. Só escreva o que quiser contar.

— Sim, claro. Mas tem que ser real. Naomi tinha um diário, não tinha?

Jesus.

— Sim.

— Acho que deve tê-la ajudado. Ajudou você, certo?

Quando nos despedimos, eu me sento ao lado de Bertie no chão. Ele encosta o focinho úmido em meu rosto e eu acaricio suas orelhas quentes. Não faço ideia se foi bom para ela escrever aquele diário. Não eram seus pensamentos, exatamente. Ela guardava para si o que pensava. Acho que nos ajudou; ele nos levou a James. Eu me levanto para pegar o caderno de desenho e o lápis da cômoda, e me vejo olhando para os quadros como se eles tivessem sido desenhados por outra pessoa e como se houvesse algo que fosse me surpreender.

A cozinha aquecida é um lar agora, com a mesa de fórmica lascada, o piso de lajotas desbotadas e a geladeira pequena e barulhenta no canto. Parece seguro. A cozinha de Bristol havia começado a parecer estranha no terceiro dia. Eu andava de um lado a outro quando Michael telefonou para dizer o que havia descoberto ao reler o diário de Naomi. Relembro agora o que ele disse enquanto levo o caderno de desenho ao parapeito e começo a desenhar o corvo no portão.

### *Bristol, 2009*
### *Quatro dias depois*

— ... Então, consegui adivinhar que J era a inicial do amigo dela, James.

— O quê? Desculpe, Michael. Poderia dizer tudo de novo, devagar?

Eu apertava o telefone com tanta força contra a orelha que doeu. Estava ficando cada vez mais difícil. Eu via tudo por um caleidoscópio:

a princípio, ela estaria sorrindo e gargalhando; depois a imagem mudaria, a boca se abriria, gritando meu nome. Caminhei pela casa com a mão tão firme contra minha boca que cheguei a sentir gosto de sangue. Nenhum lugar nos espaços familiares parecia um lar.

Ted e eu tínhamos passado o domingo esperando, olhando para o relógio, andando de um lado a outro, rezando por notícias. Horas e mais horas vazias se passaram implacavelmente, e ninguém parecia estar fazendo alguma coisa para encontrar Naomi e trazê-la de volta. Em intervalos de calma exausta, conversamos sobre o que os meninos deveriam fazer. Todos concordamos que seria mais fácil para eles lidar com a situação se tivessem a rotina de um dia normal. Eu queria escapar da tortura de esperar e voltar a trabalhar, mas Ted dizia que eu não aguentaria o tranco e ficaria mal. Frank concordou. Quando chegou em casa à noite, ele me contou que havia encontrado um substituto temporário.

Pelo menos, os meninos dormiam. Iam para a escola como sempre. Ted tinha ido trabalhar, dizia que não tinha escolha. Enquanto eu o observava da janela do andar superior, eu o via se endireitar assim que saía da casa e entrava no modo de trabalho, e seu rosto mudava conforme ele pensava no dia que teria. Seria difícil alguém perceber que havia algo de errado. Ele caminhava do mesmo modo de sempre até o carro, com o terno escuro impecavelmente sobre seus ombros, cabelos louros penteados. Eu olhava pelo vidro, ciente de meus cabelos despenteados, os pés descalços e o rosto abatido. Havia duas vans brancas estacionadas perto do carro de Ted, com antenas de satélite em cima. Ao ver dois homens recostados na lateral de uma delas, com copos de papel na mão, câmeras penduradas no pescoço, eu saí de vista depressa.

A voz de Michael foi ficando mais alta e me trazia de volta ao momento.

— James era o *J* no diário de Naomi. Interroguei James e Nikita de novo. Estou chegando.

Ouvi a ligação ser interrompida e, alguns segundos depois, a campainha tocou.

Minha noção de tempo havia se estendido ou encolhido, e eu não me surpreenderia se visse Michael de pé ali, mas era um garoto alto de cabelos de fogo com uniforme escolar. Sua gravata tinha um nó baixo, a camisa estava para fora da calça e havia vestígios de lágrimas em suas faces sardentas. Seus olhos estavam tão inchados que precisei de alguns instantes para reconhecê-lo.

— James.

— Oi, dra. Malcolm.

Olhei para ele por um momento.

— Ela não está aqui, James. Não a vemos desde quinta-feira à noite.

Quatro dias. Apesar de eu ter sofrido cada minuto desse tempo, os fatos ainda me assustavam como se fossem novos quando eu os repetia.

— Eu sei. Claro que sei. — Ele parecia bravo. — Fiquei na delegacia desde as quatro da madrugada.

Olhei para seus olhos vermelhos, para as manchas escuras embaixo deles, para a barba rala por fazer.

— Por quê?

— Não consegui dormir. Precisava contar a alguém. É minha culpa.

Culpa dele? O que era culpa dele? O que ele tinha feito? Ele entendeu minha expressão.

— Não, eu... olha. Não sei onde ela está, quero dizer, gostaria... queria ver a senhora, para explicar...

Ele apoiou o peso de um pé ao outro e eu o puxei para dentro pelo braço. Ele meio se sentou, meio caiu numa cadeira na cozinha e cobriu a cabeça com as mãos. Fiz uma xícara de chá doce e o coloquei na frente dele. A campainha tocou de novo. Michael, dessa vez. Ele parecia sério, mas seus lábios relaxaram num sorriso quando me viu. Quando dei um passo para trás para deixá-lo entrar, percebi que já conhecia seu cheiro, um cheiro calmo masculino de camisas limpas passadas e pasta de dente. Ele parecia próximo, mas era uma ilusão; estava num lugar totalmente diferente do meu. A vida normal acontecia para ele como para todo mundo. Eu via e sentia o cheiro, mas não fazia parte de mais nada daquilo. A película transparente do desastre me separava desse mundo. Eu não podia tocar aquele mundo; não conseguia mais nem mesmo me lembrar como era.

James olhou surpreso para Michael, que sorriu e pousou a mão brevemente no ombro dele.

— James veio me dizer... algo — falei, sentando-me para não o assustar.

— Ótimo. Conversamos muito ontem à noite.

Michael puxou uma cadeira e se sentou ao lado de James. Seus movimentos eram lentos, e notei que ele provavelmente não havia dormido muito também. O rosto do garoto estava muito pálido.

— Eu a amo — disse James de repente. — Ela me ama. Acho que me ama, bom... Ela... Nós... estamos juntos há meses.

Juntos? Os dois estavam na peça. É isso o que ele quer dizer? Olhei depressa para Michael.

Ele disse depressa:

— Eles têm dormido juntos já há seis meses.

A cozinha pareceu fria. Eu deveria ligar o aquecedor. As economias de Ted eram ridículas em novembro. Não era possível. Eu teria sabido se ela estivesse dormindo com esse menino. Naomi teria me contado. Ainda que não tivesse, eu teria sabido. Era sua mãe.

Talvez James lesse meus pensamentos. Continuou:

— Ela ia contar. Bem, ela sabia que a senhora descobriria, de qualquer modo.

— Como era possível? Naomi estava aqui, ou na escola. Eu sabia o que ela estava fazendo...

— Depois da aula. Nos fins de semana.

Ele falou num sussurro; eu me inclinei para a frente para entender. Ele prosseguiu baixinho:

— Ela dizia à senhora que estava com Nikita, mas na verdade íamos para casa. A minha casa.

— Seus pais sabiam?

Eu me lembrava da mãe dele. Eu costumava encontrá-la em eventos médicos, uma enfermeira ruiva muito bonita. O pai dele era pediatra, bem mais velho.

— Meu pai trabalha até tarde. Minha mãe foi embora há um ano. Bem, a questão é que...

Ele ainda não tinha me dito o que queria dizer.

— Ela havia começado a se sentir enjoada de vez em quando.

É mesmo? Eu não tinha notado.

— De manhã.

Eu não a teria ouvido vomitar no andar de cima, no banheiro dela, nem da cozinha, mas lembro que ela havia parado de tomar café da manhã. Parecia enojada quando eu mencionava esse fato, mas sempre jantava, por isso eu não me preocupava.

— Ela adormecia durante as aulas.

Os ensaios eram exaustivos. Eu havia notado que ela havia parado de correr para um lugar e para outro.

— Então, ela fez um exame...

Silêncio. Por que eu nunca tinha ligado os pontos? Não comia de manhã, o cansaço, os altos e baixos emocionais. Era tão óbvio. Michael me observava preocupado; eu me levantei e caminhei até a janela. Naomi, grávida. Não dava para considerar isso real, nem de longe. Eu me virei para James.

— Você tem certeza? — Minha voz parecia ríspida.

— Ela fez três exames.

— Quantas semanas?

— Nós não sabíamos. — Ele desviou o rosto pálido de meu olhar fixo. — Ela acreditava que a menstruação estava atrasada dois meses, mas não tinha certeza. Dez, talvez?

*Casa de praia amanhã. J. Dez semanas.*

— Espere. E o sangue no colchão? — Olhei para Michael e novamente para James. — Na casa de praia, no fim de semana antes do início da peça. Quando ela foi lá com o homem. Achávamos que ela havia sangrado por ser sua primeira vez. Mas não pode ter sido: ela já estava grávida.

— Que homem? — James pareceu confuso. — Era eu. Nós. Pensei que Naomi tivesse dito a vocês que fomos à casa de praia. Depois de... nós... ela sangrou, mas fez outro teste de gravidez três dias depois, na último terça, na verdade, e ainda estava grávida. Sangrando um pouco, mas grávida.

Então, não tinha sido o homem do teatro que a fizera sangrar, o maldito que a havia levado. Isso piorava as coisas. O homem que a havia levado não era o que tinha comprado o vinho. Eles não tinham compartilhado nada. Não tinham amor, claro que não. Ele não se importava. E supondo que ela ainda estivesse sangrando, num aborto e sangrando ou... numa gravidez ectópica.

Olhei para o garoto de rosto marcado por lágrimas sentado à mesa e fui tomada por uma fúria cega.

— E você, James? O que você achava sobre a gravidez? Qual era seu plano, exatamente?

— Eu queria o que ela quisesse. Eu a amo. Eu não sabia muito bem o que fazer em relação à gravidez.

Senti vontade de bater nele. Queria matá-lo por deixar tudo mais perigoso para Naomi.

— Se não sabia o que fazer em relação à gravidez, por que não usou uma camisinha, porra?

Ele se retraiu. Michael olhou para mim.

— Ela tomava pílula — disse ele baixinho. — Mas, às vezes, esquecia.

Mais segredos. Como podia usar a pílula? Alguma de minhas amigas prescreveu uma pílula para ela?

— Você deveria ter usado preservativo mesmo assim — gritei. — Você deveria saber o que estava fazendo. Deixou tudo muito pior. — Respirei fundo, tremendo. — E o homem que ela andava encontrando, então? Você sabia alguma coisa sobre ele?

Ele abaixou a cabeça. A voz estava chorosa.

— Eu sabia que algo havia mudado. Foi logo depois de os ensaios começarem. Eu costumava trazê-la de volta para casa, mas às vezes ela não queria que eu fizesse isso; dizia querer ensaiar sozinha no teatro. Coisas assim. Ela não era mais a mesma pessoa. Parou de me contar tudo.

— Continue. — Eu mal reconhecia minha voz, estava muito inexpressiva. Imaginei que fosse como a voz que a policial feminina do rosto sem expressão no corredor devia usar quando falava com criminosos.

— Vi um homem, certa vez. Eu estava saindo do vestiário do teatro e a vi conversando com alguém. Só o vi de costas. Ele estava encostado na parede, inclinando-se na direção dela. Tinha o cabelo escuro e comprido, bagunçado. Notei isso porque ela estava tão concentrada nele... Ela não me viu, já que eu dissera que esperaria do lado de fora. Esperei muito. Todo mundo saiu, mas ela não. Acabei desistindo.

Ele começou a chorar profundamente, soluçando.

— Eu devia ter entrado de novo. Devia ter olhado na cara dele.

Michael se levantou.

— Tudo bem, James. Você deve estar exausto. Vou levá-lo para casa.

— Espere. — Senti uma pontada de remorso e pousei a mão no braço do garoto para impedi-lo de se levantar. — Ela havia parado de me contar tudo também. Olha, James. Você foi descuidado. Um descuido idiota, mas você a amava. Percebo isso. Eu vi o anel que você deu a ela...

— A senhora deu a ela aquele anel. — Ele olhou para mim sem expressão. — Ela disse que tinha sido da avó dela. Que era herança de família.

Fiquei olhando para ele. Então, ela havia mentido para nós dois. Aquele homem deve ter dado o anel a ela; talvez até quando ele estava encostado na parede, aquela vez. Ele pode ter escolhido aquele momento para colocar o anel no dedo dela, e é por isso que ela estava concentrada; ela deve ter pensado que significava alguma coisa para ele, e durante todo o tempo foi uma cilada.

James se levantou. Ele ia pedir desculpa. Eu não queria ouvir isso. Não queria sentir pena desse menino, essa criança, que pode ter tirado o equilíbrio da vida de Naomi. Onde quer que ela estivesse, grávida, talvez ainda sangrando, corria ainda mais perigo do que eu havia pensado.

— Diga... — Era difícil perguntar o que Naomi achava de estar grávida quando eu deveria ter sabido. É o tipo de coisa que uma filha murmura para a mãe, mas guarda segredo para todas as outras pessoas. — O que ela pretendia fazer em relação ao bebê?

Ele olhou para mim. Apesar de seus olhos inchados, era claro que a pergunta o intrigou.

— Ela não queria o bebê, claro. — Ele riu de modo contido. — Queria um aborto e leu em algum lugar que se nós... se fizéssemos amor, isso poderia acontecer. É por isso que ela quis ir à casa de praia. Ficou muito feliz quando começou a sangrar.

Depois que ele foi embora com Michael, eu me sentei, as pernas tremiam. Era estranho ele usar aquelas palavras. Fazer amor. Eles não estavam fazendo nada; tinha sido o contrário. E o papel rasgado da embalagem de absorvente que vi no chão na noite em que ela desapareceu? Ela devia ter sangrado devido à ameaça de aborto, mas não menstruado. Será que tinha sentido dor?

Quando Michael voltou, minha mente girava com as possibilidades. Ele se sentou perto de mim à mesa. Meus pensamentos se tornaram palavras.

— Como saber se o que James diz é verdade? Talvez ele tenha dado o anel a ela, sim, como ela disse. Como sabemos se Naomi estava grávida, e mesmo se ela dormiu com ele? Talvez ele nunca tenha ido à casa de praia. Ele poderia estar inventando tudo isso. — Minhas mãos estavam unidas sobre a mesa à nossa frente. Eu não conseguia parar. — Talvez o outro cara a tenha levado à casa de praia mas James é quem esteja com ela no momento. Pense nisso. Ele sentiu ciúme porque Naomi conversava com aquele cara, por isso a machucou ou a escondeu em algum lugar...

Michael pousou a mão sobre a minha brevemente; seus dedos eram compridos e quentes.

— Ele passou horas na delegacia, Jenny. Está dizendo a verdade. — A voz dele estava muito firme. — Eles foram à casa da praia naquele sábado. Um homem que passeava com o cachorro viu um Volvo vermelho na frente da casa. Eles pegaram o carro do pai de James emprestado.

Fechei meus olhos. A voz de Michael continuou a relacionar todas as evidências. Eu me obriguei a ouvir.

— James disse que eles pararam na loja de conveniência na estrada perto de Taunton, portanto vamos checar as câmeras de segurança. Colhemos as impressões digitais dele ontem para podermos ver se as impressões combinam com as da garrafa e as das taças. — Ele fez uma pausa; abri meus olhos e olhei para ele, que continuou, falando baixo: — Também conversei com Nikita. Ela sabia que Naomi estava grávida.

*"Elas não têm segredos. Não são criancinhas..."* A voz de Shan mostrava certeza e raiva, mas será que ela realmente acreditava no que havia me dito?

— O que mais? — Eu me levantei e andei pela cozinha de novo. — O que mais Nikita sabe? Ela disse se sabia que Naomi planejava ir embora? — As perguntas vinham sem parar. — O que ela faria em relação à gravidez?

— Ela sabia que Naomi havia conhecido outra pessoa de quem gostava e que o encontraria na noite em que desapareceu, mas Naomi não dissera nada a ela sobre ele. Nikita acha que ela não planejou sumir para sempre. Ela acha que Naomi teria dito algo a ela, um tipo de adeus. — Michael olhou para mim brevemente. — Ela sabia que Naomi queria interromper a gravidez, que estava preocupada. E por isso havia no diário a referência no fim, a dez semanas...

Ela teria dito a si mesma que uma gravidez de dez semanas não estava avançada a ponto de importar. Ela não saberia que unhas minúsculas estavam se formando nos dedos das mãos e dos pés; esse é o tipo de informação que ninguém quer se estiver planejando fazer o que Naomi planejava.

— Certo. — Levo as mãos à cabeça, como se quisesse parar os pensamentos sem controle. — Digamos que tenha acontecido mesmo como James disse e eles foram para a casa de praia. Como sabemos se ele próprio não a pegou naquela noite? Talvez ele tenha esperado todo mundo ir embora depois da peça e a levou a algum lugar.

— O pai dele estava lá naquela noite para assistir à peça. James era Chino, lembra? Eles saíram para comer no Hotel du Vin depois da peça. Averiguamos ontem à noite e os funcionários se lembraram deles. Eles me mostraram uma cópia da conta.

Michael tinha sido meticuloso. Fiquei calada. Eu queria que fosse James, escondendo Naomi por estar com ciúmes, porque ele a amava e queria mantê-la a seu lado.

— Vai fazer diferença saber como ele a trata, independentemente de quem seja? Ele vai tratá-la melhor se souber que ela está grávida?

Michael não respondeu, mas eu sabia, de qualquer modo. Ela seria uma perturbação vomitando e sangrando. Com o tempo, se ele lhe desse tempo e se ela não sofresse um aborto, ficaria evidente...

— Vamos lidar com o que temos. — A voz calma de Michael interrompeu meu fluxo de pensamentos. — Temos um retrato falado melhor do principal suspeito pelo que a sr. Mears, Nikita e James disseram, e ele vai para todos os postes de iluminação da região, junto com uma foto do rosto de Naomi. Continuamos a cuidar de portos e aeroportos, e vamos começar a ir de casa em casa hoje para fazer perguntas.

— Por quê? Ele provavelmente não mora por aqui.

Parecia tão aleatório, não inútil. Ela podia estar a quilômetros daqui. Uma cabana na Escócia, uma garagem no País de Gales. Nós nem sabíamos como ele era, apesar de minha mente usar a nova informação. Ele era mais velho, tinha cabelos compridos e despenteados, era diferente dos garotos que ela conhecia — será que ele era atraente por ser tão diferente?

— Lembre-se, temos que analisar todas as possibilidades ao mesmo tempo. — Ele dissera isso antes.

— Que tipo de possibilidades?

Ele se levantou e enfiou as mãos nos bolsos. Aquilo devia ser difícil; seus olhos cinza pareciam se esforçar. Nos segundos que levou para responder, uma parte deslocada de minha mente começou a pensar em como ele era quando sorria, quando sorria de verdade. O que sua esposa pensava nas vezes em que o trabalho o tirava de casa? Ela se importava? Ela se preocupava? Talvez já tivesse se acostumado, como eu me acostumara com Ted. Ela diria a si mesma que ele era profundamente comprometido com o trabalho.

— Bem, parece mesmo que ela combinou de encontrar esse homem, mas é possível que ele não tenha aparecido; nesse caso, ela pode ter começado a caminhar de volta para casa...

Eu já havia imaginado isso. O teatro ficava a poucos minutos de casa, e apesar de sempre pedirmos a ela para ligar se estivesse escuro, pode ser que ela não quisesse nos incomodar. Seus sapatos de salto contra a calçada fariam barulho na rua silenciosa; ela não teria notado o passo silencioso que a seguia até estar bem perto...

— Vamos interrogar o pai da menininha sobre quem você nos contou. Você acha que ele pode querer vingança...

— Não pode ser ele. Ele é pai. — Por algum motivo, meus olhos ficaram cheios de lágrimas. — Ele ama a filha dele demais para machucar o filho de outra pessoa. — Mas talvez não funcione assim. Talvez não haja regras. Caminhei até a janela e olhei a rua. As vans brancas estavam fechadas agora; os homens com câmeras deviam estar dentro, observando a casa, fora de vista. Outras pessoas iam e vinham pelas calçadas, carros dirigiam para cima e para baixo.

O homem que havia levado nossa filha podia ser alguém que eu conhecia ou um homem na periferia de nossa vida, a quem eu nunca tivesse dado atenção. Poderia ser qualquer um, qualquer pessoa no mundo. Talvez aquele homem ali, pensei, aquele que está sorrindo sozinho ao atravessar a rua. Talvez ele esteja com Naomi em algum lugar, trancada, sem poder fazer nada. Por que está sorrindo? Senti vontade de sair correndo, de gritar perguntas na cara dele, para ver se ele parecia culpado. Olhei para Michael.

— Como vou passar por isso?

Ele esticou o braço de novo e segurou meu pulso com força.

— Diga o que devo fazer, Michael. Fiquei parada. Precisava da força que sentia na mão dele.

— Um passo de cada vez, é assim que se faz. — Ele me encarou. — Você precisa se cuidar, é o primeiro passo. Coma alguma coisa. Lave os cabelos. — Ele sorriu para mim. — Não disse antes porque não queria que você se preocupasse com isso, mas o apelo na televisão está marcado para amanhã cedo. Vamos ter que preparar um discurso. Pode avisar o Ted?

Quando Ted chegou, eu já tinha tomado banho. Tinha até experimentado um terninho para aparecer na televisão no dia seguinte, mas tive que enrolar a cintura da saia no corpo para mantê-la em meu quadril. Meus cabelos estavam enrolados numa toalha; eu tentava comer um sanduíche. Disse a ele que James e Michael tinham vindo a nossa casa e, sentada perto dele, segurando sua mão, contei que Naomi estava grávida. Ele me afastou, ficou de pé, irado e incrédulo. A princípio, pensou que James estivesse mentindo. Contei a ele tudo o que James dissera, e o que Michael contara também, e como os fragmentos no diário dela agora faziam sentido. Ted começou a andar pela cozinha; pensei que ele fosse quebrar alguma coisa. Por baixo da ira, eu senti que havia algo contra mim. Ele devia estar pensando que, por ser mãe dela, eu deveria saber que ela estava grávida, apesar de ela ter mantido em segredo. Talvez ele estivesse certo. Quando ele se sentou novamente, o rosto branco e fechado, apoiei a mão em seu punho cerrado.

— Não permita que isso nos destrua, Ted.

Ele olhou para mim sem expressão. Acho que não ouviu o que eu disse.

# 18

*Dorset, 2010*
*Doze meses depois*

Meados de dezembro. O ano havia passado; todos os dias, a luz se tornava mais silenciosa. Até Eggardon Hill, os pequenos campos abaixo de nós pendiam para a costa, e pedacinhos do mar a distância são brancos como o gelo. Os únicos barulhos na região tranquila são meus passos e os de Bertie, triturando a grama congelada.

Bridport se localiza num vale perto do mar; suas ruas amplas são movimentadas nessa época do ano. As velhas construções de pedra podem ser vistas claramente da estrada e, apesar das luzes espalhafatosas ao redor, estão como sempre estiveram, parecendo que foram feitas há duzentos anos.

A porta da livraria se abre, mas em vez da paz com cheiro de livro de sempre, os espaços estreitos estão repletos de pessoas; há um cheiro de cabelos molhados e de chiclete de banana. Uma mulher grande com o rosto sério pisa nos meus dedos e faz cara feia para mim, enquanto uma criança próxima dali pega livros de uma estante e os joga no chão. Os livros de Naomi eram fáceis de escolher; ela amava muitos autores diferentes: Lawrence, Kerouac, Mark Haddon, Stieg Larsson. Diante das pessoas na livraria, pego vários romances para os meninos e os coloco numa cesta. Meus dedos se demoram nas colunas de outros livros enquanto tento me lembrar do que Ted mantinha no criado-mudo há um ano. Os romances que eu escolhia para ele permaneciam intocados sob uma camada de pó; talvez eu não soubesse do que ele gostava. Eu pago os livros que escolhi e saio, atravessando a rua abaixo da torre do relógio que marca onze horas.

Na loja de departamentos, escolho uma bolsa de couro lavado para Ted, pego escova de dente, pasta de dente, toalha de rosto e sabonete, e espero na fila para pagar. Uma mancha cor-de-rosa brilha perifericamente; ao virar a cabeça, vejo os pequenos frascos e embalagens de maquiagem e xampu que eu costumava dar a ela de Natal, com tênis de bolinhas, pulseiras, tangerinas, biscoitos e enfeites de plástico. Era divertido. Eu havia me esquecido disso. Aquele mundo de diversão pela diversão havia desaparecido com ela. As brincadeiras e piadas bobas que ela fazia com os meninos, a bagunça em aniversários e dias de Natal, das quais eles desdenhavam, mas entravam na brincadeira juntos — tudo isso se foi com ela. Não, claro que tinha sido antes. Paro na fila quando esse pensamento me ocorre de novo, e as duas meninas atrás de mim trombam comigo, murmuram e riem. A diversão havia acabado muito tempo antes. Eu não havia notado exatamente quando; tinha sido gradual. Eu estava ocupada. Mesmo nas férias de verão antes do semestre de outono começar, ela já estava mais quieta.

No caixa, eu volto a mim, pago e desajeitadamente pego as sacolas ao redor de meus pés. Pelo menos, este ano, eu comprei presentes. Ano passado, eu tentei, mas não conseguia. Naomi havia desaparecido havia um pouco mais de um mês. Havia meninas adolescentes com as mães por todos os lados, escolhendo decorações, comprando presentinhos, perguntando a opinião uma da outra. Eu me lembro de ter tido que deixar minha cesta pela metade no chão e saído aos prantos em meio à multidão. Agora, caminhando em direção ao estacionamento, consigo tolerar multidões de famílias. Vejo uma mãe, um filho. Agora, consigo observá-los, o que antes era impossível.

Assim que coloco as compras dentro do carro, dirijo para casa pelas ruas estreitas, passo pelo campo de golfe tomado pelo clima de inverno e pelo pasto vazio. O campo mais à frente tem fileiras de trailers vazios e uma loja com tapumes nas janelas e nas portas, assustadores à luz fraca, e os primeiros bangalôs de tijolos aparentes do vilarejo. Eu os conheço tão bem que quase não os vejo Foi isso o que aconteceu com Naomi também. Eu deixei de vê-la porque a conhecia de cor. Passo devagar pela igreja e subo minha rua.

Enquanto levo as compras do carro e deixo tudo no chão, Bertie fareja as sacolas de plástico desconhecidas. Na cozinha, a luz de repente diminui: alguém me seguiu até a porta. Eu me viro, batendo a cabeça no canto do armário aberto, abrindo a cicatriz que se formou depois de minha queda na árvore. Lateja no mesmo momento e o sangue escorre.

Reconheço os ombros dele contra a luz antes de ver seu rosto.

— Michael!

Fico surpresa com a alegria que sinto, mas, quando ando na direção dele, minhas mãos parecem fracas de medo. O que ele veio me dizer? Derrubo os tomates, e os pedaços de bolo de Natal embrulhados em papel-alumínio rolam para debaixo da mesa. Bertie corre para investigar e os afasta ainda mais com a pata.

— O que aconteceu, Michael? Diga depressa.

— Nada. Não aconteceu nada. — Ele abre os braços, estende as mãos para mostrar que estão vazias, sem segredos. — Eu estava passando...

— Passando? — Ninguém passa por Burton Bradstock.

— Estou indo a Devon para ver meus pais. Natal, lembra? — De repente, seu rosto muda, ele franze o cenho. — Você está sangrando. Cortou a cabeça.

Pega um lenço branco do bolso, e as mãos são cuidadosas enquanto ele pressiona o ferimento com o linho macio. De perto, sinto o cheiro familiar e fresco de roupa lavada misturada com pasta de dente. Os lábios dele estão a poucos centímetros de meus olhos, desprotegidos. Minha pele formiga com a surpresa do toque e fico totalmente parada. Percebo que ele nota isso. Quando ele leva as mãos aos meus ombros, olha para mim.

— O sangramento parou. — Ele faz uma pausa. — Você está bem. — Os olhos dele são calorosos e ele me observa. — Queria saber... — E procura as palavras certas.

Dou um passo para trás.

— É bom ver você de novo. Desculpe por recebê-lo com esse desespero.

Olhamos um para o outro; ele está surpreso com minhas palavras. Ele olha para baixo e percebo como minha voz ficou alegre. O que ele pensou que aconteceria quando nos encontrássemos? Aquele beijo rápido na cozinha em Bristol, meses antes, havia acontecido num momento de exaustão. Minha guarda estava baixa; um erro, só isso.

— Café? — Eu me viro, mãos sobrevoando as xícaras, esperando que o momento passe.

— Sim. Não. Pensei que podíamos sair para andar... eu compro o almoço. Quando estava entrando no vilarejo, vi placas indicando um restaurante na praia.

Pego a comida que caiu no chão, ponho-a na geladeira e coloco a coleira em Bertie.

Eu me olho no espelho, depressa. Ele disse que eu estava bem. Como é possível? Meus cabelos estão despenteados e eu nunca uso maquiagem, mas meus olhos azuis se destacam na pele bronzeada pelos passeios à beira do mar. O ar fresco e a comida simples fizeram meu rosto se recuperar. No espelho, vejo meu olhar curioso, como se estivesse olhando para alguém cujo rosto reconheço, mas não sei bem de onde.

Saímos juntos pelo portão do jardim, para o campo.

— Sempre penso em você aqui — diz ele, virando-se para mim, sorrindo levemente. — É totalmente diferente de como eu imaginei.

Será que ele achou que ainda haveria sangue no chão e taças sujas de vinho? Moscas secas nos parapeitos?

— Você está bem, de modo geral? — A voz dele é cuidadosa; ele quer saber, mas não sabe bem como perguntar.

Se estou bem? Enquanto passamos o campo e atravessamos a estrada até o caminho da praia, penso nas noites à frente da fogueira, percorrendo meus pensamentos. O amontoado de quadros atrás da cadeira ficando mais grosso. Dan liga depois da aula às vezes para ajudar com algumas tarefas. Pintou um cômodo para mim. Nós nos tornamos amigos, apesar de não conversarmos muito. Fico ansiosa à espera de sua companhia; ele me lembra meus meninos. Tomo chá com Mary e fui à biblioteca com ela duas vezes. Theo liga de vez em quando e eu visito Ed. Ted envia um cartão-postal ou mensagem de texto às vezes, quando sai do país para ir a reuniões. Mas nunca há um momento sem dor no fundo; o rosto dela está em todos os lugares. Às vezes, a necessidade de saber o que aconteceu é mais forte do que consigo aguentar. Quando vim à casa de praia pela primeira vez, fiquei de pé nas pedras, com a água gelada correndo entre minhas pernas, e eu segurei Bertie no colo para não entrar no mar.

— "Bem" não é exatamente... É menos do que isso, mas...

— Diga.

E conversamos, ou pelo menos eu falo. Ele está ouvindo. Estou falando e chorando. Parece perigoso deixar as palavras fluírem sem cuidado, mas não consigo parar. O desespero e a solidão desses últimos quatro meses me tomam e ele me abraça. Ele me deixa contar tudo até eu me sentir esvaziada, até as lágrimas pararem. Andamos de um lado a outro da praia enquanto o vento sopra a crista das ondas que quebram e empurram espuma em nossa direção. O café Beach Hut está aberto. Não entro há anos, desde que as crianças eram pequenas, quando vínhamos comprar peixe e batata frita. No verão, há multidões barulhentas comendo sob o toldo novo, mas hoje está silencioso. Algumas das mesas estão ocupadas por senhores lendo o *Dorchester Chronicle* com cachorros a seus pés. O lugar cheira a chá e cachorro molhado. Michael pede peixe e batatas fritas para nós, e em poucos minutos recebemos tiras frescas de hadoque crocante e montes de batata frita salgada em pratos grossos e brancos. Levamos tudo a uma mesa perto da janela. Passo a mão na taça embaçada e observo as ondas quebrando na praia vazia.

Meus olhos ardem de tanto chorar, mas abri o peito e me sinto melhor. É bom estar aqui com Michael. O mar do lado de fora me faz lembrar como é estar num barco. Ninguém consegue nos alcançar, e poderíamos ter regras diferentes.

Michael diz baixinho que foi promovido no trabalho e, olhando para fora, me conta que sua esposa foi embora há seis meses.

Eu me sinto culpada; ele me ouviu por muito tempo.

— Você não disse. Sinto muito.

— Deveria ter dito? Deveria ter contado? — Ele olha para mim e eu desvio o olhar depressa.

Há um ano, havíamos nos abraçado na cozinha em Bristol. Ted fora dormir sem dizer nada; Michael havia passado antes de ir para casa. Eu estava cansada e chorosa, brava com Ted por ele conseguir dormir. A gentileza de Michael tinha sido algo em que me apegar.

Michael está olhando pela janela de novo; as nuvens se refletem em seus olhos acinzentados. As palavras vêm lentamente.

— Nós nos casamos jovens. — Ele para, dá de ombros. — Não quero perturbá-la com as minhas coisas.

— Conte o que aconteceu.

— Não falo muito sobre isso. Já passou.

— Conte.

Ele hesita mais um momento.

— Nós nos casamos aos dezoito anos na Cidade do Cabo; ela estava grávida. Sofreu um aborto depois de algumas semanas...

Eu deveria conseguir ouvir aquelas palavras, grávida e aborto, agora, sem sentir uma pontada de dor aguda. O filho de Naomi teria quase seis meses. Conto os meses conforme eles passam. Se a gravidez tivesse prosseguido e o bebê tivesse sobrevivido... Se ela tivesse... Fecho a boca quando a angústia passa por mim e diminui um pouco. Michael não percebeu; continuou.

— ... então, pensei que a Inglaterra pudesse ser diferente, com menos pressão de nossas famílias, melhor atendimento médico, mas ela não voltou a engravidar. — Ele olha para as mãos e para mim. — Eu tive que fazer uma carreira, mas trabalhava muito. Era difícil para ela. Ficava muito sozinha.

Eu sabia como era. Às dez da noite, ela jogava a comida dele no cesto de lixo. Em outra noite, talvez planejasse alguma coisa, uma ida ao cinema ou ao teatro, e se sentava e esperava, pronta, com o casaco dentro de casa até a apresentação já ter começado. Ficava ali, só segurando o envelope branco com os ingressos. Dias de solidão, apesar de as noites serem piores. Todo mês, ela chorava quando a menstruação vinha.

Michael continua.

— Ela começou a trabalhar como voluntária para o Centro de Aconselhamento ao Cidadão e engravidou. Dessa vez, não perdeu.

— Então, você tem um filho... — Os olhos dele estão tão sérios que hesito. — Um menino ou...

— Um menino. Não era meu. O pai é um advogado que ela conheceu no centro de aconselhamento. Casado, mas deixou a esposa. — Ele faz uma pausa. — Não deveríamos ter nos casado, para começo de conversa.

Mas como ele saberia? Como eu saberia? Quando somos jovens, não fazemos ideia do que precisaremos conforme o tempo passar, também não sabemos a força que precisaremos ter.

— Não se preocupe. — Ele sorri. — É passado. Sinto muito por ter me aproveitado...

Ele se desculpa por ter dito algo? Ou talvez está pensando na noite na cozinha há um ano; eu também penso naquele momento. Sua mão quente em minhas costas, seus lábios nos meus. Tinha passado a impressão de ser algo real, quando nada mais o era.

Do lado de fora, havia escurecido. A espuma branca brilhando com a chuva; as ondas aparecem com o tom mais escurecido do início da noite. Está mais frio do que antes, mas a comida e a conversa me esquentaram. Caminhamos de volta pelo campo, com as mãos se tocando. Dentro da casa, alimento Bertie, Michael prepara a lareira. Sinto um aperto no peito por vê-lo aqui agora, acendendo a lareira em silêncio, inclinando-se, sério, para realizar a tarefa. O fogo pega. Ele se vira para mim.

Eu me aconchego em seus braços e começamos a nos beijar como se nunca tivéssemos parado. É como o calor do sol depois de muito tempo de frio e escuridão. Ele me leva para perto do fogo e tira meu casaco, tira o dele. Nós nos despimos no escuro. Ele puxa o cobertor grosso do lugar onde está no sofá e cobre nós dois. Ficamos juntos, nossos corpos em contato; sua pele parece familiar e nova ao mesmo tempo. Segura e perigosa. Ele notou minha intranquilidade e, afastando-se um pouco, acaricia meu rosto à luz do fogo.

— O que foi? — pergunta ele delicadamente. — Conte.

— Como isso vai ser? Você pode fazer isso? Quero dizer...

— Não se preocupe. — Percebo que ele sorri. — É nosso segredo.

Nosso segredo? Devemos ter segredos? Ele me abraça, me conforta, e minha intranquilidade desaparece. Suas mãos se movimentam lentamente por meu corpo e quando minha pele começa a esquentar, eu me viro para ele, atraída por seu calor, querendo isso agora. Penso que Naomi também fez isso; ela deve ter sido atraída para algo secreto antes de se tornar perigoso. Nesse monento, seus lábios cobrem os meus, e começamos a nos movimentar juntos como se estivéssemos esperando por isso por muito tempo.

*Bristol, 2009*
*Cinco dias depois*

— Sinto muito.

Michael parecia abatido. Ele abaixou a mão.

— Tudo bem. — Eu me sentia cansada demais para isso; ouvi a impaciência tomando minha voz. — Não se sinta culpado. Não importa. — Eu não queria que isso fizesse qualquer diferença porque ainda tínhamos que trabalhar juntos.

Estávamos na cozinha. Ted estava no andar de cima.

Depois do apelo na TV pela manhã, ele havia ido diretamente para o trabalho. Permanecera o dia todo lá; disse que, assim, conseguia ter um chão. Dava certo para ele, mas para mim, não, o chão havia desaparecido. Eu vivia num espaço escuro dentro do qual eu o via à distância. Eu me sentia pesarosa e irada de longe. Não conseguia entender como ele conseguia sair, cumprimentar seus pacientes e colegas. Quando ele voltava, comia depressa, de pé, e ia para a cama, pálido de cansaço.

Michael havia chegado tarde. Os meninos já tinham ido dormir.

Estava contando a Michael como me sentia preocupada com os meninos, e comecei a chorar.

Ele havia me abraçado, havíamos nos aproximado, ele havia abaixado a cabeça na minha direção e, por um segundo, nossos lábios se encontraram. Eu me afastei. A sensação era de algo instantaneamente errado. Estava exausta, e ele também devia estar. Um reflexo momentâneo, é isso, criado no desespero e na solidão. Não havia culpados.

— Fui visitar Jade hoje de novo — falei depressa, esperando que isso nos ajudasse a voltar para onde estávamos. Pareceu funcionar; enquanto eu falava, consegui ver que ele voltava ao normal, ao controle. — Prometi que iria. Pensei que as pessoas fossem ficar me encarando porque minhas pálpebras estavam inchadas, mas ninguém percebeu.

Percebi, enquanto falava, que quando trabalhava no hospital eu também as ignorava, o exército de pessoas tomadas pela dor e sem dormir, que permaneciam nas alas sem serem notadas, observando e esperando.

— O pai dela estava com ela. Ele se levantou quando entrei. Ele é grande. Eu havia me esquecido.

— Por que não me chamou? — perguntou Michael. Ouvi irritação em sua voz. — Eu poderia ter ido com você. Poderia ter ajudado. Eu deveria estar ajudando você. É meu trabalho, lembra?

— Eu não pensei que você iria; foi um erro meu — disse a ele. — Eu havia feito o diagnóstico errado, precisava consertar.

— Como foi?

— Eu levei alguns livros antigos de Naomi para ela, e ela me agradeceu. Parecia feliz ao me ver. Estava mais gordinha. A quimioterapia tem esteroides, um tipo artificial de gordura, mas ela parecia melhor mesmo assim. — Eu sentia as lágrimas rolando de novo. — Mas a coisa mais difícil foi o que aconteceu com Jeff Price.

— O que ele fez? — Michael parecia irado.

— Nada. Ele pediu desculpas.

— O quê?

Eu me lembrei do momento em que Jade havia pegado os livros e aberto um.

— De quem é esta letra? — perguntara ela ao pai, mostrando a ele as marcas a lápis espalhadas pelo céu da primeira página.

— "Naomi Malcolm". — Ele leu. — "Minha cama. Meu quarto. Clifton Road, número um. Inglaterra. O mundo. O universo. O espaço." — Ele fez uma pausa e disse: — É a filhinha da doutora, Jade.

— Ela não vai se importar? — Jade olhou para mim.

— Não — falei. Eu havia me esquecido que estava anotado. — Ela está... maior agora. — Tentei sorrir.

Talvez Jade tenha entendido minha expressão.

— Devolvo quando terminar — disse ela.

Concordei balançando a cabeça, sem conseguir falar. Jeff Price atravessou o corredor de camas comigo. Havia crianças deitadas nas camas, cobertas, rostos avermelhados e entediadas. Estavam caladas como animais doentes, cercadas por parentes que se reuniam ao redor delas, assistindo à televisão.

Ele parou no corredor em frente às portas de plástico da ala.

— Vi você na televisão mais cedo. Sinto muito pelo que aconteceu. Não é certo. Sei que discutimos, mas não é certo.

— Obrigada. — Parei. — A polícia está interrogando todo mundo. Até meus pacientes...

— Por mim, tudo bem. Podem vir. Se eu puder ajudar... fico 24 horas por dia, as enfermeiras podem confirmar.

Ele me tocou no ombro e voltou, parecendo encher o corredor enquanto ia, remexendo-se de lado a lado, os pés com os tênis brancos enormes fazendo barulho no chão azul brilhante.

As portas de plástico se fecharam depois que ele passou.

Michael esperava minha resposta pacientemente.

— Jeff Price disse que sentia muito por Naomi — repeti. — Talvez você não precise interrogá-lo.

— Bom, não demoraria.

Parecia que eu não podia parar o que havia começado, apesar de ter certeza de que Jeff Price não estava envolvido.

— Você estava ótima na televisão — disse Michael, mudando de assunto.

As luzes estavam quentes e fortes. Tinham feito meus olhos se encherem de lágrimas, mas eu não queria que as pessoas pensassem que eu estava chorando. Não queria que o sequestrador de Naomi soubesse o que estava fazendo conosco. Fomos alertados de que, se mostramos nosso desespero, as coisas podem ficar piores. Os pais se tornam vítimas que podem ser manipuladas. Ao mesmo tempo, tínhamos que fazer isso. Tínhamos que tocar a mulher que poderia ter visto o rosto embaçado de Naomi pela janela de um carro numa cidade desconhecida, que poderia tê-la visto pedindo ajuda. Tínhamos que chamar a atenção do homem que trabalhava na loja da esquina, que poderia ter percebido que o cara que só comprava cigarros agora estava comprando outras coisas: comida, fita adesiva, pano de chão para os sangramentos. Tínhamos que dizer à criança de bicicleta para pegar a blusa cinza que estava jogada à beira do caminho numa estrada do interior, aquela que Naomi havia jogado para que alguém encontrasse. Queria que a mulher da estrada, o atendente da loja e a criança da bicicleta estivessem do meu lado.

— Você foi ótima, mesmo — disse Michael de novo, pois não respondi. — Ted também. Teremos que falar com ele de novo, aliás.

— Acho que ele está dormindo agora. Engraçado, porque parece que ele não consegue ficar acordado, mas eu não consigo dormir.

— Só algumas perguntas; amanhã seria melhor.

— Eu provavelmente posso respondê-las agora.

— Não. Precisamos fazer as perguntas a ele.

Ele parecia sério, quase arrependido. Não entendi.

— Que perguntas?

— Nem tudo está se encaixando. Precisamos esclarecer algumas coisas.

Eu me senti mal. Tínhamos que refazer tudo, separadamente? Isso significava que a polícia tinha decidido não acreditar no que estávamos dizendo?

— Michael, por favor. O tempo está passando e cada segundo...

— É por isso que precisamos esclarecer isso. Pode dizer a ele para ir à delegacia amanhã cedo? Vamos conversar com ele.

Pareceu muito ridículo, como algum drama policial da TV no qual o marido precisa ser interrogado e a esposa fica histérica.

— Se eu puder responder por ele, isso poupará muito tempo.

Michael suspirou.

— Certo. Por acaso, você sabe onde Ted estava na noite em que Naomi desapareceu?

Eu me levantei e comecei a andar pela cozinha, pegando copos e xícaras que pareciam encher toda superfície. Eles já sabiam a resposta a essa pergunta. Eu estava cansada, queria ir para a cama agora.

— Sei exatamente onde ele estava. No hospital. A operação foi até tarde. Era um caso difícil... acontece sempre. Se alguém não acreditar nisso, é fácil checar com os funcionários do hospital.

Michael também ficou de pé. Seu rosto estava inexpressivo, e parecia que ele não tinha ouvido o que eu disse.

— Vou me retirar — disse ele, com voz estranhamente formal. — Por favor, diga a ele para ir à delegacia amanhã cedo.

Quando ele saiu, eu me sentei à mesa com os olhos fechados. As palavras de Michael pareciam ecoar no silêncio. Depois de um tempo, peguei o telefone e liguei para o hospital. Pedi para ser transferida para a ala neurológica. Apesar de ser tarde, um assistente de ala atendeu imediatamente. Parecia muito jovem. Disse a ele quem eu era e que Ted havia pedido para conferir o horário em que ele havia entrado na sala de operações na quinta-feira passada. Ele havia se esquecido de registrar a duração da operação e precisava colocar essa informação no relatório para o clínico geral. As palavras saíram tão tranquilas que parecia que eu tinha ensaiado dizê-las, e não que as arrancava de minha mente tumultuada. Ele me pediu para esperar e depois voltou.

— Desculpe a demora, dra. Malcolm. Precisei conferir duas vezes. Tem certeza de que não quis dizer segunda-feira?

— Tenho certeza de que ele disse quinta-feira... — respondi, o coração aos pulos.

— É que só estava o dr. Patel na ala neurológica na quinta. A operação do dr. Malcolm foi cancelada. Posso descobrir quanto tempo durou a operação na segunda, se a senhora me ligar daqui a pouco.

— Ele entrará em contato se precisar.

Desliguei o telefone e subi, e fiquei sentada numa cadeira ao lado de meu marido adormecido. Olhei para ele por tanto tempo que seu rosto mudou e pareceu se desfazer, como acontece com nossa própria identidade quando dizemos nosso nome sem parar para nós mesmos. Por fim, ele parecia um homem qualquer deitado ali, um estranho que eu havia conhecido por acaso.

# 19

*Dorset, 2010*
*Treze meses depois*

Um grupo de crianças pequenas cantam músicas de Natal na entrada da estação Dorchester, reunidas ao redor de uma mulher de cabelos grisalhos. As crianças não param de se mexer com suas tocas de Papai Noel, e duas pisam uma no pé da outra, e a menina menor limpa o nariz com a manga. A mulher não para de conduzir o coral, mas as mãos em movimentos firmes parecem pintar punições no ar. "Menino Jesus" está tocando enquanto caminho em direção à plataforma 1. Há algo de familiar no modo como essa mulher age: ela se mantém ereta, a voz é alegre demais. Ela pertence a um mundo do qual eu fazia parte, e, quando olho para ela, eu me lembro do peso. Não tenho mais obrigações durante o dia. A vida foi despojada, e meus papéis são mais simples: mãe, não esposa. Se eu tivesse que escrever minha ocupação num formulário, escreveria pintora.

O trem de Ed está para chegar. Sophie está vindo com ele. Não precisaram dele no trabalho durante o Natal, afinal. Só me ocorre agora, tarde demais, que uma viagem de trem poderia ser difícil para ele, com todo o barulho e as pessoas, depois da rotina e da ordem de seus dias na unidade.

Em poucos minutos, o trem chega, as portas se abrem e há muitas pessoas para analisar. Assusto-me quando ele me envolve por trás, com as mãos em minha cintura.

— Ed!

Ele está rindo. Rindo! Não vi Ed sequer sorrir em meses. Eu não deveria ter me preocupado. O rosto não está barbeado, os olhos castanhos estão muito alertas, os cabelos pretos e compridos brilham. Leva uma mochila e seu violão está atravessado no corpo. Ele se vira e abraça uma garota que está quase escondida atrás dele.

— Mãe, esta é a Sophie. Soph, mamãe.

As cores dela animam a estação cinza. Cabelo ruivo curtinho, olhos verdes contornados com lápis cinza, um casaco de lã verde, luvas listradas de azul, chapéu laranja, botas amarelas. Em uma narina, uma argolinha prateada. Traz uma sanfona presa às costas. O rosto é atento, calmo e muito bonito. Seguro uma de suas mãos.

— Oi, Sophie.

Ela sorri.

— Oi.

— Foi uma sorte ela ter vindo — diz Ed, olhando para ela. — Quase não pôde. Jake queria que ela ficasse lá para o almoço de Natal, no barco, mas no fim deu tudo certo.

Sorrio para ela.

— Obrigada por me receber. — Ela inclina um pouco o rosto ao dizer isso. Percebo um leve sotaque irlandês em sua voz.

No carro, voltando, Sophie se senta ao lado de Ed e ele aponta os montes e as praias conforme passamos. Digo a ele que Theo virá mais tarde com Sam, o parceiro que ainda não conhecemos. E ele pergunta a que horas Ted virá.

— Amanhã ou depois de amanhã. Está voltando de Joanesburgo hoje.

— Pensei que ele estivesse de férias — diz Ed, dando de ombros.

Pensei que ele mantivesse contato com Ed. Nada mudou. Ele se manteve ocupado durante toda a vida deles — aniversários, festas, saídas. Natal e feriados. O peso da responsabilidade recai sobre mim de novo; parece tão pesado quanto foi durante todos os anos em que pensei que ele estivesse participando. Ironicamente, ficou mais leve quando ele se foi, ou talvez eu simplesmente soube me preparar. Por que a decepção arde agora?

— Não está de férias, eu disse a você. Está numa reunião.

— Como sempre.

Olho pelo espelho retrovisor, mas ele está sorrindo de novo; vejo até um ar de orgulho quando ele abraça Sophie.

— Meu pai, ocupado e importante.

— Que bom para seu pai. Eu sempre quis trabalhar na África — diz ela.

— Mas é só uma conferência — digo. — De algumas semanas. Ele trabalha em Bristol.

— A Sophie trabalha para a Anistia Internacional — diz Ed.

Puxa! Que incrível! — Olho para ela no espelho; ela sorri e dá de ombros.

— Traduzo coisas, do francês e do alemão.

— Ela e Jake conseguem conversar em qualquer idioma, principalmente se querem dizer algo para eu não entender — diz Ed casualmente.

— Você não entenderia se falássemos de você em nenhum idioma. Médicos em formação não se entendem. Estão ocupados demais bancando o herói em seu próprio drama. — Ela parece se divertir.

Os dois riem como se fosse uma piada antiga.

Nas primeiras semanas depois de sua aprovação à unidade, conversamos sobre o que ele poderia fazer quando saísse. Ele só falou em cursar medicina quando saiu da escola. Tirou notas máximas na unidade, e, quando seus resultados espetaculares chegaram, sentimos mais pesar, a sensação do que poderia ter sido. Ele disse que está feliz lá, podendo ajudar por enquanto. Não é o momento para falar sobre planos. Parece que ele acabou de voltar de férias.

Bertie está no corredor quando abro a porta. Ed faz uma careta. Ele se ajoelha, abraça o cachorro e começa a chorar. Bertie fica parado, piscando. Ele espirra uma vez e cheira os cabelos de Ed, balançando o rabo. Sophie se ajoelha ao lado de Ed e o abraça, encostando o rosto no dele. Eu faço chá. Eu deveria ter previsto isso para ajudá-lo a se preparar de algum modo para como o passado se mistura ao presente.

Depois de alguns minutos, Ed se levanta, assoa o nariz e ri, tremendo.

— Desculpe, Bertie. — Ele se abaixa e pousa a mão na cabeça do cachorro de novo.

— Podemos ir à praia agora e levar Bertie? — pergunta Sophie.

Ed assente, eles bebem chá e saem para o campo. Vejo Ed parar no portão, tocar o poste. Eu me pergunto pela centésima vez se ele encontrou um lugar para colocar tudo o que aconteceu, para manter até conseguir pensar e tentar entender.

Eu os vejo do outro lado e preciso tirar o frango da geladeira, passar manteiga e ervas por baixo da pele e colocar limão e alho dentro. Quando está no forno, eu me sirvo de uma taça de vinho e a levo à casinha de madeira que limpei para transformar em estúdio há uma semana, sabendo que não haveria espaço na casa. Com as janelas limpas, a luz entrava; as folhas velhas, a poeira e as fezes de rato foram varridas. Já havia um cavalete lá dentro. Comprei um novo aquecedor e pendurei alguns de meus quadros com pregos na parede.

Meu quadro a óleo das mãos de Mary está sobre a mesa. Parecem garras, os dedos deformados pelo reumatismo, a pele brilhante e inchada. Ela diz que são mãos de bruxa, mas elas fazem chá, seguram ovos e ferramentas de jardinagem, assam pão. Eu as pintei abertas pela gentileza. Se Mary é bruxa, é uma bruxa boa. As mãos de Dan seguram um pedaço de madeira. Parecem cuidadosas e descuidadas ao mesmo tempo — a madeira se inclina para fora de seus dedos, mas ele a prendeu com o polegar para que o fixo e o solto estejam em equilíbrio. E tem um desenho feito a lápis, muito novo, da mão de Michael. No fim de semana passado, ele estava sentado aqui numa cadeira velha, perto da janela. Estava lendo e mantinha a mão apoiada no joelho. O desenho captou o poder de seus dedos, e a largura de sua mão. Precisa ser finalizado. Pego meu lápis e, enquanto desenho, alguns flocos de neve caem lá fora. Sombreio a curva destacada dos músculos da ponta de seu polegar e é como se ele estivesse me tocando. Fecho os olhos, lembrando-me da sensação de suas mãos em meu corpo. Os olhos de Naomi, tal como estão no quadro, brilham para mim. Os segredos são perigosos; ela deveria ter tomado cuidado. Eu deveria tomar cuidado com Michael?

Ed e Sophie voltam. Suas roupas estão cobertas com flocos de neve.

— Nunca fui à praia no inverno — diz Ed, ao tirar o casaco molhado. — Estava tão vazia.

Os dentes de Sophie estão batendo.

— Os montes estão lindos com tantas camadas.

Eles vão ao banheiro e tomam um banho e, mais tarde, depois do frango, depois do vinho, do café e de lavar a louça, eles se sentam à frente da fogueira e Sophie toca a sanfona. Ed acompanha com o violão. Eles parecem à vontade; deve ser algo que eles fazem sempre. Eu os acompanho à distância, meio nas sombras, sentada na poltrona azul de meu pai, perto da porta.

— A quem dedicaremos isto, então? — pergunta Sophie.

— Ao papai.

— Conte sobre ele — diz ela, sonolenta. Ela descansa os braços e para de tocar.

— Eu contei. Ele é neurocirurgião. Opera a cabeça das pessoas. Sabe como é, ele conserta cérebros.

Eu me sinto triste ao perceber o orgulho na voz dele. Ted sabe disso? Será que se importaria? Há dois anos, eu pensei que sabia a resposta. Agora, eu nem sequer teria feito essa pergunta.

— Deve ter sido difícil para vocês na infância. Digo isso porque imagino que vocês não o viam muito.

— Não foi exatamente difícil. — Ed está animado. — Ele era presente. Costumava estar presente em feriados e coisas assim. Sempre ia para casa à noite.

Ele não ia, na verdade. Ed estava enganado. Ele nem sempre ia para casa à noite.

## *Bristol, 2009*
## *Seis dias depois*

O telefone tocava quando acordei. Ele ficava do lado de Ted na cama. Eu me virei para me espreguiçar sobre ele, mas bati a mão na parede. Claro. Cama vazia. Quarto vazio. Ouvi Ted atender no andar de baixo, e o ritmo calmo e organizado indicava ser uma chamada do hospital. Eu o ouvi se levantar e descer a escada para fazer café. Ele havia mantido a mesma rotina, apesar de tudo ao seu redor estar diferente. Ele poderia estar se perguntando por que eu não havia dormido a seu lado; pensaria que tinha sido porque eu havia ido dormir muito tarde e não quis incomodá-lo.

Não saberia que eu mal havia dormido e que o pouco que consegui foi tomado por pesadelos indescritíveis que permaneceram presentes quando acordei, pensamentos tão monstruosos que pensei que minha cabeça fosse explodir com eles. Ted havia mentido. Não estivera no hospital na noite do desaparecimento de Naomi. Ted a havia levado. Por que faria isso? A resposta estava ali, pronta. Quando ele a viu interpretar Maria, ele percebeu que ela agora era outra pessoa, não sua filhinha, mas outra garota completamente adulta, sensual, desafiadora. Talvez ele não gostasse disso, por isso a havia... O quê? Estuprado? Matado? Teria sabido fazer isso; sabia exatamente como bloquear a artéria carótida ou arrebentar a traqueia. Fiquei ali, deixando meus pensamentos mais obscuros me torturarem até me sentir enjoada deles. Sabia que eles não podiam ser verdade, mas não era isso o que as pessoas sempre diziam ao descobrirem que o assassino era alguém que elas amavam?

Saí do quarto de hóspedes, desci a escada e me sentei na beira da cama de casal de nosso quarto. Os passos de Ted eram ouvidos nos degraus. Ele entrou e colocou meu café no criado-mudo.

— Eu estava roncando de novo?

Inclinou-se para me beijar a cabeça e entrou no banheiro sem esperar resposta. Um momento de troca que não era o que parecia.

Provavelmente havia modos inteligentes de chegar à verdade, um truque para pegá-lo, vasculhar bolsos ou um diário escondido em algum lugar; mas estava cansada demais, triste demais. Tinha que saber depressa.

— Michael veio aqui ontem à noite.

— É mesmo? — Ele escovava os dentes.

— Quer que você vá à delegacia hoje cedo.

— Receio que não seja possível. Mas por quê? — Ele fechou a porta do boxe, sem esperar resposta. Depressa, vesti as primeiras roupas que encontrei.

Ele ficou surpreso ao me ver vestida quando saiu do chuveiro, enxugando o corpo com a toalha. Enrolou-a com firmeza na cintura. Seu corpo estava bom para alguém de quarenta e poucos anos: forte, esguio e com músculos. Observei seu rosto, ainda inchado pela noite de sono.

Um rosto para o qual eu olhava havia anos, um rosto que eu pensava conhecer melhor do que ao meu.

— Precisam interrogá-lo.

— Desculpa, Jen, mas você vai ter que ir. — Ele deu de ombros enquanto pegava uma camisa dentro do armário.

— Não.

— Estou muito ocupado hoje. De clínica em clínica. — Ele escolheu uma gravata vermelha para combinar com a camisa listrada de azul. — Sei que é horrível, mas pode responder às perguntas dele por mim?

Por um segundo, me perguntei se não podia esperar, mas não aguentava mais o pesadelo.

— Eles querem saber onde você estava na noite do desaparecimento de Naomi. — Eu não tinha certeza se a raiva ou o medo tomou minhas palavras.

O rosto dele quase não se alterou. No máximo, ficou mais tranquilo. Talvez seus lábios tivessem se entortado um pouco, como se tivesse um tique nervoso num canto.

— Você já sabe disso.

Não queria ouvir mais mentiras e não queria olhar para ele enquanto ele as inventava. Eu me levantei e olhei para a janela, na direção dos grandes limoeiros entrelaçados.

— Onde você estava?

— Eu disse a você no dia. Uma operação que durou até...

Eu me virei para encará-lo.

— Sua operação foi cancelada. Eu conferi.

Silêncio. Ele foi ao armário e pegou o terno e procurou meias. Atravessei o quarto e arranquei o terno de suas mãos.

— Onde você estava naquela noite, porra? — Minha voz estava ofegante. — Sua filha desaparece e você não está onde disse que estava. O que isso quer dizer? O que a polícia vai pensar?

De repente, o rosto dele foi tomado pela ira ao perceber o que eu sugeria.

— O que está dizendo? — perguntou em voz alta.

Ouvi os meninos começarem a se levantar; e pensar neles, sem saber de nada e sonolentos, piorou as coisas. Ele havia mentido para todos nós.

— Cale a boca — sussurrei. — Deixe os meninos irem para a escola. Você tem que ir à delegacia. Vão ouvir seu depoimento.

Ele olhou para mim com raiva, com os lábios contraídos.

— Eles podem prender você se você se recusar a responder.

Não sabia se era verdade, mas podia ser.

Ele fez uma pausa, pegou o telefone e o levou para fora do quarto. Eu o ouvi cancelar o atendimento. Ele havia decidido voltar a trabalhar dois dias depois de Naomi ter desaparecido, mas agora não tinha escolha.

Ed saiu depois de um café da manhã silencioso, e Theo reuniu seu portfólio de arte lentamente. Ele não queria ir; talvez quisesse usar a situação como pretexto. Quando tudo se silenciou, eu encarei Ted à mesa.

— Certo — murmurou ele, como se falasse sozinho. — Certo. — Olhou para a frente. — Eu queria contar a você um dia depois do ocorrido, mas foi a noite em que Naomi desapareceu, e não pude.

Naquele momento, o pesadelo doentio desapareceu. Eu sabia o que ele diria e disse a mim mesma que não tinha importância nenhuma. Comparado à tortura de pensar que ele a havia ferido, o fato de ele estar prestes a me contar que tinha sido infiel parecia insignificante.

— Conte agora.

Ele olhou ao redor na cozinha depressa, como se a visse pela primeira vez.

— Foi só uma vez, naquela noite. Cometi um erro idiota. Ela é jovem. Quero dizer, não é casada.

Não me importei. Não me importei mesmo. Enquanto esperava que ele continuasse, compreendi por que ele havia esquecido que era a noite em que buscava Naomi. Tudo relacionado à casa havia desaparecido de sua mente naquela noite.

— Eu estava cansado, não tinha almoçado. Minha operação foi cancelada e Nitin ficou de plantão para emergências. Eu tinha acabado um turno e Beth estava saindo da ala no mesmo horário...

— Beth? — Beth, em *Little Women*, era a mais meiga, a mais generosa, a mais feminina. Todo mundo a adorava.

— A enfermeira da ala neurocirúrgica. Ela viu que eu estava exausto. Disse que havia um restaurante perto do hospital que era melhor do que o refeitório. Mas, quando chegamos lá, estava fechado, por isso eu a levei para casa.

Pensei que Beth devia ter uma casa tranquila. Não deveria haver tênis cheios de lama perto da porta, nenhum cachorro bagunceiro pulando. Juntos, eles teriam conversado sobre o drama do dia de trabalho. Não haveria questões familiares com as quais se preocupar, aquelas que não tinham resposta fácil, como quanta lição os filhos devem fazer ou até que horas podem ficar fora de casa. Beth teria dado a ele uma taça de vinho, ligado a música e diminuído as luzes. Ela se sentaria perto e ouviria tudo o que ele dissesse. Não estaria cansada demais para transar.

— Por quê? — Minha voz não parecia minha.

Fez-se uma longa pausa e ele deu de ombros.

— Não sei se isso torna as coisas melhores ou piores, mas não tem motivo. Ela estava lá. — Ele parou, obviamente sem saber se deveria continuar diante de meu silêncio. Evitando meu olhar, continuou lentamente: — Você e eu nunca temos tempo...

— Diga. Nunca temos tempo para o sexo?

— Ficamos cansados. Dormimos...

— Por que não diz o que quer dizer? — Mas eu sabia o que ele estava dizendo. Estava dizendo que era minha culpa.

O telefone tocou. Ted atendeu depressa.

— Oi. Sim, minha esposa me disse. Estou pronto agora. Me ligue e eu vou. — Desligou e olhou para mim. — Michael está estacionando. Está vindo me buscar. — Ele endireitou os ombros. — Sinto muito, Jenny. Eu ia contar. — Ele olhou para mim e eu vi que ele estava pensando que era preciso dizer mais alguma coisa. — Amo você, sabe disso.

A campainha tocou. Senti todo o peso da raiva e da mágoa se afastando. Estava lá, mas ainda não era real, como o latejar de uma enxaqueca antes de a dor começar. Ele permaneceu olhando para mim por vários instantes. Sua pele ainda estava bronzeada devido à recente viagem à Califórnia. Quando encontrávamos amigos da faculdade de medicina, eles diziam que ele não tinha mudado nada. Às vezes, eu achava que envelhecia por nós dois. Eu via as pequenas rugas ao redor de meus olhos aparecerem e se aprofundarem, as varizes azuis surgirem em minhas pernas, mas achava ser uma troca justa pelo que eu tinha. Eu achava que essas mudanças não importavam.

— Sinto muito — repetiu, como se melhorasse tudo dizendo duas vezes. — Vamos falar sobre isso quando eu voltar.

Naquele momento, decidi que não havia motivos para conversar. Desculpas não mudavam nada. Eu não queria mais ouvi-las. Até deixei que ele me desse um beijo de despedida. Quando ele se foi, o rosto de Naomi surgiu em minha mente de novo; não havia espaço para mais nada.

# 20

*Dorset, 2010*
*Treze meses depois*

Véspera de Natal. De manhã, ouço passos, risadas abafadas e novamente silêncio. Quando Ted e eu éramos jovens e estávamos juntos havia pouco tempo, o amor de manhã era caloroso e fácil, sem brigas nem disputas. Há quanto tempo isso tinha passado? Desço correndo para o andar de baixo, sem querer ouvir nem lembrar. Bertie está enrolado e ainda no cesto. Sentindo um medo repentino, eu me aproximo dele, conferindo se seu corpo ainda está quente, mas tomando o cuidado de não assustá-lo para que não acorde e fique confuso. Em Bristol, eu prendia a guia enquanto ele dormia, acordava-o e levava para fora. Ele me acompanhava fielmente enquanto eu corria pelas ruas. Não poderia fazer isso agora. Eu o deixo dormir.

Mais neve caiu à noite; os galhos estão contornados por delicadas faixas brancas. Eu apoio os cotovelos no parapeito para olhar para o novo jardim. Naomi costumava ficar ansiosa por um Natal com neve, mas eu afasto essa ideia depressa antes que ela tome meu dia. Tenho uma família para cuidar.

Há um pequeno pacote embrulhado na mesa. O papel tem desenho de árvores e estrelas, e uma etiqueta marrom. Eu o viro e está escrito: "A Jenny, de Sophie". Meus dedos param...

*Não, Naomi, espere até o Natal, seja boazinha. Vá dormir.*

Abro o pequeno pacote, puxando a fita. Dentro deles, há um monte de bastões de carvão, grossos e embrulhados em papel amarrado com lã vermelha. Ela dedicou esforço e carinho aqui. Os quadros emoldurados das mãos de Dan e de Mary estão encostados na parede. Eu os pego e saio da casa em silêncio.

Há uma nova palma benta presa à porta de Mary. Ela atende depressa quando bato e parece aliviada.

— Pensei que já fossem eles.

Ela coloca a chaleira no fogo. Sua família virá mais tarde, e ela vai cozinhar para todos. Pegando os presentes de modo quase rude, ela os coloca debaixo da árvore. Os presentes a deixam envergonhada; fica sem saber o que dizer. Mas gosta de dar presentes. Tomamos chá à mesa da cozinha. Ela apoia as mãos no pelo malhado do gatinho em seu colo.

— Não vi nenhuma luz acesa em sua janela. Onde está sua árvore?

— Não pensei em montar árvore — digo. — Comprei presentes e comida. Foi o suficiente.

Mary balança a cabeça, discordando.

— Suas crianças vão querer uma árvore.

— Crianças! Mary, eles são crescidos.

— Dan virá mais tarde. Ele vai encontrar uma árvore para você. Pode deixá-la em sua casa.

Não me importa, Mary vencer. Não concordo com ela, mas não importa. Quando saio, beijo seu rosto e ela faz uma careta.

Ed e Sophie estão na cozinha tomando café da manhã.

— Carvões ótimos, Sophie! Obrigada.

Ela parece satisfeita.

— Meu amigo do barco vizinho usa um tambor de óleo para fazer o carvão. Deixa em combustão baixa e demora cerca de dois dias. Há um salgueiro especial para isso, de Somerset.

— É do tipo que gosto, bem escuro e macio no papel.

Abro a torneira quente para lavar a louça, espirro detergente e começo a recolher os pratos da mesa. Ed me entrega a caneca vazia de café; seus olhos estão sérios.

— A arte ainda é a coisa mais importante em sua vida, mãe?

— O quê? — Eu me viro para ele enquanto enfio os pratos sujos na água com sabão, imaginando se ele está fazendo uma piada.

Ele olha para Sophie enquanto fala; não está sorrindo.

— Quando minha mãe subia para pintar, sabíamos que não podíamos perturbá-la, independentemente do que acontecesse. Não é mesmo, mamãe?

Estou surpresa.

— Você sabe que não é verdade.

— Para com isso. — Ele se recosta na mesa, os braços cruzados. Sua voz é hostil, ele parece muito certo do que diz. — A mesma coisa quando você ia trabalhar. Nunca atendia o telefone quando eu ligava. Nunca estava em casa quando voltávamos da escola. E isso nos deixava malucos. — Ele se vira para Sophie de novo, fazendo um gesto, fingindo estar distraído. — Nunca tinha comida decente, claro.

Por que ele está fazendo isso?

— Eu sei que eu pintava, mas era mais quando vocês estavam na escola...

— Cristo. — Ed interrompe falando alto. — Não consegue se lembrar que não era presente? Sempre que eu ficava doente, você deixava uma caixa de comprimidos ao lado da minha cama e partia para o trabalho.

— Eu deixava você dormir...

— Claro. E o dia em que você nos contou sobre a casa de praia? Disse que poderíamos pegá-la emprestada, depois mudou de ideia.

— É só que eu não queria que ela fosse usada para festas...

— Você costumava se enfiar em seu "estúdio" sem avisar — diz ele. — Não é à toa que nos sentíamos rejeitados.

Quando eu subia para pintar, era para tentar encontrar meu espaço, não para rejeitar as crianças. Como ele podia pensar isso?

— Ed, a arte nunca, nunca mesmo, foi a coisa mais importante.

Sophie olha para Ed, para mim, e para ele de novo. Prende uma mecha dos cabelos ruivos atrás da orelha e olha para baixo, retorcendo o cartãozinho de Natal que dei a ela.

— Claro que foi — continua ele, ainda olhando para mim. — Era porque você podia transformar seus quadros no que queria.

Ele não estava assim ontem à noite.

— O que quer dizer?

— Você pintava seus quadros, se sentia no controle. Arte bacana, bidimensional. Não como nós, apesar de ter tentado muito. Você achava que nos controlava também. Dava regras. Milhões de regras. — Ele está respirando de um jeito ofegante e os olhos brilham de raiva.

— Não sei de onde está vindo tudo isso, Ed. É véspera de Natal...

— Não está "vindo" de lugar nenhum. É o que sempre pensei; estar aqui de novo trouxe tudo à tona.

— Eu não sabia...

Estico a mão para tocar seu braço, e ele se retrai.

— E como saberia? Nunca me perguntou. Nunca estava do nosso lado. Você provavelmente imaginou que eu era a mesma coisa que o Theo. — Ele ri. — Bem, talvez não tão perfeito quanto ele, mas, basicamente, gêmeos pensam de um jeito parecido, não pensam?

— Claro que não. Sei que vocês são completamente diferentes.

— Você não sabe nada sobre mim, assim como não sabia nada sobre Naomi. — As palavras dele vêm depressa. — Não é à toa que ela não está aqui agora.

Ed para de repente, como se soubesse que foi longe demais. Faz um breve movimento na minha direção e se vira para Sophie.

— Vamos, Soph, vamos andar um pouco.

Ele segura a mão dela e a puxa para que se levante. Ela deixa que ele a guie para fora da cozinha, mas se vira na porta para olhar para mim brevemente e com tristeza.

Minhas mãos ardem por causa do detergente, e eu as coloco dentro da pia de novo. A água quente as cobre e eu fico olhando para as bolhas que se acumulam em meus dedos, perto dos anéis; penso que não deveria mais usá-los. O silêncio me cerca, mas as palavras dele ainda estão ali. As pontas de meus dedos estão enrugadas quando me lembro de ir buscar comida no hortifrutigranjeiro em Modbury, a vila vizinha. Seco as mãos, puxo os anéis, mas meus dedos incharam na água e preciso deixá-los ali.

Coloco Bertie no carro e dirijo devagar, mantendo a mente vazia.

A neve soprou nos arbustos e cobriu os montes. Há poucas pessoas na loja. Os montes de legumes e frutas na velha construção de pedra parecem uma pintura holandesa do século XVI. Faisões pendurados com sangue pingando dos bicos. Os pescoços delicados estão retorcidos, e as cores claras da cabeça do macho brilham em contraste com as de tom marrom da fêmea. Há brotos verde-escuros, batatinhas cremosas e clementinas brilhantes enchendo caixas de madeira, e há tâmaras num saco perto da parede. Compro sacos de tudo e escolho ovos, bacon e um bolo nevado de Natal, e coloco tudo no carro. No caminho de volta para casa, paro na frente do mar, saio e respiro o ar frio e salgado.

Ao ar livre, o silêncio em minha cabeça começa a latejar com as palavras que Ed me disse. Milhões de regras, dissera ele. Era o que parecia? Mas, certamente, ele sabe que as regras dão segurança. Bertie e eu andamos pela turfa cheia de novo atrás do seixo. Meus pés e as patas dele deixam marcas translúcidas na fina camada de neve com gelo; a grama embaixo dos meus é retorcida e amarela.

À distância, perto da beira do mar, uma menina está brincando com um cachorro. Consigo ver os cabelos claros dela daqui. Há um homem perto, agachado, com um casaco preto. Espero até vê-la se mexer antes de continuar andando. Ela corre chutando levemente a areia. Naomi corria como uma flecha.

Se tivesse havido mais ou menos regras, ela ainda estaria aqui? Se tivesse havido mais, talvez ela tivesse sido mais protegida. Se tivesse havido menos, pode ser que ela não precisasse ter que desobedecer. Mas não eram apenas as regras. Ed tinha razão; eu não tinha sido presente o suficiente. Naomi não conversava comigo nas semanas antes de desaparecer, mas, se eu estivesse ali, pronta para o momento, pode ser que ela tivesse falado. Se eu tivesse me concentrado em todas as pequenas mudanças em vez de arrastá-las para o fundo de minha mente, eu poderia tê-la ajudado. Eu dizia a Ted que as crianças não me queriam por perto; eu havia mentido a mim mesma para poder construir a vida que queria?

A neve volta a cair, flocos finos e gelados espalhados pelo chão. Álcool não combinava com a estudante que se esforçava; eu havia deixado isso no fundo da mente e acreditado nas desculpas dela. Eu até inventava as desculpas por ela para não ter que ver a Naomi de verdade, a menina que usava maquiagem pesada e calcinha fio dental, que bebia, fumava e fazia sexo. Puxo a jaqueta ao redor do corpo conforme a neve bate em meu rosto. Também não vi Ed. Andava ocupada demais para atender as suas ligações no trabalho. Eu dizia a mim mesma que ele se esforçava; o Ed de verdade ficou à deriva no perigo, no desconhecido. Kate dissera que nossa mãe nunca soube de nada sobre nós, mas eu era pior do que isso. Eu tinha visto as pistas, mas as ignorei.

O céu claro escureceu. Há flocos de neve no pelo de Bertie, mas ele está de pé, não se chacoalha. Não tem ninguém ao redor; a garota e o homem se foram. Está na hora de ir para casa.

Quando entro com as sacolas pesadas, há uma árvore no corredor com heras pintadas de prata ao redor dela. A base está enterrada num balde, segura com pedras da praia. Há velas acesas no parapeito perto dali, em pequenos castiçais de vidro. Sophie deve ter trazido o spray, as velas e os porta-velas.

Ed deixou um bilhete na mesa da cozinha:

*Alguém chamado Dan deixou a árvore. Soph a decorou.*
*Fomos ao bar.*
*E e S*

O brilho das velas sobre a hera é leve. Ainda estou parada, sentindo o cheiro verde da árvore de Natal, quando um carro baixo passa pela janela, na estrada cheia de neve, e entra em nossa pequena garagem. A porta da frente se abre e Theo aparece, mais alto, mais forte, mais bronzeado. Sinto vontade de chorar de alívio. Quando ele se curva para me abraçar forte, sinto seu cheiro diferente, algo ácido e caro. O calor dissolve um pouco da minha tristeza causada hoje cedo. Ele dá um passo para trás, virando-se.

— Mãe, este é o Sam.

Sam parece vários anos mais velho do que Theo, mais alto, mais sério. Está diferente do que vi na foto; talvez seja a barba. Os olhos castanhos por trás dos óculos são observadores.

— Oi, Sam.

Nós nos abraçamos sem jeito. Dois beijos, um em cada face, o que sempre me pega desprevenida. Ele me dá um buquê de flores com uma leve reverência. Theo fala sobre a viagem, sua exposição recente, como é estar aqui, na casa da praia. Ele adquiriu um leve sotaque americano. Fico perto dele, ouvindo sua voz e não as palavras, e me recomponho.

— Vocês devem estar famintos.

Há uma leve pausa.

— Na verdade, não. — Theo me abraça depressa. — Não fique brava. Paramos para almoçar no Beach Hut.

— Mas vocês estavam tão perto de casa.

— Não queríamos dar trabalho — respondeu Sam com simpatia.

Será que ele precisou reunir coragem para me conhecer? Ele quer mostrar seu poder, quer mostrar que pode afastar Theo de nós quanto tempo quiser? Penso essas coisas muito brevemente.

— Bem, vocês estão aqui agora, o que é ótimo. Devem estar cansados.

— Quero mostrar a casa a Sam. Qual quarto?

— Ed e Sophie estão no quarto antigo dele, mas o seu é minúsculo; podem ficar no quarto de casal.

— Não seja boba. Vamos nos virar no meu. Não ocupo muito espaço.

Percebo que Sam me observa, analisando minha reação.

— Por mim, tudo bem.

— Obrigado, mãe. Onde está o Ed?

— Foi ao pub com a Sophie.

— Sophie. Minha nossa, quantas mudanças.

— Boas mudanças — disse Sam.

Bertie aparece, acabou de acordar com as vozes, e corre para Theo, balançando o rabo sem parar.

— Esse é o Bertie? — Sam parece surpreso. — Ele é mais velho do que pensei.

— Bertie! — Theo se ajoelha para abraçar Bertie. Ele olha para Sam. — Ele não é velho, como você ousa dizer isso?

Mas está velho, sim. Theo também notou.

— Quando o papai vem?

Pego o telefone do bolso e olho para a tela brevemente. Ainda não recebi nenhuma mensagem de Ted.

— Amanhã.

Eles sobem para abrir as malas e depois, levam Bertie com eles para procurar Ed e Sophie. Visto meu velho avental azul; tenho que fatiar e temperar o peixe que está na geladeira. Começo a picar salsão com cebolas e alho, e aumento o volume do rádio para ouvir as canções de Natal. A música familiar toma minha mente, e a culpa e o arrependimento diminuem um pouco.

Ouço uma batida na porta. Enxáguo as mãos depressa e vou abri-la, meus olhos ardendo por causa das cebolas.

Deve ser o Ted e ele perdeu a chave. Sinto um pouco de nervosismo, ansiedade, e ao mesmo tempo estou incomodada porque ele me verá de olhos vermelhos, cheirando a cebola. Seco as mãos no avental e abro a porta.

Por um momento, não consigo ver nada no escuro. De repente, Dan aparece no semicírculo de luz. Ele está mais magro do que o comum, o rosto bem marcado à sombra do capuz. Seus olhos estão fundos. Sem pensar, dou um passo à frente e o beijo. Ele cora na mesma hora.

— Obrigada pela árvore. É linda. — Tento disfarçar a vergonha dele com minhas palavras. — Sophie a decorou... a amiga de Ed. Eles chegaram ontem.

— Por que está chorando? — pergunta ele abruptamente.

— Não estou chorando. São as cebolas... estou preparando o jantar. Entre. Coma conosco.

— Não, eu... obrigado pelo desenho.

Ele olha para mim com atenção, vira-se e vai embora. Ombros encolhidos, triste e bravo ao mesmo tempo. Ele está escapando da família e veio procurar algo. Sinto que o decepcionei. Mexo as cebolas de novo, acrescento peixe e molho de legumes, açafrão e vinho. O telefone vibra indicando a chegada de uma mensagem de texto. Lavo as mãos e pego o aparelho do bolso.

*Não consegui o Natal. Talvez ano-novo. T*

Nenhum pedido de desculpa. Não manda beijos. Nenhuma mensagem para Ed nem para Theo. Eu havia prometido a mim mesma que nunca mais permitiria que ele me surpreendesse de modo negativo. Não conseguiu o Natal. Se o voo dele foi cancelado, por que não explicar? Guardo o telefone sem responder. Durante o último ano, eu havia me esforçado para que o que Ted fizesse não fosse importante e, até aqui, eu acreditava estar conseguindo.

## *Bristol, 2009*
## *Seis dias depois*

A infidelidade de Ted não era o problema. Cuidaríamos disso depois, quando tivéssemos tempo. Não machucaria até então.

Eu dizia a mim mesma que era boa nisso. Eu priorizava o tempo todo.

Ted ligou da delegacia mais tarde naquela manhã.

— Eu contei a eles — disse ele, brevemente. — Não foi muito complicado.

Talvez, na delegacia, eles tivessem sido compreensivos. É coisa de homem, a infidelidade, eles devem ter dito entre eles; provavelmente achavam que não importava.

Quando Ted reapareceu na cozinha, parecia melhor. Havia até um toque de satisfação nele, como um menininho que faz coisa errada, mas descobre que pode sair ileso. Em outra vida, eu poderia ter esfregado na cara dele a desculpa ensaiada que ele me dera dizendo estar no hospital na noite em que ela desapareceu, mas eu já sentia que estávamos muito longe de onde eu achei que havíamos estado e não parecia fazer sentido. Mas estava curiosa.

— Como eles acreditaram em você?

— Eles chamaram a Beth para falar e...

— E?

— Ligaram para o restaurante onde tentamos jantar. Eles se lembraram de ter dito a nós que estavam fechados.

Nós. A nós. Fiquei ali, as palavras ecoando em minha mente enquanto Ted me observava em silêncio. Eu não podia deixar que isso tivesse importância. Não podia deixar que isso atrapalhasse.

— Fiz uma lista do que precisamos fazer — falei brevemente.

Ted desviou o olhar.

— Não teve importância, Jenny. Eu estava cansado e tinha bebido. Um lapso idiota. Não tem a menor importância.

Um lapso. Não uma traição nem uma mentira. Depois de vinte anos, havia camadas e camadas de importância naquilo, mas, se eu perdesse o foco, poderia ser sugada para dentro das profundezas da importância.

— Não quero falar sobre nada disso agora — disse.

— Não podemos simplesmente fingir que não aconteceu. — Ele parecia confuso.

— É exatamente o que vou fazer agora. Quando encontrarmos Naomi, lidaremos com isso.

— Você não se importa por eu ter sido infiel? — Ele parecia incrédulo.

— O que você quer, Ted? Um escândalo?

— Bem, seria um tipo natural de... — Ele não soube como terminar.

— Não vou fazer isso. Não temos tempo.

Algo surgiu atrás dos olhos dele. Decepção? Triunfo? Ele deu de ombros e falou depressa.

— Você tem razão. Estamos perdendo tempo. O que temos hoje?

— A srta. Wenham.

— A srta. Wenham?

— A diretora. Temos um horário ao meio-dia.

— Droga. Posterguei minhas consultas para começar ao meio-dia porque tinha que ir à delegacia. — Ele entortou os lábios para baixo e estendeu as mãos. Impotente.

Deixe para lá. Posso cuidar disso.

— Não precisamos ir juntos — disse eu. — Quero ver se alguém na escola pensou em alguma coisa desde que falaram com a polícia; também, fiz quinhentas cópias de sua foto da escola com informações sobre quando ela foi vista pela última vez.

— Pensei que a polícia tivesse feito isso. — Ele franziu o cenho como se tivesse perdido alguma coisa. — Tem uma no poste lá fora. A escola deve ter um monte, claro.

— Não é para esta região — falei. — Estou indo a todos os lados em Bristol: boates, pubs, estação ferroviária, estação de ônibus. Onde houver espaço, vou espalhá-las.

Eu andava pela sala enquanto falava, pegando as fotos, fitas, tachinhas, martelo e pregos.

— Posso ajudar à noite; talvez eu possa sair mais cedo hoje à tarde.

Tive dificuldade de olhar para ele.

— Michael vai comigo.

— O que acha que deveríamos dizer aos meninos?

— Nada.

Ele pareceu aliviado.

— Sério?

— Eles já têm muitas coisas com as quais lidar. Você mesmo disse, nada de importante aconteceu.

Ted saiu e tomei um banho. Deitada na água, meu corpo se acalmou com o calor; imagens terríveis começaram a entrar em minha mente. Naomi suja e desejando o conforto de um banho, seu corpo machucado coberto de terra ou, pior, embaixo dela. Terra nas orelhas e na boca. Se estivesse morta, os olhos estariam abertos? E a boca? Saí depressa da banheira, secando o corpo com a toalha violentamente. Pense em outra coisa, qualquer coisa. Qualquer coisa que ajude. Os meninos estão lidando bem com a situação. Jade está melhorando. Sobreviva, falei ao rosto pálido no espelho. Pense no rosto sorridente de Naomi como estava depois da peça, quando Ted a abraçou. Não era possível que eu não fosse vê-la de novo.

— Sobreviva até lá — sussurrei, sem saber se falava com Naomi ou comigo.

Não me preocupei em vestir um casaco, apesar de ser um dia frio e cinzento de fim de novembro. Na porta da frente, um homem de aparência cansada na casa dos quarenta anos afastou-se do muro do jardim, com o laptop na mão, um olhar cuidadoso de solidariedade no rosto inchado. Ele começou a tirar fotos quando ficou claro que eu não responderia a suas perguntas. Eu me virei e comecei a descer a rua correndo; durante um tempo, ouvi sua respiração atrás de mim. A escola ficava a cinco minutos dali. Ela havia feito isso centenas de vezes. Será que tinha sido observada nas últimas semanas? Apesar de estar entrando em um novo relacionamento, será que alguém a estava seguindo, observando as horas que ela ia e vinha e quando ela costumava ficar sozinha?

A srta. Wenham estava em seu escritório. Uma mulher avantajada na casa dos cinquenta, ela ficou de pé para me receber. Sua aparência nunca mudava: dia de reunião ou informal, os cabelos grisalhos estavam sempre muito bem enrolados. Ela apertou minha mão.

— Dra. Malcolm, sinto muitíssimo. Que época difícil. Nós, da escola, estamos fazendo tudo o que podemos para cooperar com a investigação. — Quando nos sentamos, ela me observou. Não de modo rude, apenas curioso.

— Obrigada. Eu só quis conversar com a senhora para saber se algo ocorreu a algum dos funcionários, ou talvez... — Já percebi que ela não tinha nada de novo para me dizer e senti um cansaço tão grande que mal consegui concluir a frase. — Talvez um dos alunos possa saber de algo e ter dito à senhora desde que a polícia veio ou... — Era inútil.

Ela balançou a cabeça.

— A polícia já veio aqui três vezes. No entanto, a sra. Andrews é ex-professora de Naomi; ela queria conversar com a senhora. — Fez um gesto em direção a uma cadeira. Uma jovem pálida que eu não havia notado antes se levantou e se aproximou de nós.

— Olá, sra. Malcolm. Sou Sally Andrews.

Seus cabelos tinham escapado de uma presilha na lateral da cabeça e caíam em seus olhos. Ela apertou minha mão com fraqueza e sorriu sem jeito.

— Sinto muito pelo... pelo que aconteceu. — Ela corou. — Tenho tentado pensar, desde que a polícia veio. Eles pediram que falássemos se algo fora do comum nos ocorresse. Ontem à noite, me ocorreu. Havia algo diferente em Naomi. — Ela se sentou ao meu lado no sofá.

— Como assim, "diferente"? — perguntei a ela, de forma mais rude do que pretendera.

— Durante cerca de dois meses, ela passou um tanto distraída. Pensei que ela estivesse se sentindo mal, na verdade. Mas ela disse que se sentia bem.

Fiquei em silêncio. Sally Andrews havia notado a gravidez, mas não relacionara uma coisa à outra. Nem eu.

Ela prosseguiu.

— Eu não me preocupei com a distração, sinceramente, mas ela perguntou algo a respeito de sair da escola, o que achei esquisito. — Ela engoliu em seco. — Queria saber se poderia voltar e terminar as provas se saísse antes do fim.

— Antes do fim?

— Pensei que ela se referia a sair antes, logo depois das provas finais. Talvez quisesse dar um tempo. Algumas garotas querem, depois retomam os estudos. Mas, ontem à noite, eu estava no banho quando ouvi falarem sobre Naomi no rádio de novo.

Imaginei seu corpo esguio flutuando na banheira, os cabelos dentro da touca, enquanto o marido andava de um lado a outro.

— Percebi que foi quase como se ela soubesse que partiria antes dos exames finais no próximo verão. É uma daquelas coincidências engraçadas, acredito, mas quando soube que você viria hoje, pensei que deveria lhe dizer o que ela me disse. Só para garantir.

Ela parou de falar, as faces pareciam coradas.

Depois de cumprimentá-la novamente e agradecer a ambas, fui embora. A caminho de casa, senti vontade de correr. Talvez Naomi tivesse planejado tudo. Podia ter economizado dinheiro durante semanas e decidido o que fazer em relação às provas que poderia perder. Se tivesse partido por vontade própria, tudo mudava. Estaria bem. Voltaria.

Quando Michael foi me buscar, pareceu surpreso ao me ver pronta na cozinha, maquiada e com o bolo de fotos na mão.

— Pronta? — perguntou ele.

Assenti e saímos juntos. Não havia sinal de desconforto quando ele abriu a porta do carro para mim; estava claro que ele havia deixado de lado aquele beijo com facilidade. Podia ser por já ter feito aquilo antes e saber se comportar como se nada tivesse acontecido?

Contei a ele o que Sally Andrews dissera. Percebi que ele analisava com cuidado o significado das palavras.

— Naomi estava grávida — disse ele. — Estava pensando à frente. Com o bebê, ela precisaria de tempo fora e possivelmente perderia as provas de fim de curso. Acho que ela queria saber se ela poderia fazer os exames depois.

A esperança que eu havia sentido começava a se esvair.

— Ela não me parece o tipo de garota que causaria tanto sofrimento aos pais. Se isso foi planejado, ela já teria avisado vocês. — Ele olhou para mim. — Desculpe, Jenny.

Será que teria, mesmo? As ruas passavam enquanto eu olhava pela janela do carro, cheias de pessoas que não eram Naomi. Enquanto eu as observava andando pela calçada, vivas e bem, percebi que eu não a havia perdido agora. Talvez eu já a tivesse perdido muito antes de ela ter desaparecido e não fazia mais ideia de quem ela era.

# 21

*Dorset, 2010*
*Treze meses depois*

*Porque um menino nos nasceu,*
*um filho nos foi dado...*
Isaías 9:6

As vozes animadas da manhã escapam pelas janelas de pedras cinza e vitrais, flutuando acima de túmulos cobertos de liquens. É estranho que todo mundo fique feliz por Jesus ter nascido quando sabem como a história termina. Certamente sabem que, se a garota no estábulo soubesse o que aconteceria a seu bebê, ficaria arrasada.

O nascimento de Naomi por meio de uma cesárea tinha sido muito fácil em comparação à angústia física de empurrar os meninos para fora; parecera uma traição. Ela foi erguida e a entregaram a mim para que a segurasse, cheia de sangue e quente contra a minha pele. Ela olhou calmamente meu rosto, os olhos azul-escuros muito sérios, como se me reconhecesse. E não queria soltá-la, mas eles a embrulharam e Ted a segurou na sala aquecida de parto, tranquila, enquanto eu recebia os pontos. Eles pareciam totalmente concentrados um no outro.

Bertie cheira a parede da igreja e ergue a pata. Desce o caminho de pedras com a cabeça próxima do chão e eu o sigo lentamente. Eu estava com muito sono para esperar os meninos voltarem do bar ontem à noite, mas mesmo depois de ter ido dormir cedo, estou cansada. O caminho nos leva à praia. A história no vilarejo é de que esse pequeno caminho é uma antiga trilha de saqueadores. À noite, algumas pessoas dizem, dá para ouvir passos de botas no chão de pedras e cavalos relinchando, os ecos de palavrões e o ruído de carroças levando barris de rum. Hoje cedo, só ouvimos o delicado rachar do gelo da neve sob nossos pés. Um faisão macho se sobressalta na sebe com um pio estridente de susto. A música de Händel desaparece atrás de nós enquanto sigo Bertie mais além no caminho.

Saímos no seixo; o mar está agitado com uma espuma amarela. Não há mais ninguém na praia. Conforme o sol nasce, pontos de luz se alteram e brilham na água; se semicerro os olhos, consigo quase deixá-los como as luzes da cidade que pareciam mais acesas na primeira noite de Naomi. O psicólogo dissera para deixar algumas lembranças como se estivessem envolvidas em papel, para quando me sentisse forte o bastante. Eu me sinto forte o bastante agora. Eu lembro como a paisagem da cidade se espalhava feito uma tela brilhante à minha frente. De onde eu ficava na frente da janela no hospital, mesmo à meia-noite, cintilava de luz, mágica e misteriosa. Eu sabia que as estradas eram tomadas pelo trânsito e haveria vômito na calçada, cocô de pombos e lixo espalhado. Mas, da distância da maternidade no quarto andar, as ruas pareciam imaculadas e jubilosas. À distância, a Ponte Pênsil de Clifton era tomada pelas luzes, como velas de aniversário numa sala escura. A cabeça dela era cerosa sob meus lábios, e os cabelos se pareciam com penas úmidas. Eu havia me sentado numa cadeira perto da janela e me retraía quando sentia os pontos se esticando na pele macia. Naomi havia se remexido e choramingado. Eu havia guiado sua cabeça com cuidado, enfiando o mamilo em sua boca. Enquanto eu a alimentava, eu me sentia tão ligada a ela como se ainda estivesse dentro de mim. Ted havia ido para casa dormir. Eu o imaginei de barriga para baixo, cabeça virada para o meu lado da cama, um braço sobre o meu travesseiro. Ele estaria roncando pacificamente, e eu me lembro de ter sorrido enquanto a aconchegava sobre meu ombro, seu calor alcançando meu coração.

A neve havia começado de novo; hora de ir para casa. Olho ao redor, esperando que Bertie estivesse logo atrás. Ele não está ali. Sei que ele desceu para a praia. A maré está alta e forte. Em poucos momentos, as ondas se tornaram sinistras — onde ele está? Grito seu nome sem parar, mas minha voz é rebatida pelo vento; corro para a praia, meio mancando no seixo. Ele deve ter começado a subir o caminho para casa; eu o vejo escondido atrás de um barco. Está deitado, tremendo; uma onda deve tê-lo pegado. Meus braços se esforçam para erguê-lo. Ele está ensopado e escapa de minhas mãos de um modo desajeitado, balançando o rabo.

— Estúpido! Cachorro estúpido! — Encosto o rosto em sua cabeça molhada e sedosa. — Não faça mais isso.

De volta à casa, todo mundo está acordado. O fogo está alto. Respiro fundo e sinto o cheiro de café e pão enquanto seco Bertie com uma toalha. Sam está usando meu avental, e há uma máquina brilhante de *waffles* na mesa com um laço vermelho em cima.

— Seu presente — diz ele. — Queria dar algo para você saborear.

Havia *waffles* dourados e crocantes na placa. O sorriso dele tem dentes brancos e simpatia. A tensão de nosso encontro ontem passou e sinto que o estou conhecendo direito agora.

Ed vem da sala de estar, mas evita olhar para mim. Ele provavelmente está feliz por eu ter ido para a cama cedo; assim, não teve que me confrontar de novo ontem. Ele pega um *waffle* e o come inteiro. Está mais magro do que eu tinha percebido.

— Quando o papai volta? — pergunta ele.

— Ele enviou uma mensagem ontem. Não virá... disse que não conseguiu voltar. Acredito que seja algum problema com os voos.

— Eu sabia. Eu disse que ele estava de férias.

Ele se senta. Sam, fazendo mais mistura de *waffle*, toca o ombro dele brevemente.

— É culpa daquela mulher, não é? — Ed está olhando para mim.

— Que mulher? — Olho para ele, confusa. Ele está culpando a secretária de Ed pelos voos cancelados?

— Ah, pelo amor de Deus, mãe. Não precisa fingir para mim. Eu sei.

— Sabe o quê?

— Sobre a Beth, claro. Eles foram me ver para se despedirem antes de irem para a África do Sul. Aposto que foi decisão dela. Provavelmente ela quis ficar lá, fazendo um safári ou coisa assim.

O nome dela parecia bem habitual na boca de Ed. Ted só havia falado uma vez. Ele havia chamado o fato de lapso e eu decidira acreditar.

A cozinha fica em silêncio. Percebo que Sam olha para mim depressa. Eu me esforço para manter o rosto calmo.

— Ele prefere ficar com ela. Claro — diz Ed brevemente.

— Pode não ser isso. — Pego uma cadeira e me sento. — Talvez ele esteja preso em algum lugar.

— Pare de protegê-lo. — Ed dá de ombros. — Quer dizer, quem se importa? Por que isso importa, na verdade?

Ele está errado, não estou protegendo Ted, estou protegendo a mim mesma. Pensei que o voo dele tivesse sido cancelado. Que tola. Olho ao redor, na sala. Minha mente analisa os pontos altos. Os meninos. Michael, Bertie. Meus quadros. A casa na praia. Mary e Dan. Theo se aproxima e beija a mim e a Sam.

— Não ouse me beijar — diz Ed ao irmão, cobrindo a cabeça com as duas mãos.

— Não se preocupe, não vou pôr a mão em sua cabeça cheia de piolhos. — Theo estende o braço e pega um *waffle*. — Estes *waffles* parecem ótimos.

— O papai não vem — diz Ed a ele.

— O quê? — Theo responde casualmente, com a boca cheia.

— Está se divertindo na África com a namorada dele.

— Namorada? — Theo para de mastigar. — Que namorada? — Ele se vira e olha para mim.

— A mamãe não tem problema com isso — responde Ed. — Então, quem liga?

— E isso quer dizer ... — Sam coloca mais dois *waffles* na pilha — que sobram mais *waffles* para nós. — Ele ri.

Graças a Deus por Sam. Passo a amá-lo naquele minuto. Theo me vê sorrir e sorri com incerteza; no momento de silêncio, Sophie aparece, de blusa vermelha e laranja. Olha para mim, conferindo como estou.

— Feliz Natal — diz ela.

Sam nos leva à sala de estar, para diante da lareira acesa e abre uma das garrafas de champanhe que trouxe; a rolha bate no teto e o líquido espirra em sua manga quando ele tenta encher as taças. Entrega a primeira taça a mim.

— Pela coragem — diz ele. Seus olhos castanhos são gentis.

Sorrio para ele e ergo a taça.

— Coragem.

— Sim, mãe. Você tem que ser corajosa para nos receber no Natal — diz Theo.

Corajosa? Eles estão me salvando. Olho para fora depressa. No jardim, alguém — Theo? Sophie? — espalhou migalhas em cima do muro mais distante. Os pássaros são pequenos triângulos virados para baixo se refestelando, voando para cima e para baixo, procurando um lugar. Uma imagem forte vem a minha mente. Nossa lua de mel. Uma tenda no Serengeti. Pássaros voando ao nosso redor durante as refeições. Ao lado de nossa mesa, disputando as migalhas. Ted me abraçando. Nós nos abraçávamos o tempo todo. Calor, sexo e felicidade. O cheiro de lona quente. Minha pele se arrepia. Eles estão juntos há um ano. Não foi um lapso de uma vez. Estão comemorando na África.

— Mãe, estamos esperando para abrir nossos presentes.

Ele nunca deixou de vê-la. Mentiu o tempo todo.

— Ed, espere a mamãe.

Como eu tinha sido estúpida por acreditar. Os sinais estavam todos presentes, mas eu havia me recusado a vê-los e, quando fecho os olhos, parece que estou sentindo um cheiro fraco de lavanda.

— Veja, mãe.

Abro os olhos.

Theo e Sam trouxeram um pacote enorme e fino do carro e o colocaram encostado na parede. Theo pega a tesoura na gaveta da cozinha e a entrega a mim, mas mantém uma das mãos no pacote.

— Pensando bem, mãe, pode ser que queira esperar para abrir este.

— Esperar? De jeito nenhum. — Preciso me concentrar no que é importante agora. O cheiro de lavanda desaparece por baixo do cheiro mais forte de lenha de macieira ao fogo e do pinheiro de Natal. Deve ser uma das fotos de Theo em Nova York, talvez, ou de Sam. Theo e Sam num cenário de Nova York.

Começo a cortar o papel.

— É a Naomi, mãe. — Theo parece tenso.

Puxo o resto do papel.

Todas as fotos são de Naomi. Há uma grande no meio, tirada pela escola para a peça *Amor, sublime amor*. Ela devia estar grávida quando foi fotografada. Sua pele está luminosa. Há pelo menos uma centena de outras fotos dela, formas e tamanhos diferentes. Vejo a Naomi de três anos nas costas de Ted, cinco anos com uma franja torta que ela mesma havia cortado, aos dez, com aparelho, acenando dos galhos de nossas árvores, aos doze com um taco de hóquei e Nikita, rindo.

— Theo... — Não consigo continuar.

— Sinto muito, mãe. — Ele parece penalizado.

Sam diz baixinho:

— Eu avisei. Vamos tirar isto daqui.

Ele se abaixa para levantar a moldura pesada.

— Espere. É lindo. Não o leve embora. Deixe-o aqui na parede. — Aponto o local. — Vou pendurá-lo ao lado da poltrona do vovô. Assim, vou vê-lo todos os dias quando me sentar aqui. Poderei admirá-la um pouco por vez.

— Encontrei todas essas fotos quando fui esvaziar o loft com o papai. — Theo parece mais feliz agora. — Queria tê-las entregado a você antes, mas pensei que seria melhor esperar. Mas provavelmente não deveria ter feito isso ainda.

— É um presente perfeito.

Ed coloca mais lenha na lareira. Sam insistiu em preparar a ceia de Natal. Trouxe pão de milho dos Estados Unidos e em algum lugar encontrou mirtilo e recheios. Theo e Sophie entram na cozinha também; eles não me deixam entrar.

— Queremos que você descanse. — Sophie sorri timidamente e fecha a porta.

Ed está deitado ao lado da lareira, com um cotovelo apoiado no chão, a mão segurando a cabeça, lendo um de seus novos livros. Seu corpo está relaxado, como se tivesse dito o que precisava dizer no dia anterior. Observo seus olhos se moverem de um lado a outro. Talvez um dia ele veja que não foi fácil, e talvez seja só o que posso esperar que aconteça.

Ouço uma batida baixa na porta. Ed se levanta e vai para o corredor. Faz-se uma leve pausa, nesse momento.

— Oi. Sua árvore ficou ótima. Quer ver?

— Não... eu... só queria dizer que minha vó disse que estamos sem lenha... podemos pegar emprestado... — A voz de Dan, hesitante, esperançosa.

A porta da cozinha se abre; de onde estou, vejo Sam sair e entregar uma taça de champanhe a Dan.

— Não se pode visitar alguém no Natal e não entrar para tomar alguma coisa — diz ele com simpatia.

Dan entra, tira os sapatos. Olha para mim, com o olhar questionador. Sorrio e ergo a taça. Ele está usando o capuz de novo e a calça jeans escorrega de seu quadril. Ele parece estar com frio, como se tivesse passado algum tempo do lado de fora.

Dan entra com ele na cozinha. Em pouco tempo, vejo Theo no jardim enchendo o carrinho de mão com lenha e empurrando-o pela porta lateral para levá-lo à casa de Mary. Ela vai perceber que Dan está fugindo de ter que comer com a família e inventará desculpas por ele.

Na cozinha, quase não sobra espaço quando estamos reunidos. Na mesa, há ramos bentos entre as velas. Sophie deu comida a Bertie, que está sentado aos pés dela. Sam coloca um prato fumegante com fatias de peru, recheio e molho na frente de Dan, que parece pouco confortável.

— Eu não...

Theo interrompe.

— Queríamos conhecer você. Nossa mãe nos contou que você usou os galhos da velha macieira. Tirei algumas fotos da minha irmã, certa vez, e os galhos ao redor dela eram como aqueles que a mamãe disse que você usou para suas esculturas de madeira.

Irmã. Minha irmã. Há meses não ouço essas palavras. Elas fazem parecer que Naomi ainda está aqui. Ed olha para mim. Está abraçando Sophie, e ergue a taça. Olha para mim. Seus olhos estão atentos, mas não como antes.

### *Bristol, 2009*
### *Oito dias depois*

Os olhos de Ed me assustaram.

Eu havia acordado aquela manhã pensando que fazia uma semana e um dia desde que Naomi desaparecera. As coisas já deveriam ter retomado certo ritmo. Mas não, tudo parecia ter ficado mais lento. Eu estava só esperando. Pior, estava presa, imobilizada pelo medo.

— Chega — disse no silêncio ao afastar o edredom. — Chega. — Hoje seria diferente.

Ted já tinha ido trabalhar. Theo também havia saído cedo.

Havia um bilhete na mesa para dizer que ele saíra para organizar os materiais para o exame da bolsa de estudos. Ele havia se inscrito para um curso de fotografia na New York Film Academy no ano seguinte; a bolsa de estudos podia ser decisiva, mas eu havia esquecido que era hoje. Normalmente, eu teria preparado um bom café da manhã para ele. Teríamos falado sobre atitudes e técnicas, e eu lhe desejaria boa sorte. A culpa me corroía por dentro; eu estava deixando tudo passar. Ed desceu enquanto eu fazia café. Sentou-se à mesa e, quando passei por ele, senti aquele cheiro ruim de novo.

— Então, sexta-feira — disse, enquanto tentava me lembrar de sua rotina. — Treino de remo? — Anya me dissera que o kit dele estava no chão do banheiro. Encharcado, havia dias.

Ele apoiou as duas mãos na mesa e empurrou a cadeira para trás com tanta força e rapidez que tive que me afastar. Ele olhou para mim enquanto se levantava e foi quando percebi a fúria em seus olhos.

— Não sou criança, porra — disse ele antes de bater a porta.

Anya entrou em silêncio. Ela havia trazido um cíclame rosa-claro e o colocou num vaso sobre a mesa, assentindo para mim. Eu sabia que aquilo era para me alegrar. Por um momento, minha atenção se voltou para as pétalas cremosas com as bordas afiadas das folhas. As flores combinavam com doença, morte e túmulos, mas aquelas eram cor-de-rosa, como as do meu casamento.

— Obrigada, Anya, elas são lindas.

Ela sorriu enquanto começava a limpar a mesa. A presença de qualquer pessoa teria sido uma invasão, mas os movimentos cuidadosos dela eram um bálsamo. Sem ela, a casa já estaria tomada pela sujeira. Ed estava sofrendo como todos nós. Era pior para ele. Por mais que disséssemos que não tinha sido sua culpa, eu sabia que ele se culpava.

Encontrei uma folha branca de cartolina tamanho A3 atrás de minha mesa; Theo havia comprado mais do que precisava para seu projeto de arte. Escrevi "Naomi" no meio com hidrocor azul e desenhei uma série de círculos concêntricos cada vez maiores ao redor de seu nome: o primeiro para a família, o segundo para a escola. Escrevi o nome de Nikita ali e o marquei porque ela já tinha sido interrogada pela polícia. James, mais uma marca. Professores: Sally Andrews, srta. Wenham. Marquei, marquei, marquei. E os outros professores? Sra. Mears, a professora de teatro que havia pedido demissão? Precisava perguntar a Michael.

Fiz mais um círculo para as pessoas que víamos com frequência, mas não todos os dias. Anya? O marido de Anya. Olhei para ela varrendo o chão em silêncio. Ela percebeu que eu olhava e sorriu. Coloquei um ponto de interrogação ao lado do marido de Anya, para lembrar de perguntar a Michael se ele tinha sido interrogado.

Os vizinhos entraram nesse círculo também. A sra. Moore, vizinha da frente, Harold, seu filho, aquela figura escondida na janela. Michael devia ter checado, mas coloquei um ponto de exclamação ao lado, para garantir.

O que mais? A peça. Todo mundo que havia trabalhado no teatro. Pessoal da recepção. Michael tinha conferido?

Ouvi uma exclamação repentina de dor. A vassoura caiu no chão.

— Você está bem, Anya?

— Bati o dedo em sua maleta de médica. Não a vi ali... está num lugar novo.

— Desculpe. Coloque-a embaixo do banco. Alguém deve tê-la tirado dali sem querer.

Maleta de médica. Trabalho. Mais um círculo. Colegas e pacientes. Se eu voltasse, algo podia aparecer. Frank dissera para eu ficar fora enquanto precisasse, mas já parecia tempo demais. Eu queria fazer alguma coisa. Até escrever esse cartaz era fazer alguma coisa.

Mostrei o papel a Michael quando ele apareceu, perto do meio-dia. Fiquei tentando imaginar como era entrar nessa casa e se ele sentia o cheiro do pesar desde a porta. Ele tirou a jaqueta e arregaçou as mangas; seus braços eram fortes. Algo em seu rosto calmo e os olhos acinzentados e focados me fazia pensar em soldados antes de uma batalha.

Ele assoviou admirado.

— Isso parece um quadro de investigação feito por um profissional. E todos esses pontos de interrogação?

Ao entregar a ele uma xícara de café, senti vontade de rir.

— A coisa toda é um grande ponto de interrogação.

Ele se inclinou para ver mais de perto.

— Algumas perguntas já foram respondidas; podemos eliminá-las agora. Como a escola — disse ele.

— A sra. Mears?

— Sim. O álibi dela foi confirmado. Tinha referências e registros exemplares. Como todos os professores da escola.

— E os outros funcionários?

— Checamos. Todos os funcionários de limpeza, jardineiros, zeladores, cozinheiros e serventes. A recepcionista e o pessoal do teatro da escola. Todos foram interrogados e os álibis foram comprovados.

Ele andava ocupado. Era bom, claro, mas senti o coração apertado. Pensei que eu estava sendo útil, fazendo algo que pudesse nos colocar mais perto dela. Na verdade, eu estava atrasada.

— Certo. Tem meu trabalho — disse. — Devemos checar por lá?

— Interrogamos seus colegas. Eles falaram sobre Jeff Price também, mas ele estava no hospital com a Jade, como você disse.

Falei mais baixo.

— O marido da Anya?

— Interrogado. Álibi comprovado. Você nos deu muitas dessas informações na primeira noite.

Meu otimismo estava indo embora. O que havia acontecido com a minha memória? Só conseguia me lembrar de ter pedido à polícia para encontrá-la. Implorando e chorando.

Olhei para meu quadro de novo.

— E os vizinhos?

— Terminei ontem, a última foi a sra. Moore — disse ele.

— O que Harold disse?

— Ele não estava lá. — Michael bebericou o café. — Ela me disse para não voltar, porque parece que ele não se comunica bem.

— Ele nunca sai e tenho certeza de que ele consegue se comunicar. Ela o está protegendo. — Imaginei a mulher baixinha, de costas para a porta fechada do quarto onde havia escondido o filho. Eu me inclinei para a frente depressa. — Ele está sempre olhando pela janela. Deve ter visto algo...

— Precisamos ver se ele pode nos dizer algo. — Michael ficou de pé. — Quer ir comigo? Poderia ser útil, mas, se eu tiver que interrogá-lo com perguntas mais complexas, você terá que sair.

Peguei várias cópias da foto de Naomi da pilha ao lado do meu computador. Enquanto atravessávamos a rua, Michael parou e caminhou até a van branca estacionada perto de nossa casa. Ele abriu a porta e falou alto, mas não consegui entender o que disse. Não precisava ter se incomodado. Eu não me importava com os jornalistas; eles não tinham espaço no terror que tomava todos os meus minutos. Ted os odiava.

A sra. Moore abriu a porta depois de alguns minutos. Usava um avental amarrado na cintura. Seu rosto ficou sério quando nos viu.

— Já disse o que tinha a dizer. — Ela meneou a cabeça de modo acusatório a Michael. — Disse ontem.

— E Harold? — Tentei falar com delicadeza. — Ele poderia ajudar, sra. Moore. Ele fica na janela. Dá para ver o teatro dali.

— Ele está jantando.

— Se pudermos dar uma palavrinha... — disse Michael, com a voz baixa. — Não precisa ser nada demorado.

No corredor escuro, havia um espelho. A sra. Moore nos levou a uma cozinha grande e imaculadamente organizada.

Harold não estava comendo, estava desenhando. Um prato com um sanduíche comido pela metade tinha sido empurrado para o lado. Usava uma camiseta de mangas curtas e listrada, muito justa em suas costas curvadas; os braços nus eram rechonchudos e cheios de verrugas. Ele respirava ofegante, a língua para fora enquanto pintava. Uma caixa de giz de cera estava aberta sobre a mesa, ao lado de uma pilha de desenhos. Estavam todos manchados com cera azul. Michael pegou um desenho, e Harold o arrancou da mão dele.

Eu me agachei ao lado da cadeira de Harold e mostrei a ele a foto.

— Esta é uma foto de Naomi, Harold. Você conhece a Naomi.

De perto, seu rosto era totalmente sério, ele não sorria nem franzia o cenho.

— Foi embora — disse ele.

— Ah. — Michael se virou para a sra. Moore.

— Ele sabe isso por causa da TV — disse ela com seriedade. — E ouviu você falando ontem. Não queria que ele se envolvesse. Disse para ele ficar quieto no quarto ao lado quando você veio da última vez. Ele não sabe de nada.

— É isso mesmo, Harold? — Michael perguntou com delicadeza. — Ou tem alguma coisa que você pode nos dizer?

Harold olhou para ele inexpressivo. Começou a rabiscar com o giz azul. Eu me levantei e esperamos um momento olhando para ele, relutantes em sair.

— Bem, se lembrar alguma coisa, por favor, conte para nós — disse Michael.

Do lado de fora, a van tinha partido. Michael sorriu. Na minha cozinha, ele fez algumas anotações enquanto eu telefonava para Frank, aliviada por ouvir a mensagem da secretária eletrônica; significava que eu não tinha que responder perguntas a respeito de meu estado atual. Deixei uma mensagem breve; talvez eles precisassem de ajuda; o inverno era sempre uma época em que muitas pessoas iam à clínica. Eu ainda estava ao lado do telefone quando ouvi uma batida forte na porta. Michael, pegando as coisas para ir embora, foi atender.

Harold estava do lado de fora com uma folha de papel embaixo do braço.

— Naomi — disse ele. — Naomi.

A sra. Moore apareceu ofegante atrás dele.

— Harold não me esperou. Parece que ele tem algo a dizer para vocês, afinal.

Harold colocou os desenhos em cima da mesa. Eram cerca de vinte feitos com giz de cera azul. Todos tinham uma forma meio quadrada com uma protuberância oblonga aparecendo ao lado. Ele apontou a forma.

— Caminhão — disse ele.

Michael procurou na pilha e pegou um no qual a forma azul ficava na frente de um quadrado bem marcado.

— Este é o teatro — disse a sra. Moore. — Depois que vocês saíram, ele começou a falar de sua filha.

Um caminhão azul na frente do teatro? Tentei pensar desesperadamente. Eu tinha visto um caminhão ou mesmo um carro azul? Alguma vez na vida? Talvez houvesse um, sujo de lama, um cachorro pequeno com o focinho aparecendo na fresta da janela do banco de trás? Ou tinha sido uma Mercedes azul-escura e grande...? Podia ser qualquer um, ou algo inventado totalmente, por sugestão.

Harold tinha um pedaço de papel amassado na mão. Ele o empurrava no desenho do caminhão azul. Havia suor acima de seu lábio superior. A lâmina de barbear não tinha retirado alguns fios perto da orelha direita e mais um pouco na dobra de seu queixo. Ele estava ficando bravo.

— Obrigado, Harold — disse Michael. — É muito gentil de sua parte nos ajudar a encontrar Naomi.

Harold ficou olhando para ele. Michael tirou o papel de sua mão com cuidado e o abriu na mesa. Era a foto de Naomi.

— Obrigado — disse Michael de novo. — Ajudou muito. Você ajudou mais do que qualquer outra pessoa.

Depois que eles se foram, olhei para Michael.

— Isso pode ser importante.

— Talvez — respondeu ele. Olhou para o desenho de novo. — Essa forma retangular grudada no quadrado faz mais parecer uma picape.

Virando-se para mim, a preocupação alterou sua expressão. Eu sabia o que ele estava vendo: meu rosto exausto, cabelos sem viço, olhos vermelhos. A magreza.

— Você está...

— Não me diga que estou péssima. Não importa porra nenhuma. — Ele fez uma cara de susto, e eu ri, ri de verdade. — Se você soubesse como não me importo com minha aparência.

— Mas os meninos se importam — disse ele. — Ted se importa. Sua aparência faz parte de como você se mantém forte.

Eu sabia que isso fazia sentido, mas era quase impossível pensar na minha aparência quando minha mente estava tomada por Naomi, como ela estava quando a vi pela última vez, como poderia estar agora.

Toquei o braço de Michael.

— Você acha que vai ajudar, esse veículo azul?

— Pode ser que ajude. — Ele sorriu para mim . — Há muitas picapes azuis por aí, mas é mais uma informação. Mais um fio. É assim que fazemos, está vendo? Desembaraçamos os fios, um por vez.

Quando Theo voltou para casa, parecia arrasado. Acreditava ter se saído mal na prova da bolsa de estudos. Mudou de ideia muitas vezes e acabou correndo para terminar. Jantamos juntos. Ed chegou um pouco depois. Voltava cada vez mais tarde agora, e frequentemente ficava na biblioteca até a hora de fechar. Não queria comer, pois tinha comido na escola.

Em algum momento depois do jantar, vi Theo deitado na cama, falando ao telefone; ele sorria para mim mais alegremente. Ed havia deixado a porta aberta; adormecera na cama com as roupas com que tinha vindo da rua. Tirei os sapatos dele e o cobri com um cobertor. Quando me virei para sair, a luz do corredor iluminou um monte de notas no criado-mudo. Observei de perto. Havia notas de dez e vinte libras num maço bem-feito, talvez trezentas libras, no total. O que ele estava fazendo com esse dinheiro? De onde surgira? Ted transferia a mesada dos meninos de sua conta pela internet; era pouco provável que o dinheiro fosse dele. Será que Ed andava trabalhando em segredo em algum lugar? Talvez, todas as noites em que pensei que ele estivesse estudando na escola, ele estava trabalhando num bar para ganhar dinheiro. Por que não havia nos contado? Estaria economizando para nos dar, tentando se desculpar por não ter esperado Naomi no teatro? Pensar nisso apertou meu coração. Senti vontade de acordá-lo e perguntar, mas, mesmo dormindo, ele parecia exausto. Teria que esperar até a manhã. Saí na ponta dos pés e fechei a porta.

# 22

*Dorset, 2010*
*Treze meses depois*

O ar dentro do estúdio cheirava mal depois do Natal. Há fezes de rato espalhadas sobre a folha de papel que deixei sobre a mesa, e os bastões de giz têm marcas de dentinhos. Meus pés pisam na terra que foi soprada pelo vento e entrou pela fresta embaixo da porta. Fecho a porta de novo e volto para dentro da casa.

Nas manhãs em que a luz ainda está acinzentada, eu vago pela casa nesse período vazio entre o Natal e o ano-novo. De olhos fechados, consigo sentir exatamente onde estou. O ar parece diferente ao redor da poltrona azul, da madeira sedosa da mesa, da pilha de livros. Tocar a mobília familiar é como tocar minha própria pele. Olho para as fotos da montagem de Theo, uma de cada vez. Hoje, é a do bebê no berço, olhos sérios, olhando para as sombras dos galhos da cerejeira lançadas contra o teto. A foto capta uma mão gordinha esticada para tentar tocar a sombra das folhas de dentro de seu berço.

Sinto saudade dos meninos e de Michael; ele havia decidido trabalhar quando pensamos que Ted estaria em minha casa no Natal, apesar de saber que nos separamos. Liga todas as noites, nunca durante o dia; nosso relacionamento ainda não é do conhecimento de seus colegas. Não sei o que aconteceria se descobrissem. Sinto falta dele, meu corpo sente falta do dele. Eu me surpreendo desejando estar com ele. Nos momentos de maior insegurança, fico tentando imaginar se ele sabe disso, se quer conseguir fazer com que eu sinta sua falta quando se ausenta. Poderia estar fazendo um jogo? Ele já atravessou um limite para fazer amor — isso deveria fazer com que eu confiasse mais ou menos em suas intenções?

Ed voltou para a unidade. Está planejando ficar mais alguns meses, mas não entrou em detalhes. Também não falou mais comigo sobre o que sente, mas Sophie me abraçou quando eles partiram. As palavras dele ecoam em minha mente, e eu as reviro cada vez mais até sentir que ficarei maluca; eu troquei a vida de Naomi pela minha? Agora que tenho todo o espaço e o tempo que sempre quis, eu trocaria tudo para ter um segundo com ela.

Theo telefona.

— É muito bom estar em casa de novo. — É ridículo eu me sentir triste com isso. — Acho que poderia viver aqui para sempre. — Enquanto ele fala, ouço o tilintar de garrafas e a voz de Sam cantando *Carmen* ao fundo. Antes, eu achava que o relacionamento de Theo e Sam seria algo que demoraria a ser assimilado por nós, causando uma mudança no rumo tranquilo de nossas vidas e nas ideias que sustentávamos. Mas, em vez disso, ele ganhou seu espaço sem dificuldade.

Depois do telefonema de Theo, tento ir ao estúdio de novo e tiro os tubos finos de tinta a óleo da caixa, em um monte sobre a mesa. Ultramarino francês, vermelho indiano, amarelo Nápoles, uma geografia completa de cores. Theo disse para sempre; é até onde conseguimos ver antes de nos ferirmos, apesar de, obviamente, ele já ter se ferido. Não, vai além disso; é até onde podemos imaginar, e isso se estende a todos os lugares e pessoas que você acha que sempre existirão. Mas nada dura. Nem os lugares, nem as pessoas, nem o amor, nem a vida dos filhos. A perda sim, e eu começo a traçar retas grossas com o carvão de Sophie. No começo, eu não sabia como lidaria com as horas, depois com os dias, as semanas, os meses e o para sempre, pois o peso da ausência dela nunca diminuiria. Enquanto trabalho, pedacinhos escuros se soltam dos bastões, e eu os sopro para longe. Os meninos não falam muito sobre Naomi. O espaço entre eles está tomado por ela, mas a vida deles foi além da dela. A minha, não. Só perdurei, só isso.

Cruzo as linhas verticais com barras horizontais para formar uma grade, pensando nas cores que devo colocar entre as linhas, fortes, contornadas pela escuridão, mas não manchadas por ela; esses espaços representarão a vida dos meninos. Caminho em círculos pequenos dentro do estúdio, tentando pensar numa cor para eles, uma que tenha um toque claro, mas que tenha outros mais escuros por dentro. É difícil pensar num pigmento que tenha luz e sombra ao mesmo tempo, talvez um laranja-canela forte. Preciso de mais cores. Imagino a areia de um deserto que tenha sido destilada pelo vento e pelo calor. Lembro-me dos quadros bizantinos escondidos nas telas de Göreme, na Capadócia. Os afrescos nas paredes pareciam iluminados pelo sol mesmo nas cavernas mais profundas. Tinham um brilho forte e esperançoso que também era sombrio. Experimento com pinceladas de tinta a óleo em minha tela. Amarelo cádmio, cádmio pálido? Tem algo faltando. Branco? Vermelho? Laranja? Deixo o pincel de lado para esperar até conseguir pegá-lo em outro ponto. O pôr do sol ou a gema de um ovo, talvez.

Quando me viro para sair, meus dedos derrubam um monte de gravetos de cima do banco. Devo ter parado para ver um quadro antes de acender a lareira, e deixei aqueles gravetos ali, por engano. Eu os apanho, puxo um dos maiores e o giro em meus dedos. A madeira é marrom-acinzentada, há pequenos nós onde as folhas do ano que vem teriam se formado, a casca tem pontinhos e está soltando em alguns pontos, e a ponta é amassada e dividida como se tivesse sido mastigada, com pontas esgarçadas como dedinhos finos. Faço um esboço do graveto, depois outro, mais cuidadoso, maior, e depois um ainda maior. Formas e formatos, esperando que se transformem em outra coisa; a ideia de um grande quadro começa a se formar, um ciclo da vida, um tríptico. Uma animação nada familiar começa a crescer, tão leve e distante que tenho medo de estragá-la pensando nela; eu me concentro nos brotos delicados e não formados.

Depois de uma hora, minhas mãos começam a tremer de frio e tenho que parar de desenhar. Dentro de casa, a animação foi embora. Nos cômodos vazios, a escuridão se condensa ao meu redor, o peso familiar da tristeza é tamanho que não consigo me mexer. Quando a campainha toca, mal consigo andar até a porta. Dan está ali, com olhos sérios, encolhido dentro do casaco.

— Não fique aí, parado. — Saio e o puxo pela manga. — Entre. Esperava que alguém ligasse, e aqui está você.

Ele passa por mim, olhando para baixo, repentinamente tímido.

— É bom vê-lo — digo a ele, pegando seu casaco. — Está tudo muito silencioso desde o Natal.

— Você está bem? — Ele olha com intensidade para mim, e os olhos verdes analisam meu rosto.

— Claro que estou. — Meu sorriso falha sob seu olhar. — Bem, talvez não exatamente bem...

Acredito que ele saiba sobre Naomi por Mary, apesar de eu nunca ter dito a ela. Enquanto ele fica ali, parece estar esperando mais, e um pouco de minha determinação diminui.

— Talvez seja a época do ano, mas é o segundo Natal que passo sem minha filha. Parece que ela está se distanciando cada vez mais. Fico pensando como será no terceiro e no quarto...

Ele cora.

— Eu poderia ficar se quiser... Quer que eu fique?

— Você jantou?

— Bom, não, mas...

— Então, fique. Peru ao curry? Pode desfiar a carne se quiser ajudar.

Ele entra, se senta à mesa. Dou a ele uma taça de vinho. Ele tira o casaco e arregaça as mangas quando pego a enorme carcaça da geladeira. Apesar de ser inverno, os braços dele estão morenos por trabalhar no jardim de Mary.

— Belo bronzeado. — Enquanto pego temperos e a pasta de curry no armário, percebo que ele cora; Ed costumava ficar com vergonha com a mesma facilidade. Eu deveria saber e não fazer isso. — Como a decisão está indo?

Ele desfia com cuidado, a carne vai caindo na tábua.

— Estou pensando em ir embora por um tempo. — Olho para ele, surpresa. — Pois é. — Ele olha para baixo. — Economizei um dinheiro. O Theo me contou sobre um curso de arte em Nova York, mais barato que o daqui, até. Eu me inscrevi para os módulos de esculturas.

— Que ótimo, Dan. Onde vai ficar?

— O Sam disse que eu poderia dormir num colchão na casa deles.

— Fantástico. Faça isso. — Encho a taça dele de novo e encosto a minha na dele. — Como acabou se decidindo?

O arroz borbulha e viro a carne de peru que ele desfiou dentro do molho fervente. A cozinha está aquecida e lembra um lar de novo, como se Theo ou Ed estivessem aqui. Enquanto comemos, ele conta sobre sua família, sobre o fato de sua mãe concordar com seus planos e de seu pai, em dúvida a princípio, ter concordado em ajudá-lo a pagar as taxas. Ele quer saber o que estou fazendo. Seu rosto se ilumina quando falo sobre o quadro de grade.

— Que ótimo, Jenny. Quase como escultura. — Ele nunca tinha dito meu nome antes; é meio estranho, apesar de eu não saber por quê. Ele mal conseguia me chamar de sra. Malcolm. Ele se inclina para a frente. — Gostaria de tirar algumas fotos de seus quadros... podem me dar inspiração.

Eu não os mostrei a ninguém.

— Talvez — digo, sem me comprometer. Ele parece desanimar e acrescento depressa: — Ninguém nunca os viu, alguns deles nem são muito bons.

De repente, me sinto cansada. Deixo Bertie sair para o jardim e Dan se levanta e se espreguiça.

— Vou lavar a louça.

— Obrigada, mas sempre lavo de manhã. — Pego seu casaco e o entrego a ele. — Volte aqui antes de viajar, Dan. Vou procurar algo que você possa fotografar.

Ele se vira na porta, olha para mim e diz:

— Também quero tirar algumas fotos de você. De seu rosto.

Do meu rosto? Eu me sinto confusa e surpresa. Dou risada.

— De mim, não, Dan. A Mary tem um rosto lindo. Tire algumas das meninas bonitas da vila.

— Já tirei um monte de fotos de Mary e não quero os rostos das meninas. — Ele olha para mim quase bravo. — E você é bonita. Linda, na verdade.

— Até parece, Dan. — Tento rir de novo.

Passando o braço por trás dele para abrir a porta, eu me sobressalto quando ele estica a mão, toca meu rosto com os dedos, vira-se e vai embora.

Fecho a porta e me recosto nela. Não percebi que isso aconteceria. Ou percebi? Começo a desocupar a mesa, jogo fora os restos de comida, enxáguo os pratos, esfrego panelas, irritada comigo mesma. Como deixei acontecer? Dan é mais jovem ainda do que meus meninos, mas ainda assim, esta noite, eu me permiti sentir o calor de sua atenção — não, eu gostei. Tenho sido descuidada; não o verei por um tempo. Tenho me afastado mais do que pensei de minha antiga vida, da pessoa que fui, da mulher boa, feliz e ocupada. Subo a escada lentamente. A mensagem de texto de Michael chega com um boa-noite. Costumo responder, mas hoje fico sentada à beira da cama, com o telefone solto entre os dedos, enquanto olho para a escuridão do lado de fora. Se eu voltar para onde Ted e eu começamos, terei me afastado muito, muito mais.

Pensar no passado é como assistir a um filme com atores que nos interpretaram. Consigo me ver na biblioteca abafada. Eu me lembro do minivestido florido que usava e que meu cabelo estava preso de qualquer jeito. Estava distraída e concentrada num livro sobre dermatologia na biblioteca. Eu havia entrado na faculdade vinda do colégio depois de um ano de intervalo entre os dois e levava a medicina muito a sério, convencida de que tudo o que eu queria era ser médica. Edward Malcolm estava no mesmo ano que eu, mas em outro grupo. Ele tinha um carro quando ninguém mais tinha; jogava críquete pela universidade. Tudo nele me irritava, principalmente sua boa aparência. Duvido que nossos caminhos teriam se cruzado se não fôssemos tão ambiciosos, e se a biblioteca não estivesse tão abafada e cheia naquela tarde. Verão de 1985. Eu vinha escrevendo um ensaio que havia planejado inscrever para um prêmio de milhares de libras. Estava feliz por ter vantagem em cima de Malcolm; ele também queria todo prêmio, mas não precisava do dinheiro tanto quanto eu. A biblioteca estava quente. Peguei vários livros para levar para casa e trombei com ele ao sair. Casualmente, ele pegou o primeiro livro da pilha que eu carregava e briguei com ele por causa disso, rindo, mas irritada ao mesmo tempo. Ele só o devolveu quando prometi que sairia com ele. Começou ali.

Tiro as roupas e deito embaixo do edredom. Mas não foi um filme; filmes românticos têm finais felizes. Na vida real, só os começos são felizes e nada termina bem. Mas, na verdade, nada termina.

# 23

*Dorset, 2010*
*Treze meses depois*

No dia 30 de dezembro, cansada de sentir saudade de Michael, faço um plano para não deixar buracos nos quais poderia cair: uma caminhada a Golden Cap. Desse ponto alto, a Costa Jurássica se estende dos dois lados. No verão, há o cheiro quente de tojo, mas, nessa época do ano, o ar será fresco e salgado. Posso procurar cores, mas acho que terei de esperar o tempo esquentar. Eu poderia pegar o que preciso para fazer esboços para o trabalho maior sobre mudança que está em minha mente. Preciso de folhas, gravetos, pequenos brotos.

Bertie e eu começamos às sete. A vila ainda está quieta com algumas luzes acesas aqui e ali, iluminando quartos onde casais estão acordando, um enroscado no outro. Xícaras de chá estão sendo passadas com cuidado e repousadas em criados-mudos. O cheiro da noite ainda é forte nas sombras nebulosas entre as casas. Caminho em silêncio para não acordar quem ainda dorme. No silêncio, distante e depois mais perto, ouço passos além da esquina. Parecem cansados e desiguais. Talvez seja um agricultor voltando para tomar o café da manhã depois da ordenha ou um dos pescadores voltando para dormir depois da primeira pesca do dia.

Um homem alto aparece; uma forma fina e curvada no escuro. Demoro muito para reconhecer Ted. Seu caminhar está diferente, lento e um pouco hesitante, não os passos determinados de antigamente. Parece exausto, como se chegasse ao fim de uma longa jornada.

Eu havia me esquecido de sua mensagem e me sinto mal com sua chegada inesperada, agora. Se eu ficar no canto da rua, pode ser que ele passe por mim. Ele encontraria a casa fechada e escura e talvez fosse embora de novo. Eu me recosto no muro de um jardim à luz fraca da manhã; sinto a pedra úmida e áspera sob meus dedos. Ele não vai me ver a menos que olhe nas sombras, mas pode ser que ouça meus batimentos cardíacos, que parecem encher o espaço entre nós. Está na mesma direção que eu, passando. Prendo a respiração, mas Bertie corre na direção dele, abanando o rabo. Ted se curva para ele. Sei que ele está pensando que esse cachorro se parece com Bertie. Ao perceber que é o próprio Bertie, olha para a frente e me vê. Diz meu nome; percebo alegria em sua voz. Enquanto ele caminha na minha direção, eu me afasto levemente. Ainda não olho diretamente para ele; em vez disso, olho atrás de sua cabeça, onde a hera está separando as pedras de um muro antigo. Ele me diz que deixou o carro no estacionamento do pub; não queria acordar todo mundo com o motor do carro ao passar pelas ruas pequenas e estreitas. Voltamos caminhando para a casa. Bertie trota entre nós, olhando para ele sem parar.

Na cozinha, ele se senta à mesa de casaco, como um visitante que não vai demorar. Faço uma xícara de café, coloco-a na frente dele e dou um passo para trás, absorvendo a estranheza de sua presença.

— Por que estava se escondendo ainda agora? — pergunta ele, e até sua voz está lenta e cansada. Há marcas escuras embaixo de seus olhos. Seus cabelos estão mais grisalhos e mais ralos. A barba por fazer está tão cheia que imagino que ele a esteja deixando crescer. — Se eu não tivesse visto você encostada no muro, você teria me deixado passar — continua.

— Eu não estava me escondendo. Estava esperando... — Digo isso com esforço. Preferiria ter ficado em silêncio.

— Esperando?

Minha resposta se molda por si mesma, não dita. Sim, esperando para ver o que aconteceria, esperando que ele passasse sem ver. Todas as semanas e meses depois de Naomi partir, eu esperei por ele. Ele passou por mim naquele momento, deixando-me nas sombras enquanto caminhava em direção a outra pessoa.

— Tudo bem, não tem que responder. — Ted dá de ombros e abre as mãos com uma risadinha; tem as palmas vermelhas de um alcoólatra. Vê que estou observando e fecha as mãos ao redor da xícara. Algumas gotas caem na toalha de mesa e formam pequenos círculos.

— Você está bem? Aqui, quero dizer. Claro que não me refiro a... — Ele para.

— Estou bem.

— Parece bem. Muito bem, na verdade. — Ele parece surpreso.

— Obrigada.

— Quero dizer que está bonita. — Ele semicerra os olhos, admirando.

— Obrigada. — Se estou bonita, é por causa de Michael, mas não direi isso a ele, ainda não.

— Como os meninos estavam? — Ele se remexe na cadeira, como se tentasse ficar confortável. — Quando você os viu no Natal.

— Estavam bem. — Meu coração ainda está acelerado; não consigo formar frases longas, mas as palavras saem da boca de Ted aos montes. Afinal, isso não é uma surpresa para ele.

— Tenho sentido muita saudade deles. Vi Ed, claro.

Ele está pensando que viu Ed com Beth, todas as vezes em que a levou para vê-lo.

— E o Theo? — continua.

— Está bem.

— Eu deveria ter vindo para o Natal. Sinto muito.

Sua camisa está amassada; talvez ele tenha dormido com ela. O casaco é grande demais para ele. O cheiro ruim de cigarro toma a cozinha. Pelo que, exatamente, ele se desculpa? Pelo Natal? Por Beth? Pelas mentiras?

— Você pensa muito em Naomi? — pergunta abruptamente, cortando o silêncio.

Eu me viro para a janela, sem conseguir olhar para ele.

Ele prossegue, falando mais depressa.

— Penso nela o tempo todo.

Olho para o rosto dele. Lágrimas escorrem em meio à barba grisalha.

— No momento, penso no toque de suas mãos, quando ela era pequena. Elas eram tão macias. Ela costumava encostá-las em meu rosto e fingir que minha barba a machucava; fingíamos fazer um curativo nelas. — O nariz dele está escorrendo; as lágrimas marcam a poeira em seu rosto.

Não quero esse desenrolar. Dou a ele uma toalha de papel. Ele seca o rosto. O papel amassado se abre sobre a mesa, transparente pelas lágrimas e pelo muco.

— Eu a procuro em todos os lugares aonde vou. — Ele está falando tão baixo que preciso me inclinar na direção dele para entender as palavras. — Uma vez, na Cidade do Cabo, enquanto saía do hotel para ir ao hospital, pensei tê-la visto. Segui a garota dentro de um parque porque ela andava da mesma maneira que a Naomi. — Ele sorri para mim. — Você se lembra do jeito de andar saltitante de Naomi, como se pudesse continuar no mesmo ritmo para sempre?

— Mas não pôde.

— Não pôde o quê? — Ele ainda está sorrindo, mas está confuso.

— Continuar para sempre.

— Você não acha? — Ele cerra o punho e o bate de leve na mesa. — Não desista. Nunca desista. Ainda acho que vamos encontrá-la. — Ele se levantou. — Cometi tantos erros.

— Não quero ouvir isso agora, Ted. É tarde demais para tudo isso.

Ele para na minha frente, balançando lentamente, como se estivesse bêbado, mas não cheira a álcool. Seus olhos estão se fechando. A voz se arrasta.

— Desculpe. Só preciso dormir um pouco. Não consegui durante o voo. Dirigi a noite toda, preciso me deitar... Posso ficar?

Preparo um banho para ele e o levo ao pequeno quarto de hóspedes. Ele olha para as paredes cor de marfim que Dan pintou com tanto cuidado, as cortinas listradas de azul e cinza, e a grade da lareira cheia de lenha de pinheiro. Observa o tapete rústico de algodão azul-claro, e seu olhar para na tigelinha de conchas do mar ao lado da cama. Seus ombros relaxam. Tira o casaco e o coloca na cadeira perto da janela.

— Bonito — murmura. — Você fez alguma coisa. Não sei o quê. Está bonito. — Ele se senta na cama e em seguida se deita de lado, suspirando. Sua respiração se altera quase imediatamente, tornando-se lenta e profunda. Desamarro seus cadarços e tiro seus sapatos. Ele desperta por um momento.

— Fica aqui? Dorme ao meu lado?

Fecho a porta e esvazio a banheira. Desço para a cozinha e lentamente tiro as camadas de roupas que tinha vestido mais cedo para sair. A luz está mais forte agora, mas ouço a chuva se aproximando. Não conseguiríamos ver muito no Golden Cap, afinal. Desamarro as botas e as tiro. Bertie apoia a cabeça pesada em meus pés. Ele gosta de sentir a lã sob o queixo.

### *Bristol, 2009*
### *Oito dias depois*

Ted estava atrasado, como sempre. O jantar já tinha terminado quando ele chegou em casa, com olheiras e roupas amassadas depois da operação. Fiquei feliz em vê-lo. Ele havia prometido que o episódio com Beth tinha sido um erro e eu tinha que acreditar nele. Eu precisava dele. Não tinha energia para sentir raiva; de todo modo, o que Ted havia feito começou a desaparecer juntamente com a angústia desmedida da ausência de Naomi. Estava em silêncio quando foi ao fogão pegar a comida que estava esquentando. A carne parecia seca. As batatas estavam murchas, e os legumes, enrugados. Imaginei seu dia e como ele deve ter pensado em comida quente enquanto voltava para casa.

— Isso está com uma cara péssima, Ted. Quer que eu faça omelete?

— Não precisa. — Pegou uma garrafa de vinho dentro do armário, abriu-a, encheu duas taças e se sentou com um suspiro. — Desculpe por eu não ter telefonado — disse ele enquanto bebericava o vinho. — A operação durou o dia todo. Estou mais atrasado do que pensei que estaria. Onde estão os meninos?

— O Theo está por aí. O Ed foi dormir.

— Tão cedo?

— Ele precisa compensar o sono; está sempre cansado. A Anya nem consegue entrar no quarto dele para limpar porque ele se levanta muito tarde. A preocupação está acabando com ele. — Comecei a bater os ovos dentro de uma tigela. — O Michael veio aqui. Harold Moore nos disse...

— Quem diabos é Harold Moore? — Ele observou a mistura de ovos escorrer, formando espuma, para dentro da manteiga quente.

Ele ouviu enquanto eu lembrava a ele; contei sobre a picape azul.

Ted inclinou a cabeça.

— Acho que vi um veículo azul, talvez uma van, estacionado na frente do teatro, na verdade. Talvez uma ou duas vezes. — Ele deu de ombros; obviamente não achava importante. — Provavelmente descobriremos que era da professora de teatro ou de outra pessoa — continuou, sem rodeios. — Eu não diria que ter síndrome de Down o torna muito confiável.

— Acho que Harold seria uma boa testemunha. Ele observa tudo. Estava muito concentrado em seu desenho.

Ted não respondeu. Coloquei a omelete na frente dele e ele começou a comer depressa.

— Michael está cuidando disso. — Eu me sentei em frente a ele. — Vai organizar um tipo de reconstituição. Sabe como é, a garota saindo tarde do teatro e entrando no carro azul.

— Estava escuro e tarde; pode ser que não ajude. O que mais?

— Ted, pode dispensar os pacientes de sábado e ficar em casa amanhã? Se acha que estamos no caminho errado, o que acha que podemos fazer? — Fiz uma pausa, me forçando a ficar calma. — Fiz um tipo de plano numa cartolina. Quero sua opinião.

Ted afastou o prato vazio.

— Quero ver.

Nós nos inclinamos sobre a mesa, olhando para os círculos que cercavam o nome dela. Família, escola, vizinhos, o teatro.

— Precisamos de outro círculo — disse ele, lentamente. — Inimigos. Pessoas magoadas.

— Ninguém tem inimigos assim aos quinze anos. — Olhei para ele incrédula.

— Não os inimigos dela. Os nossos — ele falava baixo.

— Pensei nisso uma vez em relação ao pai de Jade e até o marido de Anya, mas estava enganada. Você acha mesmo que alguém poderia nos odiar tanto assim?

Os olhos de Ted estavam pensativos.

— Meu assistente disse que os pneus do carro dele foram rasgados, uma vez. Ficou pensando se alguém estava magoado. Quero dizer, quem sabe o que fazemos ou não fazemos, por engano. Médicos que brincam de ser Deus.

— Meu Deus. — Algo pareceu mudar e afrouxar minha determinação. Comecei a chorar.

Ted me abraçou com força. Senti seu cheiro familiar e suave.

— Faz com que eu me lembre do verão — disse, com a cabeça em seu ombro.

— O quê? — Ele deu um passo para trás e olhou para mim.

— Lavanda. — Eu fiquei perto dele, não queria me afastar. Não nos tocávamos havia dias. — Não estou criticando, eu gosto. — Peguei sua mão.

Ele afastou a mão e deu um tapinha em minhas costas.

— As enfermeiras escolhem o sabonete no centro cirúrgico, por isso é perfumado, provavelmente também é caro. — Ele se inclinou mais para a cartolina.

— Por falar em custos... — Eu me lembrei das notas no quarto de Ed —, você tem dado dinheiro aos meninos em vez de transferir a mesada on-line? Não sei se é bom ser tão generoso.

— Eu tenho sido generoso? — Ele não estava ouvindo. Havia se virado, pegando o celular.

— Vi o dinheiro, um monte de notas. Não tem que fazer isso.

— Não sei do que está falando, Jen. Não dei dinheiro aos meninos, não dou há meses. Programei uma transferência bancária para as contas deles, lembra? Vou mandar uma mensagem para meu assistente. Ele precisa encontrar os exames dos pacientes de amanhã.

Eu estava tão cansada que meus pés latejavam e os olhos ardiam. Não deveria ter incomodado perguntando se ele podia ficar em casa. É claro que ele não perderia uma lista de operações. De onde todo aquele dinheiro havia saído? Eu estava exausta demais para continuar pensando no dinheiro naquela noite. Teria que perguntar a Ed de manhã. Ted foi para a cama antes de mim, mas já dormia quando me deitei ao seu lado. Tentei me aconchegar a ele, mas ele deitara de bruços, com a cabeça virada. Encostei a cabeça em seu ombro. Apesar de meu cansaço, fiquei acordada, pensando nos inimigos que podia ter, esperando bloquear as imagens que me ocorriam quando eu estava cansada e as ondas de desespero e medo que me espreitavam em toda parte.

### *Bristol, 2009*
### *Nove dias depois*

Ed estava enchendo a tigela de cereal no café da manhã e caiu um pouco em cima da mesa da cozinha.

— Por que você sempre entra no meu quarto?

A voz dele estava fria.

— Ed, você tinha dormido sem trocar de roupa. Só tirei seus sapatos e o cobri.

— Não sou uma criança.

— Certo. E o dinheiro?

— Não é da sua conta, mãe, ou por acaso é? — Fez-se uma pausa. Ele deu de ombros. — Se quer saber, estou organizando um evento de remo, um tipo de evento de gala. É na segunda e estou cuidando do dinheiro. É por isso que tenho chegado tarde com frequência. Estou treinando.

Fazia sentido. O cansaço, as noites na escola.

Ted estava dormindo no andar de cima; começava a trabalhar mais tarde aos sábados e eu o deixava dormir enquanto andava pela casa sem parar. O medo era sempre pior de manhã, movia-se sob minha pele. Eu não conseguia ficar parada nem me concentrava em nada por muito tempo.

Liguei para Michael. Ele me disse que eles tinham checado todos os atores que usavam o teatro da escola. Todos tinham álibis.

— E agora, Michael?

— Uma possível reconstituição na noite de quinta. Aviso se levarmos isso adiante.

Então, outra garota faria o papel de minha filha, outra garota entraria numa van azul na frente do teatro entre 22h30 e 23h, mas, quando a câmera se desligasse, ela sairia de novo e iria para casa. Eu não ia assistir.

Frank retornou a ligação por causa da mensagem que eu havia deixado. Concordou em permitir que eu voltasse a atender se tivesse certeza. O trabalho estava aumentando. Era assim em dezembro, tosses e resfriados sazonais. Eu conseguiria começar depois de amanhã?

*Bristol, 2009*
*Onze dias depois*

Havia dias eu não entrava em meu carro, mas as mãos no volante pareciam seguras do que estavam fazendo. Na clínica, minha sala estava imaculada. A mesa havia sido organizada. Coloquei a maleta no chão, peguei meu estetoscópio e meu otoscópio e os coloquei ao lado do receituário novo.

Lynn entrou e me abraçou com força.

— Não vou ser bacana. Hoje é mais um dia a ser vencido. Estou na sala ao lado se precisar de mim. — Ela saiu, passando as mãos pelos olhos.

Jo me trouxe uma xícara de chá e me beijou ao dizer:

— Marcamos pacientes fáceis para você retomar o ritmo.

O primeiro paciente foi uma criança. Um menininho magro de seis anos com franja reluzente e olhos castanhos enormes. Sua mãe, usando um sári azul, estava em silêncio na cadeira. Ele me disse qual era o problema com um inglês cuidadoso. Havia pontinhos amarelos no fundo de sua garganta e ele apresentava febre alta. Os olhos confiantes e profundos da criança e de sua mãe me acalmaram. Quando eles se foram, percebi que durante os poucos minutos em que ficaram ali a dor havia diminuído. Tomei um gole grande do chá quente e doce. Uma mulher magra e pequena entrou, com os ombros curvados. A vida estava sem graça. Falando lentamente, ela me disse que não conseguia mais assistir à televisão nem comer nem dormir. Fiz perguntas a ela e solicitei exames de sangue; fiquei sentada e segurei sua mão em silêncio enquanto as lágrimas rolavam por seu rosto, até chegar o momento de sua partida. Atendi 15 pacientes no total. O último da manhã era um jovem engenheiro com o tímpano perfurado. A luz do meu otoscópio estava fraca; eu precisava de pilhas novas. Abri a maleta. Os pequenos vidros de morfina e petidina ficavam por cima, cuidadosamente guardados em compartimentos de espuma, com o neurofeno líquido e os antieméticos. Ao abrir a bolsa, disse a mim mesma que tinha que conferi-los mais tarde para ver se estavam na validade. Mas os vidros não estavam mais ali.

Olhei para os compartimentos vazios onde deveriam estar. Será que eu os havia tirado dali antes e simplesmente me esquecido? Com certeza eu me lembraria de ter pegado o vidrinho liso, do barulho que eles fariam ao caírem dentro do cesto de lixo. Abri a maleta ainda mais, minha cabeça tomada pelo pânico. Havia menos na maleta do que eu conseguia me lembrar. As faixas elásticas pequenas nas laterais costumavam conter as caixas de remédios que eu usava quando visitava meus pacientes. Paracetamol. Temazepam. Eles também tinham sumido. Talvez eu tivesse me esquecido de colocá-los de novo ali. Será que eu os havia deixado na casa de um paciente? E se uma criança os pegasse?

Precisei de alguns segundos para processar aquilo. Finalmente encontrei as pilhas, encaixei-as, examinei o ouvido do rapaz e escrevi uma receita, tudo isso num torpor. Talvez, os remédios estivessem em casa. Talvez eu tivesse esvaziado a maleta e não colocado tudo de volta, e então Anya teria guardado o que encontrou no nosso armário de remédios. Decidi esperar até chegar em casa. ainda não preocuparia Frank.

Quando cheguei em casa, entrei na cozinha. Havia onze dias, eu voltara do trabalho e encontrara minha filha dançando sozinha, feliz e bem. Eu me recostei na parede em silêncio, querendo me deitar no chão e chorar como uma criança.

Afastei-me. Ela precisava que eu fosse forte. Hoje, eu tinha ido trabalhar. Tinha conseguido. Nenhuma pista aparecera, mas, mais cedo ou mais tarde, talvez alguém pudesse aparecer e me lembrar de algo que eu havia esquecido. Tinha que haver algo em que eu não estivesse pensando. Algum véu que eu precisava puxar para o lado para poder ver com mais clareza. Talvez fosse apenas uma questão de tempo.

Olhei dentro do armário de remédios, mas não havia nenhum de minha maleta ali dentro. Comecei a procurar em armários no banheiro, ao lado da minha cama, na cozinha. Deixei as portas abertas enquanto corria entre os quartos. Olhei na lavanderia, perto da comida do cachorro, embaixo da pia. Nada. Fiquei de pé tremendo, com a mão nas roupas passadas por Anya. Estavam bem organizadas ao lado de uma pilha de meias separadas em pares. Peguei tudo e subi a escada devagar. Tudo o que havia acontecido devia ter afetado minha memória.

Frank compreenderia. Eu provavelmente havia jogado os remédios fora, solicitado outros e me esqueci. Talvez eles já estivessem à minha espera. Coloquei toalhas limpas no banheiro. O kit de remo de Ed ainda estava no chão. Ele também devia ter se esquecido. Seu esquecimento se espalhara em sua vida como o meu na minha, mas hoje era importante, era o evento de remo beneficente. Peguei meu telefone e me sentei na sua cama para telefonar para ele, mas caiu na caixa de mensagens. Ed devia estar em aula. Liguei para a escola e pedi para ser transferida ao centro de esportes; por fim, passaram a ligação a um professor de educação física, e eu me ofereci para levar o kit, sabendo que Ed não teria tempo de passar em casa.

— Remo beneficente?

— Hoje à tarde. — Fiquei surpresa ao ver que o professor de educação física não sabia. — Pensei em levar as coisas dele à escola.

— Ah, não se preocupe, sra. Malcolm.

— Normalmente, eu não me preocuparia. — Não gostei de perceber que ele sorria. — Mas ele anda com muita coisa na cabeça. É compreensível que esteja esquecido no momento.

— Ele deve ter se esquecido de que não temos remo neste semestre. É corrida cross-country, agora, sra. Malcolm. Remo é no próximo semestre. — Ele deu uma risadinha, como se tivesse feito uma piada.

— E a propósito, sou dra. Malcolm, não sra. Malcolm.

— Me perdoe.

Desliguei o telefone.

Eu nunca tinha feito isso antes. Deve ter sido porque ele ficou usando meu nome como uma reprimenda.

Minhas mãos ainda seguravam as meias de Ed. Eu me levantei e abri a primeira gaveta da cômoda para guardá-las. Precisava me apressar, para o caso de ele voltar. Ele odiaria me ver em seu quarto. Por que havia mentido sobre o evento? O que andava fazendo quando dizia que estava remando? A gaveta já estava cheia de meias. Ele deveria estar enfiando as sujas de volta, então. Tirei todas para abrir espaço. Minhas mãos encontraram algo pequeno e duro. Eu o tirei das dobras de uma gravata onde estava escondido. Era um pequeno frasco com letras pretas pequenas na lateral e um círculo amarelo no gargalo que podia ser aberto para dar acesso ao entorpecente que ficava ali dentro.

# 24

*Dorset, 2011*
*Treze meses depois*

No dia de ano-novo, a presença de Ted dormindo perturba a manhã. Bertie me rodeia sem parar; quando o solto no campo, ele cheira a cerca-viva molhada e espirra. Ramos se prendem aos fios enrolados de suas orelhas grandes de *spaniel* e ele permanece parado, pacientemente, para ser desenroscado. Dentro da casa, preparo o primeiro café do dia e ele se deita aos pés da escada com o focinho no primeiro degrau, resmungando baixinho. Ao voltar ao estúdio, encontro os raminhos de flores que Mary me deu ontem. Eu os havia visto brotando na frente da casa dela.

— Leve tudo, fico feliz por poder me livrar delas. Aqui estão — dissera ela ao me entregar o ramo —, e já que está aqui, alimente as galinhas para mim.

O ramo seco em minhas mãos é venoso e opalino, protegendo as sementes em formato de seta dentro dele. Meus pensamentos têm crescido depressa. O tríptico terá limites fluidos ou talvez seja pintado como se estivesse do lado de dentro de um globo, mostrando sementes em flor e em fruto, num círculo constante. Faço o esboço de um plano.

É meio-dia quando paro e volto para casa. Ted está na cozinha. Ele encontrou o roupão que Sam deixou; as pontas pretas estão penduradas, soltas. Seu rosto está molhado de suor; os cabelos caíram no rosto em mechas úmidas.

— Eu me sinto péssimo — diz com a voz estremecida quando seus dentes batem. — Devo ter pegado um vírus no caminho para cá. Jesus. Vou vomitar. — Ele vai até o vaso e eu o ouço vomitar várias vezes. Ele sobe a escada tremendo e eu o acompanho. Depois, volta para a cama.

Viro o travesseiro e abro a janela, mas ele estremece e puxa o cobertor para se cobrir; volto a fechá-la e puxo as cortinas.

— Dor de cabeça? Dor abdominal? — A pulsação dele está rápida, a pele arde.

— Não é meningite. Nem apendicite. — Por um momento, ele sorri e fecha os olhos. — Sede...

O peso de sua cabeça úmida é familiar. Depois de tomar alguns goles de água, ele se recosta suspirando. A tarde passa lentamente. Levo mais água, fatias de maçã, chá doce. Ele acorda por um momento; segura minha mão e assim fica durante vários minutos, murmura e volta a dormir. Ouço vozes mais tarde e imagino que ele esteja melhor, falando ao celular. Quando entro no quarto, ele está sentado nu na poltrona, olhando para as cortinas. Os olhos estão brilhando de um modo nada natural, e as mãos tremem enquanto ele aponta as listras.

— Ela está ali — diz ele.

Por um segundo, penso que ele está dizendo ter visto Mary do outro lado da rua pela janela iluminada da cozinha.

— Ela está atrás dessas barras. — Ele aponta a cortina listrada e a voz fica mais alta. — Quer nossa ajuda. Está na prisão.

Toco sua testa; ardendo em febre. Segura minha mão com a mão suada.

— Ajude-a — diz, com voz trêmula. — É minha culpa.

Ele está doente. Não preciso sentir medo de sua voz alterada e das mãos quentes. Administro paracetamol e água. Ele segura minha mão com força, seus olhos ardem.

— Foi minha culpa. Eu não estava lá. Ela está me chamando, ouça.

A parte irracional que acredita em mágica e fantasmas quer perguntar o que ela está dizendo e como é a voz dela. Mas fico calma, o máximo que consigo.

— Você está tendo alucinações por causa da febre. Ela não está ali, Ted.

— Você não entende. Foi minha culpa. — Seu tom de voz fica mais baixo. Está sussurrando agora. Tenho que me inclinar para ouvir. — Ela me disse, mas eu não me esforcei.

— O que ela disse, Ted? Não se esforçou para fazer o quê?

Ele fecha os olhos e abaixa a cabeça. Dá de ombros e murmura. Encho a banheira de água fria e o ajudo a entrar. Seu corpo está rígido; o pênis está recolhido no ninho de pelos grisalhos. Suas costelas estão salientes; suas costas estão pálidas e o suor marca as vértebras. Suas omoplatas parecem facas. Pego água com um copo e a despejo em suas costas.

— Com meu corpo, eu a adoro. — Dissemos isso? Prometemos que seria para sempre? Só consigo me lembrar do calor de sua mão segurando a minha. Pensei que promessas eram irrelevantes.

Na cama, ele murmura palavras, e entre elas, eu percebo "Naomi" e "pare", além de "por favor". Vira a cabeça de um lado a outro. A cada meia hora, tento lhe dar água, passo um pano úmido em sua testa. Mais tarde, troco as roupas de cama molhadas. Ele se senta na poltrona, cabeça baixa, tenta levantá-la, mas não consegue.

— Desculpe... Desculpe... — murmura.

Eu o ajudo a voltar para a cama e ele se deita de novo gemendo de alívio, o tipo de som que costumava emitir quando vinha para casa e se sentava em sua poltrona depois de um longo dia. Mas não vivo mais em sua casa. Não sou sua esposa. As promessas eram mais frágeis do que pensei. Ele fecha os olhos e dorme.

Na cozinha, vejo que Michael enviou uma mensagem de ano-novo; está sozinho, sente minha falta. Respondo que também sinto falta dele, e conto que Ted está aqui, doente.

A voz estridente do locutor no rádio anuncia que é meia-noite na Trafalgar Square. O Big Ben soa, e ao fundo há explosões e gritos. No silêncio do jardim escuro, a rolha do champanhe voa com um *pop* oco e cai sem fazer barulho na grama molhada.

Ergo a garrafa.

— Feliz ano-novo, querida!

A ponta fria do gargalo bate em meus dentes: o champanhe tem gosto azedo. Ela não pode me ouvir. Entorno o resto na grama. Mais um ano começa.

Pela manhã, a febre de Ted diminuiu. Ele come torrada com pasta, bebe várias xícaras de chá e dorme de novo. A pintura progride. As sementes estreitas se tornam pretas nos envelopes prateados, com as futuras formas escondidas. Que segredo Ted guarda? Disse que foi sua culpa, mas o que quer dizer? Há uma rosa de textura dura como couro em meio a gravetos no banco. O corte que faço com meu canivete revela as sementes piramidais em fileiras, com pontas aveludadas, fechadas.

À noite, Ted continua dormindo. Abro as cortinas de seu quarto e também a janela. Parou de chover e o vento está fresco. Sonhos com sementes pretas caindo, brotos cortados antes de desabrocharem.

Na manhã seguinte, quando entro na cozinha depois de sair do estúdio, sinto o cheiro quente de torradas e café. Na mesa, a geleia de cereja de Mary escorre em abundância pelas laterais do vidro. Ted parece estranhamente grande na cozinha; suas pernas se estendem para o outro lado da mesa, com tornozelos peludos e pés enormes. Por um segundo, ele é um desconhecido, mas logo sorri.

— Eu me sinto ótimo. Minha febre passou e estou faminto. — Ele faz um gesto em direção às migalhas de torrada na mesa e ri. — Não consegui esperar.

Meu rosto está tenso demais para sorrir. Meu espaço. Minha cozinha. Minha comida. Sinto-me envergonhada.

— Que bom que está melhor.

— O que fez hoje cedo? — pergunta, enquanto passa manteiga na torrada e depois geleia. Será que ele realmente acha que podemos voltar um ano num instante?

— Trabalhei.

— Trabalhando de novo? — Ele fala com a boca cheia, parecendo surpreso. — Em Bridport?

— Eu me referia à pintura.

— Ah, esse tipo de trabalho. Parece divertido. Posso ver?

Divertido? Consigo ver o canto do estúdio pela janela da cozinha. Ali dentro, está quase tudo que me trouxe de volta ao mundo.

— Certo. Talvez mais tarde. — Ele se espreguiça demoradamente. Fez a barba e o rosto parece mais cheio. — Obrigado por cuidar de mim. Vou levar você para almoçar. Aquele restaurante Beach Hut ainda funciona?

Cruzo os braços com mais força.

— Há duas noites, você disse que foi sua culpa — digo a ele. — A que se referia?

— Falei? — Ele se inclina para a frente e bebe o café, franzindo o cenho levemente.

Prossigo, apesar de seu rosto fechado não querer que eu continue.

— Você achou que ouvia Naomi chamando atrás das cortinas.

— Nossa. Eu devia estar bem mal. — Sua risada parece forçada.

Nesse instante, sei que ele está escondendo alguma coisa. Sinto vontade de pular em cima dele e arrancar a verdade. Ainda que seja uma verdade tardia, eu tenho que saber.

Percebo que ele me observa com atenção.

— Já cansei você demais, Jenny. Quando a vi há dois dias, você parecia muito bem. É minha culpa.

O que exatamente tinha sido culpa dele? Meu coração está batendo forte.

— Estou bem. — Terei que ser cuidadosa. Meu olhar passa por ele quando olho pela janela. Se eu questionar mais agora, ele vai se fechar. Vou esperar, escolher o momento.

— Vou tomar um banho, me vestir e iremos, tudo bem? — Ele parece animado de novo.

— Tudo bem.

Mais tarde, caminhamos pela praia, nossos pés no seixo. Ted se abaixa para pegar pedrinhas no caminho. Ele olha para cada uma com atenção, pegando as de cores claras que brilham como pérolas com fios de ouro.

— Quando eu estava na África do Sul, fui a um mercado de pedras. — Ele as balança na palma da mão enquanto fala, e elas chacoalham. — No fundo de alguns casebres havia pedras Kalahari cinza. Havia montes em cada parte; as pedras ficavam melhores, mais brilhantes, mais polidas. — Ele olha para mim por um segundo e desvia o olhar. — Como nós.

— Não caio nessa. — Pego uma pedra branca e achatada de sua mão e a jogo com força na água. — O sofrimento não melhora nada. — A pedra quica três vezes, branca contra o cinza, e desaparece numa onda. — Ele nos deixa tristes. Ele nos deixa amargos.

— Você mudou, Jenny. O que aprendeu aqui sozinha?

— Aprendi a sobreviver. — As gaivotas nos sobrevoavam, grasnando ao vento.

O Beach Hut está lotado. Uma árvore de Natal ainda está montada a um canto. As luzes e os enfeites parecem espalhafatosos à luz cinza que entra pela janela, vinda do mar. Ted lidera o caminho até a mesma mesa onde eu havia me sentado com Michael antes, e penso nos olhos e nas mãos de Michael enquanto observo Ted caminhar até o balcão, pedir a comida e voltar com uma garrafa de vinho. Ele nos serve e toma um gole demorado de sua taça, como sedento bebendo água. Respira ofegante e olha para mim.

— Bom, acho que sobrevivemos de modos diferentes, não é? — diz. Ele começa a falar sobre a África do Sul, o hospital onde havia iniciado as pesquisas, a seca, as crianças famintas, os raros tumores cerebrais. Não fala sobre Beth.

Olho para ele, para os ombros magros e para as novas linhas de expressão entre o nariz e a boca. Também não tem sido fácil para ele. Encho outra taça e ele bebe de novo. Quando a comida vem, o caldo dos filés grossos escorre nas batatas. Não consigo comer nada, mas Ted come como se estivesse morrendo de fome; no fim, limpa o prato com pão e se recosta suspirando. Sorri e ergue sua taça, meneando a cabeça para mim.

— Eu precisava disso. Saúde, Jenny.

— Então... — começo a falar lentamente. — Você quer me dizer o que Naomi lhe disse?

— Sobre o quê? — Ele repousa a taça. Estreita os olhos.

Tenho que ser cuidadosa. Lembro-me de todos os cursos de psicologia e as palavras que aprendemos a usar como médicos.

— Enquanto delirava, você disse que Naomi havia lhe dito algo; que não se esforçou o bastante e que era sua culpa — falo sem emoção na voz. — Estava claro que era algo que estava em sua cabeça. Quer me contar sobre isso agora?

Ted olha para mim por um momento e em seguida seu rosto relaxa um pouco.

— A questão é que — diz e toma um gole rápido de vinho. — Eu contei. Pelo menos...

— Você me contou?

— Sim, para você e para a polícia.

Ele já está se defendendo e isso me deixa assustada.

— Do que está falando?

— Naomi usava drogas.

Sinto vontade de rir. Depois de tudo aquilo, ele entendeu errado.

— Era o Ed. — Deve ter sido o mal-estar, talvez ele ainda esteja doente. Digo de novo, com mais cuidado. — O Ed usou drogas. Por isso ele foi para a reabilitação.

Ele responde, falando mais devagar.

— Isso foi depois. Naomi experimentou drogas antes disso.

Olho fixamente para ele, que continua:

— Bem, você se lembra de que eu falei para você que a Naomi usou drogas uma vez com os amigos? Estávamos sozinhos; acho que os meninos não estavam em casa. Estava quente...

— Aquilo? Mas não foi nada.

Verão. Dezoito meses atrás. As janelas estavam abertas e o ar quente entrava trazendo o cheiro de churrasco e o odor fraco de lixo dos cestos lá fora. Os meninos estavam numa viagem ao Marrocos, pela escola. Naomi estava jogando tênis com os amigos. Bebíamos café gelado depois do jantar quando ele me contou.

— Só uma vez — dissera ele. — Na festa. — Ele havia coberto minha mão com a dele, a pele quente, reconfortante. — Todos os jovens experimentam com os amigos. É como acontece. Não tem nada de mais. Ela prometeu que não vai fazer de novo. Não diga a ela que você sabe, porque senão ela vai deixar de confiar em mim; ela não quer que você se preocupe.

— Você disse que ela só tinha experimentado. — Olho para Ted.

Ele cora e desvia o olhar enquanto minha mente retoma aquele momento.

Experimentar não era a mesma coisa que usar, pensei. Naomi estaria segura porque era Naomi, minha filha inteligente e sensata que só estava fazendo uma daquelas coisas que os jovens fazem quando estão crescendo. Michael perguntara sobre drogas mais cedo, numa noite, enquanto esperávamos Ted voltar para casa do trabalho, e naquele momento parecera irrelevante; temi que ele pensasse que ela realmente usava drogas e perdesse tempo procurando nos lugares errados.

— *Jenny, Naomi fuma?*

— *Não.*

— *Bebe?*

— *Não muito.*

— *Drogas?*

— *Não. Bom, na verdade, usou, uma vez.*

— *Sim?*

— *Há alguns meses. Foi só uma vez, com amigos numa festa. Ela contou ao Ted. Eram apenas jovens experimentando maconha. Não mais desde então. Eu saberia.*

— *Vou precisar dos nomes.*

Eu não soubera os nomes. No fim, ele perguntou aos amigos dela e a todos os alunos da escola. Ninguém disse nada. Tudo tinha sido apagado.

O garçom aparece. Estende os braços morenos e fortes sobre a mesa, recolhendo pratos e talheres; há algumas manchas perto dos cabelos, mas, de modo geral, a pele é lisa. Ele parece ter uns 16 anos. Espero que nade no tempo livre e não toque num cigarro. Ted pede café a ele, que assente, com seriedade, e se afasta.

— Por que você estava pensando em drogas quando estava passando mal se eram tão pouco importantes?

Ele sorri brevemente.

— Exagerei.

— Por quê, Ted?

Quando ele desvia o olhar, sua boca fica mais tensa. Começa a coçar a sobrancelha com os dedos, de um lado a outro.

— Fiquei pensando nisso na África. Havia crianças nas esquinas da cidade onde ficavam as clínicas, ou deitadas em calçadas, totalmente drogadas. Crianças. Comecei a ser assombrado pela ideia de que havia acreditado nela e não investiguei mais.

— Mas só maconha, uma vez, Ted...

Seu rosto fica corado de novo; ele se levanta e olha para baixo.

— Maconha foi antes, Jenny. Era cetamina.

Mal ouço o tilintar das taças e dos talheres. É como se um cobertor tivesse caído entre nós e as outras pessoas no restaurante.

Cetamina. Sinto o rosto quente pelo choque.

— Porra. Como é que você pôde deixar de me contar? — falo mais alto, e o casal da mesa ao lado pigarreia baixinho e olha para a frente.

— Contei à polícia. — Ele olha para mim depressa e novamente para baixo. — Foi quando fui me encontrar com eles sozinho para falar sobre... sobre Beth. — Ele serve mais vinho e o toma sem demora. — Contei a eles sobre a cetamina naquele dia. Eles não consideraram relevante, mas disseram que analisariam.

— Eles?

— Michael me deixou com alguns policiais que estavam de plantão. Eles anotaram os detalhes. Não lembro os nomes deles.

— E...?

— Nada. Ninguém me disse nada, portanto pensei que não era importante.

— Qualquer coisa poderia ter acontecido com aquela informação. Eles podem ter pensado que não era relevante, podem ter se esquecido de arquivá-la, ou não a arquivaram direito...

Minha mente está quente e escura; a escuridão está aumentando e tomando minha garganta, dificultando minha fala.

— Os policiais são profissionais — diz ele.

— Profissionais erram.

Ele desvia o olhar quando digo isso, tamborilando os dedos na mesa.

O garoto volta, trazendo o café. Coloca a bandeja com cuidado na minha frente e tira dela pequenas jarras de café e de leite. Sorri e se afasta. Despejando o café na xícara, eu me lembro do conselho de Michael: um passo por vez, desembaraçando cada fio desde o começo.

— Como você ficou sabendo? — pergunto.

— Foi quando ela estagiou comigo no laboratório. Nas férias de verão antes do último semestre. Lembra?

Assenti. Claro que lembrava. Eu a havia incentivado.

— *Vai ser bom para seu currículo, querida. É uma chance de descobrir o que será, artes cênicas ou medicina. Você pode fazer as visitas nas alas com seu pai, se for logo cedo com ele. O Ed fez isso.*

Ela havia agarrado a oportunidade. Sentia orgulho de trabalhar no hospital de Ted. Conforme os dias foram passando, ela acordava cada vez mais cedo e passava horas se maquiando e se preparando.

A voz de Ted continua:

— ...e Naomi tinha a tarefa de registrar os remédios que usávamos nos testes de lesão na espinha; era responsável por registrar as quantidades, para sabermos quantos vidros de cetamina tínhamos que pedir para anestesiar os ratos. Ela era organizada e rápida. Eu sentia orgulho dela.

Ele para, apoia o cotovelo na mesa e encosta a cabeça na mão. O que deixa sua voz menos clara.

— Ninguém nunca soube. Era ela quem contava os vidros. Quando pegava alguns, pedia mais para repô-los. Certa vez, quando eu percebi, por acaso, que o pedido não condizia com o tanto que havíamos usado, ela disse que havia deixado uma caixa inteira cair. — Ele olha para baixo e fala de modo ainda mais contido. — Até me mostrou o vidros quebrados.

— Esperta — falei. — Como você descobriu?

— Sem querer, ela deixou a bolsa no laboratório, um dia. Eu não sabia de quem era, por isso olhei dentro. Abri a carteira e encontrei o cartão do banco, mas havia seis vidros de cetamina também, cuidadosamente embrulhados com papel.

Fazemos uma pequena pausa. Imagino a dor naquele momento, como o laboratório deve ter ficado silencioso, só o movimento dos ratos em suas jaulas e o som da respiração de Ted.

— Peguei a cetamina, levei a bolsa para casa comigo naquela noite e a deixei na mesa da cozinha para ela encontrar na manhã seguinte. Saí cedo; quando ela chegou ao hospital, foi falar comigo e começou a chorar. Disse que havia pegado a droga para dar a uns amigos.

Eu a imagino explicando isso ao Ted: as mãos nos olhos e os cabelos claros deslizando sobre as mãos.

— Ela havia fumado maconha com jovens mais velhos, e, quando ficaram sabendo que tinha acesso à cetamina, eles a convenceram a roubar um pouco. Ela jurou que nunca tinha usado.

— Por que ela não me procurou depois disso? — Estou confusa. Naquela época, eu achava que Naomi me contava tudo que fosse importante.

— Sugeri que fizesse isso, mas ela disse que você não acreditaria nela, que ficaria decepcionada, e que isso seria pior do que você ficar brava.

Ele faz uma pausa, olha para mim, preocupado com o efeito de suas palavras. Meu rosto fica inexpressivo.

— Continue.

— Ela disse que você esperava perfeição, não só de si mesma, mas de todo mundo. — Ele beberica o vinho e olha pela janela, com o rosto triste. — Você não permitia que as pessoas fossem quem fossem. Ela sentia que você não a conhecia.

— Isso não é verdade. — Eu me sinto sem fôlego. — Eu a conhecia melhor do que ninguém.

Breve silêncio. Mas eu não a conhecia tão bem assim. Não soubera sobre James nem sobre a gravidez. Ela dividira muito mais com Ted. Seria porque ele não tentava ser perfeito? Ele olha para o chão; consigo ver manchas em seu couro cabeludo onde o sol queimou em meio aos cabelos ralos. O vinho na garrafa quase terminou. Despejo o resto na taça dele.

— Não entendo por que você não me contou na época.

Ele bebe o vinho depressa. Todos os outros clientes foram embora. O garçom está limpando as mesas, olhando para nós.

— Vou pagar pelo café agora. Precisamos sair logo. — Ele se levanta, tirando a carteira da jaqueta.

Estamos sentados há tempo demais. Estou tremendo e o vento frio da tarde de janeiro entra no estabelecimento. As pequenas bolas coloridas da árvore de Natal piscam inutilmente contra a luz fraca.

### *Bristol, 2009*
### *Onze dias depois*

O vidrinho estava frio. Eu o segurei com cuidado com uma das mãos. Saí do quarto de Ed, desci a escada e, abrindo a porta dos fundos, fui para o jardim, mas o espaço frio e sem folhas não fez diferença nos fatos que ocupavam minha mente. Parei perto do muro. Ed estava mentindo; eu não fazia ideia de quanto tempo já fazia. Andava pegando remédios de minha maleta, talvez os vendesse, o que explicaria o dinheiro. Anya tinha batido o pé na maleta porque ela havia sido tirada do lugar onde sempre ficava. Roubando drogas. Não parecia possível.

Mas como também era possível que Naomi estivesse desaparecida havia onze dias? Eu sabia que era verdade porque vira os ponteiros dos relógios passarem as horas. Eu observara o telefone como se isso fosse fazê-lo tocar. Eu havia levado a foto dela a todos os lugares aonde disse que levaria e para mais lugares ainda — bancas de jornal, correios, biblioteca e prontos-socorros —, e fazer isso havia ajudado a preencher o tempo. Eu tinha percorrido as ruas à noite e me sentado na doca, olhando para a água escura. Eu havia conversado com Nikita, Shan e James. Eu ignorara jornalistas que continuavam na frente de casa para falar comigo, ou que ligavam para a nossa casa várias vezes por dia. E entre uma coisa e outra, eu simplesmente ficava de pé, como estava parada naquele momento, porque ficar sentada era errado, confortável demais. Hoje no trabalho, houve momentos em que me esqueci, mas quase me despedacei ao ver as pontinhas dos dedos de uma criança segurando firme a borda da mesa.

Se podíamos perder nossa filha, qualquer desastre era possível.

Ouvi um barulho, senti o líquido nas mãos e os vidros quebrados. O telefone tocou. Eu o prendi entre a orelha e o ombro enquanto enxaguava as mãos na pia, cacos de vidro e sangue descendo pelo ralo. Era Michael para me contar que eles tinham interrogado todos os donos de casas noturnas em Bristol, mas que, até aquele momento, não tinham nenhuma informação relevante. Ele faria outra visita no dia seguinte.

Enquanto eu enrolava a mão num pano de prato, ouvi Ed chegar em casa. Fiquei parada no pé da escada, ouvindo enquanto ele subia para seu quarto e batia a porta. Abriu de novo, e eu me sentei no último degrau e ouvi seus pés descerem devagar na minha direção até estarem ao meu lado. Eu me levantei e vi que havia linhas embaixo dos olhos dele que pareciam barras vermelhas, os cabelos estavam despenteados e havia manchas na gravata da escola. As mangas da camisa encontravam-se desabotoadas sobre seus punhos magros. Ele perdera peso, claramente, apesar de eu não ter percebido antes; como eu podia ter deixado de notar algo tão óbvio?

— Você voltou cedo.

Ele não disse nada.

— Você esteve no meu quarto, mãe?

— Mas não é de surpreender, não é mesmo? Apesar de tentar me controlar, meu tom de voz aumentava. — Não houve evento de remo nenhum.

— Sim. Cancelado. E o meu quarto?

Era a mentira; se ele não tivesse mentido, eu poderia ter esperado para ver se ele me contaria por iniciativa própria.

— Não foi cancelado. Não tem remo este semestre. Por que tem mentido para nós?

— Meu Deus. — Ele se retraiu como se eu o tivesse agredido. — Porque você está sempre em cima, porra. Você se mete em tudo. Se eu fingisse estar indo, pelo menos você me daria um pouco de espaço.

— Espaço para fazer o quê, Ed?

Ele olhou para baixo e deu de ombros.

— Para que pudesse roubar mais drogas da minha maleta? Para quê?

Ele olhou para mim sem falar; seu rosto estava pálido como nunca. Os olhos estavam mais escuros e mais desesperados.

Eu soube. Agi depressa, e antes que ele pudesse se afastar, subi as mangas de sua camisa. Na parte interna do braço esquerdo, havia uma massa de pequenas cicatrizes vermelhas e protuberantes. Cicatrizes antigas e novas cruzavam a fossa cubital, causadas por agulhas inexperientes à procura de veias.

# 25

*Dorset, 2011*
*Treze meses depois*

Ao fundo da praia, os montes são incertos onde o mar esculpiu a rocha formando pequenas cavernas e frestas. No verão, esses lugares fedem a urina seca, mas as tempestades de inverno as tinham limpado. Enquanto estamos agachados longe do vento entre as rochas, sentimos apenas o cheiro da água salgada e das algas marinhas. Ted se inclina para a frente para acender um cigarro, puxando um de um maço azul amassado. Ele se vira para o mar e suspira. O cheiro da fumaça dos Gitanes traz à mente imagens esquecidas de lençóis amassados, livros embaixo da cama, bilhetes jogados no chão. De fazer amor depois das aulas. Quando ele começou a fumar de novo? Talvez Beth fume, mas essa imagem não combina com ela. Talvez eles fumem depois do sexo, como fazíamos. Esses pensamentos ficam ao lado da preocupação por alguns segundos e se afogam nela.

— Por que não me contou, Ted? — pergunto a ele de novo.

Ele pega seu cigarro e faz uma pequena pausa.

— Ela me pediu para não contar — respondeu ele, simplesmente. — Ela confiou em mim.

— Ocorreu-lhe que eu precisava saber? Você poderia ter me contado em segredo...

Ted dá de ombros.

— Você poderia pensar que precisava tirar satisfação com ela.

A fumaça do cigarro faz meus olhos arderem. Eu viro o rosto.

Ele continua.

— As coisas são oito ou oitenta com você. É claro que sei que você nunca teria contado à polícia...

Antes que ele possa dizer as palavras que farão com que isso seja minha culpa, eu me levanto. O vento sopra meus cabelos em meus olhos. Seguro as mechas e as prendo para trás, mas o vento fica mais forte. Eu o odeio nesse momento, mas me odeio mais. Sinto vontade de puxar meus cabelos para jogá-los ao vento.

— Ela não pensaria que eu contaria à polícia. Eu nunca a havia castigado por nada. — Estou ofegante. — Não me lembro de Naomi ter feito nada de errado. Ela sempre foi boazinha, mesmo quando era pequena.

— É exatamente isso. Como ela poderia desapontar você? Toda essa expectativa fez com que fosse mais fácil ela simplesmente mentir.

As palavras dele são como uma rede me pegando em todo movimento, me interrompendo. Para todos os lados que me viro, eu estava errada. O mar mudou: está quebrando e sibilando. Meus dentes doem sob o vento gelado.

— Vou para casa agora. — Quando começo a andar, minhas pernas parecem duras e se movem devagar. Ted me segue, enrolando os dedos no cigarro, tropeçando no seixo. — Quando ela se foi, não havia mais nada a perder — grito olhando para trás, mais alto de que o som das ondas. — Por que não me contou?

Ele me alcança; inclina-se ao caminhar e coloca a mão em meu ombro de modo que suas palavras ficam mais próximas de meu ouvido.

— Você tinha muito com o que lidar. — Ele está levemente ofegante. — A partir de então, fiquei vigiando o estoque de cetamina como um gavião. Nenhum vidro sumiu depois daquilo.

Ele tropeça de novo e apoia a mão com mais firmeza em meu ombro. Chegamos ao topo da praia e ele para, me segurando ali com ele.

Diz mais baixo:

— Pensei que fosse uma única vez.

Ele para de falar. Três gaivotas passam voando por nós, na direção do continente, refugiando-se da tempestade que se forma no mar, onde nuvens escuras de chuva pairam no horizonte. Ele pigarreia quando começamos a subir o caminho que leva ao fundo da igreja, e nossos passos ficam mais silenciosos na lama.

O que eu teria feito se tivesse sabido naquele momento? Teria contado à polícia no mesmo instante e a qualquer pessoa que poderia ajudar, mas meus pés param quando me lembro de todas as manchetes em todos os tabloides: "Filha adolescente de médica desaparece", com a foto tirada na escola que parecia granulada no papel do jornal. Algumas publicações usaram uma foto antiga de Naomi recebendo uma taça depois de uma competição de natação. No maiô justo, ela era toda pernas, os pequenos seios aproximados; ela estava com catorze anos quando a foto foi tirada, mas fotos de uma menina quase nua vendia jornais. Se a imprensa soubesse de uma história envolvendo cetamina, as manchetes teriam sido mais sensacionalistas: "Filha adolescente viciada de médica desaparece". Ela teria se sentido traída; não teria voltado nem se pudesse. Mas, se a polícia tivesse tomado conhecimento da cetamina, talvez já a tivessem encontrado. Começo a andar depressa, como se ao andar rapidamente eu pudesse recuperar o tempo perdido. A mão de Ted desliza de meu ombro. Estamos agora ao lado do pátio da igreja, onde o caminho é escuro e escorregadio, com galhos de árvore baixos servindo de cobertura; no outono, elas derrubam seus frutos vermelhos em forma de lágrima e o chão fica escorregadio com a polpa aberta. Agora, a lama está encharcada pela chuva e por pequenas pontas de gelo.

Estamos quase em casa quando a chuva começa. Mary está alimentando as galinhas. Ela se vira para nós quando passamos por seu portão e acenamos uma para a outra, um cumprimento breve sem palavras. Ela entenderá que, às vezes, até fingir sorrir é difícil demais.

Quando chegamos à porta, Ted olha para mim. Os olhos estão cheios de culpa e tristeza.

— Quando encontrei os vidros na bolsa da Naomi, muitas coisas estavam acontecendo. Eu estava sendo processado pela operação da espinha daquela garota, e ia e vinha da Suécia com os testes de células-tronco, que não estavam indo bem, tampouco. Eu deveria ter feito mais perguntas a ela.

Dentro de casa, Bertie se aproxima meio sonolento para nos receber, cheirando nossas pernas. Eu me inclino para ele, tocando seu corpo quente e firme, mas não consigo ficar parada. Ando pela cozinha, vou para a sala de estar e volto. Uma janela bate por causa do vento refrescante e a chuva cai fina no vidro. Ted tira o casaco e acende o fogo da chaleira.

Eu me viro para ele enquanto ele abre o armário para pegar canecas.

— O que quis dizer com "deveria ter feito mais perguntas", Ted? O que mais você acha que poderia ter descoberto?

— Eu poderia ter pedido mais informações. Ela me disse que era para uns amigos. Pensei que ela se referia a amigos da escola, mas pode ter sido para outra pessoa.

Enquanto absorvo aquilo, um novo pensamento me ocorre.

— E o Ed? Tem alguma ligação?

— O problema dele era diferente. Naomi não estava usando drogas como ele; ela só... as roubava.

— Ele também.

Ted empurra uma caneca sobre a mesa para mim.

— Os dois roubaram porque tinham acesso, mas os motivos eram totalmente diferentes. Coincidência ruim.

Na pequena pausa que vem depois das palavras dele, digo a mim mesma que coincidências não existem.

— Ainda acho que ela estava dizendo a verdade — continua Ted enquanto beberica o chá. — Foi só uma vez, para os amigos.

Mas ela havia mentido com frequência.

— Naomi, alguma vez, foi vista com seus amigos no hospital ou com alguém que você não conhecia, de fora? — pergunto. — Alguém que a incentivasse, que pegasse as drogas, que talvez desse dinheiro a ela?

— Não. Sempre fiquei de olho nela quando ela estava no laboratório ou na ala. Eu teria visto.

— Não sabia que ela também tinha ficado na ala.

— Sabia, sim. — Ele parece surpreso. — Foi sua ideia que ela fizesse as rondas na ala comigo. Ela gostava da movimentação. Algumas vezes eu a vi conversando com os pacientes enquanto esperava por mim. Acho que eles imaginavam que ela era estudante de medicina, porque ela usava um avental do laboratório.

— Ela ajudava a administrar os remédios?

— Pelo amor de Deus. — Ele percebe na hora o que estou pensando. — Aqueles remédios ficam trancados. É preciso ser enfermeira formada para sequer empurrar o carrinho. Ela só conversava com as pessoas, fazia amizades.

— Ela a conheceu? — Uma repentina e nova suspeita aparece na minha frente.

— Conheceu quem?

— Sua namorada, a Beth.

— Ela não é mais minha namorada. Terminamos. — Ele se levanta e fica de costas para mim; olha pela janela da cozinha para o jardim, onde a chuva agora cai em camadas escuras. — E a resposta para sua pergunta é não.

— Como você sabe?

Ele dá de ombros.

— Ela nunca estava por perto quando eu levava Naomi; costumava trabalhar à noite.

Beth já deveria ter visto Naomi, apesar do que Ted diz; ela poderia ter se perguntado como seria ter um filho de Ted, poderia ter brincado com a ideia de que Naomi era dela. O pensamento se firma.

— Onde ela está agora?

— Quem?

— Pelo amor de Deus, Ted. A Beth. Talvez tenha sido ela. Ela sequestrou Naomi porque ela é sua e...

— Pare. — Ele fica na ponta dos pés e desce de novo, com as mãos enfiadas nos bolsos.

Parece calmo exceto pelo fato de suas mãos estarem cerradas com tanta força que o tecido da calça se expande com o volume dos bolsos. Consigo ver os nós dos dedos pelo tecido grosso.

— Você sabe que ela estava comigo na noite em que Naomi desapareceu — diz baixinho.

— Sei que é o que você me disse.

— Ela estava no apartamento dela. Tem um álibi excelente.

Ele está falando de si mesmo? Ele se vira e olha em meus olhos.

— Não eu. A polícia. — Percebo que ele ainda está escondendo alguma coisa. — Ela ligou para eles porque alguém invadiu o apartamento dela naquela noite. — Ele para por um momento. — E depois ligou para mim.

— Ela ligou para você? — Minha mente começa a descer degraus até um lugar onde eu não havia estado. — Então, você não esteve na casa dela pela primeira vez naquela noite, cometendo um erro por estar cansado e bêbado. Vocês já eram amantes. Deus, fui mais idiota do que pensei.

— Não tive a chance de explicar tudo...

Quanto tempo demora para dizer a alguém que você mentiu? Minutos? Meses? Anos? Repouso a caneca de chá; ele está sem sabor, desagradável.

— Já sei que continuou depois de você ter me dito que havia acabado. Eu não sabia que você tinha mentido a respeito do começo também.

— Como eu poderia lhe dizer com Naomi desaparecida? — Ele se vira para me encarar.

Ignoro a pergunta; afasto as mentiras do passado e as do futuro. Preciso me manter focada.

— Beth ligou para a polícia e para você porque o apartamento dela tinha sido arrombado — falo lentamente, para tentar entender. — A polícia deve ter feito a ligação, posteriormente, de que o amante de Beth era pai de Naomi e que seu apartamento tinha sido invadido na noite em que Naomi desapareceu. Isso é importante. Por que Michael não me contou, na época?

— Ele não sabia. — Ted se senta de novo, olhando para mim do outro lado da mesa. — A polícia só descobriu que eu estava... com Beth mais tarde, quando fui falar com eles na delegacia. Naquela noite, esperei, estacionado mais à frente na rua do apartamento dela, até a polícia ir embora.

O que ele estava pensando ao se esconder ali, na rua escura? Estaria envergonhado? Talvez estivesse pensando na pesquisa ou na operação malsucedida? Não, devia estar pensando em Beth. Em fazer sexo com Beth depois, quando a polícia fosse embora.

— Mas é claro. Tola de novo. Tinha que ser segredo.

— Eu ia terminar...

Não é isso o que importa, digo a mim mesma. Nada disso importa. Tem alguma coisa faltando.

— O que você estava fazendo quando ela ligou para você? — Começo do começo de novo. Um fio de cada vez.

— Entrando no carro. Estava esgotado naquela noite. — Ele balança a cabeça ao se lembrar. — O caso do tribunal havia acabado de estourar e eu estava arrasado. Fiquei muito aliviado quando soube que a cirurgia marcada não aconteceria; eu só conseguia pensar em ir para casa. Eu tinha até me esquecido se teria ou não que buscar a Naomi.

Isso parece verdade, e acredito nele.

— Recebi o telefonema de Beth. Ela estava desesperada e assustada. O apartamento tinha sido vandalizado. Eles chegaram até a colocar fogo na cozinha.

Uma lembrança vaga do cheiro de queimado me ocorre, de que Ted havia entrado em casa treze meses antes e eu havia sentido o cheiro de queimado nele. Pensei que fosse o aparelho de diatermia que ele usava nas cirurgias, mas me esqueci disso totalmente em meio ao medo daquela noite.

— Eles? Mais de um?

— Parece que a polícia pensou se tratar de um tipo de gangue, talvez moleques. Mesmo quando souberam de minha ligação com Beth, não acharam que havia qualquer relação com o desaparecimento de Naomi.

— O que eles levaram?

— Nada parece ter sido levado. — Ted dá de ombros; já tinha aceitado a estranheza da situação. — Laptop, televisão, câmera, joias... estava tudo ali, bagunçado, mas ali.

— Você não acha estranho que tenha sido na mesma noite em que Naomi desapareceu? — Olho para ele, mas ele balança a cabeça.

— Invasões acontecem todas as noites em Bristol. — Ted parece cansado.

Uma criança magra com hematomas e cansaço. Essa combinação não tinha sido uma coincidência nem uma agressão à criança. Jade tinha leucemia.

— A Naomi nunca viu você e Beth juntos, mesmo? — Está ficando mais difícil ficar parada; eu me levanto e enxáguo as xícaras, torcendo as mãos na água para esquentá-las.

— Não. Acabei de dizer... — Ele para, como se uma lembrança lhe tivesse ocorrido. — Na verdade, pensando bem, não é totalmente verdade. A Beth foi ao meu consultório, certa vez, mas viu Naomi e saiu de novo. Naomi nem se deu conta.

Ele estava enganado. Naomi teria sentido o cheiro de lavanda de Beth quando ela entrou; teria levantado a cabeça e poderia ter achado a familiaridade estranha, até se lembrar de que havia sentido o mesmo cheiro na pele do pai. Teria fingido olhar pela janela de Ted, aquela estreita acima da mesa dele, com as cortinas de estampa de pavão que costurei anos atrás; ao mesmo tempo, observaria Beth de esguelha; teria visto o breve olhar entre Beth e Ted. Naomi teria percebido quase instantaneamente.

— Vou precisar ligar para o Michael para que ele saiba.

— Vocês ainda estão em contato?

Pensei nas mãos quentes dele e nos olhos sérios. De tocar seus lábios com os meus.

— Sim. — Olho para baixo e para o lado. Por que eu deveria contar a ele a respeito de Michael? Não devo nada a Ted agora. — Você vai precisar ficar para falar com ele se ele concordar em vir aqui.

— Claro. Olha, Jenny...

Olho para ele e, além de sua figura conhecida, da barba por fazer e das manchas incomuns de nicotina em seus dedos, dos cabelos mais compridos e do sorriso reconfortante, vejo um homem de meia-idade ficar mais velho, mais cansado e mais amargo, como se ele soubesse que cometeu erros e se arrepende.

— Falei a sério. Não tenho mais nada com Beth.

— Eles servem comida no bar — digo. — Volte quando precisar dormir.

Depois que ele sai, tento ligar para Michael, mas ele não atende. Vou até o estúdio. Está frio e bagunçado; normalmente, não noto a bagunça. Não tenho vontade de começar a pintar, por isso organizo as sementes e as flores. Mas não sonho com elas naquela noite. Nos sonhos, vejo Naomi jogando vidro quebrado nas paredes da cozinha queimada de Beth, rindo. O riso me acorda e se transforma no grasnado de uma gaivota, cortando a noite de seu poleiro no telhado. Permaneço deitada no escuro. A paisagem do passado mudou. Naomi. Cetamina. A invasão da casa de Beth. Minha mente não para de girar. Como pude perder tanta coisa? Mas sei como é fácil perder as coisas. Eu não tinha visto o que estava acontecendo com Ed. Poderia muito facilmente ter sido tarde demais para ele também.

Desisto de tentar dormir de novo; acordo, desço no escuro e faço um chá. Meu caderno de desenhos está ao lado, mas virado para baixo, aberto. Será que Ted o espiou depressa ou estudou cada um deles? Talvez tenha se desapontado por nenhum ser dele. Seu casaco molhado está sobre a cadeira; as mangas pingam e formam uma pocinha de água no chão. Não ouvi quando ele chegou do bar e subiu. Abro a porta para o jardim e olho dentro do silêncio escuro. A tempestade que veio do mar já se foi de novo. Fecho a porta e me sento no chão de costas para a lareira, com a caneca de chá ao meu lado. É fácil desenhar bisturis; mais difícil é capturar os dedos que o seguram, impossível mostrar que estão tremendo.

## *Bristol, 2009*
## *Onze dias depois*

Ed puxou o braço de volta e desceu a manga. Virou a cabeça para o outro lado e, na curva descendente de seu pescoço fino, vi até onde ele havia ido. Eu o abracei. Senti que ele tremia.

— O que aconteceu com você?

Ele deu de ombros e se afastou.

— Não estou brava. — Acho que ele não ouviu, mas era verdade. — Quero ajudar.

Ele entrou na sala de estar e se sentou no sofá, jogou a cabeça para trás e olhou o teto. Eu me sentei ao lado dele.

— Pode me dizer o que está acontecendo?

Ele olhou para mim de repente, com os olhos castanhos cheios de raiva e fixos nos meus.

— Não ouse contar ao papai.

— Você estava usando drogas da minha maleta de médica?

Não respondeu.

— Não há drogas em quantidade suficiente ali para isso. — Toquei o cotovelo dele com delicadeza enquanto falava, mas ele se sobressaltou e se afastou. Senti um inchaço sob meus dedos, quente através do algodão da camiseta dele. — Vou preparar um sanduíche e uma xícara de café para nós dois. — Talvez fosse a coisa certa a fazer, fingindo ser calma e sensata, mas, quando vi o rosto dele tomado pela dor, senti vontade de chorar. — Pode ser que haja um abscesso aí, Ed. Posso olhar daqui a pouco.

Comemos em silêncio, o que não pareceu incomodá-lo. Ele olhava sem expressão nenhuma pela janela enquanto mastigava. Enquanto bebíamos o café, comecei com cuidado:

— Como está se sentindo agora?

Ele olhou para mim depressa, com desdém.

— Péssimo, o que acha?

— Há quanto tempo?

— Não sei. — Ele deu de ombros.

— Com que frequência?

— Sempre que dá na telha.

Mas seus ombros relaxavam como se conversar soltasse algo dentro dele.

— O que tem usado?

— Várias coisas. — Uma pausa, e então um murmúrio, que, para ouvir, precisei me aproximar. — Cetamina, na maior parte das vezes.

O perigo ao qual tem se exposto me deixa enjoada.

— De onde?

Ele olhou de soslaio para mim e, logo após, sorriu com sarcasmo.

— Um cara numa boate.

— Aonde pretende chegar com isso?

— Como vou saber, porra?

— Por que drogas, Ed?

Ele fechou os olhos.

— Por causa de todas as outras merdas.

— Que outras merdas?

— Coisas.

— Tipo?

— O Theo — disse ele com a voz baixa. — A Naomi.

— O Theo?

As drogas podiam ajudá-lo com a culpa que sentia em relação a Naomi, apesar de algumas cicatrizes parecerem velhas; ele vinha se drogando antes mesmo de ela desaparecer. Como o Theo entrava nisso?

— Deixa, mãe. — Ele começou a balançar a perna sem parar.

Olhei ao redor da sala como se as ferramentas para destravar isso estivessem em algum lugar: em cima da mesa ou fora do alcance, numa estante alta.

— Não foi sua culpa o fato de ela ter sumido. Já dissemos isso; mesmo se você tivesse esperado...

— Eu disse para deixar.

— O dinheiro?

Ele ficou em silêncio.

— Ed, de onde veio o dinheiro?

O movimento das pernas ficou cada vez mais intenso, ele se levantou de repente e subiu a escada.

— Aonde vai?

— Para o polo Norte, porra.

Esperei a porta de seu quarto se fechar, sentei-me e a sala pareceu me sufocar. Havia um zunido no ar como aquele depois de uma explosão, mas era dentro da minha cabeça. Olhei para as minhas mãos na mesa. Os tendões apareciam através da pele em sulcos pálidos; minhas mãos estavam mais finas agora, mas ainda eram fortes. Eu havia feito partos, inserido cateteres e soros, havia costurado pele rasgada, segurado as testas de meus filhos enquanto eles vomitavam. Eu os havia segurado. Podia segurar isso. Tinha que segurar.

Ele estava sentado recostado na cabeceira, com fones de ouvido. Os joelhos flexionados davam suporte a um livro e, quando entrei, ele começou a virar as páginas depressa.

Eu me sentei na cama e ele afastou as pernas.

— Alguns pais podem envolver a escola. Alguns podem envolver a escola e polícia. — Ele parou de virar as páginas, mas não olhou para mim. — Muitos pais insistiriam para saber os detalhes do que tem acontecido. Eu ofereço um acordo.

Ele tirou os fones e esperou.

— Se você concordar em ir para um centro de reabilitação, não envolveremos a escola nem a polícia, e desde que converse com alguém e pare, não precisa nos dizer nada sobre de onde as drogas vieram, nem sobre o dinheiro que vi.

Ele olhou para mim em silêncio e depois para seu colo, mas os olhos não se mexiam.

— Só sair da escola?

— Sim, para poder se tratar.

Ele se deitou e fechou os olhos.

Segurei seu braço com delicadeza, subi sua manga e olhei as cicatrizes. Agora, eu conseguia ver com clareza; havia um inchaço do tamanho de uma cereja esticando a pele.

— Ed, isso precisa ser drenado. Precisamos ir ao pronto-socorro.

— Você pode fazer.

Não discuti; podia fazer com que ele se negasse a fazer o acordo que eu havia proposto. Peguei um kit esterilizado da caixa trancada em meu carro. Lynn brincava dizendo que eu levava uma unidade de operação comigo, mas eu considerava útil levar aquela caixa para os pacientes que precisavam de procedimentos simples e os que não podiam ir ao hospital. Normalmente, era muito satisfatório, mas naquele dia seria diferente. Encontrei o antibiótico em minha maleta. Pensar em cortar a pele de meu próprio filho fez com que eu me sentisse fraca ao subir novamente a escada. Lavei as mãos no banheiro, com a água quente, o máximo que eu aguentei. Eu sabia que o machucaria. Tinha que encontrar uma forma de lidar com isso para conseguir resolver de maneira adequada. Sequei as mãos no papel toalha e vesti as luvas cirúrgicas; enquanto fazia isso, senti que cruzava aquele limite entre mãe e médica. Aquele era apenas um problema a ser resolvido; era simples, eu conseguiria. Limpei o braço dele com iodo, espalhei papel acima e abaixo do cotovelo, posicionei a bandeja de papelão e espirrei anestésico congelante ao redor e em cima do abscesso.

— Isso vai amortecer, mas ainda assim vai doer. Seria melhor tomar uma anestesia no hospital. Tem certeza, Ed?

— Faça.

Médica, não mãe...

Peguei o bisturi e cortei a pele mais fina sobre o abscesso inchado. Ed gritou quando a pele se abriu e pus grosso espirrou, escorrendo por seu cotovelo e caindo na bandeja.

— Jesus. Porra. — Sua testa estava encharcada de suor enquanto ele observava a sujeira misturada com sangue cair na bandeja. — Puta merda. Isso dói.

— Quase acabando.

Senti o suor frio escorrer de minhas axilas e, sem conseguir fazer minhas mãos pararem de tremer, cuidadosamente apertei para que o resto do pus saísse e espirrei um antisséptico com a seringa. Depois, suturei o ferimento com um fino fio amarelo, fiz um curativo e observei enquanto ele engolia uma bela dose de antibiótico, penicilina e metronidazol. Paracetamol. Chá.

Depois, eu me sentei na cama e prendi as mãos trêmulas entre os joelhos. Os lábios de Ed estavam pálidos.

— Não conte ao papai — murmurou ele entredentes.

— Claro que ele precisa saber. Vai ter que saber por que você vai sair da escola, pelo menos. Não vai gostar, mas vai entender. Até ele teve dificuldade para parar de fumar, anos atrás.

— Não sabia que o papai fumava.

— Mais do que cigarros, às vezes.

— É mesmo? — Ed olhou para mim com os olhos curiosos.

— Todo mundo erra; todos fazemos besteira mais cedo ou mais tarde.

— É mesmo? Até o Theo perfeito, o filho perfeito?

Ah. Ele olhou para a colcha da cama. Não consegui ver seu rosto, mas suas palavras eram amargas. Esperei mais, mas ele não falou sobre Theo de novo.

— Eu as vendia — murmurou ele, a voz estranha. — Para comprar cetamina.

Ele estava vendendo as drogas de minha maleta para comprar as que queria; provavelmente sempre haveria alguém disposto a trocar petidina e temazepam por cetamina. Eu me aproximei enquanto ele murmurava outra coisa. Não entendi o que ele disse, por isso fechou os olhos e dormiu.

Fechei a porta em silêncio e levei a bandeja e as luvas para baixo. Meu celular tocou.

— Vai aparecer no noticiário. — O tom de alerta na voz de Michael me deixou assustada. As drogas de Ed. Alguém deve ter descoberto e contou a um jornalista. Graças a Deus ele está dormindo, caso contrário pensaria que fui eu. Michael ainda falava e precisei de alguns segundos para entender que o que ele me dizia não tinha nada a ver com drogas. — Encontraram uma van azul, abandonada na mata.

# 26

*Dorset, 2011*
*Treze meses depois*

Quando a água da banheira escoa, deixa para trás uma linha de pedras pequenas que tinham entrado em meus sapatos na praia e feito marcas em minha pele. Eu as empurro na direção do ralo; resíduos de pedrinhas do mar, com pontas pretas e marrons brilhantes.

Depois do banho, saio para telefonar; minha voz está baixa no espaço branco do jardim coberto de gelo. Mantenho o celular perto da boca. A janela de Ted está aberta; pode ser que ele acorde e ouça. Enquanto espero Michael atender, o corpo escuro de uma aranha, suspenso por um fio, balança como um pêndulo em direção à pedra do muro do jardim. A voz de Michael fica mais alta de surpresa quando me ouve.

— Ted ainda está aqui. — Empurro a aranha com a ponta do dedo em direção à janela, e ela se prende à superfície áspera.

— Ah.

— Ele ficou doente depois que chegou, então...

— Você está cuidando dele. — Michael termina a frase.

— Deixei ele ficar. Ele me disse coisas sobre a Naomi que eu não sabia. Ela havia roubado drogas.

Faz-se silêncio por alguns segundos.

— Certo — diz ele, baixinho.

— Foi quando ela estava trabalhando no laboratório de animais de Ted. Ela deixou a bolsa lá um dia, e Ted encontrou alguns vidros nela. — As palavras saem tranquilas o bastante, mas me sinto sem fôlego ao dizê-las.

— Por que ele não disse a ninguém?

— Ele contou ao policial na delegacia, mas obviamente não foi investigado.

A aranha passa por cima da pedra, procurando um lugar para se esconder.

— Mas ele não contou a você — diz ele, com razão.

— Parece que ele não queria me sobrecarregar com algo que parecia irrelevante.

Uma pausa, e sua voz se tranquiliza de novo.

— Certo. Quais drogas?

— Cetamina.

Como se fosse combinado, o ar é tomado pelo som de passarinhos; sinos matinais inocentemente preenchendo os espaços e os cantos vazios da vila, trazendo com o som um mundo de feriados, sol, gramados e almoços de domingo.

— Ted costumava anestesiar ratos de experimentos. Naomi estava no laboratório e tinha acesso a isso. Não se trata de uma droga controlada, e eles confiavam nela.

A aranha desapareceu; devo ter perdido o momento em que ela mergulhou num espaço entre as pedras.

— Há um grande comércio de cetamina — disse Michael lentamente.

— Naomi não se envolveria nisso. Ed vendia drogas, não Naomi.

Michael continua como se eu não tivesse dito nada:

— Posso levantar uma lista de usuários.

— Uma lista de usuários? Ted diz que ela pegou alguns vidros para uns amigos...

— Os usuários de cetamina costumam ser mais velhos do que Naomi — ele me interrompe. — Menor chance de serem estudantes. Pode ser que ela tivesse outros contatos.

Aquela palavra abre uma fresta para o mundo que Ed havia visitado, onde figuras obscuras vivem numa rede nos recôncavos escuros da vida, organizada e predadora. Contatos. A palavra para os parceiros de um paciente que tenha clamídia ou gonorreia: alguém desconhecido, com o poder de mutilar em segredo.

— Pelo menos sabemos o que significa o C no diário dela — diz Michael.

Pensei que fosse algo relacionado aos estudos. Que inocente eu tinha sido; Naomi devia pensar a mesma coisa, por isso guardou os segredos para si.

— Vou até você — diz Michael.

— Você pode? — Sinto meus olhos arderem de lágrimas.

— Chego em duas horas. Seria útil conversar com o Ted também.

— Obrigada. — Quero encontrar outra palavra que diga mais, algo maior, mas não consigo encontrar. Eu me lembro de alertá-lo: — Ele não sabe sobre nós.

— Não, não deve saber.

Talvez ele pudesse ser retirado de nosso caso se soubessem que estamos juntos, ou seria demitido. Esse segredo coloca uma pressão em nosso relacionamento, tornando-o mais sem graça de alguma maneira. Às vezes, quando estou sozinha, penso que imaginei tudo.

Quando nossa conversa termina, apoio a mão na parede. A superfície é áspera e fria. As frestas escuras devem estar cheias de aranhas que nunca vemos, com teias e coisas presas. Meus pés deixam marcas endurecidas na areia clara e rija enquanto volto para casa. O ar está claro e frio; será um dia de sol e gelo sob os pés. Soltei Bertie; ele rola no gelo, e seu corpo o derrete; quando ele fica de pé e se chacoalha, vejo uma parte diferente de verde no gramado branco. A diferença o anima; ele parece gostar do frio penetrando sua pele. Corre em círculos como um filhote.

Na cozinha, Ted está preparando uma xícara de café. Ele parece diferente de como estava quando chegou, um pouco mais gordo, talvez, mais ereto. Está usando o casaco e há uma pequena mala a seus pés. Seus olhos se desviam dos meus e voltam, como os de uma criança culpada.

— Sinto muito — diz ele.

Ele me entrega a xícara de café que acabou de fazer e coloca uma colher de grãos na outra. Continua falando depressa, como se achasse que eu poderia interrompê-lo antes que ele conseguisse dizer o que planejou.

— Ela amava você.

Não preciso que ele me diga isso. Seguro a caneca e me recosto no balcão. O sol incide no vidro e se espalha em blocos coloridos e divididos no chão, deixando à mostra a poeira e as manchas nas beiradas.

— Fiz tanta coisa errada... — continua ele, tropeçando nas palavras em silêncio.

— O quê, exatamente?

Procuro dentro do armário e despejo mingau numa panela. Mas sei que não existe um "exatamente". Tudo que fiz de errado estava em algum ponto no espaço mutante entre esperar demais e não ver o suficiente.

— Distante, ocupado...

Como ele pode achar que é tão simples? Que o motivo pelo qual Naomi desapareceu é porque ele estava ocupado, como se todas as outras coisas que ele fez ou não fez não importassem?

— E as regras que você quebrou? — Acrescento água à aveia, minhas mãos tremendo de ódio. — Para ela achar que regras não importavam... — Olho para ele, e percebo que ele dá de ombros sem paciência.

Se está se referindo à Beth, já disse. Naomi não a conheceu. Eu tomei cuidado.

Ele acrescenta, como se fosse uma continuação:

— Olha, está tudo totalmente terminado entre nós. — Ele se aproxima, chega mais perto, olha por cima de meu ombro. — Por que não coloca um pouco de leite nisso? Fica melhor.

— Michael está vindo. — Dou um passo me afastando dele e acrescento mais meia xícara de água.

— Tenho uma lista de pacientes amanhã; preciso voltar para atendê-los. Depois disso, pensei que talvez pudéssemos...

— Falei com ele hoje cedo. — Não olho para ele enquanto misturo. — Ele está vindo conversar conosco sobre a cetamina.

Raspo o mingau da tigela e o coloco num prato sobre a mesa, à frente dele.

— Vou esperar, então — ele fala devagar enquanto me observa.

O ar na cozinha parece abafado com palavras que não estão sendo ditas.

— Vou trabalhar um pouco — digo a ele, e fecho a porta.

É o momento errado do ano para as flores de que preciso para meu círculo, mas pode ser que encontre algo no campo. Algo prende a manga de minha blusa quando abro o portão. Um único botão congelado está pendurado ao lado de um caule escurecido do galho de espinhos que me prendeu. As camadas de fora devem ter morrido primeiro, e o lado interno mais macio, depois. Eu me desenrosco; o botão e o caule preso saem em minha mão; a teia da aranha entre a cabeça e o caule se estica um pouco e quebra.

Dentro do estúdio, o botão se define no papel branco denso. As pétalas estão escuras e duras nas pontas, que estão dobradas para trás, um pouco amassadas; algumas das pétalas são cor-de-rosa perto do cálice, mas têm manchas e linhas de tom malva e marrom; ainda estão levemente contidas em camadas que se encontram num ponto. Se eu começar com cor-de-rosa para as pétalas e cobrir com o preto, posso conseguir o tom de cinza envernizado. Não quero o poema de Blake na minha cabeça, mas, enquanto trabalho, as palavras aparecem mesmo assim, como se estivessem esperando por mim:

*Ó rosa, tu estás doente.*
*O inseto invisível,*
*Que voa na noite*
*Na tempestade uivante:*

Há treze meses, o mundo dela era seguro. Casa, escola, amigos. Agora sei que, além daquele círculo iluminado, o mundo era cheio de perigos ocultos, esperando que alguém saísse às sombras escuras. Seria preciso apenas uma pessoa, um contato.

*Alojou-se em teu leito*
*De alegria carmim,*
*E seu amor secreto e escuro*
*A tua vida destrói.*

Tento pintar, tento me concentrar tanto que só vejo cores escuras e formas curvas. Se alguém a amasse, certamente não a destruiria. Formo o contorno do botão e minha mente está tão cheia que, quando a porta se abre, eu me viro, surpresa.

— Desculpe, fiz isso de novo. — Michael está usando um casaco e um cachecol, as chaves do carro na mão. Ele adivinhou que eu estaria ali e veio direto atravessando o gramado. Seus ombros largos se curvam um pouco, como se ele se oferecesse como um lugar seguro.

Toco seu rosto, e a pele está quente sob meus dedos.

— Que bom ver você.

Ele vira os lábios em minha mão.

— Você parece cansada. Eu devia ter vindo mais cedo, mas pensei que os meninos estivessem aqui.

— Eles foram embora há alguns dias. Entre na casa ou Ted virá nos procurar.

Ted dispôs facas na pia como se fosse uma mesa de cirurgia. Há montes organizados de cebola cortada, montinhos de pimentas, pastinaca fatiada. Quando entramos na cozinha, ele está segurando a ponta da faca com uma das mãos e, com a outra, o cabo, fazendo um movimento rápido de gangorra, cortando ramos verdes de salsa. Seu casaco e sua maleta não estão à vista.

— Quero que ela faça uma refeição substanciosa — diz ele a Michael, depois de trocarem um aperto de mãos. — Ela tem cuidado de mim, e agora preciso cuidar dela. — Como se tivesse percebido nossa aproximação e tentasse dizer que é meu dono. Ele mexe o conteúdo da panela.

Michael atravessa a sala de estar.

— Por que vocês dois não vêm e se sentam?

Ted tira a panela do fogo e nos segue, senta-se ao meu lado, um pouco perto demais, e apoia o braço no encosto do sofá.

Michael se senta na cadeira a nossa frente e se inclina, atento e profissional, olhando para nós.

— Quando Jenny mencionou cetamina para mim, fiz uma busca. Nosso software permite acesso a listas nacionais de usuários e traficantes conhecidos, e podemos fazer uma busca cruzada com outros crimes cometidos também.

Crimes como sequestro ou crimes como estupro e assassinato? Olho para Ted para ver se ele também está pensando isso, mas ele abaixa a cabeça, absorvendo o impacto das palavras de Michael.

— Trouxe algumas listas. Começando com Bristol, quando digitei "cetamina", cerca de cem nomes aparecem. Preciso que vocês os analisem para ver se algum é familiar.

— Por que seriam? — pergunta Ted.

— Um nome que vocês possam ter ouvido Naomi mencionar por acaso, por exemplo, ou um amigo de um amigo dos meninos.

— Duvido que ela entrasse em contato frequente com traficantes — diz Ted, de modo seco.

— Naomi roubou drogas. Assim como Ed. — Eu me viro de frente para Ted, falando mais alto. Como ele ainda consegue acreditar tão incondicionalmente na inocência dos filhos? — É claro que eles tiveram contato com criminosos usuários de drogas.

Silêncio. Ted abaixa o braço. Enquanto Michael olha para sua lista, seu rosto está corado. Sinto uma pontada de decepção; ele está envergonhado porque perdi a paciência. Desvio o olhar de ambos, olho para a grama, para o céu e para as árvores pela janela.

Michael entrega papéis idênticos a nós dois.

— Qualquer coisa que chame a atenção, por qualquer motivo, seria útil — diz ele.

Tom Abbot, Joseph Ackerman, Silas Ahmed, Jake Austin, Mike Baker... leio os nomes na folha, nunca vi nenhum deles antes. É um alívio e, ao mesmo tempo, não é. Quer dizer que não estamos avançando. Ted balança a cabeça.

— Desculpe. Nada chama a atenção.

— Tenho uma lista ainda maior que abrange o Sudoeste. — Michael está pegando mais papéis da bolsa.

Ted começa a ler a nova lista. Lê depressa e vira as páginas mais depressa do que eu. Quero que ele demore mais, que analise mais, mas ele sempre leu mais depressa do que eu, obtendo quase automaticamente o que precisa do texto. Eu leio e releio, olhando para Michael de vez em quando, querendo sinalizar minha gratidão, mas ele também está lendo a lista, franzindo o cenho de leve. Deve estar cansado. Eu o imagino entrando no escritório mais cedo hoje, ligando o computador, imprimindo as listas para nós, dirigindo até Dorset por duas horas. Seus olhos estariam focados na estrada, mas quais pensamentos poderiam estar girando em sua mente enquanto passava pelas propriedades? Parece estranho que eu não faça a menor ideia.

Ted leu a primeira lista inteira antes de eu terminar. Ele a deixa de lado.

— Nada — diz brevemente. Entra na cozinha e começa a procurar algo nos armários, fazendo barulho.

Continuo lendo, testando cada nome novo. Nenhum é familiar. Michael se aproxima de mim e apoia a mão em meu ombro. Uma máquina zune na cozinha, para e começa de novo. Sinto o calor da mão de Michael na minha pele. Fecho os olhos; depois de alguns segundos, ele abre a maleta e tira dali dois maços maiores.

— Tenho uma lista nacional aqui.

— Meu Deus — diz Ted, reaparecendo com uma bandeja de canecas fumegantes. — Você abriu bem a rede.

Michael pega uma caneca de sopa e beberica.

— Obrigado, imagino que acontece a mesma coisa com você, quando alguém está doente e você não sabe bem o porquê. Trabalha com todas as possibilidades. Um monte de exames de sangue e raios X. Trabalho de detetive.

Ted assente.

— Tem razão. Às vezes, é preciso encontrar aquela informaçãozinha... um tipo de dor de cabeça diferente, a menor mudança nos eletrólitos ou a sombra mais escura no raio X... e pronto, encontra-se o diagnóstico.

A sopa está quente e apimentada. Ted aprendeu a cozinhar. Por um segundo, vejo Beth, minha imagem de Beth, corada pelo calor do fogão, mexendo uma panela de sopa. Ted inclinando-se para olhar, beijando o pescoço dela. Meus olhos doem ao ler as letrinhas. Pego os óculos de que agora preciso para as pinturas menores no estúdio. Quando volto a entrar na sala, Michael, percebendo meus óculos, levanta-se e acende a luz.

Ted sorri para mim.

— Minha esposa usa óculos hoje em dia. Ficam bem em você. — Eu me sento de frente para ele, na cadeira ao lado de Michael.

Michael nos entrega os maços de papel.

— Esta é a lista nacional; quando os usuários de drogas estão relacionados com outros crimes, há um asterisco ao lado do nome. Esta abrange a Escócia, o norte da Inglaterra, Ânglia Oriental, País de Gales e desce para o Sul, incluindo Londres.

— Deve haver milhares aqui — diz Ted.

Mas não tenho que ler milhares de nomes. Está ali, na segunda página, com um asterisco ao lado. Yoska. Yoska Jones. Aquele estranho nome cristão de novo, e eu me sinto sem ar, como se tivesse levado um soco no peito.

— Ele tinha um sotaque galês — falei lentamente. — Era estranho.

— Quem tinha sotaque? — Michael se levanta da cadeira e se agacha ao meu lado. — O que era estranho? — Sua voz está assustada enquanto ele olha para mim.

— Era estranho porque Yoska não é um nome galês.

Michael olha para a lista de nomes que estou segurando, observando depressa.

— Você se refere a Yoska Jones? Você se lembra dele?

— Eu me lembro de um homem chamado Yoska — respondo, olhando para o rosto de Michael, e em vez dos olhos acinzentados, vejo olhos castanhos num rosto magro. Mãos fortes, um corpo robusto e esguio, cabelo escuro. Maçãs do rosto altas. De repente, outra imagem substitui essa e, por um segundo, vejo as letras que Naomi escreveu: XYZ. O Y escondido entre o X e o Z, escrito em vermelho e tocado por um coração. Ele a teria alertado para nunca escrever seu nome em nenhum lugar.

— Qual era o problema dele? — pergunta Michael.

— Aí é que está, eu não descobri.

— Por que não? Ele não disse muita coisa? Era uma pessoa difícil? — As perguntas de Michael são rápidas, como tiros que me acertam.

— Pelo contrário. Ele era charmoso.

— Você se lembra do que ele disse?

Michael está olhando para mim esperançoso. Ted, observando do outro lado da sala, está balançando a cabeça, e consigo perceber que ele não acredita que eu vá me lembrar de algo de tanto tempo atrás.

— Algumas partes, talvez — digo a Michael. — Mas faz mais de um ano.

Eu me lembro de que, quando ele foi ao consultório parecendo não precisar de nada, eu estranhei. As pessoas normalmente pareciam mal quando iam à consulta: com dor, preocupadas ou tristes. A cor de Yoska era boa, e acho que ele estava até sorrindo, ou pelo menos forçava um sorriso. Talvez houvesse uma cicatriz, uma pequena embaixo do olho esquerdo, que deixasse o resto de seu rosto ainda mais tranquilo. Os olhos castanhos no rosto magro tinham me observado de perto. Ele não parecia nada mal, apenas curioso.

— Escreva o que ele disse se puder. — Michael abriu a bolsa e me deu um papel em branco, já preso a uma prancheta. Pegou, dentro do bolso, a caneta que sempre usava. — Pode ser importante. Escreva como aconteceu.

— Palavra por palavra?

— Você vai se surpreender ao ver o quanto sai de sua memória ao fazer isso. Experimente.

Ele sorriu, como se fosse a coisa mais fácil do mundo lembrar-se de uma consulta de sete minutos ocorrida há mais de um ano. Era o dia dois de novembro. Sei disso com certeza porque ele entrou depois de Jade. A data está gravada na lembrança.

Escrevo-a na parte de cima da folha de papel e sublinho. Escrevo o que acho que dissemos e, entre uma coisa e outra, tento me lembrar de como foi.

2 de novembro de 2009

*— Em que posso ajudar?*

Devo ter dito algo assim; acho que fui breve. Lembro que estava com pressa porque havia me atrasado mais cedo. Ele se inclinou para mim e colocou a mão na mesa. Eu me lembro disso claramente porque os pacientes não costumam tocar a mesa: era o meu território. A mão de Yoska estava muito perto da minha, e eu a afastei. Parecera um jogo de poder que ele estava ganhando. Ele tinha sido rápido para responder.

*— A dor nas costas é coisa de família.*

A dor nas costas não costuma ser genética, mas senti que ele queria uma reação minha, por isso não discuti.

*— O que você acha que causou isso?*

Às vezes, os pacientes não gostam dessa pergunta, pois acham que o médico deveria saber; não percebem que é útil saber a opinião deles. Yoska não se importou. A resposta dele foi rápida como se ele tivesse se preparado.

— *Carrego muito minha irmãzinha no colo. Ela gosta de se sentar nos meus ombros, mas está ficando pesada.*

Percebi que ele não gostou quando sugeri que ele deixasse a irmã andar sozinha. Percebi que era o tipo de homem que não gostava que dissessem o que ele deveria fazer, muito menos se quem dissesse fosse uma mulher.

A perna esquerda se esticava só até um ponto. Eu disse a ele que era o nervo ciático e fiz uma receita. Lembro que ele sorriu e apertou minha mão. Retribuí o sorriso, aliviada por ter sido simples, afinal.

Michael analisa o diálogo que escrevi e Ted se levanta e lê tudo por cima do ombro dele.

— Isso vai ajudar? — Olho para Michael.

— Sem dúvida. — Ele assente de modo enfático. — Se for o mesmo Yoska da minha lista; mas ainda é um tiro no escuro, claro...

— Parece ter sido uma consulta muito clara — diz Ted. — É difícil ver como ela pode ter relação com Naomi. — Ele caminha até o sofá, senta-se de novo e começa a passar o dedo sobre a sobrancelha direita.

— Pode ser que eu consiga uma foto da base de dados — continua Michael. — Se conseguir, enviarei uma cópia a você por e-mail.

— E depois? — Olho para ele, sentindo a pouca esperança do momento desaparecer. — Ainda que seja o Yoska que vi no meu consultório, o Yoska traficante de cetamina de sua lista, o que isso prova, de fato? — O Y vermelho no diário dela parece se apagar enquanto falo, e os coraçõezinhos se evaporam.

— Não sei dizer exatamente, mas poderia nos dar algo com que trabalhar. — Michael sorri para mim nesse momento. — Passo a passo. É assim que costuma ser, lembra?

Mais tarde naquela mesma noite, eu me lembro de quando ele disse isso a mim antes, a respeito dos pequenos passos e de como eles nos levam ao ponto certo, no fim. Fazia onze dias que ela havia partido, um momento em que pensei que não estávamos chegando a lugar nenhum.

## *Bristol, 2009*
## *Onze dias depois*

Quando nos aproximamos da curva na estrada que vinha de Thornbury em direção à Oldbury-on-Severn, vimos os mourões e o amarelo e azul do carro da polícia estacionado brilhando numa tarde de inverno. A luz já desaparecia e a chuva caía forte.

Michael parou o jipe rente à cerca-viva, saiu e foi até onde havia um policial esperando. Pelas gotas de chuva no para-brisa, vi os dois caminharem juntos além dos mourões e entrarem num canto perto do portão aberto, desaparecendo de vista no início de um caminho com poças.

Estava contente por Ted estar de plantão e apenas Michael ter vindo comigo no jipe da polícia. Se Ted estivesse lá, estaríamos só ele e eu sozinhos esperando Michael voltar, o medo aumentando enquanto passava entre nós ou surgindo em palavras iradas. Mas ele estava com Ed, ainda de cama com um braço enfaixado, e atento para o caso de o hospital chamá-lo para atender emergências. Eu me encontrava ali devido a uma compulsão de estar onde Naomi estivera desde a última vez em que a vimos.

Depois de alguns minutos, Michael entrou de novo no jipe, levando com ele o frio do lado de fora. Seus lábios estavam contraídos.

— A van foi deixada numa pequena área ao lado do campo, mais para cima na ladeira. — Ele meneou a cabeça em direção ao portão aberto e ao campo além dele. Segurou o volante com força.

— O que foi, Michael? — perguntei-lhe, mas ele olhava diretamente para a frente. — O que aconteceu?

Ele tirou uma das mãos do volante e a colocou sobre as minhas, que se torciam em meu colo.

— Ela está parcialmente queimada — disse ele.

O calor de suas mãos parecia entrar nas minhas. Por um momento, quis me agarrar a elas, mas Michael se inclinou para a frente e deu partida no jipe. Fomos lentamente em direção ao portão aberto, onde o policial afastou os mourões e nos deixou passar.

Minha cabeça estava cheia, o nome dela a tomava, como uma oração, enquanto o jipe avançava pela propriedade, subindo a ladeira do campo. Vi o buraco ao lado da cerca-viva, as folhas grossas, a curva dos campos marrons. O buraco fora cuidadosamente feito e estava cheio de água marrom. Pensei em ratos e coisas mortas e pequenas que podiam estar sob a superfície. Numa ladeira menor, afastada do campo, vi um grupo de árvores mais à frente. Dali, parecia qualquer outro aglomerado de árvores de inverno da região Sul de Gloucestershire, afastado pela névoa.

Michael parou o jipe no pé da ladeira e saiu. Eu o segui. Já tinha parado de chover; o ar estava úmido e frio, com cheiro de lama e grama molhada. Ficou silencioso depois do barulho do motor, mas o silêncio lentamente foi tomado pelo som do farfalhar das árvores e dos grasnados repentinos dos corvos que sobrevoavam a área. Eu conseguia ouvir o gado distante e o gotejar mais próximo e silencioso da água acumulada nas árvores caindo no chão. O céu cinzento era amplo ali, estávamos mais alto do que eu havia pensado.

Subimos o monte íngreme, nossos pés afundando numa massa de folhas molhadas, e pisamos na fita azul e branca enrolada nas árvores. A mata rasteira se enroscava em minhas pernas e não vi a van, a princípio. Ela fora parada debaixo de uma única árvore conífera, e os galhos chamuscados mais baixos não tinham folhas. Já não havia mais janelas e o metal do teto estava escurecido. Fiquei ao lado dela, imaginando as chamas que fizeram isso, o calor que destruíra a lataria da van, o barulho e o cheiro.

Demos a volta pela frente, onde o capô estava encostado no tronco da árvore. Fragmentos da tinta azul tinham desaparecido, descascado, coberto pelo preto. A placa tinha sido arrancada.

— Esta parte foi menos queimada — explicou Michael. — O tanque de gasolina pode ter explodido primeiro.

— Quero ver o lado de dentro, Michael.

— Pensei que você pediria isso. — Ele foi até o carro, pegou algo do porta-malas e voltou com duas luvas azuis de borracha. Eu as vesti, fazendo um esforço para passar a borracha sobre meus dedos molhados.

A porta do passageiro havia desaparecido; eu me inclinei para dentro e vi os fios e as molas, tudo o que restara dos bancos. Coloquei a mão no espaço vazio onde ficava o rádio. O porta-luvas tinha sido arrancado. Olhei no banco de trás. Mais fios e molas. A chuva havia entrado e formado uma enorme poça no assento da frente, e a água era preta. Não conseguia ver o que podia haver por baixo, apesar de não parecer funda o bastante para esconder algo. Coloquei a mão entre as molas e passei os dedos pelo metal da parte de baixo do veículo; senti a cobertura da van com o mesmo cuidado com que sentia a pele de meus pacientes. Nada.

— Por que aqui? — perguntei a Michael. — É tão longe de qualquer lugar. Não é perto de uma estrada importante nem de uma cidade ou estação ferroviária. Não tem como escapar.

— Não é óbvio, certo? — perguntou Michael. — Com licença, um minuto. Preciso fazer alguns telefonemas.

Ele se afastou de mim e andou em meio às árvores, olhando para seu celular, e depois de alguns momentos eu o perdi de vista. Pensei que na primavera esse lugar seria bem diferente; havia sol e sombras no chão entre as *bluebells* e o alho selvagem, a luz estaria verde e dourada ao passar pelas folhas de faias e a pequena mata pareceria uma catedral.

Ouvi o barulho da chuva começando de novo e caindo nas folhas antes de sentir as gotas em minha cabeça. Estava mais escuro agora, e me perguntei como seriam os sons na mata à noite.

— Precisamos ir. — Michael havia voltado e estava de pé ao meu lado. — Mais homens virão em breve. A van precisa ser levada para a investigação.

Permaneci ali por mais um momento. O que havia sido alcançado, afinal? Não havia nada nesse veículo queimado nem na mata que me levasse para mais perto de Naomi, nem nada que nos dissesse se esse tinha sido o carro no qual ela entrara. Nada além dos poucos sinais de tinta azul.

— Foi uma perda de tempo, Michael? Não avançamos nada.

Michael segurou minha mão por um momento e a soltou.

— Nisso você está enganada, Jenny. Estamos avançando o tempo todo, mas você precisa ser paciente. É mais fácil para mim; fui treinado para fazer isso. Lembre-se, é assim, passo a passo, e chegaremos lá, no fim.

Mas os passos eram pequenos demais, pensei. Vai demorar muito. Da mesma maneira, o peso da decepção pareceu diminuir um pouco.

— O que vai acontecer agora? — perguntei a ele.

— A van será levada à oficina de investigação forense da sede da polícia em Portishead e examinada centímetro por centímetro; tudo será mantido como encontrado, para o caso de mais informações úteis surgirem. Veja, é assim que funciona — disse ele.

Ao sair das árvores, vi a paisagem pela primeira vez e notei como o verde da foz do Severn diminuía em direção ao rio grande, a cerca de cinco quilômetros de onde estávamos. A água parecia marrom entre as margens altas enlameadas onde os barcos a vela coloridos ficavam de lado, acima da linha da maré. À esquerda, as luzes da nova ponte Severn brilhavam ao anoitecer.

— Ali fica o País de Gales — disse Michael, e ele meneou a cabeça para os montes que pareciam próximos o bastante para tocarmos, do outro lado da água.

# 27

*Dorset, 2011*
*Treze meses depois*

Ao voltar do mercado na terça de manhã, percebo Mary movimentando-se devagar pelo jardim, levando algo com penas. Ela olha para mim por cima do muro.

— Raposa — diz ela. — Conseguiu entrar cavando.

Formas arredondadas estão pendendo de seus braços, tubos em volta de seus dedos retorcidos. De perto, vejo se tratar dos pescoços de duas galinhas. Atrás dela, no chão, há pilhas de penas manchadas de vermelho. Não há sons de pássaros ao fundo, não vejo cabecinhas aparecendo nem se escondendo.

Na escuridão com cheiro de alcatrão do bem organizado armazém de ferramentas de Mary, pego duas pás das fileiras brilhantes penduradas na parede. Cavamos um buraco fundo no canto de sua horta, onde a terra é mais macia. Ela dispõe as seis aves mortas, e os corpos desfigurados contrastam com a terra fria e escura. Assentamos a superfície depois de enchermos o buraco. As imagens vêm, como eu sabia que viriam; elas ainda aparecem, ainda que menos frequentes. Agora, é o rosto suave dela que está sob a terra; a lama suja seus cabelos. Dou um passo para trás depressa. Mary sorri para mim quando pega a pá e me pergunto se ela imagina o que está em minha mente.

— Pelo menos o alho-poró do ano que vem será saboroso. Malditas raposas.

Dentro de sua casa, nós nos sentamos à mesa, em lados opostos. Sálvia e capim-cidreira estão dentro do bule florido entre nós, e quadrados vermelhos, amarelos e azuis de crochê transbordam de um saco de papel, para serem levados a vizinhos e transformados em colchas de retalhos. A pilha de caixas de ovos vazias está ao lado deles.

Ela leva a xícara de porcelana aos lábios e empurra uma tigela de biscoitos em minha direção.

— Sandy comprou estes para o Natal. Não gostei. — O amor de Mary por sua filha está enterrado. Às vezes, tento desenterrá-lo.

— Ela provavelmente os fez, Mary.

— Se parecem caseiros, é porque ela os comprou por um precinho na feira da escola. Ela não me engana. — E então, acrescenta, inconsequentemente: — Dan gostou de seus meninos. Está planejando ficar com eles em Nova York.

— Ele me contou. — Estico o braço e deslizo um ramo de sálvia entre os dedos. — Ele foi à minha casa uma noite dessas.

Os olhos brilhantes de passarinho de Mary se semicerram de novo contra o vapor de sua xícara.

— O garoto precisa ir embora.

O rosto de Dan paira entre nós.

— Meu marido deixou um dinheiro para ele. — Ela assente para a foto em cima da televisão. — Para os estudos. Será útil agora.

Olhos profundos sob sobrancelhas grossas parecem sérios na moldura. Ele sabia, na época, que Dan poderia mudar. Ele deve ter observado e ouvido seu neto de um jeito que não fiz com meus filhos. Meus arrependimentos estão à flor da pele, esperando para aparecerem a qualquer momento.

Mary dá uma risada curta.

— Dan está meio confuso com seus sentimentos. — Ela olha para mim, de soslaio. — Acha que está apaixonado. — Ela se inclina, dá um tapinha em minha mão. Sinto o rosto queimar, como se tivesse culpa de alguma coisa.

— Mary, pelo amor de Deus, ele é um menino, como um dos meus.

— Mas ele não a vê como uma mãe, só isso. Não é sua culpa.

Ela se levanta, pega as caixas vazias de ovos e as joga no cesto de reciclagem.

Mais tarde, enquanto pinto no estúdio, o rosto sombreado de Dan, incerto e infeliz, aparece entre mim e o papel. Não vejo Dan desde que ele jantou comigo. Ele nunca admitiria estar apaixonado, não falaria nada sobre isso. Viraria o rosto, arrasado. Ou também estou enganada em relação a isso? Será que ele quer falar sobre como se sente? Eu me sento no banco, pincéis na mão, e olho pela janelinha para o céu cinza. O que sei sobre quanto espaço uma pessoa precisa? Pensei que Naomi precisasse de espaço, mas talvez tenha sido o que eu queria que ela precisasse. Era mais fácil assim. Consigo pensar que essa era a verdade com a mesma facilidade com que penso que obviamente não era. Tudo começou a ficar incerto de novo. O tempo me levou a um lugar onde eu podia lidar com as coisas, mas agora estou voltando para onde estava. Desde as drogas, desde que vi o nome Yoska de novo.

Eu me levanto e olho para as sementes espalhadas no papel; faço meus olhos perceberem os pequenos frutos vermelhos ovais dos espinheiros brancos, os pontos pretos no alto. Lentamente, eles se tornam só o que há, pequenos pontinhos esperançosos de vida, fechados, pequenos, secretos. O toque do celular interrompe o silêncio.

— Encontrei uma fotografia de Yoska Jones. — A voz de Michael parece cuidadosa. — Não é o sobrenome verdadeiro dele. Ele tem várias identidades.

— Como ele é? — Seguro o telefone com muita força, como se fosse a mão de Michael.

— Vinte e poucos anos, estrutura mediana. — É a descrição fria de policial de Michael que me faz sentir frio, de repente? — Pele morena, olhos e cabelos castanhos.

Eu me lembro dos olhos castanhos puxados que observavam todos os meus movimentos.

— Fiz uma investigação — continua Michael. — Vejo você em duas horas. — Ele desliga.

Meus pensamentos se atropelam, como as galinhas de Mary se debatendo e se chocando no escuro para fugir da raposa. O que ele descobriu? Se o paciente Yoska for o traficante Yoska e ele estiver envolvido, as coisas ficam melhores do que se fosse alguém que não conheço? Se foi ele quem a levou, isso é bom ou ruim? Ruim, responde a voz na minha mente. Ruim, ruim.

Eu poderia ter dito algo diferente no consultório? Se foi ele, e eu tivesse pedido que voltasse, ou se eu o tivesse passado a um especialista, ele poderia ter se acalmado. E se eu tivesse perguntado a respeito da irmã que ele mencionou e oferecido ajuda?

Dentro de casa, acendo a lareira para receber Michael. A colagem de fotos de Theo é iluminada pela luz tremelicante. A foto principal no centro sempre me prende. O rosto dela parece cheio de segredos. Hoje, olho para os lábios dela pela primeira vez. Noto que os lábios esboçam um leve sorriso debochado. E a foto antes dessa? No canto, há uma foto cheia de folhas cor de laranja — a primeira da série da mata de Theo —, e ela está rindo, o rosto exibindo boca e dentes, os olhos difíceis de ver. A que vem antes? Seu perfil numa viagem. Os olhos focados em algo fora da foto, levemente semicerrados. Em que ela estava pensando? Andava mais calada do que o normal, enviando mensagens de texto, lendo ou curvada escrevendo no pequeno diário que levava a todos os lados. Não vinha brigando muito com os meninos. Não ia às compras comigo. Ted dissera que ela estava com o humor inconstante. Penso mais no passado e a vejo na festa de véspera de ano-novo no ano anterior; Theo deve ter ido pegar as fotos que estavam na parede do meu consultório. Eu havia notado a intensidade de sua expressão nessa foto antes, mas agora vejo que ela parece ainda mais firme e determinada do que pensei. Eu me sento, tremendo. Será que tinha esperado muito tempo para fugir? E, quando a chance veio, ela se esqueceu de ser cuidadosa e agarrou a primeira e perigosa oportunidade que apareceu?

Michael bate à porta. Entra e me dá um beijo delicado, os olhos preocupados, os lábios frios contra os meus. Tira o casaco lentamente, enquanto espero os próximos passarem. Logo ele vai me mostrar; logo vou saber.

Vamos para a sala de estar; ele abre a maleta, pega a foto. Eu o reconheço instantaneamente. Os olhos puxados, as maçãs altas, bonito mesmo numa foto de fichamento.

Não quero que seja esse homem; ele era muito esperto e seus olhos tinham disfarçado bem.

— É ele. Meu paciente. — Digo depressa: — Mas apesar de esse homem ter ido me ver e apesar de sabermos agora que é um traficante de cetamina, ainda assim é um tiro no escuro, certo?

— O registro de seu consultório não ajudou porque ele era um residente temporário e não deu o endereço completo, mas existe outra ligação — diz Michael. — Eu conheço o rosto dele. Já o vi antes.

— Como assim? — Mas, claro, um traficante de drogas. A polícia deve vê-los de vez em quando.

— No hospital.

— Qual hospital?

— Frenchay.

O hospital de Ted.

— Ele era de uma grande família de ciganos que apareceu no verão de 2009. — A voz é forte. Olho para ele, surpresa. Os nômades normalmente são temidos e desprezados. Michael é diferente, não?

Ele continua:

— Eles criaram um tumulto na ala, começaram a quebrar móveis, computadores. Passaram a destruir casas da região.

— Por quê?

— Estavam irados. Uma operação numa menina da família não deu certo. — Ele para, senta-se no sofá, segura minha mão e me puxa para perto dele. — Uma operação neurocirúrgica.

Enquanto ele fala, mesmo antes de falar, sei a que se refere.

A voz de Ted estava baixa, monótona. Foi em junho ou julho de 2009?

— Algo ruim aconteceu no trabalho. Foi minha culpa.

Ele não costumava dizer que algo tinha sido sua culpa. Eu devia ter prestado atenção. Eu estava organizando as coisas dos meninos para a excursão do duque de Edimburgo. Eles iam à cordilheira do Atlas com a escola. Eu ticava a lista conforme pegava as roupas. Estava quente, Ted chegara em casa cedo, como não acontecia com frequência, e deitou-se na cama, puxou a gravata e enrolou as mangas.

— O que foi sua culpa, querido?

Olhei para ele enquanto eu caminhava para as gavetas, pegando meias grossas, mais confortáveis para usar com botas de escalada.

— Uma operação numa menininha. Tinha síndrome de Hurler... a espinha era mais estreita, tinha uma corcunda.

Sua voz estava baixa; pensei que fosse devido ao cansaço depois de um longo dia. Ele vinha chegando mais tarde, trabalhando mais. Olhei para a minha lista: protetor solar, chapéus, toucas também, porque esfria nas montanhas à noite.

— Síndrome de Hurler, não me é estranha. — Virei para ele por um momento. — Doença de acúmulo lisossomal? Falta uma enzima; então metabólitos anormais se acumulam em todas as partes; espinha, fígado? — Fiquei surpresa por conseguir me lembrar de minhas provas, anos atrás.

Acho que Ted se levantou e começou a andar pelo quarto.

— Deixei Martin fazer a operação. Ele queria a experiência. Deu errado.

Mantive o dedo parado na lista.

— Isso é ruim.

Coloquei uma manta em cada pilha sobre a cama.

— É minha culpa, sabe? Pelo menos, eles acham que é. — Ele virou a cabeça e não consegui ver sua expressão. A voz estava muito baixa. — Aconteceu sob minha supervisão. — Ele se sentou na beira da cama e cobriu o rosto com as mãos. — Posso ser processado.

— Que horrível, querido. Coitada da família. Mas não foi sua culpa. Vai dar tudo certo, você vai ver. Eles perceberão que você não pode ser culpado. — Eu me sentei ao lado dele, deixando as roupas em meu colo. Não consegui ver seu rosto, então peguei sua mão.

— Mas eu tive culpa. Moral e legalmente. — Ele afastou a mão depois de um tempo e me levantei, relutante em deixar a arrumação.

— Estou quase terminando aqui. Pode esperar até o jantar? Assim, podemos conversar. Procure não se preocupar.

Mas, enquanto eu ainda separava as roupas, seu telefone tocou; precisava voltar ao hospital. Jantei sozinha. Pensei que falaríamos sobre isso de novo; mas o assunto desapareceu sem alardes.

— Era o caso do Ted, não? — pergunto a Michael com temor.

— Sim.

— Merda. Ele estava certo. — Pessoas magoadas, ele dissera. Médicos brincando de Deus.

— Como assim?

— Há bastante tempo, quando fiz aquele cartaz de pessoas que deveríamos interrogar, o Ted pensou que tínhamos de considerar a possibilidade de vingança. Disse que é fácil fazer inimigos, só precisamos de um erro. — Mal consigo respirar enquanto digo essas palavras. — Eu me lembro de ter dito que achava que ninguém nos odiava tanto assim.

Eu me levanto a fim de ligar para Ted e ele atende quase na mesma hora.

— Terminei de atender e estou indo aí. Quero ver a foto.

— Sim.

— Se for ele, é minha culpa. — As palavras dele vêm depressa antes que desligue.

Eu me viro para Michael.

— Você também pensou nisso.

Ele franze o cenho. Consigo ver que está se lembrando.

— Há muito tempo, você me pediu para fazer uma lista de inimigos — continuo. — Só consegui pensar no pai da Jade e no marido de Anya.

Ele assente, lembrando-se, e sinto a dor do arrependimento. E se eu tivesse pensado em Yoska naquele momento?

Meus dentes começam a bater, meu corpo treme. Devo ter pegado a virose de Ted. Michael coloca um copo de uísque na minha mão e prepara um banho quente para mim. A água quente para o tremores, e depois ele me abraça, beija e me puxa para perto, mas me sinto muito mal e muito nervosa para fazer amor. Ele está ao meu lado quando adormeço, mas, quando acordo, estou sozinha. Consigo ouvir a voz de Ted no andar de baixo. Eu me sento, confusa, sem acreditar que consegui dormir, e me sinto nervosa quando levanto. Minha cabeça está pegando fogo. No andar de baixo, Ted dá um passo em minha direção.

— Nossa, você está péssima, Jen.

Michael me abraça e me puxa em direção a uma cadeira. O fogo é constante de novo, e a sala foi organizada. Ted olha para mim e para Michael. Contrai os lábios, decidindo não dizer nada, não agora.

— Onde está? — Ted se vira abruptamente a Michael.

Michael pega a foto da mesa onde a deixei e a entrega a ele cuidadosamente.

— É um deles, sim — diz Ted. Ele está prestes a colocar a foto na mesa, como se não suportasse olhar, e olha de novo. — Ele estava sempre lá.

Olho para ele, incapaz de falar. Minha cabeça começa a latejar, e linhas pequenas e brilhantes dançam à beira de minha visão.

— Ele estava lá o tempo todo, na verdade. — Ele se vira para mim e sua voz parece diferente, assustada. — É o cara de seu consultório, sobre quem você contou?

Confirmo balançando a cabeça. Minha voz sai num sussurro:

— O que aconteceu com aquela menina? Eu nunca soube ao certo.

— Tentei contar. — Ele olha para mim fixamente. — Você não se interessou.

Olho para ele para ver se realmente acredita no que está dizendo. É algum tipo de desculpa ou era isso mesmo que parecia? Eu era assim mesmo?

Ted olha para Michael com olhar sério.

— Não devíamos estar ligando para alguém? Não devíamos estar fazendo algo neste minuto, agora que sabemos?

— É cedo demais para dizermos que sabemos de algo com certeza. — A voz de Michael está baixa, firme. — Tenho uma equipe cuidando disso no momento, localizando a família. A melhor maneira de você ajudar é nos dizendo o que aconteceu exatamente.

Ted despeja uma dose de uísque em meu copo vazio na mesa e o toma depressa. Senta-se perto da lareira e olha para ela enquanto fala. Ainda segura a fotografia com força.

— Foi há cerca de um ano e meio. Vi a criança pela primeira vez em minha clínica. A sala estava abarrotada de pessoas: encostadas na parede, debruçadas no balcão. Uma família enorme. Eram ciganos, foi o que me disseram, ou eram nômades? — Ele dá uma risadinha. — Bem, lembro-me de ter pensado que a menininha tinha sorte.

— Sorte? — Michael olha para Ted depressa, os olhos acinzentados confusos. — Pensei que ela estivesse doente.

— Tinha problemas, sim, mas todos estavam ali por ela. Avós, pais, tios, tias. — Ele faz uma pausa. — Ela estava no colo de alguém, calma e sorridente. Estava claro que era amada.

Olho fixamente para Ted. Por que está falando de união de família agora? Está castigando a si mesmo ou a mim?

— Onde Yoska entrou? — pergunta Michael.

Ted olha para a foto em sua mão e fica em silêncio por um tempo.

— Não entendi bem a dinâmica familiar, mas acho que era um irmão mais velho. Talvez um tio. — Ele para e olha para Michael. — Era o homem calado com poder; a mãe falava, mas o grupo se voltava para esse cara.

Poder bom ou ruim? Eu me lembro dos minutos em meu consultório; as mãos na mesa, o sorriso, o modo como conduziu a consulta.

— O que você contou a eles sobre a operação? — Michael apanha o caderno e suas mãos agem depressa sobre o papel.

— Na clínica, expliquei o que aconteceria se a deixássemos como estava. Poderia acabar paralisada. Falei que a operação poderia ser uma cura, mas que havia riscos — conta Ted.

— Eles compreenderam? — pergunto.

Ele assente.

— Quando eles assinaram a autorização, você repassou essa parte? — pergunto.

— Martin cuidou da autorização. — Ted não olha para mim quando responde. — O assistente de cirurgia pediátrica. — Ele está olhando para Michael. — A equipe de pediatria contou sobre o caso e Martin se interessou. Problema incomum com a espinha; planejávamos publicar.

Por que a família havia ficado tão irada se conhecia os riscos? Seria por ninguém ter ouvido o que disseram? Se Ted tivesse ouvido, ele teria descoberto as coisas que eles não tinham entendido e poderia tê-los alertado melhor. A voz dele prossegue.

— ... e devido ao modo como as costas eram curvadas, demorou mais do que Martin pensou que demoraria. A pressão arterial baixou inesperadamente durante a operação e a espinha sofreu isquemia.

— Não entendi. — Michael para de escrever.

— Desculpe. — Ted sorri brevemente. — O fornecimento de sangue ao tecido da espinha foi interrompido, matando aquela parte da espinha. Isso quer dizer que mensagens do cérebro não chegavam às pernas, ou vice-versa. Ela ficou paralisada no mesmo momento.

Um pedaço de lenha se move e cai. Faz-se silêncio na sala.

É difícil ficar parada. Eu me levanto, mas minha cabeça está latejando e ainda me sinto zonza; sento-me de novo.

— O que aconteceu depois? — pergunta Michael.

— Soube da operação, mas tive que sair mais cedo no dia seguinte. Precisei ir a Roma para uma conferência...

— Por quê? — pergunto. — Teria sido impossível se atrasar e conversar com a família? Explicar por que não fez a operação, apesar de ser o cirurgião mais experiente?

— Temos a obrigação de deixar os menos experientes cuidarem de casos complexos — diz Ted com firmeza. — É um hospital de residência.

— O que aconteceu? — Michael está ouvindo em silêncio, agora olha para Ted depressa.

— Quando voltei, depois de uma semana, o grupo havia se tornado maior — responde ele. — Estavam hostis. Havia pessoas ao redor dela noite e dia como se a protegessem.

Claro que estavam. Sentiram que tinham que impedir que mais alguma coisa acontecesse com ela.

— Tentei conversar com eles, mas foi como se eu estivesse falando outra língua.

O jargão médico, no entanto, é mesmo outro idioma, útil para manter pessoas assustadas sob controle.

— Você pediu desculpas?

Ted se ajeita, irritado.

— Claro que não. Isso seria admitir culpa.

— Isso seria reconhecer a dor deles.

Mas eu tinha tanta culpa quanto ele. Se tivesse prestado atenção a Yoska, entenderia por que ele estava ali. Se tivesse perguntado por que ele precisava carregar a irmã no colo, talvez ele tivesse me contado o que havia acontecido e eu poderia ter explicado que as operações podem dar errado por acaso, não por negligência, e ele não precisaria ter se vingado. Será que ele estava me dando uma chance de redimir Ted? Talvez Yoska só quisesse que eu o ouvisse. Os arrependimentos começam a me cercar, cada vez mais de perto.

Michael olha para nós dois e se levanta.

— Café? — Ele vai para a cozinha.

Ted e eu nos encaramos. A sala está escura agora. Só consigo ver seus olhos, iluminados pelas chamas, encarando-me.

Olho para ele.

— Além de ser algo normal de um ser humano fazer, pedir desculpa dá às pessoas a chance de perdoarem você.

— Em que mundo você vive, Jenny? — Ele dá uma risadinha amargurada. — Pedir desculpas acaba em processo.

— Mas eles tentaram isso de qualquer modo, não?

Michael volta com canecas de café. Entrega uma a Ted e toca minha mão ao me entregar a outra; isso me traz à realidade. Culpar Ted vai diminuir o ritmo. Vejo as fotos de Naomi brilhando à luz da lareira. *Espere por nós*, digo a ela em silêncio. *Estamos tentando encontrar você, estamos nos aproximando*. Bebo meu café e me concentro em Ted enquanto ele responde.

— Sim, eles tentaram — diz ele, suspirando. — Felizmente, não deu em nada. Nenhuma atitude negligente foi comprovada, por isso não chegou a ir ao tribunal.

— Quando foi a operação? — pergunta Michael; ele voltou a escrever em seu caderno e não olha para nós.

— No verão — diz Ted depois de uma breve pausa. — Sei disso porque eu costumava conversar com Naomi sobre a operação enquanto íamos juntos ao hospital. Ela estava estagiando comigo. Parecia interessada no caso. Era bom conversar com ela.

— Quando foi essa experiência de trabalho? — Michael olha para nós dois.

— Começo de julho — respondo na hora.

Sei com certeza, porque ainda me lembro da decepção. Os meninos estavam viajando. As provas de Naomi tinham terminado e a experiência de trabalho a distraía. Eu estava ansiosa para a chegada do início de julho pensando que seria uma chance para Ted e eu fazermos coisas juntos, para variar, as coisas normais que os outros fazem. Ver um filme ou comer fora. Mas isso foi quando ele começou a voltar para casa muito tarde quase todos os dias. Muito trabalho, ele dissera. Colegas de férias. Eu havia aproveitado a oportunidade para cuidar de meus documentos, encontrar amigos, mas não era bem o que eu estava esperando.

— Essa experiência fazia Naomi ir para a ala? — pergunta Michael.

— Era trabalho no laboratório, na maior parte do tempo, mas ela gostava das alas — responde Ted. — Ela conversava com os pacientes e com as famílias deles.

— Então, ela estava lá na mesma época que a menininha e Yoska. — E, baixinho, quase para si mesmo, Michael acrescenta: — Yoska pode ter descoberto quem ela era, tê-la conhecido e tomado conhecimento do que ela fazia, para poder conseguir a cetamina. Vingança lucrativa..

Naomi teria se apaixonado pelo charme e pelo poder, a excitação de ver alguém diferente dos meninos da escola. Teria se animado com o novo segredo; passava maquiagem todos os dias, que eu pensara ser para o trabalho, para que o desconhecido exótico não se desse conta de que ela era tão jovem. O relacionamento entre eles deve ter continuado depois que a experiência de trabalho terminou, e Yoska já tinha ganhado sua confiança; mesmo quando ainda estava com James, o poder dele sobre ela deve ter aumentado aos poucos.

— Quem era a responsável pela ala na época? — Michael olha para Ted.

— Beth — diz ele, baixinho. Ele desvia o olhar de mim e olha pela janela, apesar de estar escuro demais para ele conseguir ver algo. — Beth Watson.

— Ah, sim, claro. Beth Watson. Houve um incêndio no apartamento dela na noite de 19 de novembro. — Michael para por um momento e olha para mim; ele sabe que aquele foi o dia em que vi Naomi pela última vez; ouvir a data é como girar faca dentro de uma ferida. Continua lentamente: — Eu estava contando a Jenny, mais cedo, sobre a bagunça no hospital. Pessoas da família de Yoska. — Ele olha para mim de novo e continua: — Sempre pensamos que o incêndio no apartamento da srta. Watson fosse coincidência.

Observo Michael levantar de sua cadeira e ficar na frente da janela. Atrás dele, o brilho da luz da lareira se reflete na persiana. Do lado de fora, quem vê pensa que somos um grupo próximo e feliz, família e amigos juntos.

— No entanto, agora acho que Yoska pode ter percebido o relacionamento entre Ted e Beth Watson.

Ele só precisaria observar os dois juntos. Assim como tenho certeza de que Naomi observou. Yoska teria percebido depressa; Naomi poderia ter contado a ele, de qualquer modo.

— Acho possível que os nômades tenham incendiado o apartamento da srta. Watson, sabendo que ela chamaria Ted — diz Michael, baixinho.

Ted chegara em casa com cheiro de queimado. Olho para ele brevemente. Seu rosto está tomado pela culpa.

— Seria do interesse de Yoska fazer com que Ted chegasse mais tarde do que o normal em casa, dando a ele mais tempo para escapar com Naomi. Eles devem ter pensado que, se Ted se atrasasse, demoraria mais para todos se alarmarem.

Michael olha para nós dois, um de cada vez.

— O verdadeiro alvo naquela noite foi Naomi.

Alvo. Por que ele teve de usar essa palavra? Faz com que eu pense em tiros num círculo de papel, um círculo que representa um coração, o coração dela.

— Tem mais uma coisa... — Uma pausa, e Michael diz lentamente, quase com relutância: — Já sabemos que Ed trocava as drogas que pegava da maleta de Jenny por cetamina. Parece que como parte de sua vingança contra Ted, foi Yoska quem fez questão de dar a Ed a cetamina em troca daquelas drogas.

Nós dois olhamos para Michael sem acreditar. Ed também?

Ted se levanta.

— Não é possível. Ele não teria conhecido Ed...

— Fui falar com o Ed ontem. — Michael interrompe, falando depressa. — Espero que não se importem, mas senti que não havia tempo a perder. Levei a foto comigo. Ele reconheceu Yoska como o homem que fornecia a cetamina a ele. Ed o considerava muito generoso; vejam, Yoska continuara fornecendo cetamina a ele muito tempo depois de Ed ter ficado sem as drogas que roubava de Jenny. Ed não tinha nada para trocar, mas isso não parecia incomodar Yoska.

Vejo que Ted está com dificuldade para entender, andando de um lado a outro na sala. Ele se vira para Michael.

— Ele não podia saber quem Ed era... como diabos poderia tê-lo encontrado? Onde?

— Teria sido simples para Yoska localizar Ed pelo que Naomi teria contado a ele sobre sua família — responde Michael com convicção. — O nome dele teria bastado. Qualquer traficante sabe onde encontrar possíveis clientes: portas de escola, de bares, de boates. Depois de fazer contato, ele teria manipulado Ed cuidadosamente para conseguir as drogas e, em troca, oferecer cetamina a ele. E continuar a fornecer.

*Um cara numa boate*. As palavras de Ed voltam a minha mente.

Ted continua andando de um lado a outro, com as mãos cerradas dentro dos bolsos.

— Por que o Ed não nos contou? Ele devia saber sobre Yoska e Naomi. Por que não disse alguma coisa depois de ela ter desaparecido?

— Simplesmente porque não sabia. — A voz de Michael é bem firme. — Ed não fazia a menor ideia a respeito do relacionamento; Naomi obviamente manteve tudo no mais absoluto segredo. Yoska nem sonharia em contar a Ed que estava envolvido com a irmã dele. Não ajudaria em seus objetivos.

O objetivo dele, claro, era acertar o coração de nossa família, causando todos os danos que pudesse ao se vingar por sua irmã.

Michael nos informa que a busca agora será rápida com a nova informação. Ele vai embora em seguida; tem que trabalhar cedo no dia seguinte. Ele beija meu rosto e caminha em direção à porta. Ted está esperando perto da escada.

— Como consegue fazer isso com tanta coisa acontecendo?

— Fazer o quê? — Tento passar por ele. — Estou exausta, Ted, e preciso dormir. Conversamos mais tarde.

— Tenha um caso se quiser. Quem sou eu para criticar? — Mas ele começa a falar mais algo. — Ele é um policial. Isso é totalmente antiético.

— Como sequer consegue pensar nisso agora? — Vejo sua pele corada, os olhos brilhando de fúria. — Michael tem me ajudado mais do que você pode entender...

Ted pigarreia, insolente.

— Claro que sim. Homens assim procuram mulheres vulneráveis; ele provavelmente já fez isso antes.

Está com ciúme. Eu me viro sem responder e subo a escada lentamente, percebendo que ele me observa. Agora ele sabe como é, mas estou cansada demais, triste demais para sentir qualquer tipo de satisfação.

O sono não vem. Yoska fez uma armadilha para nós. Pegou Ed e Naomi. Será que Beth sabe que a noite em que ligou para Ted foi a noite em que Naomi desapareceu? Fico me perguntando se ela se sente culpada. Se Ted tivesse voltado para casa no horário normal, a dinâmica da noite poderia ter sido diferente. Eu teria acordado antes; poderíamos ter chamado a polícia antes.

Encontrei o lenço de Beth, certa vez. Desistindo de dormir, desço a escada para pegar meu caderno de desenhos. Faço uma xícara de chá e, sentada à mesa da cozinha silenciosa, encontro a próxima página em branco e faço um lenço de seda, fino e retorcido como as chamas na lareira.

## *Bristol, 2009*
## *Doze dias depois*

O pano vermelho desconhecido estava enrolado em CDs velhos no porta-luvas. Eu o havia aberto procurando balas para Ed, que estava enjoado. Quando me inclinei mais para a frente a fim de olhar, o lenço parecia brilhar no compartimento escuro: vermelho, perigo. Um leve cheiro de lavanda veio em minha direção.

— Tem balas aí? — perguntou Ted.

Fechei a tampa com um clique metálico. Tudo em seu carro quente com cheiro de couro se fechava sem barulho, de ponta a ponta. A van que eu vira na mata dois dias antes não tinha portas.

— Não. — Não me virei para olhá-lo ao responder. Alguém a havia levado embora naquela van. Eu precisava de Ted. Tínhamos mais chance de encontrá-la juntos. Tinha que colocar todo o resto para fora de minha mente. O que havia acontecido com Beth ficara para trás. O lenço não importava.

— Podemos parar na próxima loja de conveniência. — Ted olhou pelo espelho retrovisor para Ed, atrás dele. — Você aguenta, Ed?

Eu me virei para olhar meu filho. Seu rosto estava pálido, pressionado no ângulo entre a parte de trás do assento e a janela. Seus olhos estavam fechados e ele não respondeu. Fingia dormir; talvez estivesse adormecido, de fato. Desci o vidro. Ted preferia ar-condicionado, mas Ed precisava de ar fresco.

Eu me recostei e observei as mãos de Ted no volante. As unhas estavam limpas e bem cortadas; até os pelos claros nas costas de suas mãos pareciam penteados. O rosto, visto de perfil, estava calmo, levemente satisfeito. Como podia ser? Precisei me controlar muito para não gritar e arranhar a pele de meu rosto e de meus braços.

Quando cheguei em casa na noite anterior, não conseguia esquecer aquela mata. O lugar era sinistro. Agora, minha mente começava a passar por corredores escuros, vendo Naomi ser tirada do veículo, olhos aterrorizados, mãos sobre sua boca abafando os gritos que ela dava me chamando, chamando Ted. As chamas subindo, assustando-a. Minhas mãos começaram a tremer. Eu as enfiei embaixo das coxas.

A calma no rosto de Ted me tranquilizou, apesar de tudo. Ele lidava com fatos; gostava de coisas que faziam sentido. Era bom com detalhes. Fiquei contente por encontrá-lo depois que Michael me deixou em casa. Ele tirou meu casaco sujo, lavou minhas botas enlameadas, deu comida para o cachorro. Disse que enquanto Ed estava dormindo, ele havia marcado um horário para o dia seguinte, para conhecermos um centro de reabilitação em Croydon, que um colega recomendara. Ele havia tirado o dia seguinte de folga.

— Temos que acabar com isso agora, Jenny. Ele precisa de ajuda depressa. Quanto mais cedo, melhor. Ficar em casa é péssimo para ele, você pode ver.

É claro que eu sabia que Ed precisava de ajuda. Eu mesma havia feito um acordo para conseguir sua cooperação, mas tudo tinha sido organizado tão depressa que mal tive tempo de me acostumar.

— O que quer que façamos com relação à escola? — perguntou Ted, olhando para a estrada.

Eu me virei para trás de novo. Ed olhava para a estrada e piscava em certo ritmo enquanto ele olhava para trás e os postes iam ficando pelo caminho. Ele não respondeu, mas seu rosto estava corado, ele parecia melhor.

— Não nos preocupemos com a escola — falei, olhando para Ed. — Vamos resolver tudo. Não tem importância.

Ed olhou em meus olhos e desviou o olhar. Não acreditou em mim, mas era verdade. Tínhamos perdido uma filha; precisávamos manter Ed em segurança. Nada mais era importante. Londres começou a aparecer. Pontes, uma estação de energia, uma fábrica de biscoitos. Ted parou numa loja de conveniência, onde compramos sanduíches e eu chequei se Ed estava febril; estava um pouco. O curativo em seu braço tinha uma mancha amarela no meio. Dei a ele o antibiótico do meio-dia e mais paracetamol. Enquanto Ted abastecia o carro, pensei que provavelmente parecíamos uma família normal num passeio, talvez levando nosso filho para a universidade. Ninguém imaginaria que aquele homem bonito de meia-idade com cabelos claros e olhos azuis perdera uma filha nas últimas duas semanas, ou que a mulher magra de cabelos escuros sentada no banco da frente do carro dele tentava manter a sanidade com todas as forças. Se eles vissem Ed no banco de trás, podiam pensar que ele era como qualquer outro adolescente.

O centro se localizava numa área verde de uma rua calma de Croydon, uma velha construção vitoriana com janelas amplas e uma porta de entrada gótica.

Ted estacionou na área na frente da casa. Um menino descalço com um sorriso doce abriu a porta. O nó dentro do meu peito diminuiu um pouquinho.

— Olá. — A voz tinha um leve sotaque irlandês, receptivo, delicado.

— Obrigado, Jake. Eu assumo daqui.

Um homem baixo, de meia-idade e olhos claros, apareceu atrás de Jake e abriu a porta ainda mais; tinha cabelos grisalhos num rabo de cavalo comprido e uma camiseta justa sobre bíceps cheios de sardas. O menino chamado Jake sorriu para Ed e se afastou lentamente, olhando para trás.

— Entre. Você deve ser Ed. Sou Finac.

Acompanhamos Ed até o corredor e ficamos ali, incertos, amarrotados e com frio. Ed bocejou várias vezes. Finac olhou para nós de relance, sem muita atenção. Os pais, seus olhos diziam: o problema.

Apertou nossa mão, sem sorrir.

— Venham comigo.

Ele nos levou a uma pequena sala, onde o cheiro forte de cigarro tomava o ambiente com a mobília antiga. Cadeiras com manchas de gordura estavam organizadas em grupos. Do lado de fora, grandes árvores sem folhas tomavam um gramado.

— Esperem aqui. Vou chamar a sra. Chibanda.

Depois de alguns minutos, uma mulher entrou, usando cores coloridas nas roupas drapeadas. A pele escura era bem lisa em seu rosto. Ela sorriu quando trocamos um aperto de mãos; seu cheiro era de rosas. Tudo nela fez com que eu me sentisse melhor.

— Sou Gertrude Chibanda, a gerente. Sou a responsável aqui. — Ela se inclinou para a frente, sorrindo. Seus dentes eram perfeitos. — Finac será o colega de Ed se decidirem que Ed deve ser tratado aqui.

Finac olhou para nós brevemente e assentiu.

— Se não se incomodarem, vou falar com Ed sozinho enquanto Finac mostra a casa a vocês e depois podemos conversar enquanto Ed vê onde ficará, se concordar em vir para cá...

Seguimos Finac pelas passagens estreitas que davam para salas silenciosas. Havia um refeitório simples e uma sala de música com pôsteres velhos de Jimi Hendrix na parede, um novo conjunto de bateria e guitarras penduradas na parede. Não permitiam que entrássemos nos quartos.

Ed estava terminando de beber uma caneca grande de café quando voltamos; ele partiu depressa com Finac. Gertrude olhou para mim, com o pesar estampado no rosto.

— Sinto muito pelo que está acontecendo na família de vocês. Perdi um filho para uma doença alguns anos atrás. — Ela faz uma breve pausa. — Sinto muito — repetiu.

Olhei para ela.

— Sinto muito por seu filho. Não consigo imaginar como deve ter sido, mas Naomi não está morta. Está só... só... — Não consegui continuar. Percebendo o semblante abalado de Gertrude e a expressão preocupada de Ted, me virei para a janela. O verde embaçou e se espalhou quando as lágrimas escorreram pelo meu rosto. Gertrude, ainda próxima, me ofereceu um lenço dobrado. Tinha cheiro de rosas também.

Duas horas depois, todas as providências tinham sido tomadas. Finac havia nos contado a respeito do programa de doze passos para viciados em recuperação e como deveria ser; Ed decidira ficar alguns dias para experimentar. Conversei com a enfermeira a respeito dos curativos dele. O médico passaria naquela tarde e ele receberia mais antibiótico.

Podíamos levar as coisas dele em poucos dias e, enquanto isso, eu conversaria com a escola. Ed estava calado antes de sairmos. Não olhou para nós, e o deixamos sentado na cama, olhando para o nada.

— Gostei — disse Ted, enquanto voltávamos para casa. — Gostei daquela mulher, mas não de Finac. Por que algumas pessoas querem culpar os pais, como se fôssemos os inimigos?

— Porque é nossa culpa. — Eu me sentia quase cansada demais para falar. — Somos os inimigos. Não cuidamos como deveríamos. Estávamos muito ocupados.

Ted me abraçou sem jeito pelo espaço entre os bancos.

— Não poderíamos tê-lo amado mais. Demos tudo a ele.

Balancei a cabeça.

— Não podíamos estar presentes o tempo todo — disse ele. — As crianças precisam crescer. Independentes.

— Independentes como Naomi?

— Estou do seu lado, Jen. — Ted olhou pela janela. — Bem aqui, com você.

Comigo? Há quanto tempo ele estava comigo? O lenço de Beth estava enrolado no porta-luvas à minha frente; quando ela entrara no carro pela última vez? E como ele poderia estar comigo se eu não tinha a menor ideia de onde eu estava?

# 28

*Dorset, 2011*
*Treze meses depois*

Acordo cedo; do lado de fora, a primeira camada de escuridão se foi, deixando o jardim quieto e tranquilo como um quadro sob o céu cinzento. Em meu sonho, ela estava aqui, debaixo da árvore, protegida pelos galhos, olhando para cima, e o sol e a sombra brincavam em seu rosto. O uniforme da escola que ela usava estava justo em seu corpo. Eu havia me posicionado na frente dessa mesma janela e tentei gritar, mas minha voz saiu como um sussurro; não conseguia levantar os pés, e enquanto tentava levantá-los do chão, suando com o esforço, acordei.

Minutos se passam. O choque do jardim vazio se torna uma dor conhecida que se localiza em algum ponto abaixo do meu coração, afundando-se ainda mais em meus ossos, um peso a ser carregado. O parapeito está frio sob minhas mãos; o sonho escorrega sem que eu consiga segurá-lo.

Minha cabeça está cheia; os fatos que tinham se organizado tão bem ontem começam a se misturar de novo. Yoska, o traficante. Yoska, o irmão. Yoska, o paciente. Ontem, eu tinha certeza de que o nome dele nos levaria a ela, mas as pistas que pareciam tão certas se transformaram em suspeitas, fracamente ligadas e escorregadias como cobras se enrolando umas nas outras. Não há prova. Ainda que Yoska possa ser encontrado, não há nada que o relacione definitivamente a Naomi, além daquele Y no diário dela. Ele está na lista de traficantes de Michael, estava na ala com sua irmã, as crianças de sua família tinham dado início ao incêndio, ele havia fornecido drogas a Ed, tinha ido me ver em meu consultório. Um bom advogado de defesa diria que tudo isso não passava de coincidência.

— Precisamos de mais alguma coisa — sussurro a mim mesma. Do lado de fora, os galhos balançam o ar matinal, e, conforme a luz se intensifica, o espaço entre eles fica sem sombras. — Deve haver algo melhor.

No andar de baixo, bebo xícaras e mais xícaras de chá; minhas mãos tremem e minha garganta arde, mas a dor de cabeça desapareceu e me sinto melhor do que antes. A cozinha foi organizada. Reconheço o modo de Ted de dobrar os panos de prato: apertado, um em cima do outro. A pia e as tábuas de cortar alimentos foram clinicamente limpas. Eu havia me esquecido disso em relação a Ted; até suas mãos são imaculadas. Eu o imagino se lavando antes de uma operação, os olhos azuis concentrados, mas distantes, acima da linha de sua máscara, focados na operação a sua frente, a sala ao seu redor fria e clara como um necrotério.

Meu consultório, a cetamina, a ala, o incêndio. A pequena lista é repassada em minha mente como uma fita, tirando as imagens de Ted. Yoska é o elo entre esses mundos, mas onde está a prova de que precisamos?

O celular de Michael está sem bateria e cai direto na caixa de mensagens. Ligo para o escritório dele e uma mulher atende. Enquanto espero, ouço sua voz dizendo a ele que estou na linha. Há um leve toque de diversão na voz dela? "Uma mulher, de novo...", parece dizer. "Você e suas mulheres..." Michael atende e ouve com atenção antes de responder.

— É suficiente assim, Jenny. É o suficiente para fazer com que queiramos encontrá-lo e interrogá-lo. Começamos a busca pela família. — A voz dele está neutra. Ele está num escritório, as pessoas devem estar entrando e saindo, e talvez aquela secretária esteja perto dele, analisando os arquivos num armário de metal.

— Mas você não entende. Ele é esperto. Muito esperto. — A família de Yoska havia se voltado para ele quando a menininha estava no hospital; Ted dissera que era ele quem sabia o que fazer. Ele saberia exatamente o que dizer a qualquer policial que tentasse prendê-lo, ou a um advogado tentando incriminá-lo.

— Quando o encontrarmos, poderemos começar daí. — A voz de Michael está confiante, mas sei que ele não está ouvindo; deve estar cansado depois do longo trajeto do dia anterior. Provavelmente está fazendo um sinal para que a secretária traga café.

— Ele tinha um asterisco ao lado do nome — digo lentamente. A luz está menos forte na cozinha; nuvens vindas do mar devem estar se aproximando.

Percebo uma pausa ao telefone. Consigo ouvir o digitar dos dedos dele e o *blip* de um computador quando ele pega a lista.

— Foi porque ele roubou um carro, anos antes — diz Michael.

Olho pela janela enquanto ouço. As manchas verdes de North Hill em meio às gotas de chuva na janela me fazem lembrar o bosque molhado e de as faias perto do rio Severn, a van queimada parada debaixo dos arbustos. Um plano está se formando em minha mente.

— Quais registros teriam sido arquivados? — pergunto.

— Teríamos o DNA dele. — Percebo que ele está olhando para algo enquanto fala, assinando papéis, talvez, o telefone preso embaixo do queixo.

— Se pudermos encontrar DNA recente que o relacione a Naomi, e se ele combinar com o que você tem, saberemos com certeza que o homem que levou Naomi é Yoska, um traficante motivado pela vingança. — Minha voz está rápida, acompanhando meus pensamentos.

— Jenny...

— Quando ele for pego, o mesmo DNA recente, ao combinar com o que você conseguirá tirar dele, vai incriminá-lo totalmente. — Paro e respiro, meu coração bate forte e a mão que segura o telefone está molhada de suor.

— Jenny, não temos DNA recente. A única maneira com que costumamos conseguir recuperar DNA é de dentro de um corpo... — Ele para; consigo ouvi-lo engolir em seco, como se quisesse retirar as palavras, mas é tarde demais. — Desculpe, isso foi idiota.

Faz-se uma pausa e o imagino bebendo café. Do lado de fora da janela, a chuva aumentou; consigo ouvi-la. Afaste essas palavras, bloqueie-as.

— Vou voltar à mata onde a van está. — Começo a escrever uma lista enquanto falo, concentrando-me no papel. Lanterna. Pá. Botas. Coleira.

— A polícia fez uma varredura, centímetro por centímetro. — Há um tom de irritação na voz dele. É estranho que eu consiga percebê-lo ao telefone, com clareza. Nunca tinha notado.

— As coisas vêm à tona, não é? — falo depressa, por isso pareço sem fôlego. — As matas mudam.

Está quente dentro da casa. Ted acionara a lareira antes de partir. Olho ao redor antes de sair, para o caso de haver coisas a guardar, mas está organizado. Está sempre organizado.

Há uma pá no armazém, apesar de não estar brilhando como a de Mary quando eu a ajudei a cavar a cova. Há restos de lama presos ao metal e eu os lavo na torneira do jardim. Os pássaros de Mary foram para a poça de lama; as penas deles eram das cores preferidas de Naomi; mas não vou procurar uma cova. Vou procurar algo que ele tenha tocado.

A viagem de volta à mata em Gloucestershire demora três horas. O trânsito se arrasta em meio à chuva na estrada; o carro estremece conforme caminhões passam por nós, espirrando água suja no para-brisa. Bertie dorme, o corpo enrolado no assento ao meu lado; minha mão está apoiada em suas costas quentes enquanto dirijo.

Eu me lembro onde é o local, entre a cidade de Thornbury e o pequeno vilarejo de Oldbury-on-Severn. Encontro com facilidade; a familiaridade é instantânea. Devo ter me esquecido da curva na estrada, juntamente com a abertura na cerca-viva e o buraco. Aproximo o carro da cerca-viva como Michael fez. Com Bertie ao meu lado, caminho lentamente pela lateral do campo em direção à ladeira, e o vento úmido sopra em meu rosto. Quando o campo começa a subir, sinto uma vontade repentina de me virar e correr de volta; o vento estaria atrás de mim, me empurrando. Quero colocar Bertie no carro de novo e ir embora. É meio-dia. Poderia encontrar um pequeno café em Thornbury, poderia me sentar com um sanduíche diante de mim, observar todo mundo levando a vida normalmente e fingir que a minha vida é como a deles, e que não preciso entrar na mata à frente e procurar algo que possa me ajudar a encontrar o homem que levou minha filha um ano antes.

Meus pés continuam caminhando em direção às árvores, escorregando de vez em quando na lama; um ano inteiro se passou, mas o campo não percebeu. O bosque é o mesmo. As árvores, não mais isoladas por fitas, estão exatamente iguais. Hesito antes de entrar na escuridão sob os galhos, mas encontro o ponto onde esteve a van em pouco tempo, porque o tronco da árvore sob o qual ele estava ainda está escurecido. Bertie corre ao redor da raízes da árvore, cheirando o chão. Há uma mudança, afinal; duas árvores caíram, uma está encostada na outra queimada, e a lama que se pega às raízes retorcidas parece nova. Deve ter sido derrubada nas tempestades de inverno. Bertie, animado com o cheiro da terra, começa a cavar.

Cavo perto de onde acho que a van estava, remexendo folhas com a pá, colocando-as de lado com meus pés e as minhas mãos, e volto a cavar. A pá mal faz marcas no chão. Estou procurando uma lata de gasolina, uma luva suja. Enfio a pá na terra várias vezes. Depois de um tempo, paro para respirar. A chuva faz meus cabelos cobrirem meus olhos; eu os afasto do rosto, e a lama de minhas luvas escorre ardendo em meus olhos.

Minha pá bate em raízes. Desencavo lama, pedras e um pouco de louça quebrada. Nada. Bertie resmunga, e o ignoro. Depois de fazer esse círculo, vou torná-lo maior e farei outro ao redor desse, depois outro. Bertie começa a latir. Eu me levanto e caminho até ele; será que ele encontrou alguma coisa, qualquer coisa? Por baixo de suas patas que cavam sem parar, eu vejo pequenas formas brancas. A madeira balança ao meu redor e caio de joelhos. Bertie segura uma das formas agora, um osso curvo, branco, com lascas, na boca. Ele me deixa pegá-lo. É só a costela pequena de uma ovelha, talvez um cordeiro ou um pequeno veado. Bertie está procurando; encontra um crânio, uma forma comprida, com os molares de herbívoro intactos.

As matas mudam. As coisas aparecem.

Eu me sento em meus calcanhares. Michael tinha razão. Não tem nada aqui. As pistas devem estar em outro lugar. Estou procurando no lugar errado. Não estou sendo esperta o bastante. Solto o pequeno osso na lama. Ela riria se me visse agora ou, pior, sentiria pena. Não sei qual dos dois.

## *Bristol, 2009*
## *Vinte dias depois*

Ted e eu não temos mais o que dizer. Ed se foi. Theo passava horas no estúdio da escola e voltava cansado e calado. Ele me observava, e eu sabia que ele queria dizer algo, mas não conseguia, e eu não tentava fazer com que dissesse. Eu também não podia dizer nada. Estava tomada pelo silêncio. Não tinha forças para falar.

No consultório, era mais fácil. Podia fingir que tudo estava bem. Lavava os cabelos e passava minhas roupas para parecer normal. Atendia os pacientes e lidava com os problemas. Só ia ao trabalho por meio período agora. Dava certo. Eu não sorria, não conseguia sorrir para ninguém, mas fazia o trabalho. Auferia a pressão arterial, examinava abdomens, analisava ferimentos, observava, ouvia, preenchia formulários e escrevia receitas. Naomi não ia muito ao meu consultório, por isso às vezes, em minha sala, por alguns minutos, era como se nada tivesse acontecido. Pensei que poderia continuar com isso por um bom tempo, mas estava errada.

Jade não era uma das pacientes daquela tarde. A sra. Price deve ter convencido Jo a deixar que viessem numa brecha entre pacientes. Ela entrou pela porta com timidez, segurando um pequeno buquê de flores à sua frente. A mãe a empurrava, e Jade tropeçou. Estava magra, mas os hematomas tinham desaparecido e ela usava uma touquinha cor-de-rosa para que ninguém visse que ela não tinha cabelos. Só fazia cinco semanas desde sua internação.

Consegui esboçar um sorriso.

— Oi, Jade.

A sra. Price se sentou, e Jade se acomodou perto do corpo grande, sentando-se com pouco espaço entre os joelhos da mãe.

A sra. Price franziu o cenho.

— Pensei em trazer Jade aqui.

Olhei para ela, sentindo a garganta apertar.

— Bem, sei como é. — Ela contraiu os lábios. — Quero dizer, quando é com os nossos.

Ela parou de falar e olhou para mim. Eu estava do outro lado agora, do lado errado; eu era a vítima. Era difícil saber o que dizer para mim.

Ela se levantou e pegou a mão de Jade.

— O que quero dizer é... Vá em frente, Jade.

Jade entregou as flores a mim; sorriu depressa e escondeu o rosto no casaco de pele da mãe.

Quando elas saíram, fechei a porta, encostei-me nela por um momento, deslizei e me ajoelhei desajeitada no chão. As flores caíram do celofane ao meu lado. Minha cabeça baixou em direção aos meus joelhos. Senti o cheiro de produto de limpeza no chão e vi as pequenas rachaduras que se espalhavam ali. Meu rosto se contorceu e sons profundos vieram de meu peito, sons como os de um animal com dor. Depois de um tempo, me levantei e abri as torneiras para que ninguém me ouvisse e, pegando o papel azul da cama, o pressionei contra o rosto. Eu estava louca por achar que poderia voltar ao trabalho tão depressa. Não estava conseguindo trabalhar. Não estava conseguindo fazer nada. Queria ir para casa, deitar na cama e no escuro. Queria parar de respirar.

Eu me sentei a minha mesa e respirei profundamente, ofegante. Consegui telefonar para a recepção e Jo ouviu quando pedi a ela que dissesse que eu tinha sido chamada para uma emergência. Havia uma porta dos fundos; os pacientes que esperavam pensariam que eu tinha saído por ela.

Fiquei sentada na sala. Jo entrou com uma xícara de chá, silenciosamente, e me abraçou brevemente; ela havia contado a Frank e ele estava atendendo os pacientes de minha lista que não podiam esperar. Ela me deixou sozinha.

A sala escureceu ao meu redor. O mundo encolheu e se tornou a minha mão na mesa. Fazia vinte dias que Naomi saíra pela cozinha. Todos os dias, todos os momentos de todos os dias, eu afastava imagens dela com dor, amarrada, machucada, ensanguentada; seu corpo sem vida num saco de plástico à beira de uma estrada ou numa cova rasa em algum lugar. Fechei os olhos tentando me lembrar de algo feliz para bloquear as imagens. A festa na primeira noite para comemorar sua apresentação. Havia tantas vozes felizes em nossa cozinha naquela noite; de repente, ela apareceu em minha mente tão vívida quanto se eu estivesse vendo uma foto. Naomi, sentada perto do fogão, apoiando um pé com meia nas costas de Bertie, havia ficado sozinha por poucos momentos. Eu havia caminhado na direção dela, mas parei; ela olhava de lado de modo tão intenso que acompanhei seu olhar a fim de ver a que se direcionava, mas, pela janela, só havia a noite escura. Quando olhei para ela de novo, vi que esboçava um sorriso, mas não era um sorriso para qualquer pessoa. Era introvertido, secreto. Ela estava muito diferente. Podia ser a roupa preta que ela usava para a morte de Tony na cena de *Amor, sublime amor*, mas, por um segundo, ela havia ficado mais velha, mais endurecida, de um jeito que não consegui analisar. Certa intranquilidade entrou na sala barulhenta. Theo se aproximou dela um segundo depois e disse algo, e ela riu e voltou a ser quem era; alguém tocou meu ombro e eu me virei, e a breve cena desapareceu de minha mente. Até agora. Ali, sozinha em meu consultório, percebi que o sorriso dela me dissera algo. Era uma pista.

Quando saí do consultório, estava escuro e frio, mas o quarto de Naomi estava aquecido. Eu mantinha o aquecedor ligado e ficava dentro do quarto dela a maioria das noites. Às vezes, eu achava que moléculas de sua pele ou de seus cabelos ainda podiam estar no ar, e que, se eles estivessem, podiam tocar meu rosto ou minhas mãos. Imaginava que, se ficasse totalmente parada, seria capaz de senti-las.

Naquela noite, quase não conseguia respirar por causa da esperança que me prendia. Eu queria que ela tivesse planejado sua partida. Queria que a fuga fosse o motivo de seu sorriso. Eu não me importava se ela sabia que isso nos machucaria nem se ela pretendia nos machucar. Não importava, contanto que ela estivesse segura.

Seu quarto tinha sido vasculhado pela polícia e por Michael. Eu tentaria de novo. Se ela tivesse planejado, poderia haver uma pista. Seu casaco grosso estava no armário com as saias da escola. Enfiei a mão no bolso do casaco. Nada. Todos os sapatos estavam muito bem organizados: os escarpins verdes, os tênis de lona, os chinelos. Enfiei a mão dentro de um dos escarpins, sentindo as depressões lisas na sola de couro onde os dedos dos pés dela estiveram. Abri as gavetas da cômoda, enfiei as mãos por baixo das blusas desorganizadas. Nada. Os enfeites no mantel tinham sido mudados; mãos habilidosas tinham tirado as fotos das molduras para procurar atrás delas e as recolocado levemente tortas. Todo o resto estava no lugar: o cavalo de porcelana, as folhas de outono, a caixas de joias.

No andar de baixo, ouvi a porta da frente se abrir, e os passos de Ted atravessarem o corredor lentamente.

Eu me sentei na cama e, quando levantei a tampa da caixa de joias, a pequena bailarina de plástico com a saia de tule cor-de-rosa deu uma pirueta ao som da música baixinha. Fechei os olhos. Quando ela havia aberto o pacote da caixa de joias no sexto aniversário, encontrou o colar de corais dentro dela. Meus olhos se abriram. O colar não estava ali. Procurei dentro da caixa. Onde estava? Ela sempre mantinha os corais dentro da caixa de joias. Eles deviam ter sido retirados, recentemente. Tinham deixado uma marca na maciez do cetim velho. Chequei no mantel, no chão, embaixo do tapete. Corri para baixo.

— Ela sabia. Ela planejou.

Ted estava sentado na cadeira, olhando para a frente, com um copo na mão. Virou-se para olhar para mim sem entender.

— Planejou o quê?

— O colar dela sumiu, os corais que minha mãe deu a ela. Eles sumiram. Ela deve tê-los levado. — Parei para respirar.

— Como sabe disso? — A voz de Ted estava baixa e inexpressiva. — Ela pode tê-lo perdido anos atrás.

— Foi tirado recentemente. Ainda dá para ver as marcas.

— Então, ela o perdeu recentemente.

— Não. Ela nunca o teria perdido. Ela adorava os corais. Isso quer dizer que foi planejado. Ela os levaria consigo. Ela sabia que estava indo embora. Foi por isso que sorria sozinha.

— Ela sorria sozinha?

— Sim. Na festa.

— Que festa?

Ignorei a pergunta. Minha mente girava. Tentei me lembrar da última vez em que a vi. Ela estava usando os corais naquela vez? Talvez estivessem na bolsa, com os sapatos. As perguntas começaram a se atropelar.

— Jenny, você está totalmente exausta. — Ele se levantou e me abraçou. — Parece que andou chorando.

O braço dele estava pesado, o hálito era de álcool. Eu me afastei depressa.

— Não...

Ele olhou para mim como se mal me conhecesse. Deu de ombros e andou em direção à escada.

Eu disse a ele:

— Quer dizer que ela não foi sequestrada, você não entende?

Ele continuou andando em direção à escada.

— Estou cansado demais para isso — disse ele. — Não se preocupe em fazer o jantar para mim. Comi algo no hospital. Vou me deitar.

Observei enquanto ele subia a escada e se segurava ao corrimão. Para mim, pareceu que ele lentamente se afastava de minha vida. Não me importei; ela havia levado o colar. Havia planejado partir. Estava segura.

# 29

*Dorset, 2011*
*Treze meses depois*

Naomi está dançando. Ela é Maria dançando com Tony, e dá para ver que ela está se apaixonando. É diferente do *Amor, sublime amor* real, mas não importa em meu sonho. O ritmo é lento e eles dançam próximos, espelhando os movimentos um do outro. Aos poucos, a música acelera e eles têm de dançar mais e mais rápido, até que deixa de ser música e se torna um barulho dissonante. Há tumulto na plateia. As luzes começam a piscar de modo que os movimentos da dança parecem desajeitados e esquisitos. Tem alguma coisa errada, e o burburinho se espalha. O público está deixando o teatro. Os tambores batem forte, me acordam e deixam um eco fraco em minha mente.

As batidas de meu coração diminuem em poucos minutos. Os sonhos estão acontecendo todas as noites agora.

Há meses nao penso naquele teatro. Afasto os cabelos dos olhos para poder olhar na escuridão para as imagens que tomam minha mente. Ele era uma forma, uma sombra, vista no fundo do auditório pela professora e por Nikita. James o vira recostado na parede do lado de dentro.

Os pensamentos começam a piscar em minha mente como as luzes de meu sonho. Será que ele havia deixado alguma coisa dentro do teatro? Um chapéu? Pelos de seu casaco escuro presos na cadeira? Qualquer coisa que tocara sua pele poderia carregar seu DNA. A polícia havia procurado no teatro, mas podiam ter deixado algo para trás. Vou ligar para Michael a fim de saber o que eles fizeram. Posso ir e procurar. Ele vai achar que enlouqueci. Talvez eu tenha enlouquecido, sim. Talvez eu tenha de olhar em todas as partes de novo — de que outro modo posso ter certeza de que não há nada mais? Em algum lugar do mundo haverá algo que prove que ele a levou. Só preciso encontrar.

Passo o resto da noite acordada, perguntas girando e girando em minha mente. Às sete, telefono para Michael.

A voz dele está contida, mas gentil.

— Eu queria ter ido ver você ontem à noite, mas ficou muito tarde. Tenho me sentido péssimo. Não devia ter dito nada sobre o DNA.

— Você tinha razão.

— Não, não tinha. Não há um corpo, claro. Nunca houve. Claro que não há DNA.

Ele pode me dizer de novo que o único lugar onde encontram DNA de um criminoso na busca por uma moça desaparecida é dentro do corpo dela, mas já sei disso. Sei que eles procuram na vagina, no esôfago, nas roupas, nos cabelos. Não quero ouvir mais nenhuma palavra. Se ele não as disser, não terei que ver as imagens que surgem em minha mente.

— Quero dizer que você estava certo quando disse que não há nada na mata — explico, para impedir que ele me diga qualquer outra coisa.

— Você foi até lá? Ah, Jenny. — Seus lábios devem estar se curvando para baixo. Foi uma das primeiras coisas que notei nele; eu me lembro de ter pensado que era um bom sinal as coisas ainda o deixarem triste. — Eu disse a você que a polícia havia procurado em tudo.

— Eles procuraram no teatro?

— O teatro. — Ele repete as palavras lentamente.

— Sim. Sabe, tive um sonho. — Mas, se ele achar que eu enlouqueci, não vai me ajudar e começarei de novo. — Ela estava na peça *Amor, sublime amor*, lembra? — Uma pausa breve vem depois de minhas palavras.

— Claro que me lembro. Fizemos uma busca cuidadosa, começando pelo camarim.

— O que quer dizer, exatamente, uma busca cuidadosa?

Um leve suspiro, um som de zíper descendo enquanto ele tira o laptop da maleta.

— Volto a ligar para você com todos os detalhes num minuto.

Eles teriam começado pelo camarim, onde ela havia se transformado em Maria, mas, pensando agora, ela só o havia usado para se trocar. Depois, voltando a vestir suas próprias roupas, ela costumava ficar de maquiagem. Ela sempre se maquiava antes de sair de casa também. Por quê? Talvez ela o encontrasse no caminho até o teatro ou na volta. Parecia ter dezoito anos com aquele rímel e a base. O que isso pode ter permitido que ele fizesse?

Quando meu telefone toca, atendo depressa.

— Como pensei, eles olharam em todas as partes. — A voz de Michael está calma. — Tenho uma lista aqui.

— Sim?

— Eles recolheram todas as impressões digitais: maçanetas, torneiras, os assentos no fundo do teatro, vasos sanitários. Abriram todos os armários, os cestos de roupas, cestos de lixo e os carrinhos do lado de fora. — Uma pausa. — Tiraram as placas de piso.

Não sabia disso. Então, eles já achavam que ela podia estar morta.

— Jenny, isso precisa parar. — Ele pigarreia e fala mais alto. — Você vai enlouquecer. — Ele para e fala mais devagar. — Deixe as coisas conosco. Pode deixar.

— Não posso deixar, nunca. — Fazemos silêncio ao telefone. Mas continuo: — Michael, quando você pegá-lo, ele vai negar tudo. — Yoska vai balançar a cabeça com um sorriso nos olhos. — Ele sabe que, sem provas concretas, não temos o suficiente para incriminá-lo. Precisamos de algo que prove que ele estava com ela.

— Não dá para procurar no teatro por causa de um sonho. — Ele dá uma risadinha.

E não posso deixar esse sonho passar. Não posso deixá-la sumir com ele.

Pego o telefone e ligo para a escola de Naomi. A diretora está numa sala de reunião, mas me retorna dez minutos depois.

Seu tom é gentil.

— Que bom ter notícias suas de novo. Sempre me pergunto como as coisas estão avançando.

— Bem, obrigada, srta. Wenham.

Se ela me visse, tenho certeza de que é o que ela pensaria, de qualquer modo. Os meses perto do mar fizeram seu trabalho. Estou muito melhor do que quando ela me viu pela última vez. Ela não saberia que as feridas tinham sido reabertas; o sangramento não está visível do lado de fora.

— Eu estava pensando no teatro — digo cuidadosamente. — Pode ser que coisas tenham sido deixadas para trás, coisas que a polícia não viu — falo depressa para evitar que ela me interrompa e para que eu não perca a paciência. — Queria checar. Pode ser que ainda haja algo lá, mesmo depois de todo esse tempo. Sei que parece idiota. Talvez um chapéu ou uma jaqueta...

Minhas palavras saem atropeladas, e no silêncio, parecem absurdas.

A srta. Wenham fica hesitante.

— Pode entrar, claro que pode, minha querida. Mas é improvável que encontre qualquer coisa. Está tudo muito diferente agora.

— Diferente? — Pode ser que tenham portas que se tranquem sozinhas. Teclados com senhas ou um porteiro na entrada. Lições aprendidas por causa de Naomi.

— Bem, não acabou ainda — continua a voz comedida. — Mas estamos quase lá. Um ex-aluno falecido nos deixou dinheiro em seu testamento, para uma reforma. — Faz-se uma leve pausa, mas não respondo e ela continua: — Foram feitas muitas mudanças, um novo palco e assim por diante... — A voz dela se torna reticente. Ela percebe que está sendo insensível.

— Talvez eu possa ir dar uma olhada, para garantir. — Tento deixar a voz esperançosa, apesar de meu coração estar em pedaços. Tarde demais, tarde demais, mesmo.

— Quando eles terminarem, uma das meninas pode levar você. Tente de novo daqui a uma semana, mais ou menos. Estou tão feliz...

Não quero saber por que ela está feliz. Desligo. Será tarde demais quando eles terminarem. Vou hoje. A jaqueta ainda pode estar pendurada num gancho pelo qual todos se acostumaram a passar, o chapéu pode estar pisoteado, chutado num canto em algum lugar. Posso olhar, apesar de eu poder estar quase catorze meses atrasada.

É assim que funciona na medicina às vezes, o pensamento me ocorre quando tiro o carro da garagem. É preciso olhar de novo, ou alguém pode olhar e conseguir o diagnóstico quando todo mundo já desistiu. Às vezes, é a coisa mais óbvia que ninguém pensou em fazer. O rosto de Jade parece flutuar no espelho por um segundo. Sempre vale a pena olhar de novo.

Bertie está no assento da frente, focinho nas patas, olhos fechados, acomodado para a viagem, mas há uma batida na janela quando viro o carro e encaro a estrada. Dan está de pé ali, mais alto, com um casaco novo, gola para cima contra o vento.

Desço o vidro.

— Belo casaco.

— Obrigado. Presente de Natal de minha avó. Está sempre nevando em Nova York, nos filmes.

— Você vai mesmo? — Eu não havia notado que o tempo passava em outras vidas também.

— Vou amanhã. O curso começa na próxima semana. — O rosto dele está protegido, mas a voz aumenta animada.

— Espere, vou estacionar de novo.

— Não se preocupe, volto mais tarde.

Sei que ele não vai voltar, e, se voltar, não estarei aqui. Desligando o motor, saio depressa.

— Mary vai sentir sua falta. Eu também.

Ele olha para os pés por um segundo.

— Qual é o plano? — pergunto depressa.

— Vou ficar com o Theo e o Sam até encontrar algum lugar.

— Tem dinheiro? — Mas é uma pergunta inconveniente. Ele dá um passo para trás, com o rosto sério.

— Você parece minha mãe.

— Sou uma mãe, é por isso.

— Não é a minha. — Ele olha para mim, com os olhos verdes diretamente nos meus. Ele continua: — Eu lhe conto o que acontecer. — Ele faz uma pausa. — O Theo também, de qualquer modo.

Num segundo, posso tocá-lo, um segundo em que ele fica parado ali, parecendo perdido. Como se adivinhasse meus pensamentos, ele cora e se vira.

— Até mais — diz ele.

Ele desce a rua e eu nem sequer agradeci a ele. Eu o alcanço na frente do mercado e desço o vidro do carro, mas nesse momento, duas garotas saem pela porta e o cumprimentam. Eu o vejo no espelho, inclinando-se um pouco para a frente, pisando na rua, olhando para o carro; um segundo depois, uma das meninas se move na direção dele e pega seu braço. Dobro a esquina com o carro e eles desaparecem. Ele vai para Nova York, vai começar uma vida nova. Está tudo diante dele. Uma vida a ser vivida, uma vida inteira sem interrupção.

Estamos em Bristol ao meio-dia. Quando estive aqui pela última vez, era verão. As nogueiras nos Downs estão sem folhas e perdemos as folhas caindo. A época do ano preferida de Naomi. O policial da investigação ficou surpreso com a coleção de folhas e com a pequena pilha de castanhas sobre a cômoda.

Estaciono na frente da casa. Bertie resmunga ao portão, balançando o rabo. A grade do portão está áspera sob meus dedos, a tinta está descascando. As janelas parecem sujas, e o jardim da frente está cheio de ervas daninhas. O lado de dentro estará organizado, graças a Anya. Ted está trabalhando agora. Olho para as janelas escuras e altas lembrando que, nos meus últimos meses aqui, todo o calor havia desaparecido; no vazio escuro, até meus passos tinham começado a se sentir num sonho.

Eu havia esperado ali de novembro até agosto do ano passado, e nosso casamento degringolou naqueles nove meses enquanto a esperança desaparecia e os amigos sumiam. Frank entendeu que eu não pude voltar ao trabalho depois da noite em que caí no choro. Ele encontrou outro substituto, mas a ideia de deixá-lo esperando criou ansiedade; eu disse que não voltaria. Essa perda afogou os meses de vazio que se seguiram. Eu me deitava na cama ou no chão do quarto dela, sem me mexer, observando a luz do dia aparecer e escurecer conforme as horas passavam. Eu precisava morrer. Então, um dia, fui à casa de praia de novo. Ed queria os livros que tinha deixado ali numa visita anterior. Ele havia começado a estudar para os exames e continuava na reabilitação. A luz em Dorset parecia diferente. Era mais clara, o ar parecia mais quente. Eu ouvia as gaivotas do jardim. Fui para casa de novo, mas conforme a busca por Naomi foi ficando mais lenta e conforme as semanas se arrastavam, eu pensava cada vez mais na casa de praia. Quando o verão chegou, eu já tinha um plano, e no fim de agosto eu havia partido. Tenho vivido com a pequena herança de meus pais. Ted teria me dado o que eu precisava se eu tivesse pedido, mas não precisei de sua ajuda.

Por um momento, me sinto tentada a tocar a campainha. Anya podia estar aqui. Mas essa casa é território de Ted agora e afasto Bertie do portão.

Há um alçapão do lado de fora do teatro. Há escadas encostadas na parede e uma pilha de radiadores de ferro forjado. Há algumas vans na rua com as portas abertas; há trabalhadores em pausa para o chá, com canecas fumegantes. As portas do teatro estão completamente abertas. Hesito, decidindo se posso levar Bertie comigo. A presença dele me dá coragem.

Ninguém nos impede quando entramos pisando nos tapumes que protegem os novos pisos reluzentes dispostos na entrada. Eles teriam estragado os de madeira quando os retiraram, procurando o corpo dela? A barra tinha sido pintada de vermelho; está maior agora, e há um novo espelho atrás dela. O ar está tomado pela poeira e pelo cheiro de gesso. Bertie espirra duas vezes. Abro as portas pesadas de madeira que dão para o auditório, com o cheiro pungente de tinta e de madeira nos recebendo imediatamente. Está maior e mais claro do que costumava ser. Não há sombras em nenhum ponto sob a luz forte que ilumina as paredes recém-alisadas. O palco desapareceu. Placas lascadas estão empilhadas, algumas cortadas ao meio, e há uma pilha grande de placas compridas e brilhantes para o novo palco, encostada na parede. Bertie, passando à minha frente, quase tropeça no espaço escuro que ficava embaixo do palco e que agora está aberto. Abaixo de onde estamos, enquanto paramos na borda olhando para baixo, um homem de cabelos grisalhos de macacão azul está medindo o chão com uma trena. Há alguns banquinhos de madeira, uma lareira que parece de plástico, e uma pilha de telas sujas num canto. Ele olha para cima, com a testa brilhando de suor. Acena com a cabeça brevemente para mim. Ao perceber o cão, seu semblante fica mais brando e ele se aproxima, esticando o braço para acariciá-lo.

— Você não deveria tê-lo trazido, apesar de ele ser adorável. Tenho um como ele em casa. Está procurando alguém?

— Minha filha participou de uma peça no último... antes... perdeu algumas coisas. Será que podem ter sido colocadas em algum lugar?

— Os objetos perdidos foram levados há muito tempo. — Ele balança a cabeça. — No lixo, no verão.

Fico desanimada. Fui estúpida por ter vindo.

O homem assente de novo, virando-se, mas, naquele momento, Bertie pula do palco, esticando a coleira. Eu o solto com medo de que se enforque. O homem ri, se inclina para o cão.

— Ele gosta de mim, está vendo? — diz ele de modo triunfante, acariciando as orelhas de Bertie.

— Desculpe — digo enquanto me sento, com as pernas para fora da beirada e pulo; é mais alto do que pensei, pouso de um jeito estranho, meus tornozelos doem. Sinto uma pontada de dor quando apoio o peso naquele pé, e mal consigo ficar de pé. — Desculpe — digo de novo, ciente agora de que estou sendo inconveniente e que quero sair.

— Cuidado ali. — O homem se aproxima e me ajuda a chegar a um dos sacos no canto. — Sente-se num deles. Roupas. Não vão machucar. Quer uma xícara de chá?

— Roupas? — Eu me abaixo com cuidado na lona.

— A polícia as deixou aqui. Prontas para a próxima vez. — Ele se abaixa para brincar com Bertie, interessado em fofocar. — Não houve peças novas desde que aquela menina desapareceu. Aquilo foi terrível.

Preciso me afastar desse homem antes que ele diga mais alguma coisa, mas quando tento me levantar de novo, ele apoia uma mão em meu ombro.

— Não se preocupe. — Ele sorri. — Sente-se. Ela não está num desses sacos.

Olho para ele e me sinto enjoada. Nenhuma palavra me ocorre.

— Você parece um pouco ansiosa. — Ele faz uma pausa, coça a cabeça e continua com animação. — Vou dizer uma coisa, fique descansando aí e vou buscar uma xícara de chá. Volto já.

Ele se levanta e desaparece de vista.

Há pelo menos seis bolsas. Algo de Yoska pode ter sido encontrado e enfiado ali, por engano. Saio do saco em cima do qual estou sentada e, ajoelhada, eu o abro. A chance é pequena e só tenho minutos até o homem voltar. Enfiando a mão, sinto estopa e corda. Abro outro saco e tiro dali uma jaqueta preta de veludo grosso, com barra de bordado dourado, e um chapéu de feltro com aba curva e uma pena amarela amassada. Enfio tudo de volta. O terceiro tem fardas, muito bem dobradas. De quais peças elas eram? Naomi provavelmente a viu. Ela me disse? Mais uma coisa que não ouvi se ela disse. O quarto saco tem roupas macias. Puxo uma saia azul e, com o coração aos pulos, um quepe de policial: Oficial Krupke. Virando o saco depressa, remexo todo o conteúdo com as mãos pela abertura estreita, saias vermelhas e azuis, tops de babados, vestidos de renda e justos de seda. Virando o saco totalmente, meias roxas, um par de *ankle boots*, lenços e meias-calças caem no chão. Não há roupas de garotos — eles devem ter usado suas próprias peças para o sapateado nos telhados. Olho para tudo por um momento; consigo ver as cenas de dança com a saias em movimento e a música de Bernstein tomando o auditório. Mas agora, como as árvores e a lama, esse monte de roupas coloridas e sapatos virados não me diz nada. Só roupas, como o homem disse.

Seguro as botas com força para enfiá-las de volta e as pontas de meus dedos resvalam em algo sedoso que foi enrolado e enfiado ali dentro. Meias? Um lenço de pescoço? Desenrolado, é maior do que pensei, e aberto no chão, ele se torna um vestido de seda, um vestido vermelho curto com decote. Botões de madrepérola. O vestido de Nikita. Aquele que Naomi pegou emprestado para a prova de roupa, aquele que ela não trouxe para casa de novo. Escondido na bota, a polícia não deve ter visto. Eu o seguro perto do rosto. Tem um cheiro suave de limões? Não devo chorar. Eu o abro de novo e vejo, com a parte de meu cérebro que não está funcionando muito bem, que há uma mancha branca-amarelada no corpete. Erguendo a barra, vejo que está por dentro do vestido também. Passos se aproximam. Enrolo depressa o tecido macio e o enfio no bolso de meu casaco, enfiando o resto das roupas nos sacos quando ele aparece. Ele se balança na beirada de onde estava e me entrega uma caneca de chá.

— Estou vendo que estava olhando as roupas. — Ele olha para mim, divertindo-se. — Teve sorte?

Balanço a cabeça; o chá é escuro e muito doce, restaurador.

— Eu disse a você — diz ele. — Tudo levado.

Enquanto caminho com dificuldade pelas ruas até o carro, sinto vontade de enrolar o vestido no pescoço por baixo de minhas roupas, perto da pele. Mas eu o deixo em meu bolso. Michael vai mandá-lo para a investigação.

As janelas da casa alta ainda estão escuras. Coloco Bertie dentro do carro e dou partida. Meu coração está batendo forte de esperança e medo.

## *Bristol, 2009*
## *Vinte e um dias depois*

Não consegui esperar para contar a Ed sobre os corais desaparecidos. Ele perceberia que era um bom sinal e precisava sentir esperança. Ed compreenderia que ela havia planejado ir embora e que queria algo que a ligasse ao lar até voltar. Ele ficaria tão animado quanto eu.

Quando liguei, a chamada caiu diretamente na caixa postal; liguei para o escritório principal. A sra. Chibanda atendeu. Ela foi chamá-lo e depois do que pareceu ser uma longa espera, ouvi seus passos lentos se aproximando.

— Oi, mãe. — Ele parecia cansado, mais velho.

— Tudo bem, querido?

— Por quê?

— Faz mais de uma semana. Queria saber como você está.

Ouço o suspiro de Ed ao telefone, mas ele não responde.

— Sei que eles me diriam se as coisas não estivessem bem... — Eu me pego tagarelando no silêncio.

— Pare, mãe. — Ele interrompeu. — Me deixa em paz.

Fechei os olhos. Desde o desaparecimento de Naomi, tudo havia ficado mais alto. Os barulhos doíam como se eu estivesse adoecendo, como se tivesse perdido uma camada de pele. Eu havia esquecido como falar com Ed. Essa conversa já estava indo para o lado errado. Comecei a me arrepender de ter ligado para ele.

— Pensamos em você o tempo todo. — Eu não queria dizer isso, ele não ia gostar.

— Sei. — Estava sussurrando agora.

— O que quer dizer? — Eu não devia ter perguntado. Não foi por isso que liguei.

— Quero dizer que você diria isso. — Tinha que me esforçar para conseguir ouvir o que ele dizia; era como se ele estivesse falando consigo mesmo. — Nunca conversaram comigo antes.

Ele está sofrendo por causa de Naomi. Saindo das drogas. Está sozinho. Ele não está sendo sincero em nada disso.

— Eu falava com você o tempo todo, Ed.

— Falava para mim.

Fiz uma leve pausa e comecei de novo.

— Sabe de uma coisa? O colar de corais de Naomi não está em casa!

— Que colar? — A voz dele está distante.

— Aquele com continhas cor de laranja, sabe?

— E daí?

— Ela deve tê-lo levado com ela. Quer dizer que ela sabia que iria embora.

— Pelo amor de Deus, mãe. Ela provavelmente o perdeu ou deu para alguém.

Ele quer destruir tudo?

— A vovó o deu a ela há alguns anos.

— Mais motivos, então. Você não a conhece, mãe. Você não faz ideia.

Depois de me despedir e esperar que ele desligasse primeiro, andei de um lado a outro na cozinha. Queria me livrar das palavras dele. Não queria pensar nelas agora nem na raiva que fervia por baixo delas.

Por fim, liguei para Shan. Não consegui pensar em mais ninguém, apesar de não estarmos muito em contato desde que ficamos lado a lado na delegacia.

— Jen. Eu pretendia ligar para você hoje.

Não soube como responder, mas não importou, porque ela continuou animada:

— Está uma correria. — Ela deu uma risadinha. — Só Deus sabe. É o Natal, acho.

Natal? Como podia ser Natal? Olhei pela janela, mas a rua estava igual. Eu não ia às lojas havia semanas. Presentes seriam demais para mim.

— Como você está? — Ela hesitou no silêncio, mais parecida com a Shan que eu conhecia.

— Estou indo. Mas algo bom aconteceu. Gostaria de visitar você. — Queria ver o sorriso dela; quando eu contasse a ela sobre o colar, ela me abraçaria e diria que sempre soube que tudo ficaria bem.

— A menos que você queira que eu vá até aí?

— Não, preciso sair.

Tomei um banho e peguei um jeans limpo e uma camisa nova. Até passei um pouco de maquiagem. A base parecia seca, e o batom, forte demais em contraste com minha pele pálida. Lavei tudo. Enquanto eu dirigia, alguém no rádio dava as notícias, mas era som de fundo, até que, depois de alguns momentos, ouvi o nome dela. "... desaparecida agora há vinte e um dias". A voz complacente continuou. "A busca continua, todos os aeroportos..." Desliguei o rádio, enjoada. Michael havia me dito para não ouvir os noticiários.

Shan abriu a porta e imediatamente me envolveu.

— Sinto muito por ter sido tão horrível na delegacia aquela vez. Tenho sido uma péssima amiga.

Ela me levou para a sala de estar e nós nos sentamos juntas.

— Você está um pouco magra, Jen. — Ela parecia preocupada; pegou minha mão e sorriu de modo caloroso. — É ótimo ver você.

— Naomi tinha um colar — disse a ela depressa. — Eu estava procurando no quarto dela ontem, na caixa de joias... — Parei, ouvindo sons vindos da cozinha: uma chaleira no fogo, alguém procurando canecas no armário. Shan virou a cabeça e chamou.

— Se estiver fazendo café, Nik, a Jenny quer uma xícara. Também quero. Forte, por favor.

— Estou indo — respondeu Nikita.

Ela se virou para mim de novo.

— Ela está sofrendo — sussurrou ela.

— Sofrendo? — repeti. Uma imagem de Naomi sofrendo nas mãos de um homem me fez parar de pensar. Nikita estava no cômodo ao lado, preparando café com calma. Sua vida seguia. A de Naomi havia sido sequestrada. Eu não deveria ter sentido raiva. Não era culpa de Shan.

— Sim — Shan continuou falando baixinho. — Ela se sente culpada. Ela devia ter nos contado mais cedo que Naomi estava gostando daquele cara.

Eu me senti enjoada de novo. Não devia ter vindo. No breve silêncio, Shan corou e sorriu para mim depressa.

— Desculpe. Que tola. Esqueça o que eu disse. Você estava me contando sobre o colar da caixa de joias.

Ela apoiou a mão em meu braço. O calor subiu por minha manga até a pele. Ela não podia ser culpada se as palavras pareciam erradas; não havia certas, de todo modo. Sorri para ela.

— Era feito de corais. Sabe, aquelas continhas cor de laranja juntas? Não consigo encontrá-lo em lugar nenhum.

Os barulhos na cozinha silenciaram. Ouvi os passos leves de Nikita subindo a escada que levava da cozinha para os cômodos no andar de baixo. No silêncio, percebi a esperança em minha voz.

— Foi um presente da minha mãe quando Naomi era pequena. Ela sempre o guardou dentro de uma caixinha de música. Mas não está lá agora. Já procurei em todos os cantos.

Shan olhava para mim fixamente. Percebi que ela estava confusa com meu sorriso. Quando me inclinei para a frente para explicar, Nikita chegou, um pouco ofegante, com duas xícaras de café cuidadosamente equilibradas numa bandeja. Ela se inclinou para a mesa a fim de abrir um espaço e seus cabelos caíram numa camada escura e brilhante.

— Obrigada, Nikita. — Sorri para ela. Afinal, era a melhor amiga de Naomi.

— De nada. — Quando ela se levantou, vi que seu rosto estava muito corado.

Ela estendeu a mão para mim. Na palma da mão, estava um colar de pedras cor de laranja, frágil e lindo.

— Ouvi o que você disse. Ele não está perdido — disse ela depressa. — Naomi me deu o colar, mas não se preocupe, não eram pedras preciosas nem nada. Ela me disse que não gostava dele. Pretendia jogá-lo no lixo.

Num minuto, eu conseguiria me levantar e sair.

— Meu Deus, Jen. Você está pálida. Fique com ele. Você não se importa, não é, Nik?

Shan parecia preocupada.

— Não. Fique com ele. — Se eu falasse devagar, minha voz não tremeria. — Quando ela deu esse colar a você, Nikita?

— Antes da última apresentação. Ela o jogou para mim; estava rindo.

Olhei para ela. Eu tentava me lembrar da última vez em que ouvira Naomi rir.

— Acho que vou embora agora. — Alguns instantes depois, eu me levantei e saí.

Quando cheguei em casa, estava frio e começara a escurecer. O dia havia passado de alguma forma e eu não tinha percebido.

*Você não a conhece, mãe.*

Eu me deitei e puxei o edredom para cobrir minha cabeça. De algum ponto distante, ouvi Bertie latir pelo jantar. Devo ter adormecido, porque acordei e encontrei Ted dormindo ao meu lado. O calor do corpo dele vinha em ondas quentes e eu me afastei o máximo que consegui. Fiquei encolhida, segurando-me na beira da cama, esperando as horas passarem até a manhã.

*Você não faz ideia.*

# 30

*Dorset, 2011*
*Catorze meses depois*

Os botões mais novos estão duros como dentes na lama; outros já viraram flores, com bordas macias, os centros com traços verdes e vulneráveis. Quando me inclino para absorvê-los, os sons da manhã passam pelo silêncio; um melro na cerca-viva, gaivotas grasnando a distância, o som mais suave do mar respirando. A paz frágil se estende por alguns minutos e percebo um movimento atrás de mim. Michael. Seus pés não fizeram barulho na grama molhada. Ele parece pequeno no espaço verde do jardim, irreal com seu terno escuro e os sapatos brilhantes. Ele olha e vê o pijama encolhido de Theo, as botas de Ted. Por um segundo, olhamos um para o outro como desconhecidos.

— Por que está aqui? — pergunto a ele depressa. — O que descobriu? — Fico bem parada, esperando a resposta dele. Os barulhinhos desaparecem ao nosso redor.

— Você está bem? Parece... — Ele para.

Vai dizer esquisita? Louca? Importa como estou?

— Vi os botões da janela... Pelo amor de Deus, Michael. Conte o que aconteceu.

— Boas notícias. Sabemos quase com certeza que Yoska levou Naomi e achamos que ela foi por vontade própria.

Eu me lanço a ele, com lágrimas enchendo meus olhos.

— Como vocês sabem disso?

— Vou explicar lá dentro. — Ele segura minha mão. — Você está congelando. Seus lábios estão azuis.

Ele está sério, quase bravo. Eu provavelmente o assustei.

— Têm certeza de que foi ele?

— Ele foi visto. Vou contar mais quando você estiver aquecida. Precisa de roupas adequadas.

O tom de voz é inconstante, e o braço ao redor de meu corpo enquanto caminhamos para a porta dos fundos é irritante. Eu não teria chegado tão longe sem ele, mas devo tomar cuidado; ainda não chegamos lá. Eu me visto no quarto frio, mexendo nos botões, puxando a lã de minhas meias. Michael me encontra no fim da escada com duas canecas fumegantes de chocolate quente, uma em cada mão.

— Comprei leite e chocolate. Sabia que sua geladeira estaria vazia.

Ele também está irritado. Ela não consegue cuidar de si mesma, ele está pensando, depois de todo esse tempo. Ele faz um gesto com a cabeça em direção à sala de estar.

— Acabei de acender a lareira. Vamos nos sentar lá, é mais quente.

Ele espera enquanto me sento perto da lareira, cuidadosamente apoia a caneca na mesa ao meu lado e puxa uma cadeira. Os joelhos dele quase tocam os meus quando ele se inclina.

— Nós o pegamos.

— Pegaram ele? — Ele está na van da polícia? Ou numa cela trancada em algum lugar?

— Bem, não o pegamos, exatamente, mas quase isso, graças a você. Demorou um pouco para que os resultados chegassem, mas foi concluído que combinava perfeitamente com o DNA do crime anterior dele.

— O que era? — O que ele estava me contando? Meu coração está na boca.

Ele olha para mim e faz uma pausa, inseguro; está pensando em como me dizer o que descobriu. Ele diz lentamente:

— O sêmen dele estava no vestido que você encontrou.

Eu me sinto muito mal. Tento levantar, mas ele apoia uma das mãos em meu braço.

— Espere. — Ele pigarreia. — Quando eles analisaram o que havia no material, havia sangue também, de Naomi.

Como eu tinha sido ingênua. Eu devia ter atentado para isso quando entreguei o vestido a ele. Torci para que ajudasse, mas meus pensamentos pararam ali. Eu havia me tornado boa em bloqueá-los. Sangue e sêmen. Ele a estuprou e depois escondeu o vestido na bota? Mas, conforme esse pensamento começa a surgir, outro vem logo depois. Naquela noite, ela voltou de uniforme, deixou o vestido para trás, estava faminta, cansada e sorridente. Não tinha sido estuprada, assim como não tinha sido estuprada naquela vez na casa de praia com James. Ela deve ter feito amor com Yoska usando o vestido, enrolou-o cuidadosamente e o escondeu onde ninguém o encontraria: num par de botas que ela sabia que não estavam sendo usadas. Não teria agido tão cuidadosamente, tão meticulosamente depois de ser estuprada. Ela deve ter desejado Yoska. Desejou transar com ele.

Eu me levanto ao pensar nisso. Os olhos preocupados de Michael olham para mim por cima da caneca enquanto ando pela sala. Não tinha sido a primeira vez dela, claro que não. Ela já estava grávida. Mas conhecia James havia anos. Eram da mesma idade; crianças brincando de ser adultos, inocentes, de certo modo. O sexo com Yoska seria diferente. Ela estaria quebrando as regras totalmente. Pensei naquele sorriso secreto. Aquele era para Yoska. Ela devia estar preocupada com a gravidez, mas ele a fazia feliz.

Olho pela janela, mas, em vez do jardim e do céu, minha mente é tomada por uma imagem vívida de Naomi, de costas para a parede no escuro, na salinha abafada embaixo do palco, o vestido vermelho suave erguido, as meias abaixadas, uma perna envolvendo o corpo dele, segurando-o perto dela. A cabeça dele encostada no pescoço dela enquanto a penetra. Ela mantém os olhos fechados, a maquiagem pesada em sua face está manchada por causa do suor e da saliva. Balanço a cabeça para afastar a imagem, mas os pensamentos continuam. Depois, ele diria que ela precisava ir para casa para que os pais dela não desconfiassem. Ela se agarraria a ele, tiraria o vestido e o usaria para limpar entre as pernas. Vestiria o uniforme da escola que havia trazido com ela e enfiaria o vestido depressa dentro de uma das botas que ela deve ter encontrado dentro do saco de roupas de lona. Deve ter enfiado as botas no fundo do saco, pretendendo, talvez, pegar o vestido mais tarde, mas esqueceu.

O sangue...

— Quanto sangue? — Eu me sento de novo, olho para ele e desvio o olhar.

— Não muito. Não mais do que o normal.

Minhas mãos envolvem a caneca. Eu me forço a perguntar:

— O normal para um casal que fez amor ou o normal para um caso de sequestro?

— Depois do sexo consensual, normalmente tem sangue, pequenas quantidades, mas pode ser detectado microscopicamente.

Foi por isso que ele disse que ela foi por vontade própria? Michael seguiu a mesma lógica que eu; percebeu que eles fizeram amor e assim, depois, ela desejaria ficar com ele.

— O colo do útero fica mais vascularizado durante a gravidez. — Estou falando mais para mim mesma. — Ela sangraria ainda mais facilmente. — No dia seguinte, ela dormira com James, tentando causar um aborto, mas isso não dera certo.

Infecções podem fazer as mulheres sangrarem com mais facilidade também. Talvez também houvesse mais uma pessoa; pode ter pegado uma infecção antes de engravidar.

*Você devia estar mudando muito tempo antes. Em silêncio, tornava-se uma pessoa bem diferente. Como eu saberia, se você se escondeu tão bem atrás da criança que pensávamos que você era? Como eu poderia ter protegido você?*

— Não vai demorar muito agora para chegarmos a ele. — Os olhos de Michael, olhando pela janela, estão focados ao longe; eles brilham ao refletirem o céu claro de janeiro. — Localizamos a família em um campo de ciganos na região central do País de Gales. — Ele baixa o tom de voz instintivamente, como se alguém pudesse estar ouvindo e pudesse alertá-los. — Há um local ilegal num campo de uma fazenda abandonada.

Enquanto ele me conta isso, eu me lembro dos montes galeses acima do rio Severn; eles pareciam próximos o bastante para tocá-los do bosque onde a van tinha sido encontrada. Havia barcos no banco de areia. Depois de incendiarem a van, precisaria de apenas duas horas para atravessar o rio se a maré estivesse normal. Ele devia saber como manejar o barco. Tinha mãos ágeis. Eu conseguia vê-las direcionando o barco, puxando-o acima da arrebentação. Conseguia imaginá-las recebendo Naomi, ajudando-a, protegendo-a.

— Vamos ao acampamento à noite — continua Michael.

— Quando? Como você sabe que eles estão lá?

Ele olha para baixo; não vai me dizer quando estão planejando ir. Ele acha que eu iria antes, que entraria no acampamento chamando o nome dela? Eu faria isso?

— Temos observado o local — diz ele depois de uma leve pausa. — Ele foi visto, como eu disse. — Ele olha para mim brevemente. — Não quero aumentar sua esperança, Jenny, mas havia uma adolescente de cabelos claros que saiu de uma caravana brevemente ontem e entrou em outra. Ela foi vista à distância; nada mais a identificaria como Naomi. Eu nem devia estar dizendo isso...

Eu me pego de pé, sem conseguir respirar nem me mexer. Aquelas são as palavras que esperei catorze meses para ouvir. Pode não ser ela, não é Naomi, necessariamente, mas meu coração está batendo tão forte que quase abafa as palavras que ele está dizendo.

— Pode haver problemas. — Ele contrai os lábios. — Vamos levar cães, armas.

Olho para seu rosto determinado e começo a sentir medo.

— Ele pode estar se escondendo, mas procuraremos em todas as caravanas, em todos os trailers, estábulos, em todos os montes de lixo. — Parece mais que ele está falando sozinho.

Eles estão juntos. Neste momento.

— Talvez tenhamos que prender todos.

— Todos?

No escuro, as crianças começariam a chorar, figuras com roupas escuras apareceriam confusas, piscando sob a luz de lanternas poderosas. Aos latidos de cães da polícia, puxando suas coleiras, podia surgir o choro estridente de um bebê. Esses pensamentos rodam sem parar como as fitas de gravações em preto e branco da Gestapo cercando suas vítimas à noite.

Quando ele volta a olhar em meus olhos, as pupilas se contraem depressa. Faz com que ele pareça bravo.

— Sim. — Sua voz parece muito ríspida. — Todos.

O sol que entra pelas janelas ilumina seus fios grisalhos. O franzir do cenho entre as sobrancelhas está bem marcado, como se a pele tivesse sido esculpida com uma faca. Eu não tinha notado isso antes. A luz da manhã é implacável.

Naomi está lá, ela e o bebê são parte da família agora. Os nômades acreditam na família. Ela estava grávida; o relacionamento com Yoska ofereceria a ela a chance de continuar a gravidez, com pessoas que dedicavam tempo aos filhos. Elas estavam ao lado da menininha na clínica de Ted; ficavam na ala quando outras crianças teriam permanecido ali sozinhas. Outras crianças, cujas mães trabalhavam tanto quanto os pais, tanto quanto eu trabalhava. Filhos de pais tão ocupados que ninguém falava sobre as coisas que realmente importavam, nem notavam que seus filhos estavam mudando.

— As mulheres devem tê-la ajudado quando o bebê nasceu.

Tento falar com calma, mas quero gritar, cantar e dançar. Ela está viva. Viva. Ele não a matou. Eles são namorados. Pode ser que ele tenha ido atrás dela por vingança e algo inesperado aconteceu. Ele se apaixonou, apesar do plano que tinha. Durante os meses de encontros secretos, ele deve ter cruzado uma linha invisível de quando a usava para se vingar e passou a amá-la, talvez mesmo depois de sua consulta comigo. Ele ofereceu a ela um mundo diferente; ele a fazia sorrir; ela correspondeu seu amor. Ele não a sequestrou; ela foi com ele. Ele deu a ela aquela aliança, ele a ama, ela está bem. Minhas lágrimas escorrem. Caminho depressa pela sala, sorrindo, levando as mãos aos lábios para não rir. Posso ficar feliz depois. No momento, Michael deve entender que Yoska é importante.

— Naomi, o bebê e Yoska. Pode ser que eles formem uma família agora.

É a vez de Michael se levantar. Ele pousa a caneca na mesa.

— Ele cometeu crimes. Sexo com uma menor, sequestro, cárcere. Quem mais sabia será incriminado também.

— Talvez ele não soubesse a idade dela. Ela fica muito diferente com maquiagem. Ela pode ter mentido sobre a idade. — Estiquei a mão para ele, fiz com que se sentasse ao meu lado. — Se ela estiver lá, pode ser porque queira estar.

Ele está em silêncio e me observa.

— Não... romantize isso, Jenny — diz ele depois de um tempo. — Ele é um criminoso. Deve ir preso.

Procuro palavras que o façam entender.

— Ela o conheceu no hospital em julho, há dois verões. Ela foi embora em novembro. Quatro meses. Tempo suficiente para decidir o que queria. Deixou James nessa época; escolheu um homem, não um menino. Michael, ela pode ter achado que ir embora com ele significava que poderia ter o bebê.

Michael suspira sem paciência.

— Pode ser que ela tenha tido o bebê, mas não teria sido nas melhores circunstâncias. As pessoas que vivem assim, bem, elas não são como nós.

Era isso o que ele achava quando policiava vilarejos na África do Sul? Nunca ouvi Michael falar desse jeito.

— O que quer dizer?

— Eles vivem de modo diferente.

Pensei que era essa a questão. Olho ao meu redor para os livros e quadros, para os tapetes antigos que meu pai adorava. Ecos de vida, não vida.

— Ela deu o colar. Talvez quisesse algo diferente.

E enquanto falo, meu coração bate cada vez mais rápido; consigo me permitir pensar no rosto dela, consigo me permitir pensar no filho dela.

A voz dele se torna mais alta e mais lenta, como se, assim, eu pudesse entender melhor.

— Eles vivem numa imundície, em terras que não são deles. Roubam tudo.

Olho para o rosto familiar dele; talvez, afinal, eu mal o conheça.

Em meu coração, estou falando com ela.

*Tenho certeza de que você tem uma menininha. Ela tem seis meses agora. Em breve, você me dirá o nome dela.*

— Se ela estiver lá, é porque é útil de alguma maneira. Lembre-se de que ele mexe com drogas. Naomi roubava cetamina para ele. Há gangues de drogados em Cardiff, e outros criminosos com quem ele tem contato. — Ele não diz prostituição, mas a palavra fica subentendida entre nós.

Quando Yoska sorriu para mim no consultório, não parecia um criminoso perigoso. Talvez, as pessoas perigosas sejam aquelas em quem você acha que pode confiar, como Michael. Homens que julgam, homens que precisam de poder. Será que Ted estava certo em relação a Michael? Que ele tinha se sentido atraído por mim porque tenho andado muito vulnerável? Não me importo se ele explorou a situação ou se queria poder sobre mim. Só importa se ele a trouxer de volta em segurança.

— Preciso ir. — Ele termina de beber o café e se levanta. — Nem preciso dizer que tudo isso é estritamente confidencial, mas, mesmo assim, pode acabar nos noticiários. Eu queria que você soubesse antes que isso acontecesse.

Ele dá de ombros dentro do casaco preto e diz baixinho:

— Ted deve saber. Vou ligar para ele.

— Deixe-me ligar. Melhor eu ligar.

Sua expressão se suaviza e ele segura meu rosto.

— Claro, Jenny. Mas diga logo. Como pai dela, ele precisa saber agora.

— Obrigada. — Eu me lembro de dizer. — Por vir me contar. Cuide... dela.

— Aviso você, Jenny, não...

— O quê?

— Não faça nada.

Permaneço olhando para as minhas mãos conforme o barulho do carro desaparece enquanto ele se afasta. Não faço nada há muito tempo. Não vou contar a Ted ainda. Vou esperar até ela estar de volta, em segurança. Michael vai trazê-la de volta com ele. Abro a janela e deixo o ar fresco entrar na sala quente. Ela vai correr na minha direção. As lágrimas começam de novo, frias em meu rosto enquanto o vento sopra. Vou abraçá-la. Meu rosto ficará grudado no dela — será que a pele dela tem o mesmo cheiro? Seus cabelos estarão mais compridos. Ela estará mais alta. Ela trará sua menininha.

Esperei catorze meses; consigo esperar mais alguns dias.

Mas não são alguns dias. São só algumas horas.

Desperto lentamente ouvindo batidas insistentes, confusa com o frio e o escuro, o pescoço dói pela posição em que fiquei deitada no sofá, desajeitada. As chamas se foram, a grade está coberta de cinzas. A luz da varanda se acendeu e vi Michael pelo vidro. Ele deve ter deixado alguma coisa aqui e precisou voltar. Abro a porta. Ele olha para mim, e, apesar de eu sempre ter achado que saberia imediatamente, não sei. Ele parece exausto. Seus lábios se movimentam e eu observo com atenção porque ele está dizendo palavras que não fazem sentido. Está dizendo a mesma coisa muitas, muitas vezes e as palavras se aproximam cada vez mais, até eu entender.

— Sinto muito, sinto muito.

Ele me segura quando a sala gira e me senta cuidadosamente no degrau da escada.

— ...meses atrás — ele está dizendo.

Se eu não ouvir, pode ser que ela permaneça ali no escuro além da porta aberta. Pode ser que esteja do lado de fora, sem saber se é bem-vinda, esperando com o bebê nos braços. Eu me levanto e tento passar por ele, mas ele para e me segura no lugar.

— Foi depois do bebê. — Ele é uma silhueta contra a luz, não consigo ver seu rosto. — Ela teve uma infecção.

— Mas você disse que ela estava lá. — Estou gritando na cara dele. — Uma garota de cabelos claros, você disse...

— Eu não devia ter dito isso. Essa moça era uma mulher com dois filhos, de vinte e poucos anos. Falei com ela. Sinto muito, Jenny.

— Pegue-o. Ele vai fugir. Você precisa encontrá-lo. — Era culpa de Yoska. Ele a deixou morrer.

— Yoska morreu, Jenny. Levou um tiro. Morreu logo depois da meia-noite.

Michael me segura e começa a falar. As palavras voam ao redor de minha cabeça como corvos.

— Ele saiu de uma van, atirando. Não sabemos por quê; ele pode ter achado que o acampamento estava sendo atacado por uma gangue de traficantes. Já houve tiroteios por causa de drogas no local antes. Ele não nos deu uma chance de negociar. Continuou atirando em nós, nós o alertamos. — Ele balança a cabeça. — Ele caminhou na nossa direção, atirando. Parecia que estava pedindo para levar um tiro. Não tivemos escolha. — Ele para. — Ele foi atingido no peito e morreu na hora.

Yoska morto. Naomi morta meses antes.

Michael me levanta quando minhas pernas enfraquecem e me leva até o sofá na sala de estar. Está escuro, mas não importa.

— O bebê, Michael. — Puxo sua jaqueta. — Onde está o bebê?

Ele me segura com tanta força que me sinto amassada contra seu peito. Sinto as palavras dele pelos ossos de meu rosto.

— O bebê morreu com Naomi. Tiveram a mesma infecção.

As palavras perderam a força; nem sequer fazem sentido. A voz dele me lembra do modo com que ele costumava falar conosco na cozinha em Bristol, assim que o conhecemos. Lenta e cuidadosa, e ele para com frequência.

— A irmã de Yoska, Saskia, nos contou o que aconteceu. Os pais dele estão presos agora.

Os botões da jaqueta dele fazem meu rosto doer, mas fico completamente parada.

— O bebê nasceu na caravana. Você tinha razão; as mulheres da família ajudaram.

Naomi teria aconchegado o corpinho escorregadio nas mãos pequenas de menina e a abraçado, e a dor desapareceria, e ela sentiria o amor tomando conta dela. Teria pensado em mim? Teria entendido, naquele momento, como eu devia me sentir em relação a ela?

— Era uma menina, não era?

— Sim. — Ele parece surpreso. — Era, sim.

O mundo de Naomi teria se tornado o rostinho dormindo, a boquinha sugando, os dedinhos perfeitos se abrindo e fechando nas mãos.

Michael ainda está falando.

— ... e depois de cinco dias, ela se sentiu mal, inquieta e chorosa. Eles acharam que era emocional.

— Ela nunca chora. — Parece um eco de muito tempo atrás.

— O neném ficou quente — continua ele. — Foi quando perceberam que Naomi também estava ardendo em febre.

Eu sempre sabia quando ela estava com febre só de encostar meus lábios em sua testa. Eu sabia até quantos graus. Podia ter sido febre pós-puerperal. Estreptococos, mortal sem tratamento rápido.

Michael se ajeita no sofá.

— Você quer que eu conte tudo a você agora?

Do lado de fora, a luz já aparecia. Eu me levanto e seguro o braço da cadeira.

— Claro.

— Quando ela começou a vomitar, Yoska chamou o médico. Eles esperaram três horas e, nesse tempo, ela ficou inconsciente.

Devia haver muitas pessoas naquela caravana; teria ficado abafado. O ventilador que eles mantinham para as noites de verão devia ranger sem parar como a batida de um pesadelo. Naomi estaria deitada, imóvel, numa cama suja, o bebê ainda coberto de muco grudando em sua pele.

— Yoska ficou louco. Decidiu levá-los sozinho ao hospital. Quando seu tio disse que alguém a reconheceria no pronto-socorro, ele deu um soco na cara do homem. Quando a pegou no colo, Naomi parou de respirar. O bebê morreu minutos depois, foi tarde demais.

Tarde demais. As palavras pairam entre nós como o clique de uma porta se fechando.

Michael se levanta, se coloca ao meu lado e me abraça.

— Saskia disse que Yoska as envolveu no lençol e cuidadosamente as deitou no banco de trás do carro.

Ele para.

— Ele tirou tudo da caravana, todas as coisas dela, todas as coisas do bebê, a cama, a mesa, tudo. Empilhou as coisas do lado de fora, jogou gasolina e saiu.

Uma pira funeral. As chamas altas teriam subido bastante. Ninguém poderia ter se aproximado. Não sobraria nada. Nenhuma escova com cabelos compridos e louros enrolados nela, nenhuma pulseira nem penduricalhos.

Poderia haver um diário ou o início de uma carta para mim. Talvez ela tivesse reunido folhas de outono de novo e as colocado atrás de um espelho. Não havia fotos do bebê, nem roupinhas.

— Aonde ele as levou? — pergunto a Michael.

— É tradição entre os nômades enterrar seu povo em segredo, ninguém admite saber aonde ele as levou.

Seu povo? Naomi era minha.

Ainda está escuro na sala, mas, enquanto observo os feixes de luz aumentarem, um leve sopro de esperança aparece no silêncio em minha mente.

— Como sabe que toda essa história é verdade? Por que acredita em tudo que a irmã dele disse? Talvez ela nem estivesse lá...

Ele não responde, mas enfia a mão no bolso da jaqueta e tira algo dali, que coloca na minha mão, fechando meus dedos sobre sua superfície curvada.

— A Saskia disse que você deve ficar com isto.

Sinto a asa e apesar de não conseguir enxergar no escuro, sei que tem um desenho de sapinhos na borda. No fundo, dentro da xícara, há um sapo pintado e sorridente, em relevo.

*— Beba, querida. — Os olhos de Naomi eram muito azuis enquanto ela observava por cima da borda da xícara. — O sapinho está esperando...*

Sua caneca de bebê para o bebê dela. Eu nem tinha percebido que havia desaparecido. Fiquei me perguntando o que ela fez com todos os botões que eu deixava ali dentro.

Michael me abraça com força agora; sua respiração sopra em meus cabelos enquanto ele fala.

— Até as crianças nos contaram como ela morreu. Todos disseram a mesma coisa. Eles nos mostraram a grama devastada e a caravana vazia...

Ele continua. Ouço sua voz cada vez mais baixa enquanto fala sobre impressões digitais e manchas, mantendo um nível alto de suspeita, investigando o local a partir de amanhã. As caravanas já foram vasculhadas. Alguns dos principais nômades estão presos; outros podem ser soltos, contanto que fiquem na região. Eles terão que continuar investigando.

Ele faz uma pausa e depois diz:

— Precisamos encontrar o corpo dela. Mais cedo ou mais tarde, alguém vai deixar escapar onde as enterraram.

Desligo-me do que ele está dizendo.

Então, aquela era a casa dela. Deles. Só uma caixa vazia agora. A luz da lua entrará pelas janelas e iluminará o chão. Talvez esteja iluminando um brinquedinho que rolou para um canto.

A voz de Michael fica mais alta.

— Yoska se ausentou por duas semanas e voltou calado. Ficava horas dentro da caravana da irmã todos os dias, olhando para o nada...

Eu o interrompo depressa.

— Quero ir ao acampamento, Michael.

A irmã de Yoska contou à polícia que não tinha certeza de onde ele as havia enterrado; mas ela podia me falar.

— Vou levar você lá assim que terminarmos nossa investigação. Prometo. Precisamos investigar todas as testemunhas, vasculhar o local e procurar em todos os veículos de novo.

Michael entra na cozinha, tirando um cantil do bolso. Ouço a água da chaleira ferver, o bater dos talheres e dos copos. Ele volta a me observar enquanto bebo o café com uísque. Hoje cedo, quando ele fez chocolate quente, ela ainda estava viva. Ou teria sido ontem? Não, que tolice. Ela morreu meses atrás.

Sob a luz que se intensifica, o rosto de Michael está pálido de fadiga e, depois de um tempo, ele sobe para dormir. Ouço os sapatos caírem no chão, os barulhos de esforço enquanto ele tira as roupas e a cama range. Depois disso, silêncio. O silêncio é tão profundo que parece uma música suave que tocava ao fundo e agora parou.

Ed disse que eu não fazia ideia.

Mas eu fazia, sim. Fazia muitas ideias. Todas estavam perto de mim por muito tempo. Fecho os olhos e me lembro da última vez em que estive no quarto dela. Mesmo naquele momento, eu poderia ter visto as pistas.

### *Bristol, 2010*
### *Nove meses depois*

Ted foi andar de manhã. Ele me disse que não queria estar em casa quando eu saísse pela última vez. Era um domingo. Eu me lembro porque, por anos, eu tinha me acostumado a vê-lo sair todos os dias da semana, menos no domingo. Quando ele saiu, subi ao quarto de Naomi. Os homens da empresa de mudança viriam ao meio-dia. Eu empacotara o que precisava para levar à casa da praia. O resto ficaria na casa para Ted.

Já estava quente. O sol brilhava forte num céu sem nuvens, um daqueles dias perfeitos de verão de que as crianças se lembram pelo resto da vida. O quarto estava vazio, exceto pela cama e pelas cortinas, que estavam fechadas. O ar estava sufocante. Abri a janela e afastei um pouco a cortina. Abaixo, a rua estava vazia. Os jornalistas tinham partido havia muito, envolvendo-se em outras tragédias na qual os lucros eram maiores para eles. Enquanto eu observava, com o ar quente em minha pele, uma mulher com um vestido de verão dobrou a esquina, inclinando-se com uma das mãos num carrinho. Ela segurava um celular apoiado à orelha e a cabeça se movia. Dali, ela parecia uma bonequinha que eu adorava quando era pequena, mas que havia perdido anos atrás. O carrinho era muito acolchoado e eu não conseguia ver a criança dentro dele. Observei até a mulher desaparecer de vista, a cabeça ainda se mexendo.

A cortina em minha mão parecia tomada por poeira, pesada e macia. O tecido tinha listras douradas e vermelhas. Nós a havíamos escolhido juntas, Naomi e eu, na loja, três ou quatro anos antes. Mas não estávamos juntas, na verdade. Eu havia escolhido um rolo de tecido de algodão com estampa de folhas em cinza, branco e amarelo-limão, imaginando que a luz de fora deixaria o quarto tomado por cores claras. Também gostei de outro, com flores pequenas. Eu havia me virado para pedir a Naomi que escolhesse, mas ela já estava indo para o caixa levando um rolo de um tecido exótico, um rolo maior do que ela. Tinha cores fortes e a barra brilhante dourada e vermelha. Era muito berrante com as listras grossas. Eu disse que ele impediria que a cor entrasse e que o quarto dela ficaria muito diferente em relação aos outros da nossa casa. Ficaria escuro e confinado. Como uma caverna, sem luz, cheia de segredos. Ela sorriu. Um antecessor daquele sorriso contido.

— É exatamente o que quero — dissera ela.

# 31

*Dorset, 2011*
*Catorze meses depois*

No silêncio da cozinha, ao amanhecer, vem um barulho repentino de algo se rasgando ou queimando; num segundo, o som se transforma em uma chuva caindo forte no telhado. A água que bate na janela é da cor do céu cinzento. Preciso me apressar com as cartas. Quero começar a viagem e, com a chuva, vai demorar mais. Enquanto rasgo as folhas de meu caderno de desenho para pegar papel e escrever, o arame sai em minhas mãos e os desenhos caem, espalhando-se quando encostam no chão; o desenho dos sapatos dela, a blusa com capuz, uma girafa de brinquedo, um passarinho. Outras páginas caem em cima delas e eu as deixo onde caíram.

*Ted,*

*Enquanto escrevo esta carta, você está dormindo, mas, quando a receber, eu já terei falado com você e você já terá contado aos meninos. Pensei que se também enviasse uma carta poderia ajudar. Eu costumava me perguntar se saber seria melhor do que esperar. Não sei. Ainda não parece real.*

*Não foi sua culpa, ou se foi, foi minha também. Eu devia ter tomado mais cuidado quando Yoska se consultou comigo. Ele poderia ter nos perdoado. Ele não devia ter certeza naquele momento; ele tinha uma família, portanto sabia como nós sofreríamos. No fim, acho que ele a levou porque estavam apaixonados; não podíamos ter mudado isso.*

*Estou indo para o País de Gales. Espero que alguém no acampamento me conte onde ele as enterrou.*

*Por favor, diga a Anya.*

*Irei a Bristol assim que puder.*

*Jenny*

O rabiscar de minha caneta é minúsculo em comparação à chuva incessante. A cozinha está quente e fechada, mas onde ele estará quando ler isto? Os meninos estarão com ele; talvez Anya esteja andando pela casa, em silêncio. Vejo o rosto dela marcado pelas lágrimas.

*Querido Ed,*

*O papai já deve ter contado a você o que aconteceu com nossa amada Naomi.*

*Pelo menos, ela encontrou o que queria; muitas pessoas nunca encontram.*

*Se ela não tivesse adoecido, teria trazido o bebê para vermos, mais cedo ou mais tarde.*

*Fico feliz que você tenha Sophie.*

*Vejo você mais tarde hoje ou amanhã. Penso em você o tempo todo.*

*Mamãe*

Espero que Sophie esteja abraçando Ed. Espero que esteja usando as roupas coloridas. Ela vai ouvir o que ele disser, vai deixar tudo mais fácil.

Acendo o fogo da chaleira, Bertie se remexe um pouco com o barulho e dorme. O café está escuro e escaldante.

A de Theo é difícil de escrever; parece que estou passando tinta preta em sua luz.

*Theo, querido,*

*Você está voltando para casa, por isso enviarei esta carta a Bristol. Espero que o Sam esteja aí, sentado a seu lado.*

*Você disse que ela não conversou muito com você antes de partir. Aconteceu a mesma coisa comigo. Acho que ela estava dizendo adeus.*

*Ela levou a caneca de bebê, aquela com o sapo no fundo. Estou com ela agora.*

*Quando encontrarmos ela e o bebê, vou trazê-los para casa. Serão enterrados aqui no cemitério da igreja, assim saberemos onde ela está.*

*Mamãe*

A chuva está mais suave, a luz, mais forte. Últimas duas cartas.

*Nikita,*

*Vou telefonar para sua mãe hoje; ela já terá contado a você o que aconteceu.*

*Michael me disse que você sabia que ela estava grávida. Ela ficaria feliz de saber que você guardou o segredo dela. Ela teve uma filhinha. Não sei o nome.*

*Acho que o colar foi o presente de despedida dela para você, ainda que você não soubesse que ela estava partindo. Fico feliz por você ficar com ele.*

*Jenny*

A carta de Michael é a mais difícil. Eu o conheço tão bem e, ainda assim, tão pouco, é como escrever para um desconhecido. Experimento frases em minha mente enquanto ando pela cozinha, mas elas parecem artificiais no papel. Há tanto a dizer que não consigo encontrar as palavras; acabo escrevendo quase nada.

*Querido Michael,*

*Estou indo embora agora e não sei bem quando volto.*

*Bertie vai ficar mais feliz aqui. Pode deixá-lo sair e alimentá-lo antes de ir? Tem meia lata na geladeira. Mary vai cuidar dele até meu retorno. Vou ligar para ela; ela virá buscá-lo.*

*Preciso ficar com minha família. Sei que você entenderá.*

*Jenny*

Deixo o envelope de Michael encostado na cafeteira sobre a mesa e endereço os outros à casa de Bristol, até o de Nikita — não consigo lembrar o endereço dela. Não tenho selos, mas posso passar para comprar.

Os dedos de Michael estavam curvados sobre o edredom. Quando escorrego a minha mão dentro da dele, ele a aperta, mas seus olhos permanecem fechados. Pergunto a ele, sussurrando, para onde os pais de Yoska foram levados, para saber por onde começar. Ele murmura o nome ainda dormindo, sua mão relaxa, e sua respiração se torna mais profunda e regular.

Newtown. Uma cidade à beira do rio Severn em Powys, região central do País de Gales. O site de turismo dá o código postal e eu o digito no GPS. Devo dirigir devagar; não dormi. Faz quatro horas desde que Michael me acordou e o tempo passou depressa, desapareceu. O choque está ecoando em minha mente; ainda estou esperando a dor.

Deixo o carro descer a ladeira para a estrada em silêncio e dou partida no motor quando já estou longe da casa.

A paisagem de Dorset se desdobra em Somerset; passo por Bristol, apenas uma placa na estrada que desaparece atrás de mim. Paro num posto de gasolina perto de Newport, e os envelopes escorregam no painel e caem no chão. Mary liga um pouco depois; ela concorda imediatamente em cuidar de Bertie e não faz perguntas. Ligo para Ted. Quando ele atende, ouço o rádio ao fundo. Eu o imagino à janela do quarto, ajeitando o nó de sua gravata, planejando o dia.

Aviso que as notícias são ruins e ouço quando ele desliga o rádio e se senta. Conto a ele o que aconteceu. No silêncio que se segue, eu me ouço dizer que ela fez parte de uma família diferente. Que deu à luz uma filha. Ela não fora estuprada nem forçada a nada, tinha sido amada. Ele começa a chorar e tento conversar com ele mais um pouco. Digo que vou postar uma carta, mas ele faz silêncio. Depois de um tempo, ele desliga o telefone.

Compro uma xícara de café amargo, entorno no chão e começo a dirigir de novo. As estradas estão se enchendo de carros e caminhões. Dirijo mais rápido. Michael disse que eles estavam indo devagar; devem estar arrumando as malas agora.

Em Cardiff, saio e pego a estrada a Pontypridd e Merthyr Tydfil. As Montanhas Negras. Começa a chover, e dirijo com cuidado porque a estrada tem depressões e curvas em Brecon Beacons. Theo deve tê-la trazido a algum lugar daqui para seu projeto; os olhos dela estavam muito vivos naquelas fotos. Viemos aqui uma vez também, só Naomi e eu. Ela devia ter nove anos, talvez dez. O rabo de cavalo enfiado embaixo de um chapéu de lã cor-de-rosa, as pernas em calças impermeáveis subindo as ladeiras marrons, na minha frente, sempre. Ela subia em montes altos, altos demais; inclinava-se ao vento. Eu não conseguia nem olhar.

Chego a Newtown ao meio-dia e encontro um pequeno pub na estrada com estacionamento. A viagem, até agora, dura quatro horas. Está quente dentro do pub, e o cheiro de cerveja e cachorro-quente é delicioso. A música toca em uma *jukebox* perto da parede, e um grupo de homens está sentado próximo à janela lendo jornais e bebendo. Um *collie* velho está deitado embaixo da mesa, olhando para mim com cara de sono. A mulher atrás do bar revira os olhos quando pergunto se existe um acampamento de nômades ali perto; permanece calada.

Atrás de mim, ouço vozes masculinas. O sotaque fraco e cantado não combina com o modo de eles falarem.

— Há um acampamento perto de Llanidloes que já está armado há meses, a antiga fazenda de Hugh.

Eles estão me observando, falando entre bitucas de cigarro, olhos semicerrados por trás da fumaça. Pensei que fumar em pubs tinha sido proibido, mas me calo.

— Eles têm roubado coisas. Têm vindo à cidade causando problemas.

— A polícia não faz nada.

— Ciganos. Vocês viram aquela matéria no jornal sobre as drogas?

— Viciados.

Saio depressa sem me despedir.

Llanidloes é um lugar bonito com uma feira antiga ao ar livre. Num mercado no cruzamento, um homem de avental marrom está estocando as prateleiras com frascos de manteiga de amendoim. Ele se endireita e olha para mim.

— Você não deve ir lá — diz ele. Insisto e ele dá de ombros, pega meu mapa e o apoia na prateleira vazia. — Fica depois de Bwich-y-sarnau — diz ele, apontando um dedo manchado de cor laranja. — Pegue a B4518 para sair da cidade. Quando vir a caixa de correspondências ao lado do bangalô cinza a sua direita, entre a próxima à esquerda e, depois, novamente à esquerda. É num vale. Você verá uma estrada de pedras que leva para um campo. Cuidado porque há cachorros.

Ele quer dizer mais alguma coisa. Talvez queira me contar que houve conflito ontem à noite. A polícia se envolveu. Momento difícil, é possível que comente. Ele me observa com atenção quando saio.

Estou numa estrada serpenteante em descida quando uma caminhonete vem na minha direção. Espero num portal. Está sendo seguido por um carro puxando um veículo de transporte de cavalos. Espero enquanto ele passa devagar. Quando tento sair, um miniônibus passa; recuo de novo. Ele passa com crianças olhando pela janela. Há malas, pacotes e bolsas pressionados contra o vidro; percebo que alguns dos viajantes estão se mudando, como Michael dissera que aconteceria, pelo menos aqueles que não foram presos.

Se eu continuar dirigindo, posso entrar na estrada da qual o homem da loja me falou. Posso alcançá-los se for rápida. Dobrando a esquina, a estrada e um campo aparecem. Há um grupo de caravanas indo em direção à beira do campo, perto de algumas árvores a cem metros de onde estaciono. A maioria das caravanas está atrás de uma fita listrada que separa essa parte do local. À distância, em direção à parte mais afastada do campo, há cerca de dez policiais e homens com jaquetas amarelas, inclinados para a frente, cavando.

Há uma caravana na frente da fita, e um homem está consertando seu gancho de reboque na traseira de uma caminhonete enlameada. Esta deve ser a última família que a polícia está permitindo que saia. A chuva parou, e um menininho de cabelos pretos, de cerca de seis anos, chupando o dedo, se recosta na caravana numa parte iluminada pelo sol, observando o homem trabalhar. Quando saio do carro e abro o portão, o movimento chama a atenção do menino, apesar de a polícia ao longe não perceber; se percebessem, provavelmente me impediriam. O menino se vira para olhar e o homem ao lado dele se endireita. Seu rosto, com barba por fazer e corado pelo esforço, é mais velho do que o corpo parece ser. Sessenta? Setenta? Ele olha para mim brevemente, assente, e volta para sua tarefa. Num momento, ele grita algo que não entendo. Uma mulher de meia-idade desce os degraus da caravana; está vestida de preto, com um lenço preto amarrado ao redor dos longos cabelos escuros. Ela leva uma bolsa grande de lona num dos ombros e pega a mão livre do menininho. Sem olhar para mim, ela abre a porta da caminhonete. O menininho entra antes dela. Enquanto entra atrás dele, ela vira a cabeça em direção à porta aberta da caravana.

— Carys — diz ela, cantando a palavra com seu sotaque galês.

Olho ao redor. Além das caravanas, há quadrados claros na grama verde onde outras vans podem ter estado. Não há cães presos; vários sacos de lixo bem amarrados estão numa pilha. Há um espaço de grama incendiada no meio. Um dos policiais à distância diz algo e acena para que eu me afaste. Eu saio pelo portão.

— Carys — repete a mulher, que entra na caminhonete e não é mais vista.

A porta da caravana se abre mais e uma jovem sai. Quando olho para ela, paro de respirar e seguro o portão com força. Ela raspou a cabeça; parece pequena. Os fios curtinhos foram tingidos de vermelho, que combina com sua saia comprida. Sua pele é mito clara. Uma tatuagem envolve seu pescoço; de onde estou, parecem folhas. Ela está levando uma menininha de cerca de seis meses nos braços e a menina também tem cabelos ruivos; consigo ver os cachos claros daqui. A criança foi envolvida num cobertor listrado de vermelho e amarelo e parece estar dormindo. No último degrau, a jovem se vira um pouco de modo a olhar para o portão, com o bebê à frente de seu corpo como um escudo.

Os dedos segurando o cobertor são compridos, ainda que daqui seja impossível ver as sardas como grãos de açúcar demerara chegando à segunda falange, assim como não dá para ver se as unhas ainda estão roídas. Estou muito distante para ver a pintinha que ela tem embaixo da sobrancelha esquerda. Seu olhar encontra o meu; seus olhos estão calmos, apesar de haver marcas vermelhas sob eles, como se ela tivesse chorado. Nós nos olhamos. Pensarei nisso para sempre, mas há coisas naquele olhar que nunca saberei nomear. Reconhecimento. Sim. Vingança, velada. Ela vingou Maria quando Tony morreu. Aquilo teria sido um alerta? Algo mais, algo oposto, mais suave... pesar ou perdão? Não sei. Ela está ali. Isso é tudo. Ela está ali. O mundo desaparece ao redor dela. As mentiras que eles devem ter contado à polícia, até as mentiras que ensinaram as crianças a contar, tudo rui. Não choro, nem rio nem sorrio. Não há espaço. Não há tempo.

— Carys. Vamos embora.

Nesse momento, começo a correr na direção dela, mas meus pés escorregam na lama perto do portão. Eu me esforço para continuar olhando para ela mesmo quando perco o equilíbrio e caio desajeitada de lado, mas, enquanto observo, ela se vira. Acomoda a cabeça do bebê contra o pescoço magro, abaixa-se e entra no carro, desaparecendo de vista.

Eu me levanto, coberta de lama, e tropeço em uma tentativa de corrida. Agora, o carro já foi ligado e as rodas giram na grama molhada. Corro mais e, por um momento, parece que alcançarei, mas o carro avança e começa a seguir em direção ao portão. Se eu correr na frente dele, ele certamente parará, mas, quando ele se aproxima cada vez mais, eu desvio. A lateral de seu rosto, meio escondida pela bebê, está tão próxima que se a janela estivesse aberta eu poderia estender o braço e tocá-la. De repente, ela levanta a mão ao vidro, os dedos abertos. Nesse fragmento de tempo, vejo a linha da vida na palma da mão dela, clara e vermelha, curvando-se como uma linha de um mapa. O carro passa. Ele não para ao entrar na estrada, mas acelera monte acima e logo some de vista.

## *Quinze meses depois*

Carys. É um nome galês. Pesquisei. Significa amor.

# Agradecimentos

Gostaria de agradecer a meus agentes Eve White, Jack Ramm e Rebecca Winfield.

Muito obrigada à equipe da Penguin, principalmente Maxine Hitchcock, Samantha Humphreys, Celine Kelly, Clare Parkinson, Beatrix McIntyre, Elizabeth Smith e Joe Yule.

Obrigada também à equipe da HarperCollins USA, principalmente Rachel Kahan, Kim Lewis, Lorie Young e Mumtaz Mustafa.

Minha gratidão a meus tutores, incluindo Patricia Ferguson, Chris Wakling, Tessa Hadley, Mimi Thebo e Tricia Wastvedt, minha tutora pessoal. E a Rowena Pelling.

Obrigada ao meu grupo de redação: Tanya Atapattu, Hadiza Isma El-Rufai, Victoria Finlay, Emma Geen, Susan Jordan, Sophie McGovern, Peter Reason, Mimi Thebo, Vanessa Vaughan.

Sou grata a PC Nick Shaw pelos detalhes relacionado à polícia e pela ajuda gentil com o manuscrito, e a minha irmã, Katie Shemilt, por suas habilidades com fotografia.

Minha família fez toda a diferença. O incentivo de Martha foi o ponto de partida, e Henry e Tommy foram muito generosos com as habilidades técnicas. Steve, Mary e Johny foram uma equipe de apoio essencial.

A meu pai e a minha mãe, de quem sinto falta todos os dias. Obrigada.

*Publisher*
Kaíke Nanne

*Editora executiva*
Carolina Chagas

*Coordenação de produção*
Thalita Aragão Ramalho

*Produção editorial*
Frederico Hartje

*Copidesque*
Jaciara Lima

*Revisão*
Carolina Rodrigues
Guilherme Bernardo

*Diagramação*
Filigrana

Este livro foi impresso no Rio de Janeiro, em 2015,
pela Edigráfica, para a Editora HarperCollins Brasil.
A fonte usada no miolo é Bauer Bodoni Std 1, corpo 10,8/15,5.
O papel do miolo é avena 80g/m² e o da capa é cartão 250g/m².